de M
est le mille cent douzième ouvrage
publié chez
VLB ÉDITEUR.

Direction littéraire : Mélikah Abdelmoumen
Révision : Élyse-Andrée Héroux
Correction d'épreuves : Pascale Matuszek
Couverture et mise en pages : Chantal Boyer

Catalogage avant publication de Bibliothèque et Archives nationales du Québec
et Bibliothèque et Archives Canada

Titre : Le Livre de Judith / Mylène Gilbert-Dumas, auteure.
Noms : Gilbert-Dumas, Mylène, 1967- auteur.
Identifiants : Canadiana 2019001170X | ISBN 9782896498055
Classification : LCC PS8563.I47434 L58 2019 | CDD C843/.6—dc23

VLB ÉDITEUR
Groupe Ville-Marie Littérature inc.*
Une société de Québecor Média
4545, Frontenac, 3e étage
Montréal (Québec) H2H 2R7
Tél. : 514 523-7993
Téléc. : 514 282-7530
Courriel : vml@groupevml.com
Vice-président à l'édition : Martin Balthazar

DISTRIBUTEUR
Les Messageries ADP inc.*
2315, rue de la Province
Longueuil (Québec) J4G 1G4
Tél. : 450 640-1234
Téléc. : 450 674-6237
* filiale du Groupe Sogides inc.,
filiale de Québecor Média inc.

VLB éditeur bénéficie du soutien de la Société de développement des entreprises culturelles du Québec (SODEC) pour son programme d'édition.
Gouvernement du Québec — Programme de crédit d'impôt pour l'édition de livres — Gestion SODEC.

Financé par le gouvernement du Canada | Canada

Nous remercions le Conseil des arts du Canada de l'aide accordée à notre programme de publication.

Dépôt légal : 2e trimestre 2019

edvlb.com

LE LIVRE DE JUDITH

De la même auteure

Les dames de Beauchêne, t. I, Montréal, VLB éditeur, coll. «Roman», 2002; Typo, coll. «Grands romans», 2011.

Mystique, Montréal, La courte échelle, coll. «Mon roman», 2003.

Les dames de Beauchêne, t. II, Montréal, VLB éditeur, coll. «Roman», 2004; Typo, coll. «Grands romans», 2011.

Les dames de Beauchêne, t. III, Montréal, VLB éditeur, coll. «Roman», 2005; Typo, coll. «Grands romans», 2011.

Rhapsodie bohémienne, Saint-Lambert, Soulières éditeur, coll. «Graffiti», 2005.

1704, Montréal, VLB éditeur, coll. «Roman», 2006; Typo, coll. «Grands romans», 2010.

Lili Klondike, t. I, Montréal, VLB éditeur, coll. «Roman», 2008.

Lili Klondike, t. II, Montréal, VLB éditeur, coll. «Roman», 2009.

Lili Klondike, t. III, Montréal, VLB éditeur, coll. «Roman», 2009.

Sur les traces du mystique, Saint-Lambert, Soulières éditeur, coll. «Graffiti», 2010.

L'escapade sans retour de Sophie Parent, Montréal, VLB éditeur, 2011.

Yukonnaise, Montréal, VLB éditeur, 2012.

Mort suspecte au Yukon, Saint-Lambert, Soulières éditeur, coll. «Graffiti», 2012.

Lili Klondike, partie 1. *La fièvre de l'or*, Montréal, Typo, coll. «Grands romans», 2012.

Lili Klondike, partie 2. *Le prix de la liberté*, Montréal, Typo, coll. «Grands romans», 2012.

Les deux saisons du faubourg, Montréal, VLB éditeur, 2013.

Détours sur la route de Compostelle, Montréal, VLB éditeur, 2014.

Une deuxième vie, t. I, *Sous le soleil de minuit*, Montréal, VLB éditeur, 2015.

Une deuxième vie, t. II, *Sur la glace du fleuve*, Montréal, VLB éditeur, 2015.

La mémoire du temps, Montréal, VLB éditeur, 2017.

Mylène Gilbert-Dumas

LE LIVRE DE JUDITH

roman

vlb éditeur
Une société de Québecor Média

Pour Jean-Paul

Les luttes remémorées par les livres ont attaché aux pierres des souvenirs que nulle mémoire ne ressuscite dans les esprits exclusivement préoccupés d'un présent avare.

Victor Serge, *Les derniers temps*

Prologue

Cordes, France, printemps 1285

La chambre sentait la cire et le bois brûlé, des odeurs qui cachaient mal celle du corps vieux et malade de Jeanne de Brens. Le feu allumé depuis l'après-midi diffusait dans la pièce une chaleur faiblarde et une lumière plus timide encore. Le beau temps tardait. Mars avait été cruel, et avril ne s'annonçait guère mieux. Pour ne pas manquer de bois, on le rationnait depuis deux semaines. Ce soir, cependant, on n'avait pas hésité à poser dans l'âtre une bûche de plus. Elle fumait, cette bûche, mais c'était mieux que rien. Jeanne de Brens avait le droit de mourir sans grelotter.

La voix du diacre se faisait solennelle, comme toujours lorsqu'il administrait le *consolament*. Il était assis sur le bord du lit et avait posé les mains sur la tête de Jeanne.

— *La lumière luit dans les ténèbres, et les ténèbres ne l'ont point reçue…*

Il récitait le Prologue de Jean. Debout derrière lui, son socius[1] approuvait d'un signe de tête, à intervalles réguliers.

À deux pas des célébrants, Rixende et Alix priaient pour cette amie de longue date. Aussi généreuse que courageuse, Jeanne de Brens les avait cachées en des temps périlleux. C'est

1. Socius : Les cathares ordonnés, qui s'appelaient entre eux simplement bons chrétiens, allaient toujours par deux. Deux hommes ou deux femmes. On appelait le compagnon socius, la compagne socia.

en raison de ce dévouement, et de l'amitié qui avait suivi, que Rixende s'était démenée, malgré les risques, pour lui permettre de recevoir le *consolament*. Ce soir, Jeanne retournerait auprès du bon Dieu.

— Nous t'ouvrons la porte du Salut, poursuivait le diacre. Tu y entres par l'imposition de nos mains et tu es lavée de tout péché…

Couverte d'un drap blanc, Jeanne sourit, soulagée. Elle avait eu peur que les deux hommes arrivent trop tard. Maintenant que le rituel était achevé, elle pouvait mourir sans crainte.

Le silence retomba sur la pièce. Les quatre veilleurs priaient, et la mourante s'était assoupie.

Une heure passa.

La porte s'ouvrit soudain, et un chevalier fit irruption, dans un grincement de métal. Roger de Castres, armé de pied en cap, s'avança jusqu'au diacre et lui murmura quelques mots à l'oreille avant de se redresser pour attendre ses instructions.

— Combien sont-ils ?

— Une garde de dix hommes. En plus de Bernard de Castanet.

En entendant ce nom, Rixende tressaillit. Si l'évêque d'Albi s'était mis en route pour Cordes, les bons chrétiens qui veillaient Jeanne de Brens couraient un grand danger.

— Merci, Roger. Fais préparer les chevaux. Les dames partiront dans l'heure.

Rixende sentit la main froide d'Alix se glisser dans la sienne. Sur tous les visages, les mines sereines avaient fait place à des regards inquiets. Il n'y avait qu'une raison pour justifier que Bernard de Castanet abandonne son palais d'Albi par ce temps. Surtout pour venir à Cordes. La torture avait probablement tiré des aveux à l'un des croyants capturés ces derniers jours. En tant que délégué de l'inquisiteur, l'évêque venait procéder à de nouvelles arrestations.

Rixende avait l'habitude qu'on lui annonce qu'elle devait fuir. Condamnée à la clandestinité d'abord par la croisade puis par l'Inquisition, elle avait prêché en secret dans des maisons de croyants, d'un village à l'autre, se déplaçant de cachette en cachette pour parler de la vraie foi.

Ces dernières années passées à tisser dans une maison de Cordes avaient constitué un répit, mais n'avaient pas effacé le souvenir de la peur. Tout le monde connaissait les méthodes des inquisiteurs. Et Rixende ne s'illusionnait pas. Interrogée simplement, elle était capable de se taire. Mais sous la torture, elle finirait par parler, et si elle parlait…

— Il faut que vous partiez tout de suite.

Ces mots du diacre la tirèrent de ses pensées. Il s'adressait à elle, mais aussi à Alix, dont le corps frêle était appuyé contre le sien.

— Nous sommes prêtes, dit Rixende, avec sa détermination habituelle.

Les deux femmes se levèrent d'un même mouvement. À cinquante et cinquante-huit ans, elles savaient ce qu'elles avaient à faire. Elles posèrent une dernière fois leurs mains sur la tête de Jeanne de Brens. Elles partaient l'esprit en paix : le diacre et son socius veilleraient sur leur amie jusqu'à son dernier souffle.

*

La nuit avalait tout, mais Rixende savait qu'Alix peinait à suivre leur escorte dans la ruelle. Elle se rappelait une époque où toutes deux avaient été capables de percevoir les obstacles même dans l'obscurité la plus dense. Aujourd'hui, il leur fallait tendre le bras pour s'assurer de toujours longer les murs. À cause de la forte pente et des pavés inégaux, elles trébuchaient et devaient se retenir l'une à l'autre.

Rixende entendait son cœur battre fort dans ses oreilles. Un bruit sourd, que rien n'étouffait, ni le vent, ni l'attention accrue qu'elle portait au froissement du cuir et aux tintements irréguliers des armes des chevaliers. Des réflexes autrefois appris au péril de sa vie lui revenaient. Ne pas parler. Guetter les volets des fenêtres, les battants des portes. Le hasard ce soir leur était favorable : Cordes paraissait profondément endormie.

La ruelle mourut sur la rue des remparts, et l'horizon se piqueta d'étoiles. La lune se levait, ce qui permit de distinguer le ciel de la terre et de repérer, tout en bas, le noir de la forêt. Les chevaliers pressèrent le pas. Rixende aussi, tirant sur le bras d'Alix pour ne pas la laisser prendre du retard. Il fallait, avant l'aube, mettre le plus de distance possible entre elles et Cordes. Entre elles et l'Inquisition…

L'intensité nouvelle du vent lui confirma qu'ils venaient de quitter l'enceinte. La pente s'accentua, et la cadence devint insoutenable.

— Il faut marcher plus vite, murmura Rixende tandis qu'elle glissait un bras sous l'épaule de sa compagne. Courage ! Nous devrions bientôt rejoindre les chevaux.

Alix ne dit rien, mais on la sentait sur le point de s'effondrer. Roger de Castres s'approcha et la souleva pour la porter dans ses bras jusqu'à l'orée du bois. Rixende courut derrière lui et bientôt, ils furent à l'abri dans la forêt.

Roger ordonna à ses compagnons de retourner au village. Seul restait, pour servir d'escorte, Raymond de Limoux, qui tenait quatre chevaux par la bride.

*

Ils chevauchèrent pendant dix jours, évitant les routes et les villages, et demeurant autant que possible sous la protection de la forêt. En ce printemps tardif, la neige couvrait toujours les sommets, et la succession de gels et de dégels rendait le sol instable. Roger menait ses protégées de maison sûre en maison sûre, de sorte que les deux femmes ne dormirent pas une seule nuit à la belle étoile.

Le onzième jour, l'état d'Alix se détériora. Roger les conduisit dans une ferme où il savait qu'elles seraient bien accueillies. On leur offrit à manger et un grabat près du feu. Alix s'allongea, elle ne se relèverait plus. Veillée par sa socia, elle s'éteignit un peu avant l'aube, sans jamais avoir enfreint les vœux prononcés trente ans plus tôt.

Rixende lui ferma les yeux et poursuivit un moment sa prière. Quand elle sortit enfin rejoindre les hommes, les premières lueurs dessinaient le contour des montagnes sur un ciel d'un bleu presque noir. Elle aperçut dans la pénombre Roger et Raymond qui creusaient une tombe. Ici reposerait celle avec qui elle avait partagé les vingt dernières années. Sans Alix, Rixende se sentit démunie… et curieusement faible.

Elle se ressaisit; l'heure n'était pas à la faiblesse. Elle appela Roger et l'entraîna à l'écart.

— Combien de temps avant d'arriver en Lombardie? s'enquit-elle pour avoir une meilleure idée de ce qui l'attendait.

— Plusieurs semaines.

Plusieurs semaines… Il fallait prendre une décision, ici et maintenant.

Elle savait que ce qu'elle transportait ne devait pas tomber entre de mauvaises mains, mais la perspective de voyager sans socia lui donnait le vertige. Les deux chevaliers étaient assez jeunes pour être ses fils, et vu leur maigre pitance, Rixende ne risquait pas d'enfreindre ses vœux avant d'arriver à Crémone. N'empêche…

— Ma dame, intervint Roger qui avait deviné son inquiétude. Si vous le voulez, je peux envoyer Raymond chercher une autre bonne chrétienne. Je connais une communauté, à deux jours de cheval. Vous et moi poursuivrons notre route. Raymond sait où je compte passer, il nous rattrapera d'ici une semaine.

Rixende acquiesça. Mais, comme Roger s'apprêtait à retourner creuser, elle le retint par le bras.

— Je n'ai pas terminé.

Elle lui expliqua posément ce qu'elle attendait de lui advenant qu'ils soient arrêtés. Elle y pensait depuis quelques jours et avait espéré ne jamais en arriver là. Mais avec la mort d'Alix, elle estimait qu'il valait mieux se préparer au pire. Elle lui révéla donc le contenu de sa sacoche, des livres si rares qu'il fallait les mettre en sûreté en Italie, où les communautés de bons croyants étaient encore vigoureuses.

— De nos jours, dans le pays d'Oc, on brûle tout, les livres comme les gens. Pour cette raison, si jamais nous sommes faits prisonniers, vous devez me promettre de tenter l'impossible pour cacher le contenu de ma sacoche. J'essaierai de le faire moi-même, mais si j'échoue…

Roger le lui promit. Ce point réglé, Rixende poursuivit :

— J'ai autre chose à vous demander.

Sa voix avait changé. Le ton trahissait sa douleur, sa résignation aussi.

— Je ne dois pas, moi non plus, tomber entre les mains de l'inquisiteur.

— Je vous défendrai jusqu'à ma mort, jura Roger.

— Je le sais, mon ami. Je ne doute pas un instant de votre courage. Mais écoutez-moi jusqu'au bout, s'il vous plaît.

Elle lui peignit la situation avec une lucidité terrifiante. Elle lui raconta comment, forcée à l'itinérance depuis longtemps, elle avait prêché dans tout le pays, d'Albi jusqu'aux Pyrénées, de Toulouse jusqu'à Carcassonne. Elle connaissait ce qu'il restait d'évêques, de diacres, de bonnes dames et de bons hommes. Elle connaissait aussi plusieurs maisons sûres, des gens dévoués, généreux, courageux. Si elle était capturée, Rixende les condamnerait tous. Or, les bons chrétiens n'étaient plus aussi nombreux qu'autrefois. Une dénonciation d'une telle ampleur signifierait la fin de la vraie foi dans le pays d'Oc.

— Nous ne pouvons laisser une telle chose se produire, conclut-elle, le regard chargé de sous-entendus.

Roger comprit, horrifié, où elle voulait en venir.

— Bonne dame, je suis votre protecteur. Jamais je ne pourrai…

— Vous êtes le protecteur de la vraie foi, mon ami, et ce corps n'est qu'une tunique de chair. Si je pouvais monter sur le bûcher sans avoir à passer par la question, je le ferais volontiers. Malheureusement, vous savez comme moi le sort qui m'attend si je suis capturée vivante.

Il toussa, désespéré d'avoir à lui donner raison. Elle posa une main sur son bras.

— Devant l'inévitable, je vous demande de ne leur livrer que ma dépouille.

Il la regarda droit dans les yeux avec un mélange d'effroi et d'admiration. Puis, comme résigné, il acquiesça d'un bref hochement de tête. Rixende soupira, soulagée. Roger agirait pour le bien de tous.

I

Virginie

Knowlton, Québec, demain

Les pluies froides de mars avaient fait fondre la neige, dévoilant des champs de boue et des tas de feuilles mortes. Ici et là on devinait le vert de l'herbe dont les brins chétifs perçaient ce tapis gris et beige. Dans les arbres, les bourgeons gonflés formaient une guirlande printanière. Grisée par le soleil, Virginie traversait la campagne toutes vitres baissées, cheveux au vent.

Bien qu'en mauvais état, la route de Knowlton offrait un paysage pittoresque qui se renouvelait au gré des vallons et des zigzags. Entre les montagnes, tantôt proches, tantôt lointaines, les forêts et les champs, on ne savait plus où poser les yeux. Surtout quand apparurent les premières belles demeures, dont la plupart servaient de résidences secondaires à de riches Montréalais. Enfin, le lac surgit à droite, toujours bordé de glace, mais tellement brillant d'eau libre en son centre qu'il faisait rêver à l'été.

Virginie pénétra dans le village par le haut et, comme chaque fois qu'elle venait dans cette partie des Cantons de l'Est, elle poussa un soupir d'émerveillement. Les grandes maisons de briques, les plus petites en déclin de bois et les gros arbres centenaires témoignaient de l'origine anglaise du village.

Même si elle ne l'avait jamais rencontrée, Virginie savait que l'auteure Louise Penny habitait Knowlton. Rien d'étonnant à ce qu'elle ait fait de ce village le décor de plusieurs de ses romans. L'endroit rappelait l'époque victorienne et un passé loyaliste qui, lui, se laissait deviner à chaque coin de rue. Suivant les instructions de Régis, Virginie traversa la rivière. L'ancien relais de diligences se trouvait à la première intersection.

L'endroit était plein à craquer. Heureusement, Régis, debout tout au fond, lui fit de grands gestes quand il l'aperçut. Avec sa forte stature et la longue tresse grise qui lui descendait jusqu'au bas du dos, il pouvait être certain que tout le monde l'avait remarqué, et avait repéré à qui il s'adressait avec autant d'enthousiasme. Virginie n'eut ainsi aucune difficulté à se frayer un chemin devant la file de clients qui attendaient qu'une table se libère.

— Ça doit être bon ici, dit-elle quand il l'embrassa sur les joues. Je ne m'attendais pas à ce qu'il y ait autant de monde.

— On est vendredi midi, et il fait beau.

Elle avait été un peu gênée qu'il l'invite au restaurant au lieu de lui poster le livre, comme elle le lui avait demandé. Peut-être avait-il vu dans cette commande spéciale une ouverture, une occasion de tourner la page ? C'en était une, naturellement, mais elle ne s'était pas attendue à ce qu'il lui propose un rendez-vous.

Dès qu'ils furent attablés, Régis clarifia les choses.

— Je n'avais pas compris que ta vie était à ce point-là différente de la mienne. Remarque, c'était un peu niaiseux de ma part. Je ne pouvais pas m'attendre à ce qu'une femme aussi extraordinaire mène une vie ordinaire.

En d'autres circonstances, la flatterie aurait exaspéré Virginie. Mais parce qu'aujourd'hui ces mots doux servaient à enrober des excuses, elle les accepta de bon gré.

— Tu me dragues encore ?

— Toujours.

— Même maintenant que tu me connais mieux ?

— Surtout maintenant que je te connais mieux.

— Charmeur, va !

En remarquant que le serveur leur tournait autour, Régis désigna le menu.

— Ce n'est pas pour te bousculer, mais je pense qu'on aura moins de temps pour jaser que ce que j'avais prévu.

— Il fallait choisir une autre journée.

— Ça tombait bien ce midi parce que j'ai une réunion de famille à Odanak ce soir.

Il repoussa sa tresse et enfila ses lunettes de lecture. Virginie sourit quand il lui proposa un plat de canard en insistant sur le fait que c'était la spécialité de la région. Elle avait eu la même idée. Au fond, Régis et elle n'étaient pas si différents. Peut-être avaient-ils simplement manqué de temps pour s'habituer l'un à l'autre.

Avec le canard, ils commandèrent de la bière d'une brasserie locale, et quand le serveur s'en alla, ils reprirent leur conversation.

— Knowlton n'était pas vraiment sur ton chemin si tu t'en vas à Odanak.

— Ça m'a fait un petit détour, c'est vrai, mais c'était plus facile pour toi.

L'attention émut Virginie. Elle s'apprêtait à l'en remercier quand elle le vit enlever ses lunettes et se pencher pour les glisser dans son sac. Il en retira une boîte de carton qu'il déposa devant elle.

— Voilà ton livre.

Charmée, elle attrapa son couteau et fendit le ruban adhésif. La boîte s'ouvrit sur un ouvrage ancien, mais à peine jauni.

Régis s'éclaircit la voix, visiblement fier de lui.

— *L'Église canadienne sous le Régime militaire*, dit-il. La première édition. De toute façon il n'y en a eu qu'une, celle-ci, de 1956. Mais je t'avouerai que je ne me serais jamais attendu à ce que tu me commandes ça.

— Je voulais juste le tome I.

— Pour les problèmes ?

— Pour les problèmes, comme tu dis.

Elle savait que l'ouvrage comptait plusieurs chapitres sur la débauche, l'ivrognerie et les autres incartades du clergé catholique pendant les années qui avaient marqué le passage du Régime français au Régime anglais. Ces années, qu'on appelait «le Régime militaire», allaient de la prise de Québec en 1759 à l'installation permanente des Anglais en Nouvelle-France en 1764, après le traité de Paris.

— Loin de leurs supérieurs français, expliqua Virginie, certains curés se sont sentis bien libres pendant ces années-là. Libres d'une manière que je trouve inspirante.

Régis lui fit un clin d'œil.

— L'occasion a fait le larron?

— Exactement.

— Tu as l'intention d'écrire là-dessus?

— Si je trouve une histoire à raconter, oui. Mais disons que je pense que quelque chose cloche dans l'image qu'on a de nos ancêtres.

Régis éclata de rire avant de répéter:

— «Quelque chose cloche dans l'image qu'on a de nos ancêtres.» On doit pouvoir dire ça d'à peu près tous les peuples, pas juste des Québécois.

— Probablement. Mais ici je vois des incohérences…

— Excusez-moi.

La voix venait de derrière. Surprise, Virginie tourna la tête et se retrouva nez à nez avec un homme de soixante-dix ou soixante-quinze ans.

— Excusez-moi, répéta ce dernier. Seriez-vous l'auteure?

Son attitude traduisait une admiration et une joie excessives. Virginie lui sourit.

— Vous êtes comique, vous! Je ne suis pas Louise Penny, et je ne pense même pas que je lui ressemble.

L'autre secoua la tête.

— Je ne parle pas de Louise Penny. Je vous demande si vous êtes V. A. Constantineau.

Virginie en resta bouche bée. Au point que c'est Régis qui dut répondre.

— Bien sûr qu'il s'agit de la célèbre V. A. Constantineau.

— Arrête, Régis.

Le regard de l'inconnu alla de Virginie à Régis. Il semblait confus.

— C'est vous ou ce n'est pas vous ?

— Oui, c'est moi. Mais je vous avouerai que ça n'est jamais arrivé qu'on me reconnaisse dans un endroit public.

— Pourtant ! Il y a votre photo à l'arrière de vos livres.

— Je sais, mais…

Il repéra une chaise libre à la table voisine et s'en empara.

— Permettez que je me joigne à vous un instant. J'ai lu tous vos romans, vous savez.

Virginie n'en croyait rien même si l'autre avait l'air sincère.

— Je m'appelle Norman Saxby.

— Régis Obomsawin. Vous êtes américain ?

— Oui, je suis en vacances.

— Oh, fit Virginie. Seriez-vous assez chanceux pour avoir loué une des belles maisons du village ?

— Malheureusement non. Je loge chez des amis, et ils possèdent une maison bien ordinaire.

Il désigna un couple à une autre table.

— Mais ce sont des gens charmants, précisa-t-il avec empressement.

Il avait une drôle d'allure, avec son t-shirt, ses jeans défraîchis et ses cheveux gris qui lui tombaient sur les épaules. Ne manquait que le bandana, et il aurait ressemblé à Keith Richards.

Il déclara à brûle-pourpoint avoir fait un peu de recherche au sujet de Virginie. Il avait ainsi découvert qu'elle avait des ancêtres anglais.

— Du bord de ma mère, précisa-t-elle.

Elle venait de remarquer que même si la structure de ses phrases était des plus québécoises, il prononçait les mots à l'européenne, dans un accent qui rappelait la Belgique… ou la Suisse. Elle n'eut pas le temps de l'interroger.

— Ce sont peut-être vos amis qui vous ont fait connaître Virginie ?

Virginie leva les yeux au ciel ; Régis se comportait comme un agent.

— Non, répondit Norman Saxby. Je veux dire, ils la connaissent, oui, mais ils n'ont pas servi d'intermédiaire. Je…

Il se tourna vers Virginie et la regarda avec intensité.

— J'ai terminé il y a un mois votre dernier livre. Je l'ai tellement aimé que j'ai fait venir tous les autres. J'ai pris plaisir à les lire, mais ce n'était pas ce que je cherchais. Votre biographie de Nicolas Gustave, par contre. C'était… Comment dire ? Rafraîchissant.

— Ça n'a pas dû vous rafraîchir bien longtemps, répliqua Virginie. Le livre ne fait pas deux cents pages.

Norman Saxby ne releva pas la blague, sans doute ne l'avait-il pas comprise.

— Imaginez ! Quand j'ai eu fini de le lire, je me suis dit que vous étiez exactement la personne dont j'avais besoin. Et voilà que vous êtes là, à dîner dans le même restaurant que moi. C'est un signe !

Virginie s'était rembrunie. Elle savait ce qui allait suivre, car il ne se passait pas une saison sans que quelqu'un ne lui demande d'écrire un livre à partir d'un sujet, d'un ancêtre, d'un événement…

Justement, Norman Saxby se mit à parler de sa grand-tante.

— Elle s'appelait Emily Ann et vivait en France pendant la guerre et…

Virginie leva une main en secouant la tête.

— Je vous arrête, monsieur Saxby. Je suis désolée, mais je n'écris pas de biographies.

— Mais vous venez de publier celle de Nicolas Gustave !

Virginie avait devant elle un homme tenace.

— C'est différent, dit-elle avec douceur, mais fermeté.

— Je ne vois pas comment. Ma tante aussi a mené une vie spéciale et…

— Comprenez-moi bien, je vous crois quand vous dites que votre tante était extraordinaire, mais cette idée, c'est la vôtre. Et moi, malheureusement, les seules idées qui m'inspirent, ce sont les miennes.

— Mais je n'ai encore rien dit! Accordez-moi cinq minutes et je vous raconte comment elle a participé à …

C'est ce moment que choisit Régis pour intervenir.

— Je pense, monsieur Saxby, que votre chien est mort. Virginie est une personne difficile. Ne perdez pas votre temps. De toute façon, elle tient déjà son nouveau projet de roman.

Le ton était sans réplique. Norman Saxby s'excusa de les avoir dérangés et retourna à la table où l'attendaient ses amis.

— Merci, souffla Virginie. Je ne savais plus quoi dire.

Régis inclina la tête dans un geste de respect exagéré.

— À votre service, madame!

Puis, arrêtant le serveur qui passait à proximité, il commanda encore de la bière.

— Qu'est-ce qu'on disait, déjà?

— Je disais que quelque chose cloche dans l'image qu'on a de nos ancêtres.

Régis s'esclaffa.

— Tu ne croyais pas si bien dire.

Ils trinquèrent et changèrent de sujet; le serveur venait d'apparaître avec leurs assiettes.

2

Andrew

Denyse, Alberta, le même jour

Le ruban de bitume se déroulait à perte de vue, tellement droit que même en roulant à 130 kilomètres/heure, Andrew avait l'impression de ne pas avancer. L'odomètre indiquait pourtant qu'ils avaient parcouru deux cents kilomètres depuis l'aéroport de Calgary. De chaque côté de l'autoroute, le paysage était le même : des champs de blé, du bétail, quelques puits de pétrole isolés. Au loin s'agitaient les palmes des éoliennes que le gouvernement essayait d'installer à la grandeur des Prairies canadiennes. Il s'agissait d'une alternative viable aux combustibles fossiles, mais Andrew avait lu qu'en Alberta, des groupes de citoyens s'y opposaient. Les emplois dans les sables bitumineux étaient beaucoup mieux rémunérés.

Comme le monde avait changé en deux ans !

— C'est encore loin ?

Andrew chercha son fils des yeux dans le rétroviseur.

— Je pense, Fred, que tu as passé l'âge de poser cette question.

L'adolescent lui fit une grimace avant de reporter son attention sur le paysage monotone.

— Ça fait combien de temps qu'on est partis ?

Andrew fusilla son autre fils du regard.

— Benjamin, ne commence pas.

Ce dernier afficha une moue indifférente, mais assena un coup de coude à Philip, son frère aîné.

— C'est à ton tour, murmura-t-il.

Andrew sourit malgré lui.

— Ça va. Inutile de gaspiller votre salive, les gars. Si on ne se perd pas, on sera là dans une heure.

— Une heure !? s'écrièrent-ils en chœur.

Andrew aurait dû trouver sympathique cette stratégie pour le dérider. Il tenta un air encourageant, mais savait ce demi-sourire peu crédible.

— On pourrait activer le GPS…

La proposition venait de Philip. Andrew allait répliquer, mais une main se posa sur sa cuisse pour lui suggérer de faire un petit effort. Du coin de l'œil, il vit que Patsy n'avait pas levé les yeux de sa carte routière. Sa femme avait le don d'atténuer les tensions.

— Je pense que c'est la prochaine sortie, dit-elle.

Ces mots semèrent l'espoir dans la voiture.

— On arrive ? demanda Frederick.

— Non, mais on va bientôt quitter l'autoroute.

— Ça veut dire qu'on arrive ?

— Non. Ça veut juste dire qu'on va rouler sur une route moins importante.

— Ça veut aussi dire, précisa Benjamin sans cacher son irritation, qu'on va rouler moins vite.

Le silence revint.

Andrew avait entendu dire que l'hiver en Alberta s'étirait souvent jusqu'en avril. Difficile à imaginer ce jour-là, avec ce soleil radieux qui plombait l'asphalte. S'il avait fait à peine plus chaud, on aurait pu se croire en été.

Il jeta un autre coup d'œil dans le rétroviseur et s'émerveilla encore une fois en constatant à quel point ses fils avaient grandi et pris de la maturité. Il n'était resté que deux ans moins un jour en prison, mais il avait l'impression qu'il s'en était écoulé dix. Deux en dedans, dix dehors. Comment était-ce possible ?

Frederick n'avait plus rien d'un enfant. À douze ans, il allait commencer le secondaire. Il n'avait pas l'habitude de rester immobile longtemps et, même s'il s'était replongé dans son jeu vidéo, on le sentait impatient. Pendant le vol depuis Toronto, il n'avait cessé de frétiller sur son siège, empêchant tout le monde de dormir.

Benjamin avait célébré son quinzième anniversaire le premier du mois. Mince à en paraître maigre, il n'avait pas vraiment grandi. Il avait cependant perdu sa candeur juvénile et était devenu sérieux au point d'apporter un livre dans ses bagages.

Philip, pour sa part, semblait fasciné par le paysage – comment ne pas l'être ? – et ne quittait pas l'horizon des yeux. Il tenait de sa mère, celui-là, et dépassait son père d'une bonne tête. Il était plus costaud aussi, et avait la barbe drue. Pas de doute, à dix-sept ans, c'était déjà un homme. Andrew en avait d'ailleurs été bouleversé en l'apercevant à la porte de la prison.

Si ses fils avaient honte de leur père, ils le lui cachaient bien. Andrew avait beau les observer depuis sa sortie, il n'avait pas vu l'ombre d'un reproche dans leur regard. Dans celui de Patsy non plus, d'ailleurs, et il se demandait ce qu'il avait fait pour mériter une famille aussi extraordinaire. Sa femme et ses fils avaient pourtant été forcés d'assumer une partie des conséquences de son geste. La vie n'avait pas dû être facile pour eux.

Dans ses meilleurs moments, Andrew imaginait qu'ils comprenaient – voire qu'ils approuvaient. Puis il se raisonnait. Il devait se compter chanceux que ses fils ne lui en veuillent pas. Quant à Patsy, il admettait volontiers ne pas comprendre. Cette femme l'aurait accompagné en enfer s'il le lui avait demandé. Ou bien elle aurait attendu qu'il en revienne, comme si de rien n'était. Et comme elle le faisait tous les jours depuis qu'il avait retrouvé sa liberté.

*

La maison se dressait à l'extérieur du village, à deux pas de l'église. Si on pouvait parler d'une église. Mais comme on ne pouvait pas non plus parler d'une maison…

Deux cabanes, plutôt. L'une plus haute que l'autre. La « maison » présentait un revêtement de planches grisonnées par le temps. Plusieurs manquaient, sans doute arrachées par le vent. Le toit avait tenu le coup, apparemment, mais en voyant le bardeau, vraiment très usé, on se disait qu'il devait laisser passer la pluie. Les vitres de deux fenêtres de l'étage avaient été réparées avec du ruban adhésif. Les trois de la façade du rez-de-chaussée étaient placardées.

À quelques mètres de là, l'église paraissait en pire état. Son toit s'était effondré d'un côté, près du clocher. Toutes les fenêtres avaient été bouchées avec des panneaux de contreplaqué, mais la porte, sans doute défoncée par des vandales, avait été laissée grande ouverte.

Comme les autres communautés progressistes au Canada, celle de Denyse avait subi un déclin vertigineux à la fin du siècle dernier. Faute de moyens, ses bâtiments avaient été abandonnés.

Pendant que Patsy et les garçons sortaient examiner les lieux, Andrew resta derrière le volant, hésitant entre le découragement et la gratitude. Cette mission, c'était sa deuxième chance. Denyse comptait trois cents habitants dont deux cent quatre-vingts formaient une congrégation évangélique littéraliste. Leur église – un édifice moderne qui fonctionnait à pleine capacité, selon ce qu'Andrew avait lu sur Internet – était située au cœur du village. De la poignée de citoyens qui ne la fréquentaient pas, huit s'étaient regroupés récemment et avaient demandé un pasteur à l'Église progressiste du Canada, affirmant qu'ils voulaient former une communauté du XXIe siècle. C'est ainsi qu'Andrew était venu à Denyse comme les pasteurs d'autrefois se rendaient en mission dans différents pays d'Afrique. L'objectif dans ce cas-ci n'était toutefois pas de convertir les gens. Andrew était là pour participer à la vie spirituelle de quelques fidèles en quête de sens. Et il espérait être à la hauteur.

Son esprit revint dans la voiture où il était toujours assis. Devant cette maison en ruines et cette église qui l'était tout autant, il se demanda s'il ne se trompait pas. Peut-être poursuivait-il des chimères… Peut-être aurait-il été plus avisé de changer de profession en sortant de prison…

— Viens, chéri ! lui lança Patsy, apparue sur le seuil.

Quand il l'avait vue entrer dans la maison, quelques minutes plus tôt, il avait failli lui crier d'être prudente, lui rappeler que le bâtiment paraissait sur le point de s'écrouler. Il s'étonna donc de la voir sourire en s'approchant de la voiture.

— La maison a l'air mal en point, comme ça, mais à l'intérieur, elle est très bien.

— Tu l'as inspectée de la cave au grenier ?

— Il n'y a ni l'un ni l'autre, mais les murs tiennent debout. C'est déjà ça.

Elle lui ouvrit la portière pour l'inviter à descendre.

— On ne le voit pas d'ici, mais il y a un lac, dans la cour arrière. Je parie que le soleil se couche sur l'eau.

— Mon amour, n'exagère pas.

— Mais je n'exagère pas ! Le village se trouve à moins d'un kilomètre de l'autre côté. On le voit très bien de là-haut.

Andrew se laissa entraîner hors de la voiture.

Il n'avait pas posé le pied sur le sol que l'odeur de l'air lui donna le vertige. Sec, poussiéreux certes, mais chargé d'un parfum singulier, quelque chose qui provoqua soudain en lui un trouble impossible à décrire. Il sentit une boule se former dans sa gorge et des larmes lui piquer les yeux. Mais sitôt éprouvée, l'émotion disparut, et il se sentit presque serein. Le mot qu'il avait envie d'utiliser était *recentré*. Ses idées noires disparurent d'un coup, et il suivit Patsy dans leur nouvelle demeure.

À l'intérieur, les garçons s'activaient déjà à nettoyer.

— On a choisi nos chambres, déclara Philip, comme si la chose était de première importance.

— Il y en a cinq, papa ! Tu imagines ? Elles sont toutes en haut. Je pense qu'on n'a jamais eu une maison aussi grande.

— Je le pense aussi, Fred, mais il aurait peut-être été préférable de laisser votre mère attribuer les chambres parce que…

— C'est ce que j'ai fait en arrivant, l'interrompit Patsy.

Elle mentait, ça se voyait, et Andrew comprit qu'elle voulait que ses fils aient leur mot à dire dans cette aventure, même si le seul choix qu'on leur laissait était de décider où ils dormiraient.

— De toute façon, on vous a laissé la plus grande.

Frederick ne réalisait pas qu'il trahissait sa mère. Andrew fit comme s'il ne s'était aperçu de rien.

— Dans ce cas, faites-moi donc visiter les lieux.

Ravi, Frederick grimpa les marches quatre à quatre, faisant voler la poussière.

— Suis-moi, papa ! Tu vas voir, on a une belle vue sur le lac.

— Tu t'excites pour rien, râla Benjamin. C'est juste un trou d'eau.

Andrew ignora ce dernier commentaire et suivit son fils cadet à l'étage. Mais quand il se planta devant la fenêtre de la chambre qu'il allait partager avec Patsy, il ne put cacher sa déception. Benjamin avait raison ; ce lac, c'était juste un trou d'eau.

3
Cécile

Les badlands, Alberta, 22 juin 1942

Même si le soleil semblait stagner à l'horizon, Cécile Maltais avait allumé un feu et y avait mis à griller le lièvre abattu plus tôt cet après-midi-là. Pendant que la viande cuisait, elle avait monté sa tente, déroulé son sac de couchage et sorti la gamelle dans laquelle elle comptait faire chauffer de l'eau.

Elle avait dressé son camp au bord de la rivière Red Deer, là où il y avait peu de risques d'éboulis. Tout autour, le paysage se déployait en colonnes inégales, en coulées, en buttes et en falaises abruptes. Partout, du rouge, de l'ocre, du beige et, dominant l'ensemble, un ciel bleu qui mettait du temps à rosir.

Soixante-quinze millions d'années plus tôt, la région avait été recouverte d'une forêt qui n'avait rien à envier à celle de l'Amazonie. Le lit de la rivière s'était étendu loin, montant peut-être aussi haut que les falaises. Cet ancien climat « tropical » expliquait les trésors dont regorgeaient aujourd'hui les couches successives de sédiments. Des trésors pour qui avait l'œil. Et Cécile l'avait, cet œil. Elle pouvait repérer la moindre irrégularité – si l'on admettait qu'il existait ici une chose telle que la régularité – à trois et même quatre mètres de distance. Et depuis qu'elle était allée à l'université, elle pouvait même distinguer les types de roches les uns des autres et, ainsi, réduire son périmètre de recherche. L'université avait peut-être servi à quelque chose, finalement.

L'université C'est quand elle avait compris quel serait son avenir après des études en géologie que Cécile avait décidé d'y mettre un terme. Enseigner ou gérer un musée ? Très peu pour elle. Une fois de retour chez son père, au début du mois, elle aurait pu entrer à l'usine. Avec la guerre, on embauchait les femmes et on les payait correctement. Mais l'idée de l'usine ne lui avait pas davantage fait envie.

Cécile n'aurait pu dire si c'était l'environnement ou une prédisposition naturelle qui la poussait à chercher des fossiles. Un goût pour l'aventure et la vie en plein air, ça, c'était certain. Un peu de talent, aussi. Elle savait qu'il ne s'agissait pas d'un métier officiel et qu'ils étaient peu nombreux à parcourir les badlands, les yeux rivés au sol. L'occupation, cependant, présentait un aspect lucratif non négligeable, et fournissait l'excuse idéale pour passer la nuit à la belle étoile et pour chasser en solitaire.

En plus d'avoir une excellente vision, le chercheur de fossiles devait être très patient, et capable de marcher plusieurs kilomètres par jour sans se décourager. Si la nature avait en effet doté Cécile d'un tempérament calme, elle l'avait aussi pourvue d'une fabuleuse mémoire photographique. C'était d'ailleurs cette mémoire exceptionnelle qui lui avait valu la bourse d'études à laquelle avait finalement renoncé, préférant gagner sa vie en sillonnant les badlands.

Après avoir mis de l'eau à chauffer, Cécile retourna à sa camionnette et en ressortit le petit banc de toile pliant qu'elle y rangeait en permanence. Elle fit glisser la sangle de son fusil sur son épaule et revint sur ses pas. Arrivée près du feu, elle installa son siège et glissa son arme en dessous. Au cas où. Elle savait se battre, ce n'était pas un problème. Elle l'avait d'ailleurs prouvé plus d'une fois pendant son adolescence. Et depuis qu'elle était sortie victorieuse d'une partie de bras de fer contre les frères McKenzie, elle avait acquis une certaine renommée. Mais là n'était pas la question. Cécile était d'avis que la menace de violence était plus efficace que la violence elle-même. D'où la présence de cette arme, bien en vue, mais dont elle ne comptait pas se servir.

Dans la gamelle, l'eau se mit à bouillir. Cécile se fit du thé. Elle retira ensuite son couteau de l'étui qu'elle portait à la ceinture et découpa un morceau de viande à la surface du lièvre. La chair avait noirci à l'extérieur. Cécile y mordit à belles dents. C'était un peu sec, mais bon. Tout en mastiquant, elle s'assit et regarda le ciel qui s'assombrissait, petit à petit. Elle aimait ce silence que meublait le crépitement du feu. Il permettait d'entendre le battement d'ailes d'un oiseau qui prenait son envol, effarouché par quelque prédateur qu'elle-même n'aurait pas senti approcher. La première étoile parut, près de l'horizon, pas très loin d'un mince croissant de lune. Cécile soupira d'aise et reconnut dans l'air, sous l'odeur du feu et de la viande grillée, celle des buissons que son père appelait « sauge sauvage ».

Si le paradis existait, il se trouvait précisément ici, au cœur des badlands, à dix milles d'East Coulee. Et pour en jouir, il fallait y venir seul. C'était du moins la conclusion à laquelle Cécile était arrivée depuis son retour de l'université. Car avant, elle ne détestait pas parcourir les environs avec Malcolm. Ils étaient amis depuis l'enfance. Depuis qu'elle et son père étaient arrivés du Lac-Saint-Jean...

Des souvenirs remontèrent. Elle avait sept ou huit ans, et le curé avait parlé longtemps. Il avait parlé fort aussi, pour que tout le monde l'entende malgré la pluie. C'était sa mère qu'on enterrait ce matin-là. Sa mère, qui était passée sous un train. Sa mère, dont Cécile, qui n'oubliait jamais rien, avait pourtant oublié le visage. De sa mère, donc, il ne restait que cette image d'un cercueil qu'on descendait dans la tombe et de la boue qui produisait un bruit de succion sous les pieds tandis que Cécile et son père quittaient le cimetière, quelques jours avant de prendre le train, de partir dans l'Ouest...

C'est à la mine de charbon d'East Coulee que son père avait été embauché, mais ses autres talents avaient vite été reconnus par les patrons et, assigné à l'entretien du matériel, il n'avait jamais eu à descendre sous terre pour gagner sa vie. Il avait aussi ouvert sa petite échoppe. On lui collait toutes les étiquettes, machiniste, ferblantier, même celle de chaudronnier, parce qu'il savait tout réparer, y compris les casseroles. Leur petite maison, à l'extérieur du village, était fréquentée par à peu près tout le monde. Un matin, Malcolm était arrivé avec un outil au manche branlant. Son père en ayant besoin le jour même, le garçon s'était assis sur un fauteuil du salon, le temps de la réparation. Quand il était reparti, Cécile comptait un nouveau compagnon, qui devint vite son meilleur ami.

Avec Malcolm, Cécile avait appris l'anglais en jouant aux billes. Ensemble, ils avaient parcouru les badlands. Il lui avait montré à tendre des collets, à tirer à la carabine à plomb, à chasser et à pêcher. Puis il était entré à la mine et elle, à l'université…

Le hurlement d'un coyote la tira de ses pensées. Les flammes avaient baissé, la viande devait être parfaitement cuite maintenant. Cécile découpa une cuisse et mangea en regardant le ciel où la Voie lactée traçait enfin son arc.

Des bruits de pas s'élevèrent soudain dans l'obscurité. Cécile se figea, aux aguets, puis sa voix fendit la nuit.

— Salut, Colm !

Les bruits de pas cessèrent, comme si Malcolm avait été surpris. Puis ils reprirent, en approchant.

— Salut ! Tu campes ici cette nuit ?!

Malgré ce qu'on aurait pu croire, ce n'était pas une question, alors elle ne répondit pas. Quand il apparut dans la lumière du feu, elle lui montra le lièvre d'un geste du menton.

— Sers-toi.

Il sortit son propre couteau, détacha la deuxième cuisse. La graisse en tombant produisit un grésillement. Malcolm resta debout, et ils mangèrent en silence, presque comme dans le temps. Presque, car Cécile, même si elle se montrait polie, avait envie d'être seule. Elle évitait de le regarder, fixant les flammes avec obstination. Elle sentait sur ses joues quelques-unes de ses mèches fraîchement coupées. Elle savait que quand elle levait le menton en un geste de défi, les plus longues boucles se courbaient pour suivre la ligne de sa mâchoire et semblaient ajouter à la provocation. Un effet dont elle abusait volontiers.

— Pourquoi est-ce que tu es revenue si ce n'est pas pour te marier ?

En entendant cette question, Cécile poussa un long soupir.

— Parce que je n'aimais pas l'université.

— Je ne te crois pas. Tu avais une bourse, ça ne te coûtait rien. Personne ne dit non à des études dans ces conditions-là.

— Moi, j'ai dit non.

— Je ne te crois pas.

— Qu'est-ce que tu veux que ça me fasse que tu me croies ou non ? Ce que je fais de ma vie ne te regarde pas.

— Tu te trompes.

Elle perdit patience.

— Si tu es venu jusqu'ici pour me dire que tu ne me crois pas, tu peux bien t'en aller. J'étais tranquille avant que tu arrives.

Malcolm leva les mains en signe d'apaisement.

— Ok. Ok. Faut pas te fâcher.

Elle émit un petit rire cynique.

— Je ne suis pas fâchée, Colm. J'aimerais juste que tu comprennes que je n'ai pas l'intention de t'épouser.

Elle vit ses épaules tressauter. Il ne s'était pas attendu à ce qu'elle lui dise les choses aussi crûment. Tant pis pour lui ! Il n'avait qu'à cesser de l'importuner avec cette histoire.

— Avec qui est-ce que tu vas te marier dans ce cas ?

— Avec personne, Colm. Ne t'inquiète pas.

— Je ne comprends pas.

— Je t'ai dit non, c'est simple.

Il la toisa et donna un coup de pied à une bûche qui dépassait des flammes. Des tisons s'élevèrent en nuées.

— Je ne te comprends pas ! répéta-t-il, furieux. Tu es une fille très ordinaire, Cécile. Même que pour te trouver belle, il faut te connaître. Comme tu n'as pas d'autre ami que moi dans le coin, eh bien personne d'autre ne va te trouver belle. Tu vas rester une fille ordinaire le reste de ta vie si tu ne veux pas de moi.

— Est-ce que c'est ta façon de me faire un compliment ? Parce que si c'est le cas…

— Ce n'est pas un compliment, idiote ! C'est la vérité.

— Bon. Ça suffit. Retourne dans ton pick-up, Malcolm Crawford ! Et va te lancer en bas d'une falaise. Ça soulagera tout le monde !

Quand elle le vit serrer les poings, elle se leva pour lui faire face. Il la jaugea un moment, puis se laissa choir sur le sol en soupirant. Apparemment calmé, il se resservit de la viande.

— J'étais venu te dire que je vais m'enrôler.

— C'est gentil de me tenir au courant.

— Je vais partir à la guerre et je ne reviendrai peut-être pas.

— Tant mieux ! Je vais enfin avoir la paix.

Elle se rassit à son tour, mais ne reprit pas de lièvre.

— Tu vas vieillir toute seule, Cécile.

— Je m'en fiche et je ne vois pas ce que ça peut te faire.

Il mastiqua longuement. Elle ne dit plus rien. Qu'y aurait-il eu à dire, de toute façon ?

4
Émilienne

Paris, début mai 1939

Le soleil d'après-midi répandait sa lumière crue sur la ville, et la rue de Tournon s'étirait, animée, jusqu'aux Jardins du Luxembourg. Émilienne déambulait, le pas traînant, la tête ailleurs. Elle aimait ces jours de printemps quand, dans l'air tiède, un vent plus frais lui caressait les joues. Le parfum des arbres et des fleurs masquait les relents des égouts, de sorte qu'elle ne percevait de Paris que le plus beau. Sa lumière, son architecture, ses cafés et ses gens qui prenaient leur temps.

Six années s'étaient écoulées depuis qu'elle avait quitté New York, traversé l'océan et débarqué à Bordeaux. Elle n'était, à l'époque, qu'une toute jeune femme qu'on appelait encore Emily Ann et qui parlait un français laborieux. Le temps avait adouci son accent. Qui l'entendait parler aujourd'hui n'aurait su dire d'où elle venait. De Bretagne ? De Belgique ? De Suisse ?

Elle s'arrêta devant la librairie et jeta un coup d'œil envieux au café bondé, de l'autre côté de la rue. Paris étant Paris, les clients s'y prélassaient en grand nombre, tant à l'intérieur que sur la terrasse. Il allait lui falloir surveiller l'endroit et se hâter si, par chance, une table se libérait.

C'était là le nouveau défi des Parisiens et des touristes : se trouver une place assise dans un café. Quand les étrangers avaient pris d'assaut la ville, au début du mois, Émilienne avait d'abord été découragée, les cafés ayant du coup perdu leur charme.

L'affluence des touristes avait cependant eu pour effet de relâcher la tension qui avait régné sur Paris et dans toute l'Europe depuis que l'Allemagne avait envahi la Tchécoslovaquie à la fin de l'hiver. Émilienne s'était entendue soupirer d'aise en se frayant un chemin dans la foule qui stagnait devant le Louvre. Si la guerre avait été une menace réelle, les touristes seraient restés chez eux, les Américains, surtout. Or, elle entendait partout les accents typiques de son pays, quand ce n'étaient pas carrément des mots d'anglais. Émilienne reconnaissait d'ailleurs un compatriote au premier coup d'œil. L'exubérance et la suffisance américaines n'avaient pas leur pareil pour se faire remarquer ou tenter d'obtenir une faveur. Pour dépasser dans une file, par exemple. «Je suis américain», prononcé avec l'accent habituel, ouvrait toutes les portes, même celles des restaurants chics et chers où il fallait au commun des mortels une réservation faite plusieurs semaines à l'avance. Ce *Sésame, ouvre-toi*, les Français l'enviaient et le méprisaient, eux qu'on condamnait à faire la queue quels que soient l'heure et le jour de la semaine.

Si la majorité des Américains envahissaient la place Vendôme et les boutiques des Champs-Élysées, ce n'était pas le cas d'Émilienne, qui fréquentait plutôt la Sorbonne. Elle avait d'ailleurs renoncé dès le début au luxe dans lequel elle aurait pu vivre. Au lieu de loger à l'hôtel, comme d'autres, elle louait un petit appartement au-dessus d'une épicerie, à distance de marche du métro. Elle portait des tailleurs bien coupés mais peu voyants, et relevait ses cheveux, les nouant en un chignon sage, tout en s'assurant qu'une mèche dissimulait son front, trop haut pour être élégant.

Son visage offrait un profil inhabituel en France – comme en Amérique, d'ailleurs! Le nez était un peu long, les iris, bien que d'un bleu qui n'était pas sans intérêt, paraissaient trop petits. À tout cela s'ajoutait une paire de lunettes à verres épais qui la faisait passer pour une institutrice alors qu'elle était une éternelle étudiante. Aux dires de sa mère, elle avait hérité les traits de son père. Il ne s'agissait pas d'un compliment, et Émilienne n'avait jamais entendu la comparaison sans grincer des dents.

En plus de ce physique ingrat, la nature l'avait dotée d'un caractère qu'on disait difficile. Toute sa vie elle avait protesté au lieu de s'efforcer de plaire – ce qui, dans sa situation, aurait été ridicule. En plus, elle se fâchait souvent. Au conformisme qu'on héritait quand on venait au monde avec le « *old money* », Emily Ann avait opposé des idées bien à elle. Son penchant marqué pour l'égalitarisme – quand ce n'était pas pour le communisme – avait aussi contribué à faire fuir ses derniers prétendants, ceux qui auraient pu voir dans cette union une manière de grimper les échelons.

Devinant l'humiliante vie de vieille fille qui l'attendait, Emily Ann Saxby avait préféré l'exil. Des études universitaires au cœur de la Ville Lumière avaient sauvé les apparences. Sa famille, que sa situation de *spinster* désespérait, avait été soulagée de la voir prendre la mer. Si, au début, on avait prié pour qu'elle revienne au bercail avec un époux – à quoi d'autre pouvait servir l'université ? –, six années, une licence et un diplôme d'études supérieures en histoire avaient fini par convaincre ses parents qu'Emily Ann, devenue Émilienne, ne rentrerait pas. Elle leur écrivait donc une fois par mois, en échange de quoi elle avait accès à la fortune familiale. On ne lui demandait rien de plus, surtout qu'elle dépensait bien peu.

« Il en a fallu, du courage… »

Ces mots, elle les entendait chaque fois qu'elle racontait sa traversée de l'Atlantique. Elle aurait aimé corriger ses interlocuteurs, leur expliquer qu'il ne s'agissait pas de courage, mais de dépit. Elle s'en trouvait toutefois incapable. L'image qu'on se faisait d'elle lui plaisait davantage que la réalité. C'était peut-être pour cette raison qu'elle avait fait du courage son sujet de recherche. Il y avait d'abord eu le courage des païens qui avaient résisté à la christianisation de l'Europe. Était ensuite venu le courage des cathares, ces membres d'une secte médiévale qui avait rejeté l'autorité de Rome.

Et puis un matin, en lisant un document relatant le procès d'un cathare célèbre, elle était tombée sur le nom qui allait changer le cours de sa vie.

Bernard Délicieux.

Émilienne, qui n'avait jamais connu l'amour, avait eu le coup de foudre pour ce franciscain du Languedoc, sorte de Robin des Bois français, qui s'était opposé à l'Inquisition avec fougue et entêtement. Il avait défendu ceux qu'on opprimait en raison de leur foi. C'était pourtant un moine catholique ! Il aurait pu se la couler douce dans son couvent au lieu de courir les chemins pour s'attaquer aux inquisiteurs. Quelle étrange foi l'avait animé ? Pourquoi tant de bravoure ? D'inconscience ?

Émilienne avouait volontiers que lorsque Bernard Délicieux était entré dans sa vie, la lumière du jour avait changé de couleur. Elle avait lu tout ce qui s'était écrit sur lui – bien trop peu, à son avis. Elle avait ensuite comparé les textes, les sources, interprété des événements, tiré des conclusions inédites et publié nombre d'articles dans des revues prestigieuses. En ce XXe siècle, dans une société au bord d'une deuxième grande guerre et où chacun se demandait de quoi demain serait fait, le renoncement de Bernard Délicieux aux plaisirs et au confort fascinait. Sa soif de justice, elle, forçait l'admiration.

Or, malgré sa passion, la richesse de ses théories et ses succès, Émilienne se trouvait sur une voie sans issue. En tant qu'étrangère, elle ne pouvait enseigner dans une université française. Quant aux universités américaines, elles ne s'intéressaient pas à l'histoire du catharisme – et encore moins à la vie d'un moine du XIVe siècle qu'on disait hérétique. Qu'à cela ne tienne, Émilienne continuait d'accumuler les diplômes et de publier ses idées et ses conclusions. Il y avait pire manière de vivre sa vie.

Le libraire Seigner la vit entrer et, tout en s'affairant à déballer un nouvel arrivage, il la salua avec sa jovialité habituelle.

— Mademoiselle Saxby ! Comment allez-vous aujourd'hui ?

— Très bien, merci.

La librairie était déserte. Émilienne se dirigea comme d'habitude vers le rayon des ouvrages sur le Moyen Âge. Le libraire, qui retirait d'une boîte une demi-douzaine de livres identiques, lui en tendit un.

— Nouvelle publication sur l'architecture des cathédrales. Ça vous intéresse ?

Émilienne lui fit signe que non, mais se ravisa en jugeant qu'elle venait de manquer de courtoisie. Elle s'approcha pour examiner le livre, un ouvrage de référence comme il s'en publiait une douzaine par année. Elle le feuilleta, fit mine un moment de le trouver intéressant puis le déposa. L'architecture la laissait froide. Elle, c'était l'humain, son truc. L'humain avec ses forces et ses faiblesses. Ses forces, surtout.

Elle s'apprêtait à retourner à la section sur le Moyen Âge quand elle vit le libraire empiler sur le comptoir une dizaine d'exemplaires d'un livre rouge titré en blanc. *Entre courage et folie, cinq ans dans un camp de travaux forcés.* Émilienne reconnut le nom de l'auteur. Tudorel Tcherniak avait fait les manchettes quelques années plus tôt en s'évadant d'une prison de Sibérie. Tout le monde savait qu'on ne sortait pas d'URSS. Encore moins d'un camp de travail de l'autre côté de l'Oural. Un tel exploit piquant sa curiosité, elle s'empara d'un exemplaire et lut la biographie de l'auteur, au dos de la jaquette.

De parents russes, Tcherniak avait vu le jour en Autriche avant de se rendre en Russie pour participer à la révolution. Il était passé à l'histoire pour sa spectaculaire évasion et pour avoir réussi à rejoindre Vienne, sa ville natale, en traversant incognito l'Ukraine et la Tchécoslovaquie. Il était ensuite parti se battre en Espagne dans les Brigades internationales, avait été arrêté et incarcéré, s'était évadé de nouveau… Blessé au genou dans une escarmouche, il avait été rapatrié en Autriche. Il se disait « citoyen de l'Europe » et prétendait se sentir partout chez lui. Pourtant, une sanction d'Hitler, suivie d'une autre de Staline, avait fait de lui un sans-papiers et un apatride. Forcé de fuir l'Autriche à la veille de l'invasion allemande, il avait trouvé refuge en France. Que plusieurs gouvernements aient fait brûler ses livres ne l'empêchait pas d'écrire, surtout en français, et d'être traduit partout où ses œuvres n'étaient pas encore interdites.

Émilienne l'avait vu quelques fois en photo. Le visage étroit, une moue juvénile, la chevelure abondante et noire et de toutes petites lunettes rondes.

Elle ouvrit le livre à la première page.

La vie est peuplée de hasards dont le sens nous échappe. Une occasion saisie, une autre manquée, les deux permettent de croire au libre arbitre. Et pourtant, tant de forces obscures travaillent contre nous…

Séduite, elle passa à la caisse avec le livre.

— Vous m'en donnerez des nouvelles, lui dit le libraire en lui tendant sa monnaie. Vous savez, monsieur Tcherniak est un client régulier. Oh ! Mais…

Son visage prit une expression de surprise ravie, ce qui força Émilienne à suivre son regard. Un homme venait d'entrer, elle le reconnut tout de suite. Grand, maigre, les tempes grises, celui qui se tenait devant la porte frisait certainement la cinquantaine. Il se dégageait toutefois de sa personne une grande vitalité, et on sentait que son regard pénétrant ne négligeait rien.

— Seigner, mon ami ! Vous avez reçu la caisse, n'est-ce pas ? Ah, mais oui ! Quel bonheur !

Émilienne perçut l'accent rugueux de l'Europe de l'Est et se rappela avoir lu que Tudorel Tcherniak connaissait une dizaine de langues, mais qu'il les parlait toutes avec un accent prononcé.

— Monsieur Tcherniak ! s'exclama le libraire. Vous me voyez honoré. Sachez que je viens justement de vendre un premier exemplaire à cette demoiselle.

« La vie est peuplée de hasards dont le sens nous échappe », se rappela Émilienne avec ironie.

Tcherniak s'avança et elle remarqua une légère claudication. Il s'arrêta net à sa hauteur.

— Je peux vous faire une dédicace, si vous le désirez.

Émilienne se dit que la chose lui ferait surtout plaisir à lui, et lui tendit son livre.

— S'il vous plaît, dit-elle. Je m'appelle Émilienne.

Il prit le stylo que lui tendait le libraire, se pencha sur le comptoir et griffonna quelques mots.

— Pour Émilienne, répéta-t-il. Vous êtes une lectrice fidèle, n'est-ce pas ?

Il avait parlé sans quitter la page des yeux, mais il était évident qu'il cherchait à lui soutirer un compliment.

— Pas vraiment, répondit-elle, malicieuse.

Il leva vers elle un regard surpris puis, esquissant à son tour un sourire, il lui rendit son livre.

— J'aime les femmes honnêtes. Je peux vous offrir un verre ?

L'instant d'après, ils discutaient de l'autre côté de la rue, attablés à la terrasse du Café Tournon.

5
Virginie

Brookbury, Québec, 14 avril

Lotus Tetragonolobus. Tel était le nom de cette variété de pois aux belles fleurs rouges pour laquelle Virginie venait de creuser un sillon au pied d'un treillis. Plein sud. Plein de soleil. Plein de pluie aussi. Si ces fleurs s'avéraient aussi jolies que sur la photo du sachet, elles vaudraient le coup d'œil dans quelques semaines. Et ces pois, mélangés aux feuilles de pissenlit, à l'oseille et à la ciboulette qui sortaient déjà de terre, feraient une salade printanière typique du Canada. Du Canada moderne, s'entend, puisque même si l'indication sur le sachet affirmait que le *Lotus Tetragonolobus* était une variété patrimoniale, Virginie savait qu'elle venait d'Europe. Tout comme les pissenlits, l'oseille et la ciboulette, d'ailleurs.

Elle enfonça les pois dans la terre à intervalles réguliers, les recouvrit d'une mince couche de terreau et versa sur l'ensemble le contenu d'un arrosoir. L'instant d'après, un chiot bigarré d'à peine six mois arrivait en courant. Il planta ses pattes dans le terreau boueux avant de bondir sur Virginie.

— Ah, non ! Champlain, ôte-toi de là !

Mais le chiot, aussi sourd qu'excité, continua ses simagrées.

— Oublie ça ! Je ne te prends pas, tu es trop sale !

Elle l'éloigna de la plate-bande, replaça le terreau et se redressa, courbaturée. Qu'est-ce qui lui avait pris d'adopter un chiot ? Elle n'avait plus vingt ans – ni même trente ! – et encore moins l'énergie pour répéter à longueur de journée : « Non, Champlain ! », « Beau chien ! », « À terre ! », « Couché ! », « Assis ! », « Pipi ! », « Non, Champlain ! »

Misère !

Elle s'essuya les mains avec une guenille. Champlain se sauvait maintenant avec l'os que rongeait Vaudreuil quelques minutes plus tôt. Patient, mais surtout trop vieux pour ce genre de jeu, Vaudreuil renifla la pelouse et trouva une vieille balle pour remplacer l'os volé. Virginie sourit. Malgré l'énergie qu'exigeait la présence d'un chiot dans la maison, elle devait admettre qu'il y mettait de la vie. Il était rigolo, faisait des cabrioles, léchait tout le monde et n'aimait rien tant que dormir sur le sofa, roulé en boule, collé tout contre sa cuisse. En cela, il ressemblait beaucoup à Montcalm, qui s'était éteint au début de décembre.

Virginie soupira. S'il était moins douloureux aujourd'hui, le départ de Montcalm avait laissé un grand vide dans la maison. Et Vaudreuil, qui l'avait cherché pendant toute une semaine, avait fini par déprimer, posté presque en permanence à la fenêtre du salon pour guetter les voitures. Un matin, n'y tenant plus, Virginie s'était rendue chez un éleveur du coin et en était revenue avec un chiot qu'elle avait baptisé Champlain avant même d'arriver à la maison. Parce qu'il fallait tout de suite un nom à ce chiot, si on voulait qu'il prenne sa place. Et parce que, sur le chemin du retour, on avait parlé aux nouvelles de cet archéologue qui cherchait toujours la tombe de Samuel de Champlain dans le Vieux-Québec. Le fait que le chiot était une femelle n'était pas entré en ligne de compte dans cette décision.

C'est ainsi que Champlain avait remplacé Montcalm, fatigué Vaudreuil et énervé Marguerite qui, comme tous les chats, n'avait pas beaucoup de patience. Mais surtout, le chiot avait égayé la maison. Parce que Virginie riait de ses espiègleries, il les répétait et en inventait de nouvelles. Personne ne lui résistait. Même Régis avait pris plaisir à le voir s'exciter avec une balle qu'il lançait dans les airs pour la rattraper avant qu'elle ne touche le sol.

Tout seul, sans entraînement, rien que pour le plaisir de jouer et de bouger.

Virginie eut une pensée chaleureuse pour Régis. Elle était contente; leur rendez-vous s'était bien passé. Ils s'étaient réconciliés.

La vie avec Régis ne s'était pas déroulée exactement comme elle l'avait imaginé quand elle lui avait offert de l'héberger après son accident et l'incendie de sa librairie[2]. Au tout début, c'est vrai qu'ils s'étaient plutôt bien entendus et, très vite à l'aise, chacun avait repris le boulot. Sauf que la recherche et l'écriture occupaient non seulement les journées de Virginie, mais aussi une partie de ses nuits et des heures de repas. Régis avait fini par se sentir négligé, condamné qu'il était à manger en silence pour ne pas la déranger. Au bout d'un certain temps, il lui avait reproché de toujours être dans la lune, de toujours travailler, de faire comme s'il n'était pas là. Puis, las de manger avec une statue, il avait plié bagage au début du mois de mars. La reconstruction de sa librairie était terminée, et il avait affirmé n'avoir qu'une envie: reprendre son négoce, chez lui.

Heureusement, ils avaient vécu au fil des ans des choses plus importantes que ces heurts domestiques. C'est cette complicité qui leur avait permis, à Knowlton, de passer outre les enfantillages. Virginie avait été heureuse de le retrouver joyeux, taquin et charmeur. Tout n'était pas gâché, comme elle l'avait craint. Et puis, elle avait pu le constater pendant ce rendez-vous, ce qui les unissait surpassait les broutilles qui les séparaient. À commencer par l'amour des livres et le plaisir d'un bon repas en bonne compagnie.

Quand Virginie sortit de sa rêverie, Champlain avait disparu.

— Vaudreuil, viens! lança-t-elle en descendant la pente douce qui menait au ruisseau.

Une fois de l'autre côté, elle remonta dans la prairie.

---

2. Voir *La mémoire du temps.*

— Va chercher Champlain ! ordonna-t-elle à son vieux chien.

Vaudreuil partit sur les traces du chiot et le retrouva à l'orée du bois. Comme il faisait encore doux, Virginie sauta sur l'occasion et les entraîna dans le sentier. Le soleil n'avait pas encore asséché la terre et, si Virginie se félicitait d'avoir enfilé ses bottes de caoutchouc, elle savait que les chiens seraient mûrs pour un bain au retour. Mais l'air sentait si bon le printemps ! La brise soufflait à peine, les moustiques n'étaient pas encore arrivés et les rayons du soleil donnaient l'illusion que le sol était vivant. Un cardinal appelait sa douce, perché sur la branche d'un bouleau encore nu. Les chiens zigzaguaient, nez à terre, sur la piste de quelque écureuil téméraire. Ils s'arrêtèrent au pied d'une épinette de Norvège et se mirent à aboyer.

Virginie passa son chemin, et les chiens, pour suivre leur maîtresse, abandonnèrent leur proie. Ils se retrouvèrent tous les trois de l'autre côté du boisé, là où, à la fin de l'été, Virginie venait cueillir des mûres. Aujourd'hui, les mûriers avaient l'air morts, avec leurs branches couvertes d'épines peu avenantes, mais au mois d'août, il en serait tout autrement.

Elle contourna les buissons et pensa revenir par la route ; à cette heure, les voitures se faisaient rares. En s'approchant du fossé, elle changea d'idée. Tout au fond gisaient des litres et des litres d'huile noire.

— Couillons ! grinça Virginie.

Elle rappela les chiens et revint par le bois, les dents serrées. Celui qui avait jeté son huile sale dans la nature était un voisin ou un habitant du coin. Peut-être même une personne qu'elle connaissait…

Une fureur mêlée de honte l'envahit et fit remonter à sa mémoire le souvenir d'un événement survenu le matin même, à l'épicerie. Un couple, derrière elle dans la file, avait montré bruyamment son exaspération devant un jeune client, probablement d'origine maghrébine, qui éprouvait des difficultés à la caisse.

— C'est sûr qu'on va attendre longtemps, c'est un importé, avait dit l'homme.

— Il ne sait même pas se servir d'une carte de crédit, avait renchéri la femme. Il ne voit pas qu'il fait attendre tout le monde avec son niaisage ?

En entendant ces paroles, Virginie avait ressenti la même indignation doublée de honte que devant le fossé rempli d'huile. Puis elle s'était rappelé une chose que répétait souvent Bernard, son voisin d'en face : « Les Québécois sont les champions de la vie en cercles concentriques. Un tel ne fait pas partie de la famille. Tel autre, de la parenté. Un troisième vient d'un autre quartier, d'une autre ville, d'une autre province, d'un autre pays… Alors celui qui a une autre couleur de peau, ou un autre accent, ou pire, un nom à coucher dehors, il reçoit son étiquette assez vite. »

Quand ç'avait été son tour de passer à la caisse, Virginie avait décidé de prendre son temps. Tout son temps. Elle avait fait exprès d'entrer le mauvais mot de passe. Puis elle s'était reprise, avait demandé si elle pouvait faire un retrait, décidé ensuite qu'elle avait besoin d'acheter des sacs supplémentaires. À tel point qu'il lui avait fallu encore plus de temps qu'au jeune homme pour payer. Derrière elle, le couple fulminait. Elle était Blanche, parlait français avec l'accent de la région. Impossible de mettre sa lenteur sur le compte de la différence.

C'était sans doute à cause de cet incident qu'en rentrant de la ville, elle avait remarqué ces panneaux auxquels elle n'avait pas encore prêté attention : on embauchait partout. Partout ! Bien sûr, elle savait que plusieurs compagnies manquaient de main-d'œuvre. Le problème était criant à la grandeur du Québec, sauf à Montréal, où l'on comptait un taux de chômage élevé. Or, où s'installaient la majorité des immigrants qui arrivaient au Québec ? À Montréal ! À voir tous ces panneaux, à deviner tous ces employeurs en manque de personnel, on se demandait pourquoi les immigrants ne venaient pas chercher du travail là où il y en avait.

Virginie grimaça. Au fond, peut-être craignaient-ils justement qu'on les traite en région comme on avait traité le jeune Maghrébin ce matin à l'épicerie.

Toute à ses pensées, elle avait traversé le bois et se trouvait maintenant en bas de la butte. Le ciel s'était couvert, et les chiens, qui avaient pris de l'avance, l'attendaient déjà sur la galerie. Virginie ralentit le pas pour traverser son terrain. Elle étudia la zone bien délimitée où elle aménagerait dans quelques semaines son potager. Dans le premier rang, bien exposé au soleil, elle avait prévu de mettre en terre des plants de tomates, de poivrons et d'aubergines. Viendraient ensuite les courgettes, les courges et les légumes d'hiver.

Elle atteignit les quatre pommiers qu'elle avait plantés l'automne précédent pour remplacer ceux que le verglas et le vent avaient cassés, deux ans plus tôt. Ceux-là avaient l'air d'avoir survécu à l'hiver, mais on ne le saurait vraiment qu'en mai, quand les bourgeons apparaîtraient… ou pas.

En songeant à la rudesse de l'hiver canadien, Virginie eut une pensée pour son aïeul, le premier à s'être installé ici, à avoir défriché le terrain et à avoir bâti cette maison qu'elle avait héritée deux siècles plus tard. Quel courage il lui avait fallu pour abandonner l'Angleterre et s'installer dans cette campagne où l'hiver sévissait parfois jusqu'à six mois par année ! Et quelle foi, aussi, pour avoir cru sans faillir qu'il lui était possible de refaire sa vie dans ce pays du bout du monde !

Virginie atteignit les marches. Au sommet, elle trouva les chiens endormis. Elle les bouscula du bout du pied.

— Debout, les beaux ! On rentre !

Il était temps : la pluie commençait à tomber.

6
Andrew

Denyse, Alberta, 14 avril

Un panneau annonçait Denyse, et une flèche indiquait qu'il fallait emprunter la première rue, qui faisait une boucle à travers le village. Andrew s'y engagea, parcourut une centaine de mètres et se stationna devant ce qui semblait être l'épicerie.

L'endroit n'avait rien des charmants commerces de quartier de Toronto, et tout de l'entrepôt abandonné. Quand il en franchit le seuil, Andrew se dit que l'extérieur n'était pas si négligé, finalement, si on le comparait à l'intérieur. Des néons d'un blanc cru éclairaient des étagères de bois brut, où l'on aurait facilement ramassé une écharde. Sur les tablettes, des produits d'hygiène en très petite quantité. Des conserves, des boîtes de céréales et de biscuits, des boissons gazeuses. Tout au fond, un congélateur où l'on trouvait des mets surgelés, de la crème glacée et du pain tranché. Pas de fruits ni de légumes frais, mais des contenants de salade de fruits dans le sirop. Devant ces allures de dépanneur, Andrew pria pour qu'il y ait une vraie épicerie ailleurs dans le village, autrement Patsy serait déçue.

Il fit le tour des rangées, choisit de la mayonnaise, des céréales et des biscuits puis, apercevant un réfrigérateur où se trouvait du jambon emballé sous vide, il s'empara d'un paquet, attrapa un carton de lait et retourna vers le congélateur pour y prendre un pain. Les bras ainsi chargés, il revint vers la caisse. L'homme qui l'accueillit était dans la quarantaine, avait la peau mate et les yeux noirs comme des boutons de bottine. Il s'adressa à lui dans ce qui ressemblait vaguement à de l'anglais.

— Je suis désolé, bredouilla Andrew, je ne comprends pas.

Le caissier était de toute évidence nouvellement débarqué en Amérique. Andrew lui demanda de répéter. Ne le comprenant pas davantage mais craignant de le vexer, il prit un air entendu avant de sortir sa carte de crédit et de payer sans même regarder la somme. L'autre déposa la nourriture dans une boîte de carton. Andrew aurait bien aimé s'en aller et ainsi s'éviter un nouvel embarras, mais il lui restait un détail à régler. Il s'approcha du babillard vissé à un mur près de la porte et sortit d'une poche de son manteau la note qu'il désirait y afficher.

— Je peux ? demanda-t-il en mimant le geste de la punaiser.

Le caissier eut un bref mouvement de tête, qu'Andrew prit pour un assentiment.

Comme il fixait la feuille dans un endroit qu'il espérait visible, sans pour autant masquer les autres avis, une femme poussa la porte, faisant retentir les clochettes.

— Oh ! Seriez-vous le nouveau pasteur ? s'enquit-elle, tout sourire.

— Absolument.

— On m'a bien dit que vous étiez arrivé hier, mais je n'ai pas voulu le croire. C'est que vous êtes deux semaines en avance !

— Vous savez, quand on déménage, les délais sont assez incertains.

Il exagérait. À sa sortie de prison, il n'avait pas été capable de s'installer dans l'appartement que Patsy avait loué pendant son absence. Ils y étaient si à l'étroit que ça lui rappelait en permanence à quel point la vie avait été difficile pour elle et pour leurs fils.

— Je m'appelle Andrew Yates.

Il lui tendit une main qu'elle serra avec vigueur. Puis il ajouta :

— La nouvelle a déjà fait le tour du village ?

— Ha ! ha ! Vous êtes rigolo. Je suis Geraldine Bryant. Et je ne vous apprendrai pas que dans un village aussi petit que le nôtre, tout se sait. Absolument tout.

Andrew perçut dans ces derniers mots une sorte d'avertissement. Ou un conseil, il ne savait trop. Il fit celui qui avait compris.

Il lui donna d'abord la soixantaine avec ses cheveux tout gris, mais se ravisa en remarquant la chemise à carreaux et les jeans couverts de boue. Il avait devant lui une femme active. Et même si elle était assez petite, sa voix, puissante, aiguë et un peu éraillée, laissait deviner un tempérament autoritaire. Il se rappela soudain un détail.

— Il me semble avoir vu votre nom sur la liste des gens qui ont demandé un pasteur à l'Église progressiste du Canada.

— Vous ne vous trompez pas.

Elle aperçut tout à coup la note qu'il venait de fixer au babillard.

— Vous êtes déjà prêt à nous offrir un service ?

Elle paraissait franchement impressionnée.

— C'est Pâques la semaine prochaine. Quel pasteur digne de ce nom laisserait passer cette occasion ?

Elle rit, et ses petits yeux se plissèrent jusqu'à n'être plus que de minces fentes où brillaient deux traits d'iris bleu clair.

— Dois-je comprendre que vous avez réparé le toit ?

Il soupira malgré lui.

— Mes fils y travaillent en ce moment et, s'ils sont optimistes, je dois avouer que je ne suis pas certain si la réparation sera terminée dimanche prochain. Vous savez, il aurait fallu un menuisier, mais j'ai eu beau faire des appels, tous ceux à qui j'ai parlé m'ont dit qu'ils étaient débordés cette semaine. J'ai décidé que, dans le pire des cas, on couvrirait le trou d'une bâche le temps du service.

Les traits de Geraldine se tendirent, comme si ces mots l'avaient irritée, puis l'émotion disparut de son visage aussi vite qu'elle y était apparue.

— On avait prévu d'effectuer ces travaux pendant la semaine, mais comme vous êtes déjà arrivé… Dites-moi, y aura-t-il quelqu'un chez vous cet après-midi ?

En entendant cette question, le caissier intervint. Comme précédemment, Andrew ne comprit pas un mot de ce qu'il dit.

— Je peux prendre ta place derrière la caisse si tu veux y aller tout de suite, suggéra Geraldine.

Andrew la regarda, éberlué. Elle semblait comprendre ce que disait l'autre, qui poursuivit avec ce qui semblait être une question.

— Bonne idée ! répondit-elle. Comme ça, monsieur le pasteur pourra te montrer les dégâts, et on n'aura qu'à ramasser ce qu'il faut chez Jim avant de retourner à l'église cet après-midi.

Le caissier ajouta quelque chose et saisit sa veste.

Andrew se sentit ridicule.

— Qu'est-ce qui se passe ? s'enquit-il.

— Khalil vient de vous le dire !

Embarrassé, il baissa le ton.

— C'est que je…

Geraldine lui serra le bras avec affection.

— Ne vous en faites pas. On s'habitue à son accent. D'ici quelques jours…

— Mais où est-ce qu'il s'en va comme ça ?

— Chez vous ! Il va vous accompagner pour évaluer le travail et estimer les matériaux qui seront nécessaires.

— Il est capable de faire ça ?

— Bien sûr ! Dans son pays, il était charpentier.

— Charpentier ? Mais pourquoi est-ce que… ?

— Quand Khalil est arrivé ici, personne n'a voulu l'embaucher. Il a donc acheté ce petit commerce à Brett Grant qui prenait sa retraite. Vous savez, il faut bien gagner sa vie… Et puis comme la première vraie épicerie se trouve à trente kilomètres…

Dès qu'il entendit les premiers mots de cette explication, Andrew sentit une douleur au creux de sa poitrine. L'injustice et le racisme lui faisaient toujours aussi mal. Il serra la main de Khalil. Puis, le voyant sortir ses clés, il ajouta :

— Montez avec moi. Je vous ramènerai tout à l'heure. Il faut que je revienne poser mes affiches si je veux avoir des paroissiens dimanche prochain.

Sur ce, il ouvrit la porte pour laisser passer l'épicier. Geraldine avait retiré son manteau et était passée de l'autre côté du comptoir.

— Monsieur le pasteur ! s'écria-t-elle comme il s'apprêtait à s'en aller. Vous oubliez vos emplettes.

Andrew revint sur ses pas et attrapa la boîte.

— Merci, Geraldine. Et appelez-moi Andrew, s'il vous plaît.

— Et vous, appelez-moi Gerinne. Geraldine, ça fait vieux, je trouve.

Il lui sourit de nouveau et rejoignit Khalil dans la voiture.

Quelque chose lui disait que, finalement, il avait sa place à Denyse.

7
CÉCILE

East Coulee, Alberta, 6 mars 1943

Le salon n'était pas grand, et la cuisine adjacente ne l'était pas davantage. Quand on entrait par la porte avant, on aboutissait sur une carpette usée que quittait rarement un berger allemand de dix ans baptisé Max. À droite se trouvait un sofa recouvert d'une courtepointe élimée. Un fauteuil occupait la gauche, à côté de la radio et d'une petite table où trônaient trois livres de géologie ainsi qu'une partie du butin rapporté par Cécile l'été précédent – les meilleurs fossiles ayant été vendus à l'université. Debout sur le seuil, on remarquait tout de suite, dans l'autre pièce, la table de bois, ronde et bordée de quatre chaises. Venaient ensuite le buffet rempli de vaisselle et la masse imposante du réfrigérateur sur le dessus duquel traînaient un sac de pain tranché et une boîte de biscuits Social Tea. On ne voyait pas l'escalier, mais on savait qu'il y en avait un. Tout comme on savait que l'étage était minuscule à cause du toit pentu. Il ne comptait d'ailleurs que deux chambres où il faisait si froid en ce moment que ni Cécile ni son père n'auraient songé à y monter.

Calée dans son fauteuil, Cécile lisait le journal. On y parlait encore de l'assassinat de l'amiral François Darlan à Alger. Cette histoire la fascinait depuis qu'elle avait appris la nouvelle à la fin de décembre. C'était la première fois que la guerre l'intéressait. Oh, bien sûr, elle ne connaissait pas tous les détails, mais elle savait que l'amiral avait été abattu dans ses bureaux par Fernand

Bonnier de La Chapelle, un résistant qui l'avait attendu tranquillement, assis sur une chaise, pendant une partie de l'après-midi.

Cécile imaginait la scène. Elle ne se mettait pas dans la peau du méchant. Le point de vue d'un « collabo », comme on appelait les sympathisants des nazis, n'avait aucun intérêt pour elle. Surtout qu'elle savait que l'amiral Darlan avait fait arrêter la majorité des résistants français, comme le faisaient les Allemands en Europe. Non, Cécile se voyait plutôt à la place de Bonnier de La Chapelle. On disait qu'il avait vingt ans et qu'il avait fait preuve d'un sang-froid incroyable en pénétrant dans le Palais d'été à Alger.

Palais d'été. Alger.

Ces noms faisaient naître dans l'esprit de Cécile des images exotiques, un édifice aéré, tout en arches et en colonnes, avec des mosaïques. Bonnier de La Chapelle s'y était d'abord présenté le matin, avec une fausse carte d'identité. Comme l'amiral était absent, on lui avait dit de revenir l'après-midi. Ce qu'il avait fait. Il s'était alors assis dans un couloir et avait patienté un long moment. Qu'avait-il pensé en voyant Darlan arriver en compagnie d'une autre personne ? Le journal racontait que Bonnier de La Chapelle n'avait pas hésité, qu'il s'était levé et s'était avancé vers lui comme pour lui adresser la parole. Il avait sorti une arme et tiré deux balles, mais n'avait pas eu le temps de déguerpir. L'officier qui accompagnait l'amiral Darlan avait voulu l'arrêter, et Bonnier de La Chapelle avait dû l'abattre, lui aussi, avant d'essayer de s'enfuir. En vain. Des gardes bien armés l'attendaient à la sortie.

Cécile n'aurait pu décrire ce qu'elle ressentait en lisant que Bonnier de La Chapelle avait été condamné et fusillé le lendemain de Noël. Indignée qu'on ait mis à mort un héros, elle était envahie tant par la colère que par l'admiration, car la presse faisait l'éloge du résistant qui avait agi seul, mû par un profond sentiment de patriotisme.

— Viendrais-tu m'aider, ma noire ?

La voix de son père tira Cécile de ses rêves d'exotisme. Abandonnant son journal en anglais, elle força son esprit à revenir au français et s'extirpa du fauteuil.

— Pourquoi est-ce que tu choisis toujours les plus difficiles? lança-t-elle, feignant l'exaspération. Tu sais bien que tu es incapable de les faire tout seul.

Son père avait déployé sur la table un casse-tête de mille morceaux qui représentait un lac en été, une forêt d'épinettes et un ciel bleu où l'on voyait à peine quelques nuages. Il avait réussi à assembler le contour de même qu'une grande partie de la forêt. Il se grattait maintenant la tête et, sous la lumière du plafonnier, Cécile vit quelques cheveux blancs briller en tombant sur la table.

— Si ça continue, dit-elle sur le même ton, tu vas être chauve avant d'être grand-père.

— Ça, ce n'est pas de ma faute.

Elle étudia son profil et ne put décider s'il la blâmait parce qu'elle avait refusé la main de Malcolm ou bien s'il regrettait de perdre ses cheveux si jeune.

Il attira son attention en lui tendant une pièce.

— Je sais que ça va dans ce coin-là, mais je nc vois vraiment pas où.

Elle attrapa la pièce toute bleue, sauf pour un minuscule coin de vert, et, se penchant légèrement, elle examina la bordure d'épinettes.

— Tiens! dit-elle en insérant le morceau.

Son père écarquilla les yeux avant de faire semblant de se fâcher.

— Comment est-ce que c'est possible, bout de viarge?! Ça fait vingt minutes que je cherche et toi, tu arrives comme ça, sans réfléchir, et tu mets le morceau tout de suite à la bonne place.

Elle haussa les épaules et retourna à son fauteuil. Elle venait juste de reprendre sa lecture quand on frappa à la porte. Max aboya un coup. Cécile se leva pour ouvrir.

— Monsieur Clark ! s'exclama-t-elle en reconnaissant son ancien professeur de géologie. Mais entrez donc !

Elle s'écarta, et l'homme pénétra dans le salon en même temps qu'une bourrasque chargée de neige.

— Il doit bien faire moins quarante ! s'exclama-t-il en se frottant les mains pour les réchauffer.

— Peut-être même plus froid ! lança le père de Cécile en riant. Je suis Hadrien Maltais. Soyez le bienvenu chez nous.

— Thomas Clark. Merci.

Il portait un pardessus militaire et une casquette assortie. Cécile reconnut le grade.

— Colonel ?

Il parut gêné, retira sa casquette et son manteau, dévoilant un uniforme qui sembla l'embarrasser encore davantage. Percevant son malaise, Cécile fit un signe discret à son père.

— Mais venez donc vous asseoir, suggéra celui-ci. Il fait un temps à ne pas laisser un chien dehors. Allez, venez ! Cécile, amène une chaise. Donnez-moi donc votre manteau.

Thomas Clark parut soulagé. Il caressa le chien venu lui renifler les chevilles et suivit son hôte. Quant à Cécile, elle avait déplacé le fauteuil bien avant que son père le lui ordonne. Elle s'en alla préparer du thé pendant que les deux hommes prenaient leurs aises, bien au chaud devant le poêle. Ils avaient environ le même âge, même si les cheveux de Thomas Clark, moins gris et plus fournis, contribuaient à le faire paraître plus jeune.

Quand elle revint vers eux, ils s'interrompirent et acceptèrent les tasses qu'elle leur tendait. Elle s'assit comme à son habitude à califourchon sur une chaise. Elle allait demander au colonel Clark la raison de sa visite quand elle réalisa qu'il la détaillait des pieds à la tête, l'air quelque peu ahuri. Elle bondit, retourna la chaise et s'y rassit proprement, jambes croisées, consciente non seulement qu'il ne l'avait jamais vue en pantalon, mais aussi qu'il ne l'avait jamais connue aussi désinvolte. Son père toussa, ce qui détourna l'attention.

— Qu'est-ce qui vous amène, colonel ? Vous n'avez certainement pas fait la route depuis Edmonton juste pour dire bonjour à ma fille.

— Effectivement, répondit Thomas Clark avant de s'adresser à Cécile. Je suis venu voir comment vous occupiez vos journées depuis que vous avez été renvoyée de l'université.

Cécile se raidit et vit son père en faire autant. Elle foudroya du regard son ancien professeur.

— Je n'ai pas été renvoyée, le corrigea-t-elle pour l'empêcher d'en dire trop. J'ai arrêté d'aller à mes cours.

Il y eut un moment de gêne que Cécile trouva insupportable. Puis Thomas Clark, prenant sans doute conscience de son indiscrétion, ajouta :

— Peu importe. Je voulais savoir si vous étiez très occupée. J'ai pensé que vous vous étiez peut-être mariée. Mais je vois que vous vivez toujours chez votre père…

Il ne termina pas sa phrase, et Cécile lui en sut gré. De toute façon, ça ne le concernait pas.

— J'ai appris, poursuivit-il, que vous aviez contribué à enrichir notre collection de fossiles l'automne dernier. Je vous en remercie.

Cécile sourit, heureuse de changer de sujet.

— J'ai été payée, alors on est quittes.

— Si vous en veniez au but de votre visite, colonel.

Cécile aurait pu sauter au cou de son père tellement elle apprécia son intervention.

Thomas Clark s'éclaircit la voix.

— D'accord. Je veux savoir si Cécile serait intéressée par un travail militaire. Nous avons besoin de gens comme elle, avec un œil de lynx et une mémoire photographique.

— Du travail de bureau ? s'enquit Cécile.

— Pas vraiment.

— Vous voulez l'envoyer au front ? s'exclama son père, l'air tellement incrédule que Thomas Clark ne put s'empêcher de rire.

— Rassurez-vous. Il n'est pas question qu'elle parte outre-mer.

— De quel genre de travail s'agit-il, dans ce cas ?

— Vous comprendrez que je ne peux vous donner de détails ici et maintenant. Nous sommes en guerre, et en temps de guerre, il est impératif de prendre des précautions.

Il fouilla dans une poche de sa veste et en retira une carte de visite qu'il tendit à Cécile.

— Si jamais vous vous ennuyez et que vous avez envie d'un emploi excitant et utile, venez me voir à mon bureau. J'y serai jusqu'au 13 mars.

Cécile prit la carte. S'y trouvaient un numéro de téléphone ainsi qu'une adresse dans le centre-ville d'Edmonton.

— Merci. Je vais y penser.

— C'est ça. Pensez-y.

Quand il fut parti, Cécile retourna à son journal et son père, à son casse-tête. Elle ne lisait pas depuis cinq minutes lorsque ses yeux se posèrent sur la petite table où se trouvaient ses trophées. Une vie plus excitante que celle de chercheuse de fossiles ? Ça existait vraiment ?

8
Émilienne

Paris, 23 mai 1939

Au Café Tournon, on parlait beaucoup de la guerre parce que les habitués étaient surtout des expatriés du Reich unifié. Écrivains, militants antifascistes et autres intellectuels réfugiés en France y venaient quotidiennement aux nouvelles. La menace hitlérienne les ayant rendus prudents, ils s'installaient toujours à l'intérieur, laissant la terrasse aux Parisiens et aux touristes insouciants. À l'une des tables du fond, dos au mur, le célèbre romancier autrichien Joseph Roth recevait ses amis et collègues d'autrefois autour d'un verre de slivovitz. Il était toujours au courant de tout, et personne ne savait comment il obtenait ses informations. On ne le voyait jamais quitter l'endroit, sauf à la fermeture, et c'était seulement pour monter à sa chambre. Les étages supérieurs du café servaient en effet d'hôtel.

Tudorel Tcherniak y louait lui aussi une chambre sous les combles, chambre qu'il partageait avec un compatriote journaliste, également déchu de sa nationalité. Pour cette raison, Émilienne était certaine de toujours le retrouver au bar, à écrire dans un carnet des phrases qu'il recopiait le soir venu sur de grandes feuilles immaculées. Il ne lui proposait jamais d'aller ailleurs, alors elle se contentait de boire un verre avec lui au café en revenant de l'université, deux ou trois fois par semaine. Le reste du temps, elle rentrait chez elle étudier et rédiger ses articles. Elle imaginait le dénuement dans lequel il vivait et elle faisait de son mieux pour ne pas exhiber sa propre fortune. On aurait pu dire que leur relation était mal définie, mais en ces temps incertains où Hitler signait à tout vent des pactes de non-agression qu'il ne respectait pas, rien n'était assuré. Ni la paix ni l'amour.

Ce mardi-là, avant même de pénétrer dans le café, elle remarqua que la clientèle était en émoi. Et quand elle constata l'absence de Joseph Roth à sa place habituelle, elle sut qu'il s'était produit quelque chose de grave.

— Il a perdu connaissance en sortant du café, expliqua Tcherniak quand elle s'assit à sa table. On venait juste d'apprendre qu'un de nos amis s'est suicidé hier. Un des rares qui avaient réussi à immigrer aux États-Unis. Dire qu'on le pensait plus chanceux et plus heureux que nous tous réunis... En apprenant la nouvelle, Joseph est devenu blême. Il s'est levé, je pensais qu'il allait prendre l'air. Il n'a pas...

À la patronne qui s'approchait, Émilienne commanda un verre de blanc. Un silence tendu régnait dans le bar, comme si on attendait des nouvelles et qu'on avait peur de ne pas les entendre si on faisait trop de bruit. Sur la terrasse, des touristes qui venaient tout juste de s'installer se mirent à rire aux éclats. Quelqu'un murmura en allemand. Peut-être leur reprochait-on leur indifférence devant l'affliction des clients de l'intérieur. À moins que l'on ait émis une explication au drame ou une hypothèse quant à l'avenir. Émilienne n'y comprenait strictement rien.

— Quand la mort nous souffle dans le cou, déclara soudain Tcherniak, il ne nous reste qu'une chose à faire, n'est-ce pas ?

Il attrapa la main d'Émilienne et se leva.

— Viens.

Après avoir laissé quelques pièces sur la table, il l'entraîna vers la sortie.

Le soleil se couchait, et les réverbères s'allumaient, comme pour leur tracer la route. Ils marchèrent en silence. Elle pensa qu'ils s'en allaient au Jardin du Luxembourg, mais Tcherniak prit une autre direction. Elle sentait la pression qu'il exerçait sur ses doigts, comme s'il craignait de la perdre… ou qu'elle s'échappe. Malgré son pas irrégulier, il marchait vite, les yeux rivés au trottoir, et elle n'aurait su dire s'il savait où il allait. Soudain, levant la tête comme s'il venait de reconnaître un édifice en particulier, il traversa la rue, poussa une porte et attira Émilienne à l'intérieur. Il faisait maintenant complètement nuit, et du portique où ils s'étaient engouffrés ne parvenait aucune lumière.

— As-tu peur ? demanda Tcherniak avant de refermer la porte derrière elle.

— Non.

— Pourquoi ? Parce que je suis là ?

Comme d'habitude, il cherchait à lui soutirer une flatterie. Elle hocha la tête, amusée, mais réalisant qu'il ne pouvait voir son geste, elle ajouta :

— Je n'ai jamais peur avec toi.

Elle le sentit qui se penchait et fouillait au bas d'un mur. Y avait-il une armoire ? Une boîte ? Pour le savoir, il aurait fallu qu'elle se penche elle aussi. Il ne lui en laissa pas le temps.

— Viens ! dit-il encore, et un soudain rai de lumière éclaira, tout au fond, un escalier qui menait à l'étage.

Grâce à cette lampe de poche laissée sur place exprès, Tcherniak lui montra le plancher.

— Fais attention où tu mets les pieds.

Il se dirigea vers l'escalier et le contourna. Une fois derrière, il ouvrit une autre porte, basse et étroite.

— Où sommes-nous ? demanda-t-elle, mi-inquiète, mi-amusée.

— Dans un endroit connu de bien peu de gens.

Il se glissa dans l'ouverture et tendit la main pour aider Émilienne à faire de même. Là, un escalier en colimaçon menait sous terre. La lampe dans une main, la main d'Émilienne dans l'autre, Tcherniak descendit dans les ténèbres. Un couloir apparut à gauche, il le dépassa. Il semblait en terrain familier, car il n'hésitait jamais, continuant sa descente comme si elle n'avait rien d'exceptionnel. L'escalier se termina enfin. Émilienne évalua qu'ils se trouvaient une quinzaine de mètres sous le niveau de la rue.

— Tu me fais confiance, n'est-ce pas ?

Elle ne put répondre tant elle avait la gorge nouée. La lampe de poche éclairait maintenant des murs couverts d'ossements. Des os humains, entassés par milliers, aussi loin que portait la lumière.

— Où sommes-nous ? répéta-t-elle, figée sur la dernière marche.

— Dans les catacombes. Viens !

Elle l'entendit, mais même si elle voulait de tout son cœur lui obéir, elle s'en trouva incapable, paralysée, au bord de la panique. Au lieu d'insister, Tcherniak revint sur ses pas, passa un bras autour de son épaule.

— Ne t'inquiète pas, murmura-t-il à son oreille. Je connais bien les lieux. Ça fait un an que je m'y promène.

— Où est-ce qu'on va ?

— Dans un endroit où personne ne va nous trouver.

— Je pense que personne ne va nous trouver ici.

Il rit, mais elle vit dans la pénombre qu'il ne souriait pas.

— Tu as raison.

L'instant d'après, il était penché sur elle, sa bouche sur la sienne, sa langue y fouillant avec une telle violence qu'Émilienne perdit l'équilibre. Il la rattrapa d'un bras, la serra si fort qu'elle faillit étouffer. Même si une voix hurlait dans sa tête, exigeant qu'elle le repousse, elle ne put empêcher sa main de se tendre vers son cou, tant pour se retenir que pour le retenir, lui. Jamais elle n'avait ressenti une telle émotion. Et son corps, tendu comme rarement elle l'avait senti, se lova contre le sien. Elle pressa ses hanches contre les siennes. Les lèvres de Tcherniak glissèrent sur sa joue, et elle sentit son souffle court contre sa nuque.

— Dis-moi oui, murmura-t-il tout contre son oreille.

En guise de réponse, elle reprit sa bouche.

9
Virginie

Brookbury, Québec, 18 avril

Dans le salon, le poêle à bois ronronnait, et Marguerite dormait, roulée en boule sur un coin du divan. Vaudreuil ronflait à l'autre bout. Après s'être battue pendant une heure avec un vieux bout d'os trouvé dans le boisé, Champlain s'était endormie à plat ventre sur le plancher de la cuisine. C'était en somme une fin d'après-midi comme on en vivait souvent à la campagne, quand les animaux s'assoupissaient et que le jour déclinait plus vite que de coutume.

Il pleuvait depuis une semaine, une pluie rude, qui lavait les rues des villes et les routes régionales, mais qui creusait des rigoles en travers des chemins de gravier comme celui qui menait chez Virginie. Le ciel était si bas que la lumière en était triste, et Virginie trouvait ça bien à propos puisqu'on était Vendredi saint.

Appuyée au comptoir, elle brossait des œufs dans un bassin d'eau achetée en bouteille. Son puits étant toujours contaminé, elle ne prenait pas de risques. Surtout avec la nourriture. Devant elle, de l'autre côté de la vitre, le paysage se déployait en divers tons de vert et de brun. En bas de la butte, le ruisseau avait tellement grossi qu'on ne pouvait plus l'enjamber. Au-delà, la prairie s'était transformée en champ de boue où le fermier ne pourrait s'engager avec sa machinerie avant des semaines. Dans le jardin de Virginie, toutefois, la pluie, au lieu de s'accumuler, dévalait tout droit dans le ruisseau. Sa grand-mère avait vu juste, cent ans plus tôt, quand elle avait planté ses choux, ses navets et ses pommes de terre à cet endroit.

Un visiteur aurait eu bien de la difficulté à identifier l'odeur qui régnait dans la maison. Épinards ? Épices ? Des fruits, peut-être ? Sur les quatre ronds de la cuisinière, des casseroles laissaient monter de la vapeur. De gros bouillons colorés agitaient la surface des liquides. Du mauve, du vert, du jaune, du rouge. Virginie s'approcha, un bol d'œufs propres sous le bras. À l'aide d'une cuillère trouée, elle les déposa un à un au fond des chaudrons de teinture, avant d'y ajouter du vinaigre. Elle baissa le feu pour les laisser cuire tout doucement.

Toute sa vie, elle avait préparé des œufs colorés pour Pâques. Petite, elle avait répété les gestes de sa grand-mère. Adolescente, elle avait appris les recettes de colorants naturels. Une fois devenue mère, elle avait reproduit le rituel avec Sacha tous les ans, jusqu'à l'année de l'accident. Sa grand-mère prétendait que l'œuf – qu'elle appelait d'ailleurs « l'œuf de la résurrection » – symbolisait l'éveil de la nature, la fertilité des animaux, la vie qui recommençait. Pour cette raison, elle avait affirmé jusqu'à sa mort que Pâques aurait dû être célébré à l'équinoxe du printemps parce que les Anciens célébraient Eostre, en français Ostara, avant l'arrivée des chrétiens en Angleterre. Elle trouvait d'ailleurs ridicules ces calculs obscurs qui consistent à fixer le jour de Pâques le premier dimanche qui suit la première pleine lune qui suit l'équinoxe.

Des années plus tard, Virginie avait découvert que sa grand-mère avait eu raison tout ce temps. Le mot anglais pour Pâques, *Easter*, était dérivé du nom d'Eostre, la déesse de la fertilité célébrée par les païens à l'équinoxe. Virginie songea que sa grand-mère aurait eu bien du mal avec le fait que Pâques tombait le 20 avril cette année ! Un mois entier après le début du printemps !

Il y avait quelque chose de symbolique à colorer les œufs de Pâques chaque année. Le rituel forçait chacun à prendre conscience que tout un cycle s'était écoulé. Virginie vieillissait, d'une manière plus ou moins perceptible, selon les ans. Si, pour sa grand-mère, l'âge n'avait rien eu à voir avec la célébration pascale, pour Virginie, il était le nerf de la guerre. Il lui semblait que c'était à ce moment de l'année qu'elle percevait avec le plus d'acuité l'écoulement du temps. Même dans cette maison, loin du rythme effréné qui marquait la vie en ville. Certains jours, elle s'arrêtait, fermait les yeux et avait l'impression de sentir le temps la traverser, un peu comme le ferait une onde, et laisser sur son visage et sur son corps les marques indélébiles de son passage.

Sa grand-mère, elle, avait vieilli sereinement. C'était dans l'ordre des choses à son époque. D'aussi loin que Virginie se souvienne, le visage de son aïeule avait été creusé de sillons. Des pattes-d'oie avaient orné le coin de ses yeux, les guillemets avaient accentué son sourire. Ses paupières avaient exprimé une tendresse toute maternelle, et sa poitrine, tenue serrée dans un soutien-gorge gigantesque, avait offert à ses petits-enfants un coussin incomparablement moelleux. Elle s'était d'ailleurs enorgueillie de l'embonpoint légué par les ans et les grossesses. Les ans, surtout. Il n'y avait là ni honte ni résignation. Elle avait simplement accepté l'inéluctable transformation du corps, chose qui, pour elle, était aussi naturelle que le retour du printemps sur les collines de Brookbury. Et si sa grand-mère avait été une femme fière, avec ses robes du dimanche, ses foulards de soie pour couvrir ses cheveux et ses souliers de cuir verni, jamais Virginie n'avait vu l'ombre d'un pèse-personne dans la maison. Ce n'était pas encore l'époque des revues féminines, de la publicité, des chirurgies esthétiques et des égoportraits.

Quand Virginie avait le vertige devant les années écoulées, elle pensait à sa grand-mère. Elle parvenait la plupart du temps à se faire une idée de la pensée de son aïeule, mais elle savait qu'elle ne saisissait la chose qu'intellectuellement. À force d'y réfléchir, cependant, elle espérait qu'un jour, ça monterait du cœur.

La minuterie retentit. Virginie abandonna ses réflexions métaphysiques, éteignit le feu et utilisa une écumoire pour sortir les œufs gorgés de teinture. Elle les déposa sur du papier absorbant. Oui, elle répétait les mêmes gestes, presque d'instinct, année après année, décennie après décennie. Teindre des œufs de la résurrection pour Pâques. Faire un jardin tous les étés. Adopter un chiot à la mort d'un chien. Voilà à quoi se résumait sa vie.

La minuterie avait réveillé Champlain. Son vieux bout d'os dans la gueule, le chiot avait repris sa course à travers la maison. Personne ne savait si le véritable Champlain avait été énergique, mais Champlain le chiot possédait une vigueur exceptionnelle. À moins que ce ne soit par comparaison avec le défunt Montcalm… ou avec le vieux Vaudreuil… À moins que ce ne soit parce que Virginie prenait de l'âge.

Décidément, le temps, on n'y échappait pas.

Elle laissa les œufs refroidir sur le comptoir. Quand ils seraient à la température de la pièce, elle les rangerait au frigo. Elle utiliserait un contenant en verre, mais la précaution serait inutile ; elle savait d'expérience que la teinture prendrait, rien qu'à voir l'apparence des œufs. Au fond, l'âge privait peut-être les femmes de leur taille de jeune fille, mais en échange, elles gagnaient une assurance, un savoir et une intuition qui n'avaient pas de prix.

Quand Champlain et Vaudreuil se mirent à aboyer, Virginie traversa la maison. Elle ouvrit la porte au moment où un livreur pressait la sonnette.

— Joyeuses Pâques ! lança-t-il en lui déposant dans les bras une grosse boîte de carton.

Elle remercia le livreur et repoussa les chiens qui voulaient le manger. Une fois la porte refermée et le calme revenu, elle vit que le colis provenait de son éditeur. Elle retourna vite à la cuisine pour l'ouvrir, intriguée. La grosse boîte en contenait une plus petite, qui lui était adressée elle aussi. Virginie poussa un soupir d'exaspération en reconnaissant le nom de ce premier expéditeur.

Norman Saxby était un homme tenace. Elle l'avait deviné même si elle ne l'avait rencontré qu'une seule fois.

10
Andrew

Denyse, Alberta, 20 avril

Les huit paroissiens avaient pris place sur les quelques chaises et les deux fauteuils qu'on avait fait transporter de la maison. Andrew devait reconnaître que ça donnait le ton. C'était peut-être d'ailleurs à cause de cette atmosphère décontractée que, même debout devant l'autel, il leur parlait comme s'il les connaissait depuis toujours, comme s'il reprenait avec eux une conversation amorcée deux ans plus tôt… avant la prison.

Sans qu'il y prenne garde, son esprit bascula, et il se retrouva pendant une fraction de seconde dans son ancienne église, ornée de vitraux magnifiques, belle de tous ses bancs de bois verni, et si grande, et si pleine… de fidèles qui ne comprenaient rien à ce qu'il disait. Il chassa ce mauvais souvenir et examina ses paroissiens actuels.

C'étaient pour la plupart des gens âgés – Gerinne était de loin la plus jeune. Ils étaient venus à l'église en ce dimanche de Pâques comme ils l'avaient sans doute fait autrefois, quand on venait chercher en ce lieu un moment de recueillement, de réflexion, de réconfort. Chacun s'attendait ce matin à un sermon comme on en faisait à l'époque. Ils imaginaient probablement qu'Andrew leur raconterait que Jésus était mort pour racheter leurs péchés. En tant que pasteur, il avait pleinement conscience du rôle longtemps joué par ses confrères. Pour cette raison, il savait qu'il s'apprêtait à décevoir ses paroissiens.

— Les Évangiles contiennent plusieurs descriptions de la vie de Jésus. Pourtant, l'événement le plus important de tous, le plus significatif pour nous, chrétiens, et que nous célébrons aujourd'hui, n'est décrit nulle part. On passe de l'image de la crucifixion à celle du tombeau vide en sautant totalement l'épisode de la Résurrection. Seul Matthieu s'y attarde un peu.

Et il lut :

— *Jésus poussa encore un grand cri et rendit l'esprit. Alors le voile du sanctuaire se déchira en deux, d'en haut jusqu'en bas, la terre trembla, les rochers se fendirent, les tombeaux s'ouvrirent et les corps de beaucoup de saints endormis se réveillèrent*[3]. Paul nous donne aussi quelques détails supplémentaires.

Il se remit à lire :

— *Mais le Christ s'est bel et bien réveillé d'entre les morts : il est les prémices de ceux qui sont endormis*[4].

Pour laisser le temps à ses paroissiens d'anticiper ce qu'il s'apprêtait à dire, il attendit quelques secondes avant de reprendre :

— Paul et Matthieu parlent de « ceux qui sont endormis ». Mais qui sont ces gens qui dorment ?

Il étudia le visage de chacun et découvrit que non seulement tous le suivaient, mais qu'en plus, ils paraissaient intéressés. Comblé, il fit un signe à Patsy, qui alluma le projecteur. Sur l'écran que leurs fils avaient fixé à l'un des murs, on vit apparaître une peinture ancienne. On reconnaissait tout de suite Jésus, au centre, avec son auréole. Il serrait dans sa main gauche un sceptre en forme de croix avec lequel il maintenait au sol un personnage qu'on prenait de prime abord pour Satan. En y regardant de plus près, cependant, on remarquait la barbe et on comprenait qu'il ne s'agissait pas de Satan, mais d'Hadès, le dieu des morts, et qu'il était pieds et poings liés, à la merci de Jésus. À droite gisaient deux bouts de bois qui représentaient les portes du royaume des

3. Matthieu 27,52.

4. 1 Corinthiens 15,20.

morts. Des verrous et des chaînes brisées laissaient entendre que ces portes avaient été défoncées.

Mais ce n'était pas cet « enfer » qu'on remarquait en premier lieu. C'était plutôt l'attitude de Jésus, peint comme s'il s'en allait d'un pas déterminé vers la droite. Curieusement, sa tête était tournée vers l'arrière, vers un homme qu'il tenait fermement par le poignet. À cause de la posture de chacun, on comprenait que Jésus le forçait à le suivre. Une femme se tenait derrière eux, les bras tendus, comme si elle suppliait Jésus de l'entraîner, elle aussi. Andrew expliqua qu'il s'agissait d'Adam et Ève et que, dans les illustrations de ce genre, les deux personnages représentaient toujours l'humanité entière.

— J'ai pris cette photo il y a plusieurs années lors d'un voyage en Turquie. Le tableau se trouve en Cappadoce, dans une église troglodyte datant du Xe ou du XIe siècle. Si vous avez quelques minutes, vous ferez une recherche sur Internet. L'endroit s'appelle The Dark Church. Vous verrez, c'est assez impressionnant.

On entendit tout à coup une camionnette virer dans la cour. Son moteur gronda un moment, puis des murmures couvrirent le vrombissement. Deux minutes plus tard, une femme apparut sur le seuil, beaucoup plus âgée que les autres fidèles. Elle se déplaçait avec une canne, et une jeune fille lui tenait le bras.

Toutes deux s'excusèrent d'interrompre le sermon.

— Ne vous en faites pas, les rassura Andrew, nous commencions tout juste.

Gerinne s'était levée pour céder sa place à la vieille dame. Quand toutes eurent trouvé un siège, Andrew reprit :

— Mais revenons à ce qui nous intéresse ce matin. En grec, l'événement illustré par ce tableau s'intitule *Anastasis*, ce qui signifie littéralement *Résurrection*. En Occident, pourtant, on associe ce tableau à la descente de Jésus aux enfers.

Quelqu'un toussa. Andrew crut qu'il s'agissait d'une manière polie d'émettre une objection, mais il eut beau regarder l'assistance, personne ne cherchait à attirer son attention.

— Ce qui va peut-être vous surprendre, poursuivit-il, c'est que nulle part dans la Bible il n'est question que Jésus soit descendu aux enfers.

Sachant que chacun avait besoin de temps pour assimiler cette information, il se tourna vers l'image, toujours à l'écran.

— Là où je veux attirer votre attention, c'est sur le fait qu'au moment de sa résurrection, Jésus n'était pas seul. Car Matthieu dit bien qu'il a entraîné d'autres personnes avec lui. Avouez que ça change la donne. Et avouez que Pâques prend soudain une tout autre signification !

Les bouches s'étaient entrouvertes, mais nulle part il ne vit le déni qu'il avait tant vu autrefois. À l'aide de son pointeur laser, il attira l'attention des fidèles sur le monde souterrain.

— Aujourd'hui, comme je l'ai dit tout à l'heure, on désigne cet événement comme la descente de Jésus aux enfers. Ce qu'il faut remarquer, c'est que dans les premières illustrations de l'événement, comme dans celle-ci, il n'y avait pas de flammes. On parlait du royaume des morts, pas de l'enfer. D'ailleurs, ce n'est pas Satan que le peintre a placé sous les pieds de Jésus, mais Hadès, le dieu qui travaille si fort pour empêcher les morts de quitter son royaume.

Il y eut des hochements de tête dans l'église. Andrew sourit ; certains devinaient peut-être déjà où il voulait en venir.

— En somme, ce qui était la prison des morts est devenu, au fil des siècles, la punition des morts.

Il fit une autre pause. La nuance étant subtile, il fallait donner du temps aux gens pour l'assimiler. Surtout que ce qu'il s'apprêtait à dire allait certainement déranger.

— Mais oublions l'histoire un peu pour nous concentrer de nouveau sur le message. Je vais vous demander de faire preuve d'imagination pendant quelques minutes. Imaginez que le peintre n'ait pas voulu illustrer ici un enfer souterrain, mais plutôt notre monde. Parce que vous savez, le Moyen Âge n'était pas une époque réjouissante. Au moment où l'on peignait cette fresque dans une église de Turquie, en France, on entreprenait les premières croisades. C'était une époque d'une rare violence, d'épidémies terribles, d'injustices, de famines, de guerres et d'abus en tout genre de la part des gens au pouvoir, qu'ils soient du clergé ou de la royauté. Le croyant n'avait nul besoin de craindre un lieu pire que celui où il vivait. L'enfer, c'était sur terre.

Tout à coup, tous les yeux s'agrandirent, et il y eut des murmures d'émerveillement.

— Vous avez bien compris. Ce que je crois, c'est que Jésus n'est pas venu sur terre pour prendre sur lui les péchés du monde, mais plutôt pour guider les gens, pour éveiller les consciences, pour conduire les hommes et les femmes sur un autre chemin, vers une vie meilleure et… – passez-moi l'expression – plus humaine, dans le sens où nous l'entendons aujourd'hui. Et pour cela, il a refusé la violence et enseigné la bonté, la charité, la solidarité et le pardon.

Cette fois, il y eut des chuchotements et des froissements de manteaux.

— Voilà la vérité qu'essayaient de nous dire Matthieu, Paul et le peintre de ce tableau, mais le temps a corrompu leur message. Nous avons tous la possibilité de nous éveiller afin de travailler à construire un monde meilleur. Il est là, le vrai message de la Résurrection.

Il sortit de sous l'autel un panier d'osier rempli d'œufs en chocolat. Il le tendit à Frederick qui distribua un œuf par personne. Quand le garçon rapporta le panier, Andrew se servit, retira l'emballage d'aluminium et invita tout le monde à l'imiter. Puis, au lieu de croquer le chocolat, comme on aurait pu s'y attendre, il écrasa l'œuf entre ses doigts et présenta les morceaux dans sa paume.

— Chacun de nous est un oisillon, isolé du monde par une coquille étanche. Nous nous croyons seuls, nous nous sentons menacés. Mais tout cela n'est qu'illusion. Nous sommes un. Vous, moi, les autres villageois, les autres Canadiens, le reste de l'humanité et l'ensemble des animaux et des plantes. Nous sommes un, mais pour en prendre conscience, nous devons briser cette coquille qui nous sépare les uns des autres et qui nous empêche de sentir l'unité du monde.

Quarante-cinq minutes après le début du culte, tout juste avant de laisser partir ses nouveaux fidèles, Andrew leur annonça qu'il y aurait un service dans cette église tous les dimanches à 10 h 30. Il leur dit également que tous pouvaient inviter parents, amis et connaissances, et que les gens qui avaient besoin de recueillement et de réflexion étaient les bienvenus, peu importe leur parcours, leurs choix, leur origine. Et il conclut en déclarant que tant que lui, Andrew Yates, serait le pasteur de cette communauté, on ne jugerait personne, on ne refuserait personne et on ne chercherait à convertir personne.

II

Cécile

Edmonton, Alberta, 9 mars 1943

L'adresse que lui avait donnée Thomas Clark se trouvait à une quinzaine de minutes de marche de l'université qu'elle avait fréquentée un an plus tôt. L'immeuble en question se distinguait de ceux qui l'entouraient par son architecture s'apparentant à celle d'une banque.

Cécile se présenta à la réception et tendit la carte de visite.

— J'ai rendez-vous avec le colonel Clark.

La réceptionniste jeta à peine un œil à la carte.

— Il vous attend, dit-elle en retournant à sa dactylo. Troisième étage, bureau 301.

L'ascenseur se trouvait au fond du hall. Cécile s'y engouffra et, pendant l'ascension, elle vérifia que sa jupe était sans pli et les pans de son manteau, bien placés. Une fois au troisième, elle se dirigea vers la porte 301 et frappa doucement.

— Entrez !

C'était la voix de son ancien professeur. Elle poussa la porte.

— Mademoiselle Maltais ! Quel plaisir ! Mais asseyez-vous, je vous en prie !

Il lui indiqua une des deux chaises qui se trouvaient devant son bureau et, au lieu de reprendre sa place, il vint s'asseoir à côté d'elle.

— Comment était la route depuis East Coulee ?

— Comme d'habitude en hiver.

Elle avait quitté la maison tôt ce matin-là et comptait repartir tout de suite après le rendez-vous.

— Je suis venue pour vous poser des questions, dit-elle d'entrée de jeu. Je ne voudrais pas que vous pensiez que je suis si intéressée que ça… Je veux seulement en savoir davantage.

Il approuva d'un hochement de tête.

— Cigarette ?

Sans attendre sa réponse, il allongea le bras pour s'emparer d'un paquet qui traînait sur le bureau. Cécile accepta la cigarette qu'il lui tendit et se pencha vers le briquet allumé. Elle expira en se redressant et croisa les jambes, histoire d'avoir l'air détendue. Clark lui souriait.

— Que voulez-vous savoir ?

— Quel genre de travail voulez-vous m'offrir ?

Il la jaugea, tira sur sa propre cigarette et recula sur sa chaise en soufflant à son tour un nuage de fumée.

— Avant de vous donner des détails, j'aurais moi aussi une question à vous poser.

Elle lui fit signe d'y aller.

— Alors voilà, commença-t-il, comme s'il mettait des gants blancs. Quand j'ai dit, l'autre jour, que vous aviez été renvoyée de l'université, votre père a paru surpris. Il n'était pas au courant ?

— Je lui avais donné une version plus digeste.

— Une version plus… ? Vous lui avez menti ?

— Absolument pas ! C'est mon père, quand même. Je lui ai simplement expliqué que je ne me plaisais pas à l'université. Ce qui est tout à fait vrai.

— Je vois. Et ça vous arrive souvent de servir des versions plus « digestes » ?

Sa voix avait pris un ton moqueur. Cécile s'impatienta.

— Écoutez, je peux…

Il l'interrompit.

— Est-ce que c'est pour lui servir une version plus digeste que vous avez affirmé au professeur Mackintosh que votre mère avait été écrasée par un train ? Parce que, voyez-vous, selon votre dossier…

Il allongea le bras encore une fois et attrapa une chemise de carton beige, qu'il ouvrit de manière à mettre en évidence la page du dessus.

— … elle serait plutôt morte de la tuberculose.

Cécile écarquilla les yeux. Elle avait travaillé si fort à construire cette histoire qu'elle-même n'avait pas pensé autrement à la mort de sa mère depuis des années. Comment Thomas Clark pouvait-il être au courant ?

— Je ne pense pas que la mort de ma mère soit de l'intérêt de mes anciens professeurs. Et de quel dossier s'agit-il ? Je n'ai jamais dit à personne…

— C'est un dossier que j'ai fait préparer par des sources bien informées. Pour mieux vous connaître, vous comprenez ? J'avais besoin de savoir quelles étaient vos dispositions. Il est écrit ici…

Il sortit ses lunettes et lut à haute voix :

— *Excellente mémoire. Bonne capacité physique. Bon sens de l'observation et grande adresse au tir.* C'est vrai, ça, que vous savez tirer du fusil ?

— Je vais à la chasse depuis l'âge de dix ans.

— L'âge de dix… ?

Il ne jugea sans doute pas judicieux de lui rappeler qu'il était interdit de laisser une arme à feu dans les mains d'un enfant.

— Ça dit aussi, poursuivit-il, que vous êtes menteuse et tricheuse.

Cécile se raidit, mais répliqua du tac au tac :

— Je triche quand mon adversaire est trop stupide pour s'en rendre compte. Quant à mentir, je considère que la vérité est trop importante pour être connue de tout le monde. On ne sait jamais quelles conclusions les gens vont en tirer.

— D'où l'histoire du train ?

— D'où l'histoire du train et celle, plus digeste, de mon départ de l'université. Mais dites-moi, en quoi ça vous regarde que j'arrange la réalité en ma faveur ? En quoi ça concerne l'emploi que vous voulez m'offrir ? À moins que vous ayez changé d'idée depuis que vous avez lu ce dossier ?

— Cécile…

C'était la première fois qu'elle l'entendait prononcer son prénom. En d'autres circonstances, elle aurait peut-être été touchée, ou peut-être qu'elle y aurait vu une sorte d'intimité nouvelle. Mais le fait qu'il ait étiré la deuxième syllabe et pris un ton paternaliste lui déplut tellement qu'elle lança sa cigarette dans le cendrier et se leva pour partir.

— Attends ! dit-il en posant une main sur son bras pour la retenir. Je suis allé te voir à East Coulee justement parce que j'avais lu ton dossier. Rassieds-toi, s'il te plaît, et écoute ce que j'ai à te proposer.

Le changement de ton piqua à ce point sa curiosité qu'elle se rassit.

— Bien. Tout d'abord, laisse-moi te dire que je suis d'accord avec toi en ce qui concerne la vérité. C'est pour cette raison que je vais exiger que tu promettes de ne répéter à personne, et sous aucun prétexte, ce que je m'apprête à te révéler. Ce dont on va discuter est top secret.

Elle sentit aussitôt un frisson de plaisir lui parcourir l'échine mais, loin de succomber, elle se demanda si Thomas Clark était en train de la manipuler pour avoir toute son attention. Son dossier mentionnait-il un penchant pour le mystère, pour l'aventure, pour tout ce qui lui procurait des sensations fortes ? Elle lui promit de ne rien dire.

Il referma le dossier, le poussa plus loin sur le bureau et se tourna vers elle pour lui faire face.

— Nous avons besoin de quelqu'un avec tes talents pour effectuer un travail difficile.

Cécile croisa les bras.

— Ça ne me dit vraiment pas grand-chose.

— Je suis à la recherche de jeunes femmes capables de retenir des informations sans avoir besoin de les mettre par écrit. Il me faut quelqu'un qui n'a pas peur de prendre des risques. Quelqu'un qui… disons, a le goût de l'aventure, parce qu'il ne s'agit pas d'un emploi régulier. Il serait préférable que cette personne n'ait pas peur des armes à feu. Si elle sait manier un fusil ou des explosifs, c'est encore mieux. Mais elle doit être capable de travailler seule pendant plusieurs semaines, voire des mois. Et puis il me faut idéalement une personne qui parle français.

Cécile laissa ces informations la pénétrer jusqu'à l'âme. On venait la chercher, elle, la fille ordinaire, parce qu'elle possédait des talents particuliers. Malcolm en aurait avalé sa bière de travers si elle avait pu lui raconter tout ça. Elle essaya de se voir objectivement, telle que Thomas Clark la voyait. C'était vrai qu'elle aimait l'aventure et qu'elle pouvait rester seule pendant de longues périodes sans jamais s'ennuyer. Elle savait aussi tirer du fusil, mais…

Elle secoua la tête.

— Je ne connais rien aux explosifs. Mon père m'a toujours tenue loin de la mine.

Clark redressa les épaules d'un air victorieux.

— Si c'est tout ce qu'il te manque, ma chère enfant, ne t'inquiète pas. Ça s'apprend.

— Si vous voulez me renvoyer à l'école, oubliez ça. J'ai détesté l'université.

— Il ne s'agit pas d'une université, mais d'une école spéciale.

— Spéciale comment ?

— Spéciale spéciale. Mais je ne peux pas t'en dire plus. Pour en savoir davantage, il faudra que tu y ailles.

Cécile chercha sur son visage un signe de moquerie. Elle n'en trouva pas. S'il était sérieux et qu'il avait vraiment besoin d'une personne avec ses talents, ça voulait dire que le travail devait être intéressant.

— Marché conclu, lança-t-elle en tendant la main. Comment je fais, maintenant, pour me rendre à cette école ?

12

Émilienne

Paris, juillet 1939

Enrobée dans un peignoir de soie ouvert sur la poitrine, Émilienne lisait à voix haute, debout devant la fenêtre pour profiter de la lumière du jour.

— *L'Inquisition était déjà bien installée dans le Languedoc à l'été 1300. Des procès retentissants avaient terrorisé la population, et on en était maintenant à juger les morts.*

Quand Tcherniak dormait chez elle, elle revêtait son peignoir et profitait de chaque occasion de se placer à contre-jour. Elle savait qu'ainsi, il verrait les courbes de son corps à travers le fin tissu. Jamais de sa vie elle ne s'était sentie belle. Dans le regard de cet homme, pourtant, elle avait l'impression d'avoir le monde à ses pieds.

— *Ce dernier procédé permettait la saisie des biens du défunt, ce qui avait l'immense avantage d'enrichir le clergé, quand ce n'était pas directement les dominicains, en charge de l'Inquisition.*

— Attention, ma chérie.

Émilienne quitta son texte des yeux. Allongé sur le lit, nu sous les draps, Tcherniak avait levé un bras.

— Ici, tu affirmes que les dominicains abusaient de leur pouvoir.

— C'était le cas.

— Peut-être, mais tu ne peux pas l'écrire aussi clairement, ça ouvrirait la porte à des poursuites. Il faut que l'accusation soit sous-entendue. Et puis si elle est trop directe, on dira que tu exagères.

Émilienne dut faire un effort pour ne pas rire. Tcherniak parlait de l'Inquisition comme d'une institution contemporaine. Elle devinait que s'il lui conseillait la prudence, c'était parce qu'il l'avait apprise à ses dépens. Elle céda néanmoins, biffa le passage puis, s'appuyant sur la commode, elle le réécrit.

— *... on en était maintenant à juger les morts. Comme c'était le cas pour les vivants trouvés coupables d'hérésie, les biens du mort étaient confisqués et ses héritiers, privés d'héritage.*

— Mais non ! protesta Tcherniak en se redressant. Dit de cette manière, on dirait que la procédure ne rapportait rien. Attends !

Il s'empara de la feuille et de la plume pour raturer le dernier passage. Il s'emportait, comme toujours, et Émilienne s'amusa de le voir griffonner dans la marge.

— *Il se trouvait,* lut-il à voix haute, *que les biens confisqués venaient s'ajouter à la fortune du clergé. Le conflit d'intérêts dans lequel se trouvaient ces moines parut évident au fil des procès, et des familles lésées commencèrent à contester la procédure.* Voilà ! Qu'en dis-tu ? Il me semble que tout y est clair, efficace, accusateur certes, mais avec assurance. Tu ne te mettras pas les pieds dans les plats. Parce que, tu sais, les dogmatiques de ce monde sont capables de détruire un homme pour une virgule mal placée.

Quand il parlait, son visage entier s'animait, comme si ses mimiques faciales ajoutaient une sorte de ponctuation. Il haussait les sourcils, jetait un regard de travers, grimaçait, secouait la tête, plissait le front. Elle n'avait jamais rencontré une personne aussi expressive. Pourtant, il souriait très peu. Chez lui, tout était dramatique, sérieux. Elle pouvait compter sur les doigts d'une main les fois où elle lui avait vu un air de contentement. Était-ce le résultat de ses années dans les camps de travail ? Chose certaine, ces expériences l'avaient fait vieillir prématurément. À quarante-cinq ans, il en paraissait dix de plus. Son corps était couvert de cicatrices dont il ne voulait jamais parler. Il lui avait raconté ses faits d'armes, ses évasions, de même que sa querelle avec Staline. Il avait toutefois refusé d'aborder la suite.

— Pose-moi n'importe quelles questions, mais laisse de côté mes années de prison. Si tu veux savoir ce qui s'est passé là-bas, tu n'as qu'à lire mon livre.

Alors elle l'avait lu, ce livre, et y avait découvert une telle souffrance qu'elle en avait pleuré.

Il lui tendit la feuille annotée, et elle relut l'ensemble puis demanda :

— Penses-tu que je devrais préciser que les inquisiteurs étaient des dominicains et qu'on les appelait aussi les « frères prêcheurs » ?

Tcherniak haussa les épaules, esquissa une moue indifférente et s'alluma une cigarette.

— Seulement si tu penses que ton lectorat n'est pas au courant.

Émilienne dessina un point d'interrogation dans la marge. On lui avait demandé ce texte pour une revue spécialisée en histoire, mais pas précisément en histoire des religions. Il lui faudrait s'informer des connaissances moyennes de ses lecteurs.

— *La dénonciation d'hérétiques morts commençait à prendre de l'ampleur, mais le procédé ne s'était pas encore heurté à une opposition désintéressée. Le commun des mortels préférait de loin qu'on s'attaque aux défunts plutôt qu'aux vivants, et on ne prenait pas aussi au sérieux qu'on aurait dû les familles ayant un intérêt pécuniaire dans l'affaire.*

— C'est parfait, s'exclama Tcherniak. On devine le côté sournois de cette histoire.

Depuis qu'elle le fréquentait, Émilienne n'écrivait plus de la même manière. Sous sa direction, elle osait des conclusions plus audacieuses, des critiques plus ouvertes. Elle puisait en lui une assurance qui l'étonnait elle-même. Elle savait que les autorités autrichiennes, proches d'Hitler, avaient retiré à Tcherniak son passeport autrichien pour avoir publié des textes contre le régime. Elle savait aussi que ses livres avaient été brûlés dans tout le territoire occupé par le Reich et que les bureaux de son éditeur autrichien avaient été mis sous scellés. Loin d'être effrayée, Émilienne trouvait dans la situation de paria de Tcherniak une source d'inspiration.

Au début, comme il fallait s'y attendre, certains de ses professeurs avaient vu d'un mauvais œil l'influence d'un révolutionnaire sur leur protégée américaine. La chose déplaisait particulièrement au professeur Guérard, qui reprochait à Tcherniak ses années en Sibérie.

— On ne met pas les gens en prison pour rien.

Tout à ses convictions communistes, le professeur Guérard ne voulait pas croire que la dérive était possible. Pas dans les révolutions de prolétaires, disait-il. Pas par les mains du peuple. C'était pourtant ce qu'avait décrit Tcherniak dans ses premiers livres.

— Nous avions de grands idéaux, avait-il expliqué un jour quand Émilienne l'avait questionné sur le sujet, mais une fois la machine en place, les grands idéaux fondateurs ne l'emportent jamais sur les intérêts personnels de ceux qui la font fonctionner.

Il y avait de l'amertume dans sa voix, on devinait que les hommes avaient été pour lui une grande déception. Il persévérait, pourtant, dans sa quête de justice et, pour cela, Émilienne lui vouait une admiration sans bornes. C'est donc volontairement qu'elle le laissait modeler sa propre pensée.

— Si vous continuez comme ça, lui avait un jour lancé le professeur Guérard, on finira par refuser vos écrits.

C'était le contraire qui se produisait ; on s'arrachait ses articles. Tout ce qui dénonçait les abus de pouvoir, présents comme passés, était à la mode. Étaient malheureusement aussi à la mode les attaques véhémentes contre le supposé relâchement des mœurs, l'anarchie, la tolérance face aux étrangers. Ces positions diamétralement opposées s'étaient durcies depuis l'arrivée, en février, de réfugiés espagnols. Mais si, pendant l'hiver, les Français s'étaient affrontés dans les rues, on préférait désormais les joutes dans la presse écrite. Tant la gauche que la droite avaient leurs revues et journaux attitrés, et il s'avérait que ceux qu'affectionnait Émilienne penchaient à gauche.

— *C'est pour une enquête de ce genre,* poursuivait-elle, *que l'inquisiteur Nicolas d'Abbeville se présenta un matin à la porte du couvent des frères mineurs de Carcassonne. Il venait réclamer la dépouille d'un notable, décédé des années plus tôt et dont le corps reposait dans le cloître des franciscains. D'Abbeville tenant ses ordres du pape lui-même, c'est sûr de lui et habitué à ce qu'on lui obéisse qu'il exposa sa requête. Bernard Délicieux, lecteur du couvent, refusa net de lui livrer le corps et lui ferma la porte au nez.*

— J'aime la force qu'on devine chez ce moine. Je l'imagine sans peine dans les rues de Petrograd, il aurait fait un révolutionnaire extraordinaire.

Quand Tcherniak parlait de la révolution, Émilienne se sentait fondre. Elle abandonna ses feuilles sur la commode et, retirant son peignoir, se glissa sous le drap.

— Et moi, j'aime la force qu'on devine chez toi. Et je n'ai jamais peur quand je suis avec toi.

Elle savait qu'il aimait entendre ces mots. Et, même si elle se trouvait ridicule, elle les lui répétait, autant parce qu'elle savait que ça lui faisait plaisir que parce qu'ici, en France, alors que la guerre menaçait davantage chaque jour, la présence de Tcherniak dans sa vie avait bel et bien quelque chose de rassurant.

— Il ne faut jamais céder à la peur, murmura-t-il en la serrant contre lui. C'est la peur qui a permis à Hitler de prendre le pouvoir aussi facilement. Il n'a eu qu'à affirmer qu'un homme qui défend un Juif est aussi indésirable que le Juif lui-même pour que le peuple devienne lâche. Inquiets de ce qui pouvait leur arriver, les gens ont laissé les chemises brunes traîner les clients juifs hors des cafés de Berlin pour les battre sur le trottoir, sous le regard indifférent des policiers. La même chose s'est produite en Autriche, pour les mêmes raisons.

— Ces gens étaient peut-être simplement des pacifistes ?

Il la repoussa et recula juste assez pour la regarder dans les yeux et vérifier qu'elle ne se moquait pas de lui. Comme ce n'était pas le cas, il se détendit.

— J'ai déjà été pacifiste, moi aussi, plus jeune. Mais un jour, je suis devenu courageux.

Il y eut un moment de silence. On entendit sonner les cloches d'une église.

— Laisser faire les fascistes, poursuivit Tcherniak, ce n'est pas aimer la paix. C'est protéger son propre statut, son propre confort et ses propres privilèges au détriment de la justice sociale et de la dignité des autres. Il n'y a rien de noble là-dedans. Un jour, ce sont les Juifs qui sont visés. Le lendemain, ce sont les intellectuels, les scientifiques, les artistes… J'ai couvert pour un journal le cas d'une boucherie kasher dont les propriétaires avaient disparu. Pas un voisin n'avait osé alerter les autorités de peur d'être le prochain sur la liste. C'est ainsi que se répand le mal. Sans que personne intervienne.

Émilienne imagina la scène et, sans s'en apercevoir, elle suivit d'un doigt le renflement d'une cicatrice sur le torse de Tcherniak.

— C'est pour cet article qu'on a voulu t'arrêter, Teddy ?

— Pour celui-là et pour une dizaine d'autres.

Il la serra plus fort. Elle l'appelait Teddy, comme un ourson en peluche, car Teddy était le diminutif de Théodore, Tudorel en roumain.

— On a assez parlé de moi, n'est-ce pas ?

Il retira son bras et tenta de s'allonger sur elle, mais elle le repoussa doucement.

— Pas tout de suite. Raconte-moi d'abord comment tu as quitté l'Autriche.

Il soupira.

— Ce n'est pas une très bonne histoire.

Il protestait pour la forme, car il connaissait le pouvoir aphrodisiaque de ses aventures.

— C'est moi l'historienne, insista Émilienne. C'est à moi de juger.

Vaincu, il redressa un oreiller et s'alluma une autre cigarette.

— C'était au mois de mars, l'an passé…

Il lui parla alors de ce soir fatidique, quelques jours avant un référendum où les Autrichiens devaient choisir s'ils voulaient ou non se joindre au Reich. Ce référendum devait servir à repousser Hitler, qui ne relâchait pas sa pression sur le gouvernement. Mais Hitler n'entendait pas se faire éconduire aussi facilement.

— Je revenais d'un dîner avec des amis. En arrivant à mon appartement, j'ai allumé la radio. J'ai eu froid dans le dos en reconnaissant la voix du chancelier. Il rapportait que quarante mille soldats allemands étaient massés à la frontière. Il expliquait que, pour éviter un bain de sang, l'Autriche rendait les armes devant une telle démonstration de pouvoir.

Raconter ces souvenirs lui faisait mal, Émilienne s'en rendait compte, mais elle était incapable de l'interrompre.

— L'instant d'après, les rues s'étaient remplies de manifestants qui scandaient des slogans nazis. « Un peuple, un Reich, un führer ! » C'était à vomir. Des avions déversaient sur la ville des milliers de feuillets de propagande. Je savais que j'étais en danger si je restais à Vienne. À cause de mes publications antifascistes, mon nom apparaissait sur la liste des auteurs proscrits par Goebbels. Ce n'était qu'une question de jours – peut-être même d'heures – avant qu'on vienne m'arrêter. Le même danger guettait Walter, mon éditeur. J'ai donc fait mes bagages, un petit sac de rien du tout, de quoi prétendre que je partais pour deux ou trois jours en Suisse, et je suis passé chez lui. Je l'ai trouvé dans sa cuisine, une pile de manuscrits dans les mains. Sa voix tremblait. « Ils vont nous fusiller, m'a-t-il dit en me montrant les feuilles. Aussi bien ouvrir le gaz tout de suite. » Il a tendu le bras vers le bouton de sa cuisinière. Je l'ai empêché de justesse de commettre une bêtise. Inutile de se suicider quand il suffisait de faire disparaître les textes compromettants. Nous les avons éparpillés dans la baignoire et y avons mis le feu. Nous avons dormi chez un autre de mes amis ce soir-là. À l'aube, nous avons pris un taxi pour la gare. Les rues de Vienne étaient devenues un piège pendant la nuit. Des milliers de manifestants bloquaient les intersections et arrêtaient toutes les voitures pour vérifier que les occupants n'étaient pas juifs. Paniqué, notre chauffeur nous a laissés sur un boulevard, et nous avons dû nous frayer un chemin à pied.

Tcherniak fumait, le regard perdu au loin, par-delà la fenêtre. Émilienne l'écoutait, furieuse avec lui quand sa voix se teintait d'animosité, bouleversée quand c'était de rancœur ou de tristesse. Elle avait l'impression qu'il n'avait encore raconté cette histoire à personne.

— Nous avons acheté deux allers-retours pour Zurich. Le but était d'encaisser les billets de retour une fois sur place pour obtenir un peu plus d'argent que ce qu'il nous était permis de sortir d'Autriche. En début de soirée, nous sommes montés dans le train par des portes différentes et nous nous sommes assis dans des compartiments différents. En atteignant la frontière, quelques heures plus tard, le train s'est arrêté. Au lieu des douaniers habituels, ce sont des SS qui sont montés à bord. Ils ont verrouillé les portes, saisi les passeports et fouillé les bagages.

Il tira sur sa cigarette, retint la fumée pendant un long moment et poussa un soupir navré en la laissant sortir.

— Tu me trouves brave, n'est-ce pas ? Mais je te jure qu'à ce moment-là, je tremblais plus que tous les autres passagers réunis. On nous a interrogés un à un…

Elle se blottit encore plus contre lui, le cœur serré.

— Quand mon tour est arrivé, on m'a demandé pourquoi j'avais quitté Vienne la veille. Le SS qui s'adressait à moi avait dans la main un feuillet de propagande que j'avais ramassé et fourré dans une poche. Comme je réfléchissais à la réponse qu'il me fallait donner, il a répété sa question. Il insistait. Pourquoi être parti précisément hier soir, qu'il me redemandait. Je ne saurais te dire si c'est par couardise ou par bravade, mais j'ai répondu que j'avais attendu pour pouvoir assister à l'arrivée du führer. Et là, comme par magie, j'ai retrouvé ma valise et mon passeport.

Il émit un petit rire sarcastique.

— Apparemment, on ne lui avait pas encore communiqué la liste de Goebbels.

Il éteignit sa cigarette et redevint sérieux.

— Je ne sais pas ce que Walter a répondu de son côté, mais quand je suis descendu à Zurich, il était là, aussi soulagé que moi. Nous avons pris un express pour Paris. Nous ne savions pas, à ce moment-là, qu'il s'agissait du dernier train à circuler librement. Dès le lendemain, la France exigeait un visa spécial pour tous les voyageurs arrivant de l'étranger.

13
VIRGINIE

Brookbury, Québec, 21 avril

La fenêtre étant entrouverte, on entendait la pluie tomber, et la brise soufflait dans la chambre l'odeur de la terre mouillée. Sur la commode traînait le chèque que Norman Saxby avait inséré dans la boîte. Fait au nom de Virginie Abigail Constantineau, et représentant un montant dans les quatre chiffres, il devait servir à acheter quelques heures de son temps de travail afin qu'elle juge par elle-même du contenu du dossier. Et pour s'assurer qu'il n'y ait pas de malaise, quelques mots griffonnés au bas à gauche précisaient qu'il s'agissait d'une avance non remboursable. Assise dans son lit, les genoux couverts de lettres décachetées, de livres et de cahiers, Virginie relisait, incrédule, la note que Norman Saxby avait jointe au paiement.

Chère madame Constantineau,
Vous me pardonnerez, j'espère, cette intrusion dans votre intimité, mais comme je vous l'ai dit l'autre jour, je suis persuadé que vous êtes LA personne qu'il faut pour écrire la biographie de ma grand-tante. Vous trouverez dans cette boîte une partie de la documentation que j'ai amassée au fil des ans. Vous devez savoir que la chose a été assez difficile. Presque toutes les archives du SOE ont été brûlées après la guerre, si bien qu'il m'a été impossible d'approfondir plusieurs aspects de la vie de ma tante. Le SOE (Special Operations Executive) était une branche obscure des services

secrets britanniques pendant la Deuxième Guerre mondiale. La destruction de plusieurs documents par mesure de précaution a effacé les preuves de la participation de bon nombre de personnes à la lutte contre les nazis. Les rares données préservées ont été rendues publiques en 1998, ainsi qu'entre 2003 et 2006. Nous connaissons par ailleurs le nom de plusieurs agents exécutés par les Allemands, et un mémorial leur est consacré à Valençay. Voici quelques informations que n'importe qui peut trouver en faisant une simple recherche sur Internet :

- *Emily Ann Saxby était une agente du SOE.*
- *Après avoir été capturée dans les environs de Montségur le 7 décembre 1943, elle est conduite à la prison de Fresnes, près de Paris.*
- *Le 12 mai 1944, elle et Andrée Borrel, Diana Rowden, Yolande Beekman, Vera Leigh, Elian Plewman, Odette Samson, Madeleine Damerment et Sonia Olschanesky sont envoyées au quartier général du Sicherheitsdienst, mieux connu sous le nom de SD, le service de la sécurité des SS, sur l'avenue Foch, à Paris.*
- *Grâce au récit qu'en a fait Odette Samson (seule survivante du groupe), on sait que les neuf femmes y ont été enfermées pendant plusieurs heures avant d'être mises dans un train à destination de Karlsruhe, en Allemagne, où elles ont été détenues comme prisonnières de droit commun et non comme prisonnières de guerre.*
- *Le 6 juillet 1944, Emily Ann, Andrée Borrel, Vera Leigh, Sonia Olschanesky et Diana Rowden sont transférées au camp de Natzweiler-Struthof, en Alsace, où elles sont exécutées dès leur arrivée.*
- *Leurs corps sont immédiatement incinérés dans le four crématoire du camp.*

Vous trouverez d'autres informations et plus de détails dans mes carnets de notes. Sachez cependant qu'au moment de sa mort, Emily Ann Saxby avait tout juste 36 ans. Je considère qu'une femme qui a donné sa vie pour la liberté mérite qu'on lui consacre un livre. Malheureusement, je n'ai pas le talent nécessaire pour accomplir cette tâche. Je vous demande humblement de reconsidérer mon offre. Je sais qu'il est habituel dans votre domaine de ne recevoir votre salaire qu'après la publication de l'œuvre et que celui-ci est en fonction du nombre d'exemplaires vendus. Je me permets de vous proposer un meilleur arrangement. Si vous acceptez d'écrire ce livre pour moi, non seulement je vous rembourserai cent pour cent de vos dépenses, mais je vous verserai également un généreux cachet.

Si vous décidez de plonger avec moi dans cette aventure, vous n'avez qu'à me passer un coup de fil.

Dans l'attente d'une réponse favorable, veuillez recevoir, madame, mes salutations cordiales…

Le numéro de téléphone apparaissait sous la signature.

Si Norman Saxby était un homme tenace, c'était aussi un homme astucieux. Non seulement il n'avait pas pris son refus de l'autre jour comme une réponse définitive, mais il avait poussé l'audace jusqu'à lui faire parvenir, par l'entremise de son éditeur, une partie de la documentation dont il disposait sur son aïeule. La boîte avait piqué la curiosité de Virginie qui, après l'avoir ouverte, avait été incapable de penser à autre chose. Elle avait tout sorti sur la table de cuisine et s'était trouvée instantanément fascinée par l'histoire d'Emily Ann Saxby.

C'est qu'en plus du reste, Norman Saxby était un homme organisé. Il avait dressé un résumé de la vie de son aïeule point par point à partir de ce qu'il avait trouvé dans les papiers de famille. Virginie avait entrepris de vérifier l'exactitude de ces informations ; en quelques clics, elle en avait trouvé la confirmation. Mais au bout d'une heure de recherches, elle avait dû, comme lui, s'avouer vaincue. Internet n'offrait absolument rien d'autre.

Par chance, la boîte contenait beaucoup plus. À commencer par la correspondance qu'avait entretenue Emily Ann Saxby avec sa famille pendant ses années à Paris. Virginie n'avait pas eu le temps de tout lire, mais elle avait survolé l'ensemble. La première lettre était datée de 1933. Emily Ann s'était donc installée en France avant la guerre. Et puisque la dernière lettre avait été postée de Marseille en 1941, il fallait conclure qu'elle n'était pas rentrée en Amérique quand le conflit avait éclaté. Pourquoi ? Il était difficile d'imaginer de prime abord qu'une riche Américaine se soit sentie concernée par ce qui se passait en Europe. Bordée de chaque côté par des océans, l'Amérique était à l'abri de bien des problèmes. Pour quelle raison Emily Ann Saxby avait-elle préféré la famine et le danger à la sécurité et au confort de son propre pays ?

En faisant appel à Virginie, Norman Saxby pensait s'adresser à quelqu'un de compétent, quelqu'un qui saurait éclaircir ces mystères, qui découvrirait les réponses à ces questions. Sans doute croyait-il que si elle avait réussi à trouver suffisamment d'informations pour écrire la biographie de Nicolas Gustave, un obscur historien des religions originaire de la Nouvelle-Écosse, elle serait en mesure de mettre la main sur des détails supplémentaires concernant une riche Américaine emportée par la guerre. Des détails que le temps avait presque effacés. Presque. Puisqu'il avait lu ses romans historiques, Norman Saxby savait que Virginie était apte à accomplir cette tâche. Mais en avait-elle envie ?

Elle repoussa les papiers, les livres, les cahiers, les chiens et le chat et s'extirpa du lit. Après avoir enfilé un peignoir et des pantoufles, elle descendit à la cuisine, les chiens sur les talons. Elle ouvrit le frigo et se servit un verre d'eau fraîche, qu'elle but appuyée au comptoir. L'horloge du four indiquait 2 h 30. Virginie soupira. Tant qu'à ne pas dormir… Elle attrapa le châle qui gisait sur le dossier d'une chaise et sortit sur la galerie. Quittant l'abri que lui procurait le prolongement de la toiture, elle s'avança jusqu'à la balustrade. Aussitôt, la pluie lui fouetta le visage, et Virginie constata qu'elle tombait beaucoup plus dru que ce qu'elle avait anticipé. Elle recula d'un pas et s'assit dans sa chaise berçante pour suivre des yeux les chiens qui s'étaient tout de suite aventurés dans la cour.

Ce projet la tentait, mais il comportait des éléments délicats. Elle ne travaillait jamais avec d'autres parce qu'elle détestait qu'on lui dise quoi faire et comment. Quand elle avait décidé d'écrire une biographie romancée de Nicolas Gustave, personne ne lui avait imposé de contraintes, ni un nombre de pages, ni quels aspects de sa vie elle devait ou ne devait pas mettre en lumière. Elle savait peut-être peu de chose de Norman Saxby, mais elle avait compris qu'il ne resterait pas à l'écart. Peut-être exigerait-il de lire ce qu'elle écrirait au fur et à mesure. Elle s'y opposerait. Elle accepterait qu'il lise le produit fini pour s'assurer qu'elle n'avait pas commis d'erreurs, mais pas pour adoucir certains traits du personnage ou pour en accentuer d'autres. Et s'il y avait des zones d'ombre où Virginie préférait ne pas s'aventurer – comme l'exécution dans un camp de concentration ! –, elle devait s'assurer qu'on ne lui mettrait pas de pression pour les développer. Elle dirait les choses, certes, mais refuserait de les décrire. Chaque auteur avait sa sensibilité et ses limites. Les siennes se trouvaient là.

Quand elle s'aperçut qu'elle bâillait, elle rappela les chiens et rentra. Après s'être séchée, elle rassembla le matériel répandu sur son lit, rangea le tout dans la boîte et se glissa sous les couvertures. Elle ferma les yeux, mais les rouvrit une fraction de seconde plus tard en réalisant qu'un contrat comme celui-là lui rapporterait suffisamment d'argent pour remédier à son problème de puits.

Le sommeil la gagna juste comme elle arrivait à la conclusion qu'Emily Ann Saxby méritait peut-être qu'on raconte son histoire.

14
ANDREW

Denyse, Alberta, 23 avril

Une partie du travail d'un pasteur consistait à rendre visite aux malades. À Toronto, Andrew leur consacrait un jour par semaine. En arrivant à Denyse, il avait imaginé qu'il n'aurait qu'à reprendre sa routine d'antan. La réalité l'avait rattrapé quand, le premier dimanche, il avait constaté que ses paroissiens, Gerinne exceptée, étaient tous très âgés. Si aucun ne lui avait paru malade, tous devaient sûrement vivre la solitude, lot fréquent de la vieillesse. Andrew avait donc résolu de visiter chacune des personnes ayant assisté à son service pascal. Ils n'étaient que dix, si on comptait la très vieille dame et sa jeune escorte. Il contacta Gerinne pour obtenir les coordonnées de chacun et leur téléphona pour prendre rendez-vous. Et le mercredi matin, carnet de notes à la main, il entreprit sa première tournée paroissiale.

Il se rendit d'abord à la seule et unique résidence pour personnes âgées du village. Mrs. Conley le reçut dans son appartement, situé au bout de l'aile réservée aux gens autonomes. Elle lui offrit un morceau de gâteau et une tasse de thé, et il ne fallut pas cinq minutes à Andrew pour réaliser que cette dame était au parfum de tous les potins du village. Elle en était fière, d'ailleurs.

— Le révérend Thomson pose des questions à votre sujet, lui annonça-t-elle, l'air grave. Il prétend même que vous êtes un hérétique. C'est vrai ?

Jugeant prudent de ne pas aborder la question si vite, Andrew lui répondit en riant :

— Absolument !

Elle ne le crut pas, mais lui raconta que ses fils – des jumeaux – fréquentaient l'autre église.

— Ils sont bêtes, je ne vous dis pas !

Andrew eut beau essayer d'adoucir la sévérité du jugement, Mrs. Conley n'en démordit pas.

— Je les ai élevés dans la religion catholique, mais il semble que ce n'était pas assez strict à leur goût. Ils veulent des certitudes. Et ça, le révérend Thomson leur en sert à profusion. Il les a persuadés que la terre n'avait que six mille ans. Vous imaginez ? Il a fait le décompte avec eux, depuis Adam et Ève. C'est pour ça que j'ai toussé, dimanche matin, quand j'ai vu votre peinture sur le mur. J'ai eu peur sur le coup que vous prêchiez le même genre d'histoires.

Andrew voulut la rassurer, mais elle lui dit que c'était inutile, qu'elle avait déjà compris quel genre de pasteur il était.

— Viendrez-vous dimanche prochain ? lui demanda-t-il, quand même inquiet.

— Je ne manquerais pas ça pour tout l'or du monde. Vous me donnez des munitions pour le prochain souper de famille.

Il rit, un peu mal à l'aise, mais prit plaisir à discuter avec elle. Au bout d'une heure, il la quitta pour rejoindre Mr. Gordon, comme convenu, à la salle à manger. Ils dînèrent en discutant de hockey, après quoi Andrew monta à l'étage. Mr. et Mrs. Gauthier y occupaient une chambre double.

— Mon ancêtre vient du Québec, expliqua Mr. Gauthier. De Montréal.

Mrs. Gauthier était fille de mineur. Elle avait vu le jour à Drumheller, à une quinzaine de kilomètres au nord, et n'avait jamais quitté la région.

— Comme bien des femmes de ma génération, j'ai épousé un gars du village, murmura-t-elle, un peu gênée d'avoir si peu à dire.

À l'instar de Mrs. Conley, elle avait été femme au foyer. Elle se voyait encore ainsi, d'ailleurs, et lui servit une pointe de tarte.

— Je ne reconnais pas ces fruits, dit Andrew après la première bouchée.

— Ce sont des *Saskatoon berries*. Vous aimez ?

— Beaucoup !

Avant de rentrer chez lui, Andrew rappela Gerinne, car il savait que sa maison se trouvait sur la grand-route, entre le village et l'église. Il passa la voir une petite heure pour éviter qu'elle se sente exclue. Il apprit qu'elle avait été enseignante à l'école secondaire de Brooks, la plus grosse ville des environs. Comme il s'agissait de l'école que fréquentaient ses fils, Andrew lui posa quelques questions supplémentaires.

Le lendemain matin, il commença sa tournée chez Mr. Hager, qui habitait chez sa fille et son gendre dans la maison adjacente à la station-service. Andrew n'y resta que le temps d'un café, car, de toute évidence, l'homme était entre bonnes mains. Il se rendit ensuite chez Mr. Hicks, dont l'appartement occupait le deuxième étage d'une maison unifamiliale en plein cœur du village. Avec lui, Andrew joua aux cartes et apprit que son hôte avait été mineur pendant quarante ans. Pour un homme dont la vie avait été aussi rude, il paraissait étonnamment en forme.

— C'est la bière ! déclara-t-il en guise d'explication. J'en bois une tous les soirs, avec une rondelle de citron. Ça combat les microbes.

Mrs. Hiebert occupait un minuscule appartement en plein centre de la résidence pour personnes autonomes. Elle reçut son pasteur pour dîner avec un pain de viande, des pommes de terre pilées, des légumes bouillis et, pour dessert, un gâteau des anges.

— Pour que ça ne pèse pas trop lourd sur votre estomac.

Andrew l'en remercia, conscient du temps et de l'énergie qu'avait nécessité la préparation d'un tel repas, mais en sortant de chez elle, il se dit qu'il lui faudrait suivre une diète sévère plusieurs jours par semaine s'il comptait rendre régulièrement visite à ces gens généreux.

Il faisait presque chaud quand il prit la route de Patricia, ce petit village où vivait la très vieille dame arrivée après le début du service, le dimanche de Pâques. Il avait repéré l'endroit sur une carte et dut faire attention de ne pas se perdre ou passer tout droit.

Patricia avait été érigé loin de la route régionale et comptait une vingtaine de maisons. C'était davantage un hameau qu'un village, et pour y pénétrer, il fallait emprunter une voie étroite qui menait à une demi-douzaine de rues. Tout au fond, un édifice carré qui se dressait sur trois étages abritait l'hôtel, le restaurant et le bar. Andrew se gara près de la réception.

L'intérieur le surprit. Tout juste devant la porte, un escalier de bois verni montait vers les chambres. À gauche se trouvait le bar-salon. Andrew y aperçut une piste de danse et, sur une estrade, un micro sur pied. Il jeta un œil dans la pièce à sa droite. Quatre tables bordées de chaises, ce devait être le restaurant.

— Il y a quelqu'un ?

Un chien aboya, sans doute surpris. Puis une voix de femme lui répondit :

— J'arrive !

Le chien, un magnifique golden retriever, apparut en premier, une patte avant immobilisée dans un solide bandage. La blessure expliquait ce retard du comité d'accueil. L'animal se coucha sur le côté, et Andrew remarqua qu'il s'agissait d'une femelle. Il allait se pencher pour lui gratter les flancs quand une deuxième chienne apparut, plus lente dans ses mouvements.

— C'est sa mère, lança la femme qui sortit enfin du restaurant.

— Elles sont belles. Que lui est-il arrivé ?

Il désignait la patte blessée.

— Un accident de chasse.

Voyant l'air attristé d'Andrew, elle précisa :

— Elle s'est cassé la patte en voulant attraper un lièvre. Il y en a beaucoup dans les environs.

Les deux chiennes se frottaient maintenant sur le pantalon d'Andrew, y laissant une abondance de longs poils blonds.

— Repoussez-les si elles vous importunent. Elles aiment un peu trop les gens.

— Et moi, j'aime un peu trop les chiens, alors on est faits pour s'entendre.

La femme lui sourit et lui demanda ce qui l'amenait.

— Je suis le révérend Yates. J'ai rendez-vous avec une de vos pensionnaires.

— Mrs. Crawford ?

— Oui ! Elle vous a parlé de ma visite ?

— Non, mais je n'ai qu'une seule pensionnaire. Et puisque c'est Sarah, ma fille, qui l'a accompagnée à l'église dimanche dernier… Je suis Marjory Kirkpatrick.

Il lui serra la main, et elle lui donna le numéro de la chambre.

— C'est à l'étage.

Andrew la regarda, incrédule.

— Cette vieille dame monte l'escalier ?

Il y avait bien une vingtaine de marches, ça lui paraissait impossible.

— Non seulement elle monte cet escalier, mais elle le monte seule. Et c'est elle-même qui insiste pour vivre ici et à l'étage, de surcroît. Que voulez-vous que j'y fasse ? Elle a 106 ans, je ne vais tout de même pas jouer à la mère avec elle !

Andrew renonça à argumenter et gravit les marches, qu'il jugea fort à pic. Une fois en haut, il trouva la chambre. Mrs. Crawford l'attendait en lisant dans un large fauteuil. Elle lui offrit un siège.

— J'ai demandé à Marjory de nous monter du thé. Voulez-vous manger quelque chose avec ça ?

C'était la première fois en deux jours qu'on lui demandait son avis avant de le servir. Il s'empressa de décliner l'offre.

— Le thé me suffit.

On entendit frapper et une jeune femme entra sans attendre. Andrew reconnut celle qui avait accompagné Mrs. Crawford à l'église.

— Merci, Sarah, dit la vieille dame. Le révérend va se charger de redescendre la vaisselle tout à l'heure.

— Sans problème, assura Andrew, et la jeune femme s'en alla.

Tandis que son hôtesse lui servait du thé, Andrew jeta un œil autour de lui. Pour créer une chambre aussi spacieuse, on avait fait tomber une cloison. Dans un coin, on avait installé le lit. Dans un autre, on avait aménagé un salon meublé de deux fauteuils et de plusieurs tables d'appoint.

— Vous vivez ici seule ? s'enquit-il.

— Je ne vis pas seule, voyons ! Pas à mon âge. Sarah m'aide beaucoup. Et Marjory, sa mère, s'assure que je ne manque de rien.

Andrew approuva d'un air grave. Il était franchement impressionné.

— Dites-moi, Mrs. Crawford, comment allez-vous ?

Elle rit tellement en entendant cette question qu'elle dut sortir un mouchoir pour s'éponger les yeux.

— Je vais aussi bien qu'on peut aller à 106 ans. Et vous, révérend ?

Il répondit de la même manière, ce qui la fit rire, encore une fois. N'osant lui poser d'autres questions personnelles de peur d'avoir l'air ridicule, Andrew opta pour un terrain sûr.

— Qu'avez-vous pensé du sermon de dimanche ?

Elle redevint sérieuse d'un coup.

— Je pense que vous avez raison.

— À quel propos ?

— À propos de l'enfer. Je sais qu'il n'existe pas ailleurs.

Andrew se moquait habituellement de ce genre de certitudes, mais l'autre paraissant sérieuse, il se contenta de demander :

— Comment le savez-vous ?

— Parce que je l'ai traversé.

Elle fit une pause, comme si elle hésitait à plonger dans ses souvenirs. Puis elle ajouta, songeuse :

— Oui, je l'ai traversé. Pendant la guerre.

15
Cécile

Toronto, Ontario, 17 mars 1943

Quand Cécile se réveilla, le train approchait de Toronto. Il était presque huit heures. Elle descendit de sa couchette, fit un brin de toilette puis, s'assurant que ses effets personnels avaient retrouvé leur place dans sa valise, elle se rendit au wagon-restaurant où elle commanda à déjeuner.

Il s'était écoulé une semaine depuis le rendez-vous d'Edmonton, une rencontre qui avait changé le cours de sa vie. Elle sirota son café en se remémorant pour le plaisir les heures qu'elle avait passées avec Thomas Clark.

Il y avait d'abord eu le choc ressenti en découvrant l'étendue et l'exactitude des informations qu'il avait récoltées à son sujet. Après lui avoir décrit une école spéciale et lui avoir parlé du train pour Toronto, il lui avait donné une série d'instructions. Ne pas dévoiler la vérité sur ce voyage. N'adresser la parole à personne de tout le trajet. Une fois rendue à Union Station, chercher un homme de haute stature en train de lire *Lost Horizon*[5], le roman de James Hilton. Cécile n'avait pas lu le livre, mais elle avait vu le film qu'on en avait tiré. Elle retint donc facilement l'indice.

— Il faudra lui demander où il a acheté le livre. Ce sera ta question secrète. Il devra répondre qu'il a reçu le livre en cadeau et t'offrir son exemplaire.

---

5. En français, *Les horizons perdus.*

Cécile s'était dit qu'il n'y avait là rien de bien sorcier et avait demandé ce qu'il convenait de faire si personne ne répondait à cette description dans la gare.

— Tu l'attends. S'il n'est toujours pas arrivé au bout d'une heure, tu téléphones à ce numéro.

Il avait écrit un numéro sur un bout de papier. Cécile avait allongé la main pour s'en emparer.

— Non. Apprends-le par cœur.

Elle s'était exécutée. Elle l'avait ensuite regardé, stupéfaite, brûler le papier. Elle n'avait eu aucune difficulté à lui répéter le numéro quand il le lui avait demandé, quelques minutes plus tard, avant de lui proposer de l'emmener dîner. Ils avaient quitté le bureau à pied pour s'attabler dans un restaurant de l'autre côté de la rue. Là, il l'avait fait parler, mais elle savait qu'il n'avait pas été dupe quand elle lui avait raconté ses aventures extravagantes dans les badlands. Cécile s'était dit qu'elle avait devant elle un homme capable d'apprécier son imagination ; elle lui en avait donc mis plein la vue.

Le repas terminé, ils avaient marché un moment et, arrivés devant le Rialto, il lui avait proposé d'aller voir un film. Elle avait été troublée qu'il connaisse son intérêt pour le cinéma. Comme pour le dîner, elle n'avait pas refusé l'invitation. À leur entrée, les lumières étaient déjà éteintes, et on présentait les actualités. Ils s'étaient assis à l'arrière, pour ne déranger personne, mais Cécile avait eu le temps d'apercevoir, à la lumière du projecteur, une dizaine de couples enlacés.

Au milieu du film, Thomas Clark lui avait pris la main. Surprise, Cécile n'avait osé la retirer. Et quand il avait touché son menton pour la forcer à tourner la tête, elle l'avait laissé faire. Il l'avait attirée à lui. C'était la première fois de sa vie qu'on l'embrassait, et la curiosité l'avait emporté cette fois aussi. Il lui était venu à l'esprit qu'elle n'aurait jamais toléré un geste similaire de la part de Malcolm Crawford. Mais venant de son ancien professeur, la chose prenait une tout autre dimension.

Elle avait remarqué le jonc qu'il portait à la main gauche. Elle le savait presque aussi âgé que son père. Et pourtant, elle ne lui avait pas opposé la moindre résistance.

Après la représentation, il l'avait conduite à sa camionnette et, avant de s'en aller, il lui avait demandé de lui répéter les instructions qu'il lui avait données quelques heures plus tôt. Elle les lui avait répétées. Il lui avait demandé le numéro de téléphone à composer si son contact était toujours absent une heure après son arrivée. Elle le lui avait récité. Satisfait, il lui avait remis un billet de train et donné de l'argent pour payer les dépenses du voyage.

— Tu as quatre jours pour faire tes bagages, lui avait-il lancé, avant de lui serrer la main et de lui souhaiter bonne chance.

Perplexe, Cécile avait repris la route, et c'est seulement en arrivant à East Coulee qu'elle avait compris que le cinéma et le baiser avaient servi à la distraire. Il s'agissait d'un test pour vérifier si les émotions affectaient sa mémoire. Pff! C'était mal la connaître.

Le lendemain, son père devant se rendre à Edmonton, elle lui avait proposé de l'accompagner, prétextant vouloir passer l'après-midi au Rialto. Elle s'était plutôt rendue à l'immeuble qui avait abrité le bureau de Thomas Clark. En franchissant la porte, elle avait tout de suite compris qu'il se passait quelque chose d'anormal. Il n'y avait plus ni réception ni réceptionniste. Elle était montée à l'étage et avait trouvé la porte du bureau 301 déverrouillée et le local, complètement vide. En redescendant dans le hall d'entrée, elle avait remarqué l'affiche *À louer*. Thomas Clark lui avait dit être à Edmonton jusqu'au 13 mars, mais peut-être avait-il été forcé de partir avant.

Elle avait préparé ses bagages comme convenu, et comme il le lui avait ordonné, elle avait raconté à son père une version plus digeste de ses projets. Elle s'en allait travailler dans une station radar pour l'armée. Elle serait chargée de repérer des anomalies. Ce genre de travail étant dans ses cordes, son père l'avait crue.

Le train entra en gare au moment où Cécile payait l'addition. Elle ramassa sa valise et se dirigea vers la porte la plus proche.

Union Station était sans contredit l'édifice le plus imposant que Cécile ait vu de sa vie. Elle avait souvenir de l'avoir traversé, autrefois, avec son père. Si la petite fille avait été étourdie par la hauteur du plafond et la foule qui se pressait dans toutes les directions, la femme qu'elle était devenue eut le vertige devant les colonnes, les arches et les niches, mais aussi devant l'intensité de la lumière qui y pénétrait en cette fin d'avant-midi. Sur les murs se trouvait gravé le nom de toutes les grandes villes du pays. Cécile fit mine de parcourir le hall pour lire ce qui était écrit sur chaque plaque. En réalité, elle étudiait la foule et cherchait son « contact ». Elle aperçut un homme qui répondait à tous les critères. Il était assis sur un banc tout près de la sortie. Elle s'assit à côté de lui, fouilla dans son sac à main et poussa un faux soupir d'exaspération avant de se tourner vers lui.

— Dites-moi, où avez-vous acheté votre livre ?

L'homme quitta son roman des yeux et lui jeta un regard étonné.

— Je ne me souviens plus. Probablement dans une librairie du centre-ville. Avez-vous vu le film ?

Prise au dépourvu, Cécile dit que oui, qu'elle avait beaucoup aimé et, remarquant l'heure sur la grande horloge, elle s'excusa avant de s'éloigner. Thomas Clark lui avait donné des instructions précises, mais il avait omis la possibilité qu'une autre personne soit véritablement en train de lire *Lost Horizon*, ce qui, Cécile devait en convenir, était peu probable étant donné que le roman datait de plusieurs années. La chose n'était pas du tout impossible, cependant, comme les circonstances venaient de le prouver.

Elle se rendit au kiosque d'informations, posa des questions inutiles et refit le tour du hall. Personne d'autre ne correspondait à celui qu'elle cherchait. Cet inconnu ne pouvait qu'être son contact, mais, comme sa réponse différait beaucoup de celle à laquelle elle s'était attendue, elle hésitait à retourner le voir. Improvisant, elle se rendit au kiosque à journaux, acheta une revue et retourna s'asseoir à côté de l'inconnu. Peut-être fallait-il lui donner une deuxième chance. S'il avait fini par se rappeler la question secrète, il essaierait peut-être de lui parler. Cécile fut contrariée de voir qu'il avait repris sa lecture et l'ignorait totalement. Elle l'imita et plongea dans sa revue. Après tout, elle avait une heure à tuer.

Quand le délai fut écoulé, elle se dirigea vers le téléphone public et signala le numéro qu'elle connaissait par cœur. Au bout du fil, une sonnerie retentit, mais personne n'eut le temps de répondre. Une grande main passa devant l'interrupteur et rompit la communication.

— Je suis là.

Cécile se retourna et se retrouva nez à nez avec l'inconnu qui avait passé une heure en silence à côté d'elle.

— Tenez, dit-il en lui tendant le livre. Je vous l'offre.

Cécile en resta bouche bée et le laissa s'emparer du combiné, qu'il raccrocha sans faire de bruit.

— Je ne comprends pas, dit-elle quand elle se fut ressaisie. Vous deviez…

— Je devais vérifier vos réactions devant une situation imprévue. Et je devais aussi m'assurer que vous vous rappeliez toujours le numéro qu'on vous a donné.

— C'était donc un test. Est-ce que je l'ai réussi ?

Il lui sourit, hocha brièvement la tête en signe d'approbation et lui montra d'un geste les toilettes.

— Nous avons une heure de route à faire.

Elle comprit le message.

— J'en ai pour deux minutes.

Il lui proposa de garder sa valise, mais elle refusa et s'éloigna, son bagage à la main.

À son retour, il avait repris sa place sur le banc.

Cette fois, elle le laissa porter sa valise. Il la conduisit à un véhicule militaire garé dans la rue. Sans dire un mot, il la fit monter devant, côté passager, rangea la valise dans le coffre et prit place derrière le volant.

— Vous pouvez lire, si vous voulez, dit-il en démarrant.

Elle passa plutôt le trajet à regarder le paysage. La ville fit vite place à la campagne. À leur gauche se déployaient des champs couverts de neige.

— Qu'est-ce que c'est ? demanda-t-elle en désignant, sur leur droite, ce qui ressemblait au loin à une sorte de plaine.

— Le lac Ontario.

— Et de l'autre côté, ce sont les États-Unis ?

— Oui.

Le silence revint dans la voiture.

Il n'y eut bientôt que des champs de neige, de part et d'autre. Le vent se leva, soufflant une poudrerie qui, par moments, effaçait la route. Le ciel s'était couvert.

— Il va neiger, dit-elle.

— Sans doute.

— La tempête de la Saint-Patrick ?

Il ne répondit pas, mais immobilisa la voiture sur l'accotement. Elle s'attendait à ce qu'il lui fasse des reproches, qu'il lui dise de se taire, ou quelque chose du genre. Au lieu de quoi, il descendit, fit le tour de la voiture en donnant des coups de pied sur les pneus. Cécile le regarda faire, perplexe, jusqu'à ce qu'elle remarque qu'il profitait de l'occasion pour vérifier s'ils n'étaient pas suivis ou surveillés. Quand il revint derrière le volant, elle lui tendit une main, qu'il serra avec une poigne de fer.

— En passant, je m'appelle Cécile.

— Oliver. Mais vous, à partir de maintenant, c'est Judith.

— Judith ? Judith qui ?

— Judith, tout court.

Il redémarra.

— D'accord, Oliver. Je n'ai pas de problème avec Judith. C'est même plutôt joli, comme prénom.

Il n'ajouta rien, et ses yeux ne quittèrent plus la route. C'était une bonne chose, car la tempête se leva d'un coup et on ne vit plus que du blanc.

16
Émilienne

Paris, 3 septembre 1939

Émilienne marchait vite, puis s'élançait au pas de course, puis ralentissait pour accélérer de nouveau. Son cœur battait à tout rompre. Autour d'elle, les gens avaient tous le même regard effaré, ils étaient tous engagés dans la même précipitation.

L'après-midi tirait à sa fin. Émilienne avait quitté la bibliothèque et s'apprêtait à rentrer à son appartement quand la nouvelle lui était parvenue. Au même moment, une agitation soudaine avait gagné les rues. La France avait déclaré la guerre à l'Allemagne. Comme tout le monde, elle s'y était attendue depuis qu'Hitler avait attaqué la Pologne. Et comme tout le monde, elle admettait quand même s'être fait prendre par surprise. Un jour de plus, et elle aurait eu le temps de mettre son plan à exécution. Alors que maintenant…

Ce plan, elle y pensait depuis quelques semaines déjà et avait réussi à se convaincre que c'était la chose à faire, le seul moyen pour Tcherniak de quitter la France avant le début des hostilités.

Elle revit en pensée les mines réjouies des étudiants de l'université. Ils avaient paru excités à la perspective d'aller se battre. Les hommes plus âgés, pour leur part, avaient pris un air maussade, résigné, souvent triste. Eux avaient vécu la Grande Guerre et ne voyaient rien de réjouissant à l'idée de retourner au front. Peut-être avaient-ils vu mourir des amis, des frères. À l'évidence, ceux-là attendraient l'appel avec appréhension. D'ici quelques jours – peut-être même le lendemain –, ils seraient mobilisés. Qui sait s'ils reverraient jamais leur famille ?

Tcherniak, en tant que réfugié, ne serait pas appelé. Cela ne l'empêcherait pas de s'engager dans la Légion étrangère. Émilienne le connaissait assez pour savoir qu'il en était capable. Homme de tous les combats, il signerait là où on le lui demanderait. Voilà pourquoi elle s'était empressée de quitter l'université et pourquoi elle courait toujours, priant pour arriver au café avant qu'il n'ait pris sa décision.

À la rue de Tournon, elle traversa sans regarder. Un bruit de freins, accompagné de coups de klaxon et d'injures, ne la fit pas ralentir. Elle fonça vers la terrasse et poussa enfin la porte, tout ça sans même reprendre son souffle.

Elle trouva Tcherniak à sa table habituelle. Il discutait avec d'autres réfugiés et, au grand soulagement d'Émilienne, aucun d'eux n'affichait le sourire réjoui des étudiants. Même qu'ils avaient l'air soucieux, plus encore que les plus malheureux des hommes croisés dans la rue.

— J'ai appris la nouvelle, lança-t-elle en se plantant devant lui. Il faut qu'on se parle.

Elle avait conscience d'interrompre une conversation, mais devant l'urgence de la situation, elle ne voyait pas ce qui pouvait être plus important. Tcherniak ne l'avait jamais vue aussi déterminée, ni aussi agitée. Il s'excusa auprès de ses amis, se leva et entraîna Émilienne à l'écart.

— Qu'est-ce qu'il se passe ?

Elle perçut l'inquiétude dans sa voix et prit un ton rassurant.

— Il se passe que c'est la guerre et que j'ai un plan pour nous deux. Y a-t-il un endroit où l'on pourrait parler tranquillement ? Je veux dire, quelque chose de plus discret ?

Il regarda autour de lui. Le café n'était pas plein, et tout ce qui s'y disait était entendu par chacun. Il soupira.

— Attends-moi.

Il alla se pencher à l'oreille de Walter, son éditeur autrichien, et lui murmura quelques mots. Walter fouilla dans une poche, puis dans une autre, avant de lui tendre une clé. Tcherniak revint vers Émilienne.

— Viens. On sera tranquilles dans sa chambre.

Elle aurait aimé lui demander qu'il la conduise dans sa chambre à lui, mais elle se rappela qu'il la partageait avec un autre. Elle le suivit donc dans l'escalier.

— Walter est un homme d'une grande propreté, dit-il en arrivant à l'étage. Ça devrait te convenir.

Elle comprit qu'il essayait de se justifier.

— Je suis certaine que ça fera l'affaire, murmura-t-elle. On a besoin d'au plus cinq minutes.

Elle longea le couloir, un pas derrière lui, et s'arrêta quand elle le vit enfoncer la clé. La porte s'ouvrit.

— Je te préviens, ce n'est pas le grand luxe.

La chambre n'avait en effet rien à voir avec l'appartement d'Émilienne. Quatre murs nus, un lit, une petite table, une chaise. Pas de commode, pas de fauteuil, surtout pas de salle de bain. L'endroit empestait la fumée et le moisi. Remarquant la fenêtre qui donnait sur la rue, Émilienne s'y rendit et l'ouvrit toute grande. Tcherniak n'essaya pas de l'en empêcher.

— Ma chambre est juste au-dessus, dit-il pour détendre l'atmosphère, deux étages plus haut, dans la mansarde. Elle est encore plus petite que celle-ci, mais l'odeur est la même.

Il s'était approché et se lovait maintenant dans son dos. Ses mains se rejoignirent devant, sur la jupe d'Émilienne, qu'il entreprit de trousser habilement.

Elle rit et le repoussa avec douceur.

— Pas maintenant. Ce n'est pas pour ça que je voulais te voir.

Il ne se laissa pas démonter et l'attira à lui. Ses lèvres se pressèrent sur les siennes avec insistance. Elle rit encore en se dégageant.

— Arrête… Il faut qu'on se parle.

Il redevint sérieux. Après avoir jeté un coup d'œil autour de lui, il prit place sur le matelas et lui offrit la chaise.

— Qu'est-ce que tu comptes faire ? lui demanda-t-elle.

— Je n'ai pas encore eu le temps d'y réfléchir.

— Moi, j'ai eu une idée.

Il toussa, et elle n'aurait pu dire si c'était par malaise ou pour faire diversion.

— Vas-y, dit-il enfin. Je t'écoute.

Elle se jeta à l'eau.

— Tu pourrais rentrer avec moi en Amérique.

Il accusa le coup plus durement qu'elle l'avait anticipé. Elle sentit qu'elle devait s'expliquer.

— On n'aurait qu'à se rendre à Bordeaux et prendre un bateau pour New York. Si on part tout de suite, je suis certaine qu'il y aura encore de la place dans le train.

— Voyons, Émilienne ! Tu sais bien que je n'ai pas de quoi payer mon passage.

— J'ai suffisamment d'argent pour nous deux.

Elle vit tout de suite à quel point ces mots lui déplurent et elle regretta de les avoir prononcés. Commencer cette conversation avec une insulte n'avait pas été l'idée du siècle.

— Tu oublies que je n'ai pas de passeport valide, ajouta Tcherniak. Jamais on ne me laissera entrer aux États-Unis.

— On te laissera entrer si tu es mon mari.

Cette phrase le laissa sans voix, les yeux grands ouverts d'étonnement.

— Je sais, reprit Émilienne pour s'excuser de son audace, que les femmes ne demandent pas les hommes en mariage en Russie. En Autriche non plus, probablement. Et rassure-toi, ce n'est pas non plus fréquent aux États-Unis. Mais les circonstances nous obligent à agir vite. J'ai bien réfléchi et, non seulement t'épouser me semble la meilleure solution pour t'épargner la guerre et te faire sortir d'ici, mais en plus, il n'y a rien que je désire davantage.

Elle avait imaginé qu'il serait touché par ses aveux, mais au lieu de la prendre dans ses bras, il s'était levé et faisait maintenant les cent pas devant la fenêtre.

— Tu ne sais pas ce que tu dis.

Elle ne s'était pas attendue à ce qu'il saute de joie, mais elle n'avait pas non plus anticipé une telle résistance. Elle remarqua que son regard, d'habitude si mobile, était fixe et dur. C'est à ce moment qu'elle réalisa qu'il n'avait jamais même envisagé de l'épouser.

— Je m'excuse, dit-elle en se levant. Je croyais que tu m'aimais. Je pensais que nous deux, c'était…

Il l'attrapa par la taille avant qu'elle n'atteigne la porte.

— Attends ! Émilienne, tu ne comprends pas. Je t'aime plus que j'ai jamais aimé personne…

— Mais ?

— Mais je suis déjà marié.

Ces mots eurent l'effet d'une douche froide. Émilienne le regarda, ahurie, et, machinalement, elle posa les yeux sur sa main gauche. Comme elle l'avait déjà remarqué des semaines plus tôt, il ne portait pas d'alliance. Il suivit son regard.

— Les geôliers espagnols ont confisqué tout ce que je possédais.

Elle déglutit, se trouva ridicule et sentit monter en elle un tel sentiment de honte qu'elle se précipita de nouveau vers la porte.

— Émilienne, attends !

Il s'élança derrière elle dans le couloir et la rattrapa en haut de l'escalier.

— Attends, répéta-t-il.

Elle n'avait pas envie d'attendre. Comme elle s'apprêtait à descendre, il murmura :

— Ma femme est malade.

Elle suspendit son geste, mais ne se retourna pas. Devait-elle le croire ?

— Camélia est internée dans un asile de Vienne.

Émilienne pivota et lut un tel désespoir sur son visage qu'elle le crut.

17
Virginie

North Hatley, Québec, 24 avril

Virginie venait rarement dans cette partie des Cantons de l'Est. Non seulement elle n'y connaissait personne, mais au lieu de suivre une route directe, comme celle qui menait à Sherbrooke, on devait pour s'y rendre affronter un lacis de cinquante kilomètres. Il fallait une bonne raison pour la forcer à perdre autant de temps. Une raison comme la cueillette des poires, à Compton, au début de septembre. Ou celle des pommes, quelques semaines plus tard.

On n'était toutefois ni dans la saison des poires ni dans celle des pommes. Et pourtant ce jour-là, le trajet lui parut aussi magnifique que court. Il faut dire qu'il faisait soleil et qu'elle avait tendance à rouler plus vite par beau temps. Et puis pour rien au monde elle n'aurait voulu arriver en retard à un rendez-vous au Manoir Hovey. Elle connaissait l'endroit, comme tous les gens de la région, mais ce serait la première fois qu'elle y mettrait les pieds. Y manger n'était pas dans ses moyens. Y dormir encore moins.

L'hôtel de luxe, où avaient séjourné plusieurs présidents américains et français, dominait la rive est du lac Massawippi. Après avoir traversé le village de North Hatley, il fallait abandonner la grand-route et continuer en longeant le lac sur un chemin forestier.

Le stationnement se trouvait sur une butte bordée d'arbres. Virginie y laissa sa voiture et, en redescendant vers le lac par un petit escalier, elle put enfin contempler l'hôtel. Tout blanc, pourvu de fenêtres à carreaux et de grandes colonnes qui lui donnaient un je-ne-sais-quoi de victorien, l'édifice s'étirait, étroit, sur une centaine de mètres le long de la rive.

Norman Saxby s'était dit bien embêté quand il lui avait téléphoné. La salle à manger principale de l'hôtel, le chic Hatley, n'étant pas ouverte à l'heure du dîner, ils allaient devoir se contenter du Tap Room. Virginie espéra qu'il avait quand même l'intention de payer la note.

Suivant les instructions qu'il lui avait données, elle dépassa l'entrée principale de l'hôtel et se rendit tout au fond, dans une sorte d'annexe. Une enseigne bordée de raquettes lui confirma qu'elle était au bon endroit.

Elle s'était attendue à un pub, du fait que le restaurant s'appelait justement le Tap Room. On était toutefois à des années-lumière de la brasserie habituelle. À commencer par le décor, qui faisait penser aux anciennes *public houses* des colonies américaines, avec ses murs lambrissés de bois foncé, son foyer surmonté d'un gigantesque manteau de cheminée, sa décoration typique du Canada d'antan, raquettes et vieux fusils suspendus dans les coins. Et partout, sur chaque mur, des peintures qui rappelaient l'hiver québécois.

Norman Saxby n'étant visible nulle part, Virginie s'informa au serveur, qui lui indiqua qu'il l'attendait à l'extérieur. Elle lui emboîta le pas.

Elle s'immobilisa en posant le pied sur la terrasse. Le lac Massawippi s'étirait à gauche et à droite, derrière une rangée d'arbres dénudés. Seul un grand pin aurait pu bloquer la vue, mais on avait taillé ses branches les plus basses. En quittant la pénombre du restaurant, le client tombait en extase devant la beauté naturelle du site.

Norman Saxby avait choisi une table à l'écart. Il l'accueillit en la saluant en anglais, vêtu du même t-shirt et sans doute du même jeans que l'autre jour, à Knowlton. Dire qu'elle avait craint que sa robe soit trop négligée pour l'endroit !

Il amorça la conversation en racontant ce qu'il savait de l'histoire du Manoir Hovey. C'était bien gentil de sa part, mais Virginie peinait à l'écouter tant le paysage l'impressionnait. Toutes les chaises avaient été disposées afin que chaque client profite de la vue. Un luxe que bien peu de restaurants pouvaient se payer, et celui-ci peut-être pas davantage que les autres en haute saison. Heureusement, à la fin avril, l'établissement était peu achalandé, et les quelques clients présents avaient le loisir de profiter d'un soleil et d'une douceur de l'air dignes d'un jour de juillet.

La terrasse était bordée du même type de colonnes que la façade, sauf qu'ici elles servaient à soutenir les balcons des chambres supérieures. Un sentier, réservé aux clients de l'hôtel, sillonnait un grand jardin qui descendait jusqu'à la rive. À cause des pluies abondantes de la dernière semaine, le lac avait envahi les deux premiers mètres du bord. On entendait d'ailleurs le ressac jusque sur la terrasse. Virginie se sentit ailleurs, dans un autre pays, sous un autre climat.

— Je suis heureux que vous ayez décidé d'accepter mon offre, déclara Norman Saxby. Vous n'avez pas idée à quel point vous me rendez service.

— Pas si vite, monsieur Saxby.

— Norman.

— Pas si vite, Norman. J'ai dit que j'avais des questions. J'accepterai seulement si j'obtiens des réponses satisfaisantes.

— Absolument. Pardonnez-moi. J'ai une nature empressée.

Pas de farce ?! On ne l'aurait jamais deviné.

La carte avait un fort accent local avec, entre autres, ses hamburgers de gibier. Plus locale que locale, la vedette du menu était la « poutine abénaki ». Des frites garnies de champignons sauvages, de truite fumée, de fromage en grains, le tout recouvert d'une sauce au bacon et au sirop de bouleau. Régis s'en serait probablement étranglé d'indignation, mais c'est ce plat que choisit Virginie.

Elle attendit que la serveuse s'en aille pour expliquer tout de suite à Norman ce qui la gênait dans son offre.

— Vous n'êtes pas sans savoir que j'écris habituellement des romans. Si j'ai publié la biographie de Nicolas Gustave, c'est parce que j'avais sous la main une personne qui l'a bien connu. Les zones d'ombres étaient peu nombreuses.

— Je comprends, mais…

— Attendez. Je sais que vous possédez beaucoup de matériel concernant votre grand-tante. Mais ces événements se sont déroulés il y a longtemps et dans un autre pays. Il n'existe aucun moyen pour moi d'obtenir des précisions sur les faits, des informations de première main. Pour cette raison, je vous propose d'écrire une biographie romancée. C'est-à-dire que votre grand-tante en serait le personnage principal, que je me baserais autant que possible sur les documents dont vous disposez, mais pour combler les blancs, j'utiliserais mon imagination en m'assurant de toujours demeurer dans la zone du probable.

— Ce n'est pas exactement ce que j'avais en tête.

— Je sais, mais voyez-vous, tout le monde possède son jardin secret. Même vous ! Si on veut que le lecteur connaisse votre tante et qu'il se sente concerné par ce qui lui arrive, il faut que j'aie accès à ce jardin secret. Comme elle est morte en 1944 et que tous ceux qui l'ont connue sont décédés, je ne vois pas comment je pourrais y arriver, même si ses lettres me donnent une bonne idée de qui elle était. Je vous propose de modeler sur elle un personnage fictif.

Afin de lui laisser du temps pour réfléchir, Virginie s'excusa pour se rendre aux toilettes. Elle ne regretta pas cet intermède. Une pièce richement décorée, un savon à main de qualité, des serviettes moelleuses qu'on déposait après usage dans un panier à linge. Le Manoir Hovey était un vrai hôtel de luxe. Un hôtel que le commun des mortels ne voyait que dans les films. Le genre de luxe dans lequel Emily Ann Saxby avait certainement vécu, et auquel elle avait renoncé…

Quand Virginie revint à table, Norman avait des questions.

— Je pense que nous nous sommes mal compris. S'il est vrai que je veux que vous écriviez la vie de ma grand-tante, je n'ai jamais pensé que d'autres personnes la liraient. Et je n'avais pas non plus pensé à faire éditer le texte chez un vrai éditeur. Croyez-vous que ça intéresserait quelqu'un qui n'est pas parent avec elle ?

— Je ne pourrais pas vous le garantir, mais si j'accepte d'écrire ce livre, c'est parce que je trouve le sujet fascinant.

Norman devint pensif.

— Vous l'écririez en français ou en anglais ?

— En français, c'est ma langue maternelle. Mais rien ne vous empêchera de le faire traduire par la suite.

— Prendrez-vous un pourcentage sur les ventes en anglais ?

— Ça dépendra de ce qu'il y aura dans le contrat. Si vous me payez aussi bien que vous l'avez laissé entendre, je vous céderai les droits d'auteur. De cette manière, le texte vous appartiendra.

Virginie ne se faisait pas d'illusions. Ce livre ne se vendrait sans doute pas beaucoup, mais il serait intéressant à écrire. Et puis, comme le disait sa grand-mère, « un tiens vaut mieux que deux tu l'auras ». L'important, dans les circonstances, c'était d'obtenir le maximum d'argent maintenant. Pour le reste, Norman Saxby s'organiserait.

— Dans ce cas, je suis d'accord pour procéder comme vous le dites, avec une biographie romancée et un texte en français. Je voudrais cependant avoir un droit de regard sur le contenu des parties inventées.

Virginie s'y était attendue, mais elle ne put réprimer une grimace.

— Comme je vous l'ai dit l'autre jour à Knowlton, je suis incapable de travailler avec les idées des autres. Si j'écris cette histoire, vous ne pourrez malheureusement pas me dire quoi écrire ni comment. Cependant, je veux bien vous soumettre le texte au fur et à mesure. J'accepte que vous me disiez ce qui ne va pas, mais je refuse que vous m'imposiez la manière de corriger la situation.

Virginie avait envie d'ajouter « c'est à prendre ou à laisser », mais s'en abstint. Il aurait été ridicule de faire achopper l'affaire avant d'avoir goûté à la poutine. Elle pria plutôt pour que, comme elle, Norman Saxby se rende compte qu'avec des conditions clairement établies, il y avait toujours moyen de s'entendre.

— Ça me paraît raisonnable, déclara-t-il enfin. Après tout, c'est vous l'auteure. Moi, je sais m'exprimer, mais je suis nul pour raconter. Alors que vous…

Virginie sentit ses épaules se détendre. Elle n'avait pas réalisé à quel point cette conversation l'avait stressée.

Quand le serveur leur apporta leurs assiettes, ils changèrent de sujet d'un commun accord.

— Que faisiez-vous dans la vie ? demanda-t-elle. Je vous pose cette question parce que vous m'avez invitée à une des tables les plus chères de la région.

Il sourit.

— J'étais dans les affaires. Et en ce qui concerne le restaurant, je voulais vous impressionner.

Pour ça, on peut dire qu'il avait réussi.

18

ANDREW

Dinosaur Provincial Park, Alberta, 24 avril

Depuis une heure, Andrew marchait dans un paysage lunaire où les tons de rouge se déclinaient à l'infini jusqu'au beige du sable. Des millions d'années de sédimentation et presque autant d'érosion avaient sculpté des colonnes et des crevasses dans la prairie, isolant des plateaux tantôt minuscules, tantôt sinueux, certains s'étirant jusqu'à rejoindre la plaine albertaine, tout en haut. Un avertissement à l'entrée du parc signalait la présence de serpents et de scorpions, et mettait en garde le promeneur solitaire : ici, dans les badlands, on pouvait se perdre.

Andrew y avait à peine prêté attention, trop sûr de lui comme souvent, jouissant presque à l'excès de son premier moment de solitude depuis sa sortie de prison. À vivre « en dedans », on oublie trop souvent à quel point la société peut être envahissante. Elle lui avait manqué, pourtant, cette société, pendant ces deux années. Et aujourd'hui, curieusement, il aurait presque pu dire que c'était l'isolement qui lui manquait.

Les garçons étaient à l'école, et Patsy avait proposé à Khalil de l'aider à faire sa comptabilité. Andrew l'avait déposée à l'épicerie avant de revenir jusqu'à Patricia où, sur les conseils de Mrs. Crawford, il s'était rendu au parc des dinosaures. Là, tout à ses pensées, il s'était enfoncé, sans prendre garde, au cœur des badlands.

Elle n'avait pas parlé longtemps, la veille, Mrs. Crawford. Après lui avoir expliqué que le monde n'avait nul besoin d'un autre enfer, elle s'était mise à pleurer, s'excusant, lui révélant qu'elle n'avait jamais parlé de ces événements. C'était un trésor, avait-elle dit, un trésor de douleur, où elle avait connu la honte, mais aussi une grande exaltation.

— J'ai vaincu la Gestapo, avait-elle déclaré en esquissant un mince sourire, comme si elle tentait de se ressaisir, mais les larmes étaient revenues de plus belle.

Il lui avait pris la main sans rien dire. Elle lui avait fait promettre de revenir la semaine suivante. Il avait promis. Et avant qu'il ne parte, le plateau de thé dans les mains, elle lui avait demandé d'aller marcher pour elle dans les badlands.

— Le temps semble s'arrêter, avait-elle dit, quand on réalise à quel point notre existence est insignifiante comparée aux millions d'années écoulées depuis l'extinction des dinosaures. Un jour, il ne restera des humains que des fossiles… pour les plus chanceux. Les autres disparaîtront sans laisser de trace.

Elle s'était remise à pleurer, tout doucement cette fois. Andrew était retourné chez lui aussi bouleversé qu'ému, car il venait de comprendre pourquoi ces huit personnes – neuf si on incluait Mrs. Crawford – avaient de nouveau demandé un pasteur à l'Église progressiste du Canada. Aucune autre congrégation n'était plus tolérante, plus inclusive, plus rationnelle. On y célébrait des mariages homosexuels bien avant que la loi ne le permette et on ne s'opposait ni à la contraception ni à l'avortement, laissant aux fidèles tous les droits que leur conférait la Constitution. On croyait à une Terre vieille de plus de quatre milliards d'années et on acceptait l'idée que l'être humain était le fruit de l'évolution. En d'autres mots, on avait foi en la science, et on croyait également en la bonté des humains autant qu'en leur bêtise. Il n'y avait que sur l'épineux sujet de la conscience que les pasteurs progressistes s'opposaient aux scientifiques athées purs et durs. Sur la conscience, et sur le sens à donner à l'univers et à la vie. Pour cette raison, Andrew abandonnait aux scientifiques toutes les explications concernant le fonctionnement de l'univers et de la nature, mais il ne leur reconnaissait pas le droit de tirer de leurs découvertes et de leurs théories des conclusions philosophiques. Ça, c'était *son* domaine.

Le cri d'un oiseau de proie le tira de ses pensées. Il avait quitté sans s'en apercevoir le sentier balisé. Il fit demi-tour et essaya de revenir sur ses pas. En vain. Il s'était perdu. Comme midi approchait, il s'assit à l'ombre d'un gros rocher pour attendre que passent les heures les plus chaudes. Il ne s'inquiétait pas. Même que l'idée de ne pas savoir où il se trouvait avait quelque chose de grisant. Il savait qu'il était sur la terre, ça lui suffisait pour le moment. Il avait d'ailleurs assez d'eau pour tenir quelques heures, et Patsy l'avait convaincu d'apporter un sac de noix au cas où il serait en retard pour le dîner. Il n'était donc pas en danger. Les yeux clos, il sourit en songeant qu'il n'avait pas toujours vu les choses avec autant d'optimisme. Il n'avait d'ailleurs pas toujours vécu sa vie avec autant d'ouverture.

Autrefois, dans sa première carrière de pasteur, il avait même été très strict et avait eu plusieurs certitudes. Au début du moins, quand il était jeune et ignorant, mais persuadé qu'il savait tout ce qu'il y avait à savoir. Et puis un jour…

Un jour, alors qu'il avait 34 ans, il s'était porté volontaire pour aller travailler comme bénévole dans un camp de réfugiés au Liban. Ce qu'il y avait vu lui avait fait perdre la foi. Il comprendrait plus tard que sa foi n'avait pas vraiment disparu, qu'elle s'était seulement modifiée, mais sur le coup, il n'avait pas vu la différence. Il lui était apparu impossible de croire à un être supérieur capable d'exaucer les prières ou à son fils, qui aurait été ressuscité d'entre les morts. Ni à tous ses miracles ! Sa foi était arrivée au XXIe siècle, s'y était adaptée et avait exigé que lui, le pasteur, en fasse autant dans son ministère. C'était en tout cas dans ces termes qu'il avait expliqué à Patsy sa transformation. Et s'il avait craint un temps qu'elle le rejette, il comprit vite qu'il s'était inquiété pour rien. Au début, Patsy avait certes été troublée par le changement qui s'était opéré en celui qu'elle avait épousé cinq ans plus tôt. Mais au bout de quelques semaines de réflexion, elle avait embrassé cette nouvelle vision du monde si complètement qu'on aurait juré que le changement était venu d'elle. C'est d'ailleurs dans cette foi ouverte qu'ils avaient élevé leurs trois garçons, car ils voulaient en faire des citoyens éclairés.

Il avait fallu plusieurs mois aux fidèles de son église de Toronto pour réaliser que le discours d'Andrew avait changé. À son retour du Liban, après avoir visité Israël, une partie de l'Irak, la Turquie et la Syrie, il ne parlait plus de Jésus comme d'un être divin, il n'attribuait plus à Dieu de pouvoir d'intervention et il n'utilisait plus les Évangiles que parcimonieusement. Il choisissait ses textes avec soin, n'abordait plus la question de la résurrection du corps physique de Jésus ni de ses miracles. Ses sermons avaient pris l'allure de réflexions.

Les protestations s'étaient d'abord faites timides mais, comme même le mot *Dieu* semblait avoir disparu de son discours, certains avaient fini par douter de leur pasteur. Andrew avait dû se justifier en chaire, expliquer comment sa foi s'était modifiée. La nouvelle avait provoqué un tollé. Les dimanches suivants, on ne comptait plus dans l'assistance qu'une vingtaine de personnes, et plusieurs d'entre elles s'assoyaient très loin derrière, comme si elles avaient peur qu'Andrew les convertisse par contagion.

Par la suite, il y avait eu des plaintes, déposées de plus en plus haut dans la hiérarchie. On parlait de tenir un procès pour hérésie. Oui, un procès pour hérésie, au XXIe siècle ! Les accusations se multipliaient, venant tant des membres de sa congrégation que de ses confrères du clergé. On doutait de sa capacité à diriger sa paroisse, car il affirmait ne plus croire ni en un Dieu tout-puissant, ni en la divinité de Jésus, ni en l'existence du Saint-Esprit. S'il ne reconnaissait plus l'autorité suprême des Évangiles, s'il n'était plus en accord avec la doctrine officielle, que faisait-il dans cette Église ? À cette question, il avait répondu que le message de Jésus était le même, qu'on croie ou non à ses miracles ou à sa résurrection. Personne n'avait compris de quoi il parlait.

Les tribulations, pour reprendre un terme à la mode à l'époque, durèrent des années. Des années pendant lesquelles la paroisse d'Andrew vécut une autre crise, financière celle-là. C'est qu'il n'y avait plus qu'une centaine de membres inscrits sur le registre. Ces gens avaient beau se montrer généreux envers l'institution, les revenus couvraient tout juste les dépenses régulières de la communauté, le salaire du pasteur, du concierge et de la secrétaire, le chauffage, l'électricité et un minimum d'entretien du bâtiment. La situation aurait pu durer encore quelques années si le toit ne s'était pas mis à fuir. Très vite, ce qui devait être une réparation coûteuse mais tout de même raisonnable avait entraîné une suite de dépenses sans fin. L'église étant classée dans le registre des bâtiments patrimoniaux, un inspecteur devait s'assurer que la nouvelle toiture était conforme. Sur place, toutefois, il constata que, pour respecter le règlement municipal, il manquait une sortie de secours. Quand celle-ci fut aménagée et qu'on voulut la brancher au système d'alarme, on s'aperçut que ce dernier ne fonctionnait plus. Il fallut le remplacer, ce qui devait impérativement se faire dans le respect de l'architecture d'origine. C'est au cours de ces travaux qu'un ouvrier embauché à rabais perça accidentellement un des tuyaux de l'orgue. La réparation fut ruineuse, et comme elle survenait moins de deux ans après celle du toit, elle épuisa les réserves que les fidèles avaient mis cent ans à constituer. Lors d'une réunion du comité responsable du bâtiment, quelqu'un suggéra de vendre l'édifice pour aller s'installer dans un autre, plus modeste. Andrew avait appuyé cette proposition. Il voyait bien qu'une église aussi ancienne était un gouffre sans fond. Ses revenus se limitaient aux dons des membres, et ceux-ci vieillissaient. Plusieurs étaient morts ces dernières années, et on ne pouvait plus nier que les jours fastes de la communauté étaient derrière elle.

Andrew entreprit donc de convaincre ses fidèles de se départir de la bâtisse.

Sa première erreur avait été de sous-estimer l'attachement des gens au matériel. Il eut beau leur expliquer que leur congrégation n'était pas un édifice, rien n'y fit. La situation durait depuis si longtemps qu'un matin, pendant son sermon, Andrew s'emporta. Pourquoi s'entêtait-on à foncer vers un mur ? Attendait-on que les coffres soient vides ? D'être acculés à la faillite ? Dans un geste désespéré, il ouvrit grand les bras et, de sa main, heurta accidentellement un cierge. Celui-ci atterrit au pied des rideaux qui bordaient le chœur. On éteignit les flammes. Du moins le pensait-on. Mais la nuit suivante, l'église partit en fumée.

C'est alors que quelqu'un se rappela qu'Andrew avait souvent répété que la meilleure chose qui aurait pu arriver à sa communauté, c'était que l'église soit réduite en cendres. Il n'en fallut pas davantage. Il fut accusé.

Ce qui bouleversa tout le monde, c'est qu'Andrew refusa de se défendre. Personne ne comprenait qu'il était plus atterré que ses ouailles, qu'il se savait responsable de la désintégration de sa communauté. Il avait voulu forcer ces gens à se moderniser, à se solidariser, à s'impliquer dans le monde. Il n'avait pas compris qu'ils étaient attachés à l'édifice autant qu'au dogme. Il n'avait pas saisi qu'ils avaient besoin de repères physiques autant qu'écrits, qu'ils préféraient suivre le chemin tracé depuis deux mille ans parce qu'ils le jugeaient éprouvé et menant directement au ciel. Mais surtout, Andrew avait surestimé la capacité de ses paroissiens de voir la religion *autrement*, c'est-à-dire sans magie, sans surnaturel, sans miracles.

Étrangement, il y avait eu des retombées positives à cette cascade d'événements malheureux. Le procès pour incendie criminel avait mis fin au procès pour hérésie. Les médias avaient tellement parlé d'Andrew qu'il avait fini par attirer l'attention de l'Église progressiste du Canada, dont un responsable lui avait offert ce poste à Denyse dès sa sortie de prison. Ne serait-ce que pour tout cela, et pour les leçons que lui-même avait tirées de ces quinze années de tourmente, Andrew savait que jamais il ne regretterait cet état d'extrême lucidité qui l'avait empêché d'appeler les pompiers quand il s'était aperçu que le feu avait repris là où on croyait l'avoir éteint.

19
Cécile

Quelque part entre Whitby et Oshawa, Ontario, 18 mars 1943

Le groupe comptait sept élèves dont l'âge allait de vingt à quarante ans. Cécile était la seule femme et la seule francophone, ce qui n'avait pas manqué d'attirer l'attention, surtout qu'elle était arrivée après les autres.

— Bienvenue au Special Training School 103, déclara un homme qui se présenta comme l'instructeur en chef. Retenez STS 103, c'est suffisant. Nous sommes ici en territoire britannique, et même si vous êtes tous des civils, ce camp est sous contrôle militaire. Vous devez donc obéir aux ordres comme des soldats.

Il parlait avec un fort accent britannique. Derrière lui, sur un grand carton fixé au mur, on pouvait lire : « *Know yourself. Know your weapon. Know your enemy*[6]. »

— Voici les règles de sécurité imposées à toute personne séjournant au camp. La moindre infraction entraînera votre expulsion. C'est clair ?

Les six jeunes hommes répondirent d'une même voix :

— Oui, monsieur.

Cécile, qui n'avait pas le tempérament grégaire, tiqua à l'idée de suivre les règles comme un mouton. L'instructeur en chef ne releva pas son abstention et poursuivit.

---

6. Connais-toi toi-même. Connais ton arme. Connais ton ennemi.

— Premièrement, il est strictement interdit d'informer qui que ce soit, épouse, époux, parents ou amis, de l'endroit où vous vous trouvez. Vous ne pouvez révéler ni le nom du camp, ni sa localisation, ni ce que vous faites ici. Vous trouverez dans votre chambre un feuillet vous informant de l'adresse à laquelle on peut vous écrire. Il s'agit d'une boîte postale à Toronto. Si vous avez des lettres à poster, remettez-les au secrétariat sans les cacheter. Elles seront censurées si nécessaire puis expédiées par un des agents du bureau.

Puisque Cécile avait promis d'écrire à son père, elle songea qu'il lui faudrait encore une fois faire preuve d'imagination.

— Deuxièmement, ce cours dure quatre semaines. Tant que vous séjournez parmi nous, vous devez taire votre identité par mesure de sécurité. Si on vous a déjà attribué un nom de code, c'est ce nom de code que vous devez utiliser. Sinon, utilisez votre prénom, et uniquement votre prénom. Votre nom de famille ne concerne personne, et je ne veux pas vous entendre le prononcer dans ce camp. Compris ?

Tous firent oui de la tête.

L'instructeur se tourna tout à coup vers Cécile.

— Vous êtes ?

Elle endossa avec plaisir sa nouvelle identité.

— Judith.

Les autres se présentèrent à tour de rôle. Il y avait Robert, Jeff, Bill, Sam, Joe et Stephen. Cécile se demanda s'il s'agissait de vrais prénoms ou de noms de code, mais l'instructeur s'assura tout de suite que personne ne poserait la question.

— Et je suis le major Milligan. Appelez-moi simplement Milligan. Maintenant que les présentations sont faites, je vous explique la troisième règle. Toute transmission d'informations personnelles est strictement interdite. Il en va de votre sécurité, de celle de vos proches, mais aussi de la sécurité du camp. À partir d'aujourd'hui, donc, aucun de vous n'a de passé.

Cela expliquait un détail qui chicotait Cécile depuis son arrivée, la veille. Dans ce bâtiment, sans doute construit dans la dernière année, les chambres étaient spacieuses. Un véritable luxe en comparaison des résidences universitaires ! Chacune était munie d'un placard et meublée d'un lit, d'une commode, d'un fauteuil, d'un pupitre et d'une lampe qui fournissait un éclairage parfait pour l'étude et la lecture. Cécile avait d'abord cru qu'on lui avait attribué une chambre individuelle parce qu'elle était une femme. Elle avait réalisé ce matin, en jetant un œil dans les autres pièces, que tous étaient pareillement logés. Elle comprenait désormais que cette intimité limitait le bavardage inutile, que le major Milligan considérait comme dangereux.

— Ici, nous vous enseignerons l'art du combat à mains nues, poursuivait ce dernier. Vous apprendrez également comment tuer sans faire de bruit, avec vos mains, ou avec un couteau. Nous vous montrerons comment infiltrer des lieux hautement sécurisés, comment encoder, envoyer et décoder des messages. Une part importante de votre temps sera également consacrée au maniement des armes à feu et des explosifs. Ce programme vous plaît-il ?

Ça y est, songea Cécile. Thomas Clark l'avait inscrite à une école de bandits.

Comme pour lui donner raison, on entendit une explosion au loin. Chacun se retourna pour jeter un œil par la fenêtre, mais on ne vit que la neige qui retombait en amas. Ils n'étaient pas les seuls élèves du camp. Au déjeuner, Cécile avait remarqué à une table adjacente un groupe d'une douzaine de jeunes hommes qui parlaient une langue étrangère. C'était sans doute à eux qu'on devait cette explosion qui avait fait trembler le plancher.

Il y avait des sourires dans la salle. Cécile, elle, restait de marbre. Ce programme paraissait fort intéressant, mais comme elle ne savait pas encore à quoi devraient servir ces apprentissages, elle gardait son opinion pour elle. Tout comme elle avait gardé pour elle le plaisir ressenti ce matin en découvrant dans le placard l'uniforme qu'on lui avait fait essayer la veille. Il s'agissait d'un costume deux pièces, d'un gris tirant sur le vert, identique à celui de ses compagnons de classe. Elle qui détestait être restreinte dans ses mouvements par l'ourlet d'une jupe avait été ravie d'enfiler un pantalon. Et dans cette chemise, elle pouvait bouger les bras de haut en bas sans être limitée par une couture trop près du corps. C'est toutefois en enfilant ses bottes qu'elle avait éprouvé la plus vive émotion. Le cuir montait jusqu'au milieu des mollets et maintenait fermement ses chevilles. Ainsi chaussée, elle pourrait difficilement se fouler un pied. Un pied qui, d'ailleurs, n'était ni à l'étroit, ni perdu. Et le talon, juste de la bonne hauteur, permettait une posture naturelle, confortable. Elle avait resserré les lacets, fait la boucle avec soin et s'était mise à marcher dans sa chambre, un sourire grand comme la mer sur le visage. Une simple paire de bottes pouvait-elle faire autant d'effet ? Ça relevait presque de la magie.

— Puisqu'il semble que nous ayons l'assentiment de tout le monde…

Milligan venait de s'asseoir sur son pupitre et avait changé de ton.

— … je vais profiter de l'occasion pour mettre tout de suite les choses au clair. Il se dit et il s'écrit bien des choses sur la valeur de la vie humaine. Pour suivre les cours qui se donnent au STS 103, il est important vous apportiez quelques ajustements à votre vision du monde.

Il fit une pause, les regarda un après l'autre.

— Retenez bien ce que je vais vous dire : la vie humaine n'a de valeur que celle qu'on lui attribue.

Il les laissa digérer l'information, puis il répéta :

— La vie humaine n'a de valeur que celle qu'on lui attribue. Imaginez un jeton de poker. Chacun possède une valeur arbitraire de cinq, dix, cent ou mille dollars. Peut-être même davantage, si vous jouez dans un grand casino.

Des rires s'élevèrent, mais Cécile perçut un malaise.

— À partir d'aujourd'hui, vous devez voir les Boches comme des jetons de poker de peu de valeur. Parce qu'eux ne vous verront pas autrement, soyez-en persuadés.

« Les Boches. » Malcolm utilisait souvent ce mot pour parler des Allemands. Cécile jeta un œil à ses compagnons et sentit que le malaise s'était intensifié. Eux non plus n'avaient pas l'air de savoir ce qu'ils faisaient là. Tout comme elle, c'étaient des civils ; pourquoi donc Milligan s'adressait-il à eux comme à des soldats ?

— D'ailleurs, poursuivit-il, même si le passé de tout le personnel a été scruté à la loupe, sachez qu'aucun de vous n'est à l'abri d'une trahison. Nous avons des raisons de croire qu'une cinquième colonne est en activité au Canada. Ces sympathisants du régime hitlérien pourraient très bien surveiller le camp.

Deux élèves protestèrent, arguant qu'il exagérait. Milligan les ignora.

— Et c'est sans compter la possibilité que des agents allemands aient réussi à entrer au pays. Des sous-marins ont été aperçus à plusieurs reprises dans le golfe du Saint-Laurent.

Les murmures se turent d'un coup.

— Voilà pourquoi il est essentiel de bien comprendre qu'à partir d'aujourd'hui, votre vie peut être menacée. Et ce, à n'importe quel moment. Restez donc toujours sur vos gardes et surveillez ce qui se passe autour de vous.

Voilà qui était de plus en plus intrigant.

— La meilleure manière de rester vigilant, c'est d'être méthodique et de bien connaître votre environnement. Et la meilleure manière de savoir où se trouve chaque chose, c'est d'être à l'ordre. Vos biens personnels doivent toujours être impeccablement rangés. Si la police fouille votre chambre en votre absence, vous serez à même de remarquer que quelque chose a été déplacé.

Cécile sourit à l'idée que la police vienne fouiner dans ses affaires. Milligan s'en aperçut.

— Pour éviter que vous preniez les choses à la légère, je me permets de vous rappeler un principe élémentaire en temps de guerre.

Il attendit d'avoir l'attention de tous.

— Quel que soit le sort qu'on vous réserve, sachez que votre vie passera toujours après le bien de l'Empire. Il y va de la victoire finale.

Et pour ne pas les effrayer ni les décourager davantage, il s'empressa de conclure, histoire de gonfler à bloc leur ego :

— Si l'Empire s'écroule et que les alliés perdent l'Europe, l'Amérique sera le dernier bastion de la démocratie. Et vous, vous serez ses gardiens.

20

ÉMILIENNE

Paris, 4 septembre 1939

La nouvelle sema l'émoi dans les différentes communautés de réfugiés. Au Café Tournon comme ailleurs, ce fut la consternation : Hitler avait ordonné qu'on euthanasie les aliénés et les malades incurables. Cet ordre ne concernait encore que l'Allemagne, mais l'Autriche étant annexée depuis un an, la mesure y serait bientôt appliquée… si elle ne l'était pas déjà ! Tcherniak se trouvait directement concerné. Camélia, sa femme, vivait depuis cinq ans dans un hôpital psychiatrique de Vienne.

Ils s'étaient mariés en Autriche une vingtaine d'années plus tôt, avant de se rendre ensemble en Russie pour faire la révolution. Les choses avaient dégénéré après la mort de Lénine. Parce qu'il savait que les responsabilités familiales constituaient la faiblesse des révolutionnaires, Tcherniak avait renvoyé Camélia à Vienne quelques semaines à peine avant d'être arrêté et déporté en Sibérie. Après sa célèbre évasion, il avait regagné l'Autriche dans l'espoir de retrouver Camélia, mais c'était une femme bien différente qu'il avait découverte. Des années à attendre un mari prisonnier l'avaient persuadée que jamais elle ne le reverrait. Elle s'était petit à petit enfoncée dans un monde bien à elle, à l'abri des vicissitudes de la vie et où il semblait impossible de la rejoindre. À bout de ressources, Tcherniak l'avait placée dans un asile pour aliénés en espérant que les médecins sauraient prendre soin d'elle mieux qu'il ne pouvait le faire lui-même.

En apprenant cette histoire, Émilienne avait compris pourquoi, tout juste évadé d'un camp de travaux forcés, son amant s'était joint aux Brigades internationales en Espagne. À sa place, elle aussi aurait perdu tout espoir de mener une vie normale.

Toujours attaché à sa femme, Tcherniak fut donc atterré quand la nouvelle des euthanasies lui parvint. Il avait pris la peine de choisir pour Camélia un hôpital irréprochable, tenu par un personnel tout aussi irréprochable. Ces gens en qui il avait eu tellement confiance, comment réagiraient-ils avec un fusil sur la tempe ?

Avec ses amis, Tcherniak envisagea plusieurs solutions, mais la conclusion ne variait jamais : il ne pouvait retourner en Autriche sous peine d'être arrêté en passant la frontière. Surtout que la frontière entre la Suisse et l'Autriche – advenant qu'il réussisse à pénétrer en Suisse avec un passeport échu – était désormais fermée. Tenter de la franchir clandestinement relevait du suicide.

À part sa femme, il n'avait plus de famille à Vienne, plus d'amis non plus, tous étant des proscrits comme lui, réfugiés en France depuis des mois, voire des années. Certains d'entre eux parlaient de rejoindre Marseille afin de prendre un bateau pour l'Amérique. D'autres envisageaient la Légion étrangère. Tcherniak, lui, n'avait qu'une idée en tête : faire sortir sa femme d'Autriche.

Émilienne avait été bouleversée de découvrir qu'il était marié, mais elle ne lui en voulait pas. Elle se trouvait même assez naïve d'avoir imaginé qu'un tel homme ait été célibataire à quarante-cinq ans. Il aurait fallu être sotte pour croire qu'aucune femme ne s'était jamais attachée à lui. Sotte ou amoureuse, et Émilienne était l'une et l'autre.

Aveuglée par des sentiments qu'elle ne comprenait pas, elle poussa l'inconscience jusqu'à proposer de partir elle-même chercher Camélia. Après tout, elle avait les moyens de soudoyer les gardes frontaliers. Tcherniak dut la ramener sur terre.

— Mais c'est la guerre, nom de Dieu !

— Les États-Unis sont neutres, comme la Suisse. Je devrais pouvoir passer sans problème.

Si, à ses propres yeux, ce projet paraissait courageux, aux yeux de Walter, c'était de la folie. Il lui rappela d'ailleurs sur un ton assez autoritaire que non seulement elle ne parlait pas allemand, mais qu'en plus, jamais on ne laisserait une patiente partir avec une étrangère.

— Tu pourrais me signer une procuration ! lança-t-elle en se tournant vers Tcherniak.

Elle s'était trouvée brillante d'y avoir pensé, mais déchanta quand Walter poussa un cri horrifié.

— La Gestapo ne se gênerait pas pour te prendre en otage si ça pouvait forcer Tudorel à se rendre. Imagine ! Sa maîtresse et sa femme. On ne pourrait trouver meilleurs appâts !

Émilienne tiqua en s'entendant qualifier de maîtresse, mais elle fut obligée de lui donner raison sur le reste. Il valait mieux éviter d'attirer l'attention sur Camélia.

À ce moment, quelqu'un à une autre table murmura :

— Un homme amoureux est un homme qu'on peut faire chanter.

Les autres firent semblant de ne pas l'entendre, mais Émilienne comprit qu'il disait vrai. C'était elle, désormais, le handicap de Tcherniak.

— Je vais me faire faire de faux papiers, déclara-t-il soudain en croisant les bras, l'air déterminé.

Sa proposition suscita des protestations. Pour obtenir de tels documents, on devait transiger avec le milieu interlope, une faune qu'il valait mieux éviter quand on se trouvait en pays étranger avec, pour toute pièce d'identité valide, un permis de séjour qui arrivait à échéance. C'était sans compter que Tcherniak était célèbre en Autriche, et qu'il risquait d'y être vite reconnu. Ces faux papiers se transformeraient alors en aller simple pour la prison.

— Je dois réfléchir. Excusez-moi.

Il monta à sa chambre, abandonnant Émilienne et ses amis à leurs bouteilles de vin. Personne n'essaya de le retenir, car personne n'avait de solution à proposer.

Émilienne n'osa pas retourner au Café Tournon le lendemain, ni le jour suivant.

Tcherniak n'avait plus la tête à l'amour. Il n'avait plus la tête à la guerre non plus, ni à l'écriture. Émilienne passa donc son temps entre l'appartement et la bibliothèque de l'université. Qu'ils semblaient loin, ces jours où elle lisait pour lui les passages les plus incisifs de ses articles ! Elle avait retrouvé son lit froid et ses promenades en solitaire. Et tout cela lui pesait désormais.

Le troisième jour, n'en pouvant plus, elle se rendit au café. Les choses s'étaient peut-être calmées. Tcherniak avait peut-être reçu d'autres nouvelles.

Sur la terrasse du Tournon s'agglutinaient encore des touristes, à peine moins nombreux qu'avant. Émilienne reconnut le serveur. C'était le fils de la patronne, un lycéen qui aurait dû être à l'école en ce milieu d'après-midi ! Malgré l'aspect insolite de la situation, elle le salua d'un geste, poussa la porte, mais s'arrêta net sur le seuil. L'intérieur était désert. Le doute l'envahit d'un coup. Elle se précipita dans l'escalier et grimpa les marches jusqu'au dernier étage. Une fois sur le palier, elle se rappela les paroles de Tcherniak : « Ma chambre est juste au-dessus, dans la mansarde. Elle est encore plus petite que celle-ci, mais l'odeur est la même. »

Elle s'élança vers la dernière porte et frappa. On n'entendait aucun bruit. Ni dans la chambre, ni ailleurs sur l'étage. Comme le café, l'hôtel semblait avoir été déserté. Elle frappa de nouveau, avec plus d'insistance. La violence de ses coups fit vibrer le loquet, et la porte s'ouvrit d'elle-même. Émilienne eut le cœur serré en découvrant la chambrette plongée dans une pénombre où ne filtrait, depuis la lucarne, qu'un faible rayon de lumière chargé de poussière. Deux lits étroits – elle pensa à des grabats – occupaient presque toute la pièce. Aucun autre meuble. Pas même une table pour écrire.

Elle remarqua, au pied d'un des lits, quelques livres renversés. Elle s'avança, attrapa l'un d'eux, le feuilleta, en saisit un autre avant de s'asseoir sur un coin du lit pour profiter au maximum de la lumière. Il s'agissait de romans écrits en russe. Plusieurs passages avaient été annotés, et elle reconnut l'écriture de Tcherniak. Elle voulut les poser à côté d'elle sur le matelas, mais suspendit son geste, horrifiée, en apercevant la multitude de points noirs qui maculaient les draps. Ces gouttes de sang séché trahissaient la présence de punaises. Elle bondit sur ses pieds et vit que les draps de l'autre lit étaient maculés, eux aussi. Le dégoût fit place à la stupeur.

Elle regarda la pièce minuscule, où il n'y avait rien d'autre que ces livres et ces lits infestés de parasites. Pas un vêtement. Pas de chaussures. Pas un article de toilette. L'indigence dans laquelle vivait l'homme qu'elle aimait lui fit monter les larmes aux yeux, mais c'est autre chose qui l'empêcha soudain de respirer. Elle plia les genoux, submergée par l'émotion, et s'affala sur le plancher. Elle venait de comprendre que Tcherniak était parti.

21

Virginie

North Hatley, Québec, 24 avril

Norman avait commandé un vin hors de prix et, depuis une heure, il avait plusieurs fois rempli leurs deux verres. La salle se vidait peu à peu. Il était 14 h passées, mais le serveur ne semblait pas pressé de les mettre à la porte. Toujours aussi détendu, Norman venait d'aborder le sujet le plus important à ses yeux : la vie d'Emily Ann Saxby.

— J'ai eu beaucoup de difficulté à obtenir des informations sur son travail au sein du SOE. Et ce que j'ai trouvé est bien mince, j'en ai peur.

— Il doit y avoir des archives. Je vais vérifier de mon côté. J'ai l'habitude de ce genre de recherches.

— Je vous crois, mais je ne pense pas que vous réussirez là où j'ai échoué, parce que la plupart des archives du SOE ont été détruites à la fin de la guerre. Ce qu'il en restait a été mis sous scellés.

— Ah, oui ! J'ai lu ça, mais ça m'a laissée perplexe. Pourquoi est-ce qu'on les aurait détruites ?

— Pour d'excellentes raisons. Comme vous le savez peut-être, après la guerre, l'Europe a été envahie par un vif ressentiment. Il y avait partout des règlements de comptes, des vengeances. Les gens voulaient savoir qui avait tué leur père, leur frère, leur ami. Le travail des agents du Special Operations Executive, comme son nom le dit, c'était justement d'effectuer des missions spéciales. Il est sûrement arrivé que la mission ait consisté à tuer quelqu'un. C'est malheureux, mais c'était la guerre. À ce que j'ai lu, la plupart des missions concernaient des actes de sabotage, de démolition, avec ce que ça implique de dommages collatéraux, de gardiens ou de témoins gênants à supprimer. Le but, c'était de garder les Allemands sur les nerfs. De ruiner leurs plans. De retarder leurs opérations. De démoraliser les troupes. De leur faire peur, aussi. Le plus possible et le plus souvent possible.

— Ce que vous me décrivez là ressemble pas mal à du terrorisme.

— Oui, et il y a une bonne raison à ça. Le SOE avait créé des écoles où les agents apprenaient tout ce qu'il fallait savoir pour, comme le disait Churchill, mettre le feu à l'Europe. C'est lui, vous savez, qui a monté cette organisation, et ses dirigeants ne rendaient des comptes qu'à lui.

— Une sorte d'unité spéciale ?

— Oui, une unité spéciale qu'on formait dans des écoles spéciales. Ces agents spéciaux, on leur apprenait toutes sortes de choses pratiques. Comment tuer sans faire de bruit. Comment faire sauter une usine. Comment passer inaperçu. Comment se déguiser et disparaître dans une ville. Pour aider les élèves, les instructeurs ont écrit des manuels. Je vous en ai apporté deux. Vous allez voir que c'est bien intéressant.

Le serveur vint remplir leurs verres d'eau. Norman attendit qu'il s'éloigne pour reprendre.

— On comptait des écoles du SOE dans toutes les colonies ou anciennes colonies britanniques. Il est important de noter que de nombreuses voix, au sein même des services secrets britanniques, se sont opposées à ce programme. On craignait que les méthodes du SOE ne soient plus tard utilisées contre les autorités en place dans ces colonies. Vous devinez que c'est exactement ce qui s'est produit.

— Vous voulez dire qu'après la guerre, des agents du SOE se sont retournés contre l'Angleterre ?

— Certains, sans doute, mais le plus dangereux, c'était la matière qui avait été enseignée dans les écoles spéciales. Elle s'était diffusée dans de nombreux pays. Parfois grâce aux agents, mais souvent aussi à cause des nombreux manuels d'instruction. Si vous savez à quoi ressemble aujourd'hui un camp d'entraînement pour terroristes, vous allez trouver d'inquiétantes ressemblances avec ce que contiennent ces livres.

Virginie frissonna.

— Vous êtes en train de me dire que l'Angleterre des années 1940 a créé les terroristes d'aujourd'hui ?

— C'est plus ou moins ça. Mais pas seulement l'Angleterre. L'Amérique aussi. Et le Canada, à son insu. Incroyable, n'est-ce pas ?

Virginie n'en revenait pas.

— Pourquoi dites-vous que le Canada l'a fait à son insu ?

— Parce que les Anglais ont ouvert une école du SOE au Canada sans en informer le gouvernement. Le STS 103, c'est-à-dire Special Training School 103.

— Le premier ministre n'était pas au courant ?

— Surtout pas lui ! Oh, il y avait peut-être quelques fonctionnaires bien au fait de ce qui se tramait sur la rive nord du lac Ontario, mais tout s'est joué grâce à des transactions privées, ce qui a permis de garder les opérations sous le radar. Rappelez-vous, il s'agissait de former des agents secrets. Ce sont des choses qu'on ne crie pas sur les toits, d'habitude. Surtout qu'au début, l'école ne visait pas à former des agents canadiens, mais des agents américains. C'est dans cette école, connue aujourd'hui sous le nom de Camp X, qu'Emily Ann a suivi sa formation. D'ailleurs, en tant qu'auteure, vous serez heureuse d'apprendre que deux de vos confrères sont passés par le Camp X. Vous connaissez peut-être Ilya Tolstoï, le petit-fils de Léon Tolstoï. Il avait immigré aux États-Unis quelques années plus tôt et s'était porté volontaire pour suivre une formation d'agent.

— Je ne savais pas qu'il avait écrit.

— Oui, un article d'ailleurs fort intéressant, paru après la guerre dans le *National Geographic*. À sa sortie du STS 103, on l'avait chargé de trouver une route à travers le Tibet jusqu'en Chine et de s'assurer la collaboration du Dalaï-Lama quant à un futur passage de troupes. L'article raconte le déroulement de cette mission.

— Et l'autre auteur ?

— Vous n'avez pas deviné ?

Elle haussa les épaules. Ils en étaient maintenant au dessert.

— C'est Ian Fleming.

Virginie écarquilla les yeux.

— L'auteur de James Bond a suivi un cours d'agent secret ?

— Absolument. Mais c'était des années avant qu'il ne devienne célèbre. Il paraît même qu'il aurait échoué à l'examen.

Virginie admit qu'au fond, ce genre d'échec ne la surprenait pas. Si les auteurs développaient souvent des connaissances très variées, ils avaient rarement l'étoffe de héros. Elle aurait d'ailleurs mis ses paroles en doute si Norman avait prétendu que Fleming avait lui-même été agent secret.

— Pendant son séjour au Camp X, Ian Fleming aurait fréquenté des amis qui habitaient au coin de l'Avenue Road et du boulevard Willowbank, à Toronto. Or, il s'avère qu'à cette même intersection se trouve justement une église qui s'appelle St. James-Bond United Church.

— Vraiment ?

Virginie était sceptique. Le nom du célèbre personnage avait-il eu une origine aussi banale ?

— Il n'existe pas de saint James-Bond catholique, poursuivit Norman. L'église est simplement née de la fusion de l'église St. James et de l'église de Bond Street. De toute façon, ce ne sont pas les romans de James Bond qui ont causé les dégâts qu'on voit aujourd'hui, mais les manuels d'instruction qu'on utilisait dans les camps.

Virginie blêmit de nouveau. Dans quel monde vivons-nous, songea-t-elle, si on enseigne le banditisme dans des livres ?!

— Pensez-vous que Churchill aurait agi de la même façon s'il avait pu anticiper les conséquences du SOE ?

— Je croirais que oui, répondit Norman. Les situations extrêmes exigent des mesures extrêmes. Et s'il y a une chose qu'on sait aujourd'hui, c'est qu'Hitler avait créé une situation extrême.

22
Andrew

Denyse, Alberta, 28 avril

La neige avait totalement disparu et la prairie faisait mine, ici et là, de vouloir reverdir. C'était une de ces belles soirées d'avril, quand le soleil brillait encore à l'heure du souper et qu'on avait le temps de sortir, après avoir tout rangé dans la cuisine, pour le voir se coucher sur le lac. Andrew s'était rendu à la volonté générale, et le trou d'eau qui séparait la maison du village était monté en grade. Il avait installé deux chaises sur la grève et, ce soir, il admirait le ciel avec Patsy. Deux tasses de café fumant gardaient leurs mains au chaud et une épaisse couverture les enveloppait. Le vent était tombé. La première étoile pointait déjà.

— Ce n'est pas une étoile, précisa Andrew. C'est la planète Vénus.

— Oh. Quand même ! J'aurais aimé qu'on ait une vue comme celle-là quand on vivait à Toronto. C'est tellement beau…

Andrew émit un petit rire.

— Pour voir aussi loin, il faut une population… disons clairsemée.

Le ciel multipliait les teintes de rose et d'orangé, et même les garçons, à la fenêtre de la cuisine, ne pouvaient le quitter des yeux.

— Quelle chance que l'église se trouve ici et non au cœur du village ! s'extasia encore Patsy.

— Je suis bien d'accord, mais ça force tout le monde à se déplacer. Nos paroissiens sont âgés, alors il y aura sans doute des dimanches où nous serons moins nombreux.

— Sans doute.

Des oiseaux piaillaient en bordure du lac. Un corbeau croassait de temps en temps. Un avion venait de tracer en silence une ligne blanche qui, déjà, se fondait dans des filets de nuages. Une camionnette quitta le village en direction de l'est. Andrew la suivit des yeux jusqu'à ce qu'elle disparaisse derrière la maison. Il songea, émerveillé, qu'on voyait vraiment loin dans les Prairies. Puis il se renfrogna un peu, car cela signifiait également que tout le monde pouvait les voir, Patsy et lui, assis au bord du lac.

— J'aimerais qu'on finisse l'intérieur de l'église, déclara soudain Patsy.

Surpris, Andrew se tourna vers elle.

— Ça t'embête qu'on utilise les meubles de la maison ?

— Je trouvais que c'était une bonne idée au début, mais il me semble que la communauté devrait s'établir correctement. Je ne voudrais pas que les gens aient l'impression qu'ils nous envahissent.

Andrew lui donna raison.

— J'ai reçu des fonds la semaine dernière. Demain matin, si tu veux, j'irai à Brooks acheter des chaises qu'on laissera en permanence dans…

— Tu pourrais peut-être en profiter pour acheter ce qu'il faut pour réparer la toilette. Comme ça, les paroissiens n'auraient plus à venir dans la maison. Ça nous donnera un peu plus d'intimité.

Cette fois, Andrew sourcilla. C'est Patsy elle-même qui avait proposé qu'on laisse les gens utiliser la toilette de la maison. Il y avait des réparations plus urgentes, avait-elle affirmé quand il avait parlé de faire venir un plombier. Manifestement, elle avait changé d'avis. Andrew la comprenait, au fond, de vouloir préserver leur intimité. Peut-être avait-elle déjà compris que dans un si petit village, tout se savait.

— J'ai pensé aussi, poursuivit-elle, qu'on pourrait fermer le coin perdu, à l'arrière de l'église, près de la toilette. L'espace me semble suffisant pour que tu y installes ton bureau. On y mettrait une table pour ton ordinateur, deux chaises, peut-être un sofa, pour quand les gens viennent te rencontrer à plusieurs. Ça ferait un espace dédié. Et puis ils y seront plus à l'aise que dans notre cuisine pour te parler. Sans compter qu'il y a une porte extérieure ; tu n'aurais qu'à chauffer cette pièce, la semaine, en hiver.

Andrew acquiesça. Vivre dans une petite paroisse ajoutait parfois un poids indu sur les épaules de la femme du pasteur. Il importait donc de prendre toutes les précautions pour éviter des frictions inutiles.

— Tu as d'autres demandes spéciales ? demanda-t-il, mi-taquin, mi-sérieux.

— J'en ai parlé à Philip, et il aimerait se charger des travaux. Il est tout à fait capable de monter une cloison et d'y installer une porte.

— D'accord. Je ferai venir un plombier demain.

— Merci. Mais j'ai une exigence par rapport à Philip.

— Laquelle ?

— J'aimerais que tu le paies. Peut-être pas aussi cher que tu aurais payé un ouvrier spécialisé, mais il me paraît important que la paroisse le rémunère pour des travaux effectués dans l'église.

— Je suis bien d'accord. Ça lui fera un peu d'argent de poche. À dix-sept ans…

— Exactement.

Ils restèrent un moment en silence à admirer le ciel. Le soleil avait maintenant disparu, et le froid commençait à s'immiscer dans leurs vêtements.

— Autre chose ? demanda encore Andrew, un rire dans la voix.

Elle secoua la tête avant de la poser sur son épaule, comme elle le faisait autrefois, quand ils étaient jeunes mariés.

— Non. À part que je t'aime.

Il la serra contre lui et l'embrassa sur le front.

— Je t'aime aussi, souffla-t-il, heureux.

Il faisait maintenant presque noir, et le ciel s'était rempli d'étoiles. Andrew désigna Orion et, d'un doigt, traça la silhouette du chasseur.

— Tout en haut, à gauche, c'est Bételgeuse. Je t'avoue que je ne l'ai jamais vue aussi brillante.

Il savait que les étoiles laissaient Patsy indifférente, mais qu'elle acceptait avec plaisir ses cours d'astronomie du moment qu'ils ne duraient pas trop longtemps.

— Je voulais te dire, commença-t-elle en revenant à ce qui l'intéressait, que ta tournée paroissiale a beaucoup de succès. Je pense que ce serait une bonne habitude à prendre, vu l'âge des paroissiens. Il faut cependant que tu fasses ça avec méthode, pour ne pas les surprendre en arrivant à l'improviste. En voir la moitié le mercredi et l'autre moitié le jeudi me semble raisonnable. On m'a dit que Mr. Gordon avait été ravi que tu partages son repas, car il mange toujours seul. Et cette dame, Mrs. Hiebert je crois, eh bien, il paraît qu'elle ne reçoit jamais personne. Tu as fait sa semaine en dînant chez elle. Et tous les autres, avec qui tu as pris le thé ou mangé un dessert, tu leur as fait bien plaisir.

Andrew hésita à répondre, mal à l'aise. Il avait eu l'intention d'espacer ses visites justement parce qu'il s'était aperçu qu'il ne faisait que manger et boire pendant deux jours. Mais si Patsy trouvait que c'était une bonne chose…

— C'est fou, ajouta-t-elle, ce qu'il en faut peu pour mettre de la lumière dans la vie des gens. Surtout quand ils sont seuls et âgés. Savais-tu qu'ils étaient presque tous veufs ou veuves ? Même Gerinne…

Andrew avoua qu'il s'en doutait. Pas pour Gerinne, cependant, car elle lui avait dit bien peu de choses sur elle-même. Puis, d'un soudain accord silencieux, ils se levèrent.

— En tout cas, conclut Patsy, je voulais juste te dire que je suis très fière de toi ; c'était une bonne idée, cette tournée paroissiale.

Andrew soupira, résigné. Après tout, Patsy avait une belle sensibilité avec les gens. À Toronto, c'était souvent arrivé que quelqu'un choisisse de se confier à elle plutôt qu'à lui.

— Tu as raison ; je vais continuer. Mais j'ai à mon tour une demande spéciale.

— Tout ce que tu veux !

Ils venaient de rentrer, et Andrew, réalisant qu'il était frigorifié, se dirigea vers le calorifère.

— Penses-tu que tu pourrais cuisiner pour moi des repas plus légers la semaine ? Sinon, il faudra refaire ma garde-robe d'ici un mois !

23
CÉCILE

STS 103, Ontario, 19 mars 1943

L'école, que tout le monde appelait « le camp », avait été érigée sur une ancienne ferme. La maison familiale, baptisée « maison Sinclair », tenait toujours debout mais paraissait inoccupée. Il y avait un peu plus loin une grange, elle aussi désaffectée.

Toutes les activités du camp se tenaient dans de nouveaux bâtiments. Construits sur un seul étage, ils se déployaient en de multiples ailes, tantôt perpendiculaires, tantôt parallèles. On passait le plus souvent des unes aux autres par des couloirs intérieurs, et les heures de repas avaient été réglées afin que les différents groupes se croisent peu ou pas du tout. Dans un coin du champ, assez loin pour qu'on ne voie pas ce qui s'y passait, se dressait un immense édifice couvert d'antennes. De jeunes femmes y entraient et en sortaient à heures fixes, sans que jamais personne ait l'occasion de leur adresser la parole. Dans un autre coin, on avait élevé une tour de bois qui devait mesurer près de cent pieds de hauteur. Cécile avait vu les élèves d'un autre groupe y grimper avant de se jeter dans le vide en se tenant à une corde.

On avait distribué un ordre du jour au groupe de Cécile. On avait aussi beaucoup insisté sur la ponctualité. Le déjeuner, servi à 8 h 15, était suivi de deux heures de gymnastique, puis de deux heures de théorie dans une salle baptisée Lecture Hall. Le dîner avait lieu à 12 h 45 et était suivi de deux heures d'entraînement pratique et d'une heure de maniement des armes à feu. À la suite de quoi, on servait le thé à l'anglaise. L'après-midi se terminait avec deux heures de sport en équipe. Le souper étant servi à 19 heures, les sept élèves passaient le reste de la soirée à lire et à étudier, soit dans la bibliothèque, soit chacun dans sa chambre. C'était un horaire qui, du moins sur papier, paraissait très chargé. Il se répéterait, immuable, pendant quatre semaines.

Ce matin-là, on leur avait donné rendez-vous dans une sorte de gymnase. L'instructeur se présenta comme le capitaine Wallace – qu'on devait simplement appeler Wallace.

— Dans le syllabus, mon cours est intitulé *Initiation au combat à mains nues*, ce qui n'est pas tout à fait exact parce qu'il comporte également une section sur le maniement du couteau. Je juge qu'il serait préférable de remplacer ce titre par *L'art de tuer sans faire de bruit*.

« Voilà qui confirme la thèse de l'école des bandits », songea Cécile qui trouvait la perspective excitante. Les paroles de Wallace n'avaient toutefois pas eu le même effet sur tout le monde. Quelqu'un – Joe, se rappela Cécile – fit la suggestion suivante :

— Peut-être pouvons-nous simplement blesser notre adversaire. Ce serait plus acceptable, il me semble.

Wallace haussa un sourcil.

— Pourquoi blesser quelqu'un quand on peut le tuer ?

Cécile comprenait la logique derrière ce raisonnement, mais elle aussi trouvait la mesure un peu extrême.

— Écoutez-moi bien, reprit Wallace avec sérieux. Il n'est pas question de sport, ici, mais de survie. L'ennemi ne vous laissera jamais la vie sauve, à moins que ce soit pour vous soutirer des informations par la torture. Une option peu enviable, avouez-le.

Il les laissa digérer l'information.

— À partir d'aujourd'hui, vous devez oublier toute notion de *fair-play*. Votre objectif sera de tuer votre ennemi le plus vite possible. Un prisonnier est généralement un handicap et une source de danger, surtout si vous n'êtes pas en possession d'une arme à feu ou que vous ne pouvez pas vous en servir. Vous devez attaquer votre ennemi en visant son point faible, parce que lui s'attaquera à votre point faible s'il en a l'occasion.

Cécile frissonna, soudain moins sûre d'elle.

— Tuer sans faire de bruit, poursuivit Wallace, n'est pas seulement une technique de combat. C'est un état d'esprit et ça doit devenir un réflexe.

Sans doute parce qu'il trouvait l'idée de tuer insupportable, Joe revint à la charge :

— Mais si j'ai seulement besoin de fouiller quelqu'un parce que, disons, il est en possession d'un document ou quelque chose du genre. Je n'ai sûrement pas besoin de le tuer pour… ?

— La meilleure façon de fouiller un prisonnier, c'est de le tuer d'abord et de le fouiller ensuite.

Le silence s'abattit sur le groupe. Puisqu'il n'y avait plus d'opposition, Wallace continua son explication.

— Étant donné l'efficacité de ce que je vais vous enseigner, il est important de prêter une attention particulière au signal de soumission. Vous êtes ici pour apprendre à tuer, mais il serait préférable de ne pas réussir pendant les cours.

Il y eut des rires nerveux. Wallace fit signe au sergent, qui s'avança pour entreprendre avec lui une sorte d'enchaînement. Quelques minutes plus tard, le sergent tombait à plat ventre sur le sol.

— Voyez, fit Wallace. Si je lui tiens la nuque bien au sol et que je lui écrase les reins avec mon genou, notre sergent est tout à coup extrêmement vulnérable.

Le sergent tapa deux fois sur le sol.

— Voyez ce geste ! Frapper deux fois le sol signifie que vous vous rendez. En tant qu'agresseur en apprentissage, il est impératif que vous relâchiez votre victime à ce signal. Vous comprenez que cette directive n'est valide que dans le cadre des cours. Une fois sur le terrain, vous devrez profiter de la vulnérabilité de votre adversaire pour lui porter un coup fatal le plus vite possible.

Il mit fin à ce long préambule en leur donnant un dernier conseil :

— Je m'apprête à vous montrer quelques méthodes pour tuer. Ces méthodes sont simples, faciles à apprendre et extrêmement efficaces. Si vous les perfectionnez à force de répétition, elles feront de vous un adversaire redoutable. Si vous ne mettez pas l'effort nécessaire pour les maîtriser, non seulement elles vous seront inutiles, mais elles pourraient même se retourner contre vous.

Il fit signe à un autre sergent, qui vint porter un mannequin au centre de la pièce.

— Comme ces méthodes sont dangereuses, nous allons commencer par travailler avec des mannequins, ça vous laissera le temps d'apprendre à contrôler vos gestes.

Il s'approcha du mannequin.

— Si on doit tuer, mais qu'on n'a pas d'arme en sa possession, la manière la plus efficace, c'est un coup avec le tranchant de la main.

Il présenta sa main, les doigts collés, le pouce relevé, l'ensemble bien tendu.

— Un coup avec le tranchant de la main peut tuer, paralyser ou briser des os, selon l'endroit où il est porté. Ce qui importe ici, ce n'est pas la force, mais la vitesse.

Il frappa le mannequin sur le côté de la tête. Le coup produisit un bruit sec qui fit tressauter les élèves.

— Voici les parties vulnérables, dit-il en désignant chaque endroit sur le mannequin. La nuque, de chaque côté de la colonne vertébrale. N'importe où entre le dessus du nez et la gorge. De chaque côté de la tête et de la gorge, de la base du cou jusqu'aux tempes. Le haut du bras. L'avant-bras. Vous allez commencer avec ça. Chacun à son mannequin, maintenant !

Si quelqu'un avait eu des doutes quant à l'objectif de ce camp d'entraînement, voilà qui venait d'y mettre un terme.

— Gardez toujours à l'esprit que vous devez attaquer en premier, dit Wallace en approchant de Cécile.

— Mais si mon coup n'a fait que lui casser le bras ? demanda-t-elle, perplexe.

— Il ne faut surtout pas s'arrêter en si bon chemin. Un bras cassé ne sert à rien si vous ne profitez pas de l'occasion pour tuer votre adversaire, soit avec un autre coup, soit avec un couteau. Vous pouvez aussi lui crever les yeux à deux doigts. Comme ceci.

Et il s'exécuta sur le mannequin.

Cécile eut un mouvement de recul qui ne passa pas inaperçu.

— Quelque chose vous dérange, là-dedans, Judith ?

— C'est un peu cruel, je trouve.

— Cruel ? Évidemment ! Mais si vous vous attardez à des sentiments du genre, vous allez vous faire tuer en un rien de temps. Venez ici.

Il désigna une section de la salle où le plancher avait été recouvert d'un tapis. Les six hommes cessèrent l'exercice pour s'en approcher, eux aussi.

— Imaginez que je suis votre ennemi, Judith. Frappez-moi.

Sachant qu'il ne lui laisserait aucune chance, Cécile saisit l'occasion et lui décocha une droite sous le menton. On entendit un craquement d'os, puis Wallace recula d'un pas, secoué. Cécile se dit qu'elle y était peut-être allée un peu trop fort. Elle rentra les épaules, attendant les reproches.

— Où avez-vous appris à vous battre, Judith ? demanda Wallace d'une voix neutre.

— À l'école, monsieur.

Il l'étudia avec un intérêt nouveau, puis approuva d'un hochement de tête.

— Écoutez-moi, vous autres, et retenez ceci.

Il s'adressait aux six compagnons de Cécile.

— Rien n'est plus efficace que l'effet de surprise. Judith, ici, a profité du fait que je la sous-estimais.

Cécile releva le menton avec un air de défi. Wallace lui sourit.

— Malheureusement, elle ne pourra plus utiliser cette tactique, car maintenant que je connais ses compétences, je ne la ménagerai plus.

Elle s'insurgea.

— Je n'ai jamais pensé qu'on me ménagerait, monsieur.

— Wallace. Appelez-moi simplement Wallace.

Il jeta un regard à la ronde.

— Mais vous avez raison, vous n'êtes pas ici pour qu'on vous ménage, Judith. N'empêche, personne ne songera plus à vous embêter maintenant que tout le monde sait que vous savez vous défendre.

Cécile eut un sourire en coin. Wallace lui fit un clin d'œil.

— C'est bon. Retournez à vos mannequins et exercez-vous.

Pendant le reste du cours, on n'entendit plus que le bruit des coups et la voix du capitaine Wallace qui corrigeait les gestes de ses élèves.

24
Émilienne

Paris, 20 octobre 1939

Il s'était écoulé presque deux mois depuis la rafle. Tous avaient disparu. Les clients de l'hôtel comme ceux du bar. Seuls les touristes continuaient d'affluer au Café Tournon.

La patronne avait été témoin de l'événement.

— Ils les ont tous ramassés ! s'était-elle exclamée quand elle avait aperçu Émilienne quelques jours plus tard, attablée seule à leur place habituelle.

Depuis que la France était entrée en guerre, le gouvernement avait imité celui du Royaume-Uni et exigé l'arrestation de tous les ressortissants des puissances ennemies. On craignait les espions. C'est ainsi que des réfugiés juifs, des Allemands antinazis et des Autrichiens antifascistes s'étaient retrouvés dans des camps de rassemblement en compagnie d'autres Allemands, nazis ceux-là, arrêtés en sol français tout de suite après la déclaration de guerre. Les nuances, les motivations, les allégeances, rien de tout cela ne comptait désormais. Tous étaient jugés dangereux pour la sécurité nationale.

La patronne du Tournon avait fait des pieds et des mains pour connaître l'endroit où l'on avait transporté ses clients, mais en vain ! Rentrée bredouille, elle s'était servi un verre de calvados, avant de remplir le verre d'Émilienne. Les deux femmes avaient bu une partie de la soirée en essayant de comprendre comment la France avait pu se retourner contre ceux qu'elle avait jadis accueillis à bras ouverts, et même protégés.

Comme un malheur n'arrive jamais seul, depuis quelques semaines, les messages venus d'Amérique se faisaient plus nombreux. La famille d'Émilienne s'inquiétait et, devant la menace imminente, exigeait qu'elle rentre au bercail. Les autorités parisiennes avaient elles aussi recommandé d'envoyer les femmes et les enfants à la campagne pour les soustraire à un éventuel bombardement. Émilienne avait pourtant décidé de rester chez elle, dans son appartement. Si les Français pouvaient endurer une guerre, elle en était aussi capable. Et puis elle n'était pas de celles qui s'enfuyaient quand leurs amants étaient arrêtés. Elle n'abandonnerait pas son homme au premier obstacle. C'était d'ailleurs le bon moment de se servir des mots magiques, « Je suis américaine », qui avaient déjà ouvert plus d'une porte. Pourquoi pas celle-ci ? Surtout que, les États-Unis ayant proclamé leur neutralité, l'opinion du public américain importait plus que jamais. Émilienne s'imagina donc qu'elle pouvait réussir là où la patronne du café avait échoué. Elle se heurta au même mur. L'emplacement des camps constituait une information dont la diffusion était restreinte aux personnes autorisées. Elle n'avait pas à lui être divulguée, qu'elle soit américaine ou pas.

En dernier recours, Émilienne avait demandé l'aide du professeur Guérard. L'homme était influent, il connaissait des gens. Ne s'en était-il pas vanté, et à plusieurs reprises, quand il avait été question d'obtenir des fonds pour tel projet ou des permissions pour tel autre ? Ses étudiants le croyaient tout-puissant, et Émilienne se dit que si quelqu'un pouvait trouver son amant dans ce dédale bureaucratique, c'était bien lui.

La nuit tombait tôt en cette saison, et il lui fallait faire preuve de prudence pour longer les trottoirs à peine éclairés par la lueur bleutée des réverbères. Traverser les rues n'avait plus rien de facile depuis que les phares des voitures avaient eux aussi été couverts de peinture bleue. Les fenêtres des maisons étaient obscurcies, de même que les vitrines des grands magasins et des boutiques. Paris était plongé dans le noir – ou plutôt dans le bleu

–, car on craignait plus que jamais un raid aérien. Mais ce raid, comme les autres hostilités, se faisait attendre.

« Il n'y a pas à dire, songea Émilienne, nous vivons une drôle de guerre… »

Elle atteignit enfin le faubourg Saint-Germain où se trouvait l'appartement qu'occupaient le professeur, sa femme et Évelyne, leur fille. Émilienne et Évelyne étaient amies depuis leur première année à l'université. Elles avaient suivi plusieurs cours ensemble, et il leur arrivait encore, même si Évelyne avait quitté l'université, de déjeuner dans un bistrot près de la bibliothèque. Cette amitié expliquait la relation privilégiée qu'entretenait le professeur Guérard avec son étudiante américaine.

Ce soir, pourtant, Évelyne était absente. Madame Guérard s'étant mise au lit plus tôt que d'habitude, c'est le professeur qui reçut Émilienne et qui lui versa du vin dans un de ses beaux verres de cristal. Le luxe dans lequel vivaient ces gens impressionnait bien des Français, mais Émilienne avait vu beaucoup plus extravagant dans sa propre famille. Elle cacha cependant le dédain qu'elle avait de cet étalage. Si le professeur l'avait fait venir ce soir, malgré les dangers qu'elle courait à traverser la ville dans le black-out, c'était qu'il avait des nouvelles importantes à lui communiquer. Et de fait, quand il finit par prendre place dans son gros fauteuil, il lui parla de Tcherniak.

— Je l'ai trouvé dans un camp de rassemblement aménagé dans une grange. Je ne peux vous indiquer l'endroit, je m'y suis engagé, mais je vous dirai ceci : j'ai honte de la France.

Et d'une voix brisée, il entama le récit de sa visite.

— Il y avait là des hommes de tous les âges, des Juifs, mais aussi des intellectuels, des journalistes. J'en ai reconnu plusieurs… Je dis « reconnu », mais il m'a fallu faire un effort tellement ils avaient maigri. Ils dormaient à même le sol ou sur des lits de fil de fer tressé avec, pour tout oreiller, de vieux vêtements roulés en boule. L'odeur du camp prenait à la gorge, mais je voyais bien que ces hommes, après deux mois d'internement, y étaient habitués.

Dieu qu'ils étaient maigres ! Tellement maigres ! Ce n'étaient pas des vagabonds, vous savez. Ceux que j'ai reconnus, du moins.

— Et Tudorel ?

— J'ai trouvé votre ami dans la cour, avec un bon millier d'autres comme lui.

Sa voix s'étrangla, et Émilienne comprit qu'il hésitait à lui dire la vérité. Elle sentit le sang se retirer de ses veines.

— S'il vous plaît, l'implora-t-elle.

Elle avait reposé son verre sur la table, et ses mains trituraient sa jupe. Elle avait peur de ce qu'il allait lui révéler, mais elle voulait aussi connaître la vérité.

— Comme tous les autres, il était sale, avait la barbe longue, les cheveux aussi. Ses compagnons se ruaient sur moi en me suppliant de leur venir en aide. Ils me racontaient leur arrestation, clamaient leur innocence. Lui restait dans un coin, à me regarder de loin.

Il remplit à nouveau son verre.

— J'ai remarqué qu'il surveillait un groupe qui se moquait de tout et jetait sur les autres des regards hautains. C'étaient là, manifestement, les espions nazis qu'on avait tant redoutés. Et à voir la vigilance de votre ami, je me suis dit qu'il le savait et qu'il avait été témoin de quelques rixes… ou bien qu'il les appréhendait.

Émilienne voyait la scène. Son homme se faisait comme toujours le protecteur des opprimés.

— Il y avait autour de moi des écrivains, des médecins, des avocats, des politiciens, des journalistes, comme je l'ai dit, mais aussi des chimistes et bon nombre d'étudiants. Certains affirmaient même faire partie de la Légion étrangère depuis des années ! Aucun ne comprenait pourquoi on l'avait arrêté. Soudain, un jeune homme m'a pris par le bras. C'était un Alsacien qui n'avait jamais mis les pieds en Allemagne. Il ne parlait même pas allemand ! D'autres me décrivaient les maladies, les poux, les punaises, et j'ai dû faire un effort pour ne pas montrer à quel point tout cela me dégoûtait.

Le professeur Guérard avait maintenant vidé la moitié de la bouteille. Il se resservit néanmoins.

— J'ai pu finalement m'approcher de monsieur Tcherniak et je lui ai tendu la main. Il l'a serrée avec chaleur avant de me demander ce que je faisais là. J'ai répondu que je venais prendre de ses nouvelles. Il a ri, vous l'imaginez. Il m'a demandé si je voulais des nouvelles des autres aussi, car, disait-il, ils avaient tous des choses intéressantes à raconter, comme j'en avais fait l'expérience quelques minutes plus tôt. Il était furieux, mais pas contre moi. Sa rage se tournait contre l'humanité tout entière. Allemands, Autrichiens, Français, Russes, tous aussi bêtes, qu'il disait. J'étais obligé de lui donner raison. Je lui ai offert une cigarette, et nous avons fumé ensemble pendant quelques minutes. Il ne m'a rien dit de la vie au camp. C'était inutile, puisque ses compagnons venaient de me décrire la situation en détail. J'ai pensé cependant qu'il était malade. Il avait les yeux cernés, les joues creuses, le teint blême. Juste avant de partir, je lui ai remis le reste du paquet de cigarettes, ainsi que votre lettre. J'ai vu une forte émotion l'envahir, et ses yeux ont brillé d'un éclat différent. Je crois qu'il s'imaginait que vous l'aviez oublié. Quoi qu'il en soit, il m'a remercié avant de me serrer la main une deuxième fois, et j'ai suivi mon guide vers la sortie. Vous dire la détresse que j'ai vue chez ces hommes ! Chez tous, sauf chez monsieur Tcherniak. Mais je ne m'attendais pas à trouver ce genre de faiblesse chez lui. Un révolutionnaire n'est jamais une victime.

Dans son lit, ce soir-là, Émilienne se répéta ces mots. « Un révolutionnaire n'est jamais une victime. » Le professeur avait raison. Pour Tcherniak, les victimes, c'étaient les autres, les opprimés, ceux à qui on pouvait encore enlever quelque chose. À celui qui avait tout perdu et qui se battait pour la liberté de tous, on ne pouvait rien prendre, pas même sa dignité.

25
Virginie

Brookbury, Québec, 1er mai

Tudorel Tcherniak était un homme en exil qu'Emily Ann présentait dans ses lettres comme un citoyen de l'Europe. Il avait eu un temps les nationalités russe et autrichienne, avait perdu l'une et l'autre pendant la guerre, mais les avait retrouvées toutes les deux une fois la paix revenue.

Il avait été fiché par la police française. Norman avait obtenu une photocopie de tout ce qui se trouvait dans son dossier, un pavé de plusieurs centimètres d'épaisseur. Ces documents expliquaient pourquoi on avait mis Tcherniak sous surveillance dès son arrivée à Paris au printemps de 1938, quelques jours après l'invasion de l'Autriche par Hitler. Norman, lui, était persuadé qu'il s'agissait d'un agent russe infiltré.

— Fauteur de troubles serait une expression plus juste, avait-il déclaré à la fin de leur dîner à North Hatley. Il a d'abord recruté Emily Ann comme militante, et plus tard, comme résistante dans un réseau qui opérait dans le sud de la France.

En se rappelant ces paroles, à genoux dans son jardin, Virginie ne pouvait s'empêcher de sourire. Norman Saxby lui faisait penser à un homme jaloux, comme si Tudorel Tcherniak avait été l'amant de sa femme et non celui de sa grand-tante. Il savait néanmoins très peu de choses sur lui. En fait, il ne pouvait même pas prouver qu'il s'agissait de l'amant d'Emily Ann. Aucune de ses lettres ne le présentait en amoureux, même si presque toutes parlaient de lui, décrivaient combien il était brave, dévoué, talentueux. Il était aussi écrivain, et une des dernières lettres mentionnait un manuscrit, mais celui-ci avait disparu des papiers de famille des Saxby, s'il y avait jamais été.

Absorbée dans ses pensées, Virginie avait tracé un sillon bien droit à l'endroit où, l'année précédente, elle avait cultivé des courgettes. Elle utilisait un semoir pour faire tomber les graines de carottes à intervalles réguliers. Ça éviterait d'avoir plus tard à éclaircir les rangs.

— Le moindre dérangement attire la mouche de la carotte, expliquait jadis sa grand-mère, lui transmettant ainsi les connaissances qu'elle avait elle-même acquises pendant soixante-dix ans de jardinage.

D'année en année, elle lui avait donné ses trucs, et quand Virginie avait eu suffisamment d'expérience, elle lui avait confié plusieurs tâches sans la surveiller ni même passer derrière pour vérifier que l'ouvrage avait été bien fait.

Tudorel Tcherniak avait participé à la révolution russe et fait la guerre d'Espagne. Virginie en avait conclu que c'était un idéaliste, mais la seule biographie qu'elle avait trouvée sur Internet – un texte bien court – ne disait pas grand-chose. C'est en repensant au fameux manuscrit disparu des papiers de famille qu'elle avait eu l'idée de chercher dans Google Books. Elle avait ainsi découvert qu'après la guerre, il avait publié un roman, épuisé depuis, même dans les bases de données des librairies d'occasion. Elle avait donc passé un coup de fil à Régis.

— Le livre s'intitule *La fin d'un monde* et il a paru à l'automne de 1958. Il doit être passé inaperçu parce que d'après la biographie que j'ai trouvée, Tudorel Tcherniak est mort dans la misère et dans l'oubli deux ans plus tard.

Selon l'extrait disponible en ligne, *La fin d'un monde* racontait la montée du fascisme en Autriche et l'exode de Paris en 1940. Le « monde » dont il était question dans le titre semblait être celui d'avant la guerre, alors que Paris était encore la terre promise des artistes et des révolutionnaires. Virginie avait tout de suite pensé qu'il s'agissait peut-être du manuscrit mentionné dans une des lettres. Si c'était le cas, Tcherniak l'avait peut-être écrit en compagnie d'Emily Ann. Il s'y trouverait peut-être une mention, une influence palpable ou un personnage qui lui ressemblerait. C'était un pari, mais ça en valait le coup.

Régis avait promis de la rappeler dès qu'il aurait repéré l'ouvrage. Entre-temps, Virginie avait colligé le reste des informations fournies par Norman et poursuivi son balayage systématique du Web. C'est ainsi que, la veille au soir, elle était tombée sur un détail qui l'avait grandement impressionnée : Tudorel Tcherniak avait été l'ami de l'auteur russe Victor Serge et de l'auteur et inventeur du surréalisme André Breton. Le bonhomme devenait tout à coup aussi intéressant qu'Emily Ann Saxby. Surtout s'il était responsable ne serait-ce que de la moitié des « maux » dont l'accusait Norman.

Virginie ne trouva rien d'autre sur lui à part un détail qui le distinguait nettement de la masse : il avait survécu à sa détention dans un camp de concentration.

Quand la dernière graine de carotte fut en terre, Virginie se redressa, vida le semoir dans le sachet déjà ouvert et le glissa dans une poche arrière de ses jeans. Elle sortit de sa veste un sachet étiqueté « betteraves » et, changeant d'emplacement, elle se remit au travail. Nul besoin du semoir, cette fois, car les graines de betterave – un agglomérat de plusieurs graines, en fait – étaient si grosses qu'il était facile de les déposer exactement là où on le voulait.

Durant leur conversation au Manoir Hovey, Norman avait raconté que Tudorel Tcherniak avait essayé d'obtenir un visa pour les États-Unis. Peut-être avait-il eu l'intention de s'enrôler dans le SOE, ou du moins d'y suivre une formation. Quand il avait vu sa demande refusée, il n'avait pas tardé et avait envoyé à sa place Emily Ann qui, elle, n'avait eu aucun problème pour entrer au Camp X. Un an plus tard, elle était revenue en France et avait transmis ses connaissances à différents groupes de résistants.

— Probablement des groupes communistes, avait raillé Norman.

Ces mots avaient mis en lumière un biais : Norman Saxby idéalisait sa grand-tante et noircissait tant qu'il le pouvait l'image de l'écrivain russo-autrichien. Virginie s'était fait une note à ce sujet pour ne pas oublier d'en tenir compte quand elle tirerait ses propres conclusions.

Elle lui avait demandé ce qu'il avait obtenu comme information au sujet du rôle d'Emily Ann dans le SOE.

— Pas grand-chose, s'était-il excusé, à cause de la destruction des archives. Cependant, Vera Atkins, l'une des responsables du SOE, a sillonné la France et l'Allemagne après la Libération. Elle cherchait les agents disparus. Elle avait sans doute espoir d'en retrouver quelques-uns vivants, mais ses enquêtes ont surtout porté sur les agents assassinés. Elle voulait savoir comment c'était arrivé et, pour y parvenir, elle a recueilli les témoignages de gens qui les avaient croisés dans les camps, ou qui avaient assisté aux exécutions. Si vous voulez m'attendre, j'ai préparé pour vous une boîte avec toute l'information que j'ai réussi à accumuler sur le SOE.

Il était monté à sa chambre – parce que, oui, il logeait au Manoir Hovey. Impressionnée, Virginie l'avait regardé gravir les marches et s'était rappelé qu'il portait le même t-shirt et les mêmes jeans usés que lors de leur première rencontre. Cet homme était un excentrique. Un marginal. Il fallait l'être, pour jeter son argent par les fenêtres en demandant à une écrivaine fauchée d'écrire l'histoire de sa grand-tante.

26
Andrew

Dinosaur Provincial Park, Alberta, 1er mai

— Connaissez-vous le Livre de Judith, révérend ?

Il fallut un moment à Andrew pour réaliser que Mrs. Crawford parlait de la Judith biblique.

— Je l'ai lu pendant mes études, oui. Il est absent de la Bible protestante. Seriez-vous catholique, Mrs. Crawford ?

— Je l'ai été. Avant la guerre.

Il était revenu cet après-midi à Patricia et avait été surpris de trouver la vieille dame dehors, assise sur le perron de l'hôtel, les deux chiennes couchées à ses pieds. Elle lui avait proposé une promenade dans le parc des dinosaures ; il avait accepté avant de réaliser que les chiennes seraient de la partie. Pendant qu'ils roulaient en direction des badlands, Andrew s'était demandé comment une personne de cet âge pensait retenir deux chiens de cette taille. Il n'avait compris le stratagème qu'une fois arrivé, quand elle lui avait tendu les laisses.

Ils marchaient maintenant tout doucement et, à eux quatre, ils occupaient bien la moitié de la route. Les chiennes paraissaient habituées de retenir leur pas. Il faut dire que l'une d'elles était âgée et l'autre, blessée ; ça aidait. Pour éviter les difficultés, Andrew avait fait exprès de choisir un terrain plat. Les visiteurs se faisant rares, il ne craignait pas l'apparition soudaine d'une voiture. Tout le monde pouvait donc prendre son temps.

— Que savez-vous de l'histoire de Judith ? insista Mrs. Crawford.

Andrew s'éclaircit la voix.

— Pour nous, protestants, il s'agit d'un livre apocryphe. Des études approfondies du texte ont d'ailleurs prouvé qu'il s'agissait d'une fiction.

— Oui, mais je vous parle de l'histoire.

— Si je me souviens bien, et vous me corrigerez si je me trompe, c'est l'histoire d'une très belle femme juive, une veuve, je crois, qui habitait dans les montagnes, en Israël. Un jour, son village est assiégé par l'armée du roi Nabuchodonosor – ce qui prouve qu'il s'agit d'une fiction, car ce roi a régné cinq cents ans avant la rédaction du Livre de Judith.

— Je vous parle de l'histoire, révérend.

Andrew sourit de se faire ainsi ramener à l'ordre.

— Le général qui commande l'armée de Nabuchodonosor exige la reddition pure et simple du village. Les hommes paniquent, mais Judith intervient et leur dit qu'elle a un plan. Elle se lave, se parfume, enfile ses plus beaux vêtements et s'en va avec sa servante dans le camp ennemi. Elle y annonce que les villageois sont prêts à se rendre. Séduit par sa beauté et son courage, le général donne un banquet en son honneur. Et alors qu'il tombe ivre mort sur son lit, Judith lui tranche la tête.

Mrs. Crawford approuva avec un sérieux qu'Andrew trouva exagéré.

— En somme, c'était une espionne, dit-il pour alléger l'atmosphère.

— Pas une espionne, le corrigea la vieille dame, mais un agent perturbateur.

Andrew rit.

— Ah, pour ça ! On peut dire qu'elle les a bien perturbés. Dans la pagaille qui a suivi la mort du général, les villageois n'ont eu aucune difficulté à vaincre son armée.

Mrs. Crawford hocha la tête, pensive. Comme elle affichait toujours son air grave, il tenta une diversion.

— Comment s'appellent les chiennes ?
— Jessie et Bess. Jessie est la mère de Bess.
— Ah, oui. Votre propriétaire m'a dit ça la semaine dernière.
— Que pensez-vous de la violence ?
— Pardon ?
Si Andrew ne savait plus où ils en étaient, sa compagne, elle, n'avait pas perdu le fil de la conversation. Elle enchaîna :
— Dans le livre, on présente Judith comme une femme croyante, qui prie tous les jours et qui respecte les commandements de Dieu. Et on présente sa victoire comme la victoire des gens pieux, fidèles à Dieu. Le geste de Judith est pourtant très violent. Est-ce que le Dieu des Hébreux approuvait la violence ?
— Le Dieu de l'Ancien Testament n'est pas un enfant de chœur, vous savez.
— Mais puisque le Livre de Judith se trouve dans la Bible catholique, quelle conclusion doit-on en tirer ? Le Dieu des chrétiens approuve-t-il l'usage de la violence ?
Andrew tiqua. Il détestait qu'on lui pose ce genre de questions. Il opta pour l'honnêteté.
— Il me semble difficile de savoir ce que Dieu approuve ou non. Ce que je sais, en revanche, c'est que dans les Évangiles, Jésus condamne la violence.
— Et vous ?
— Je suis contre.
Elle soupira.
— Je m'en doutais.
Andrew jugea à propos de replacer les choses dans leur contexte.
— Vous savez, le Livre de Judith est une sorte de texte de propagande. À l'époque où il a été écrit, les Hébreux étaient persécutés par les Grecs. L'histoire de Judith leur donnait du courage, les exhortait à résister.
— À résister ? … Oui, peut-être.

Elle marcha sans rien dire pendant quelques minutes, et sa canne donnait la cadence au reste de la troupe. Andrew lui avait tendu le bras en quittant la voiture, mais elle l'avait gentiment repoussé, prétextant qu'elle n'était pas si vieille que ça. Un sourire taquin avait ourlé ses lèvres, et Andrew s'était promis de marcher près d'elle, pour être là en cas de faiblesse. Il s'était inquiété pour rien. Elle n'avait besoin de personne.

— Est-ce que, d'après vous, Dieu trouve la violence acceptable quand elle est utilisée pour résister ?

Andrew songea que la réponse qu'il s'apprêtait à lui donner ne serait pas d'une grande aide.

— Comme je vous le disais, personne ne peut se targuer de savoir ce que pense Dieu. S'il pense quelque chose, d'ailleurs.

Comme il l'avait anticipé, ses mots semèrent la confusion.

— Laissez-moi vous répondre par une parabole, ajouta-t-il sans tarder. Je ne la tiens pas des Évangiles, mais plutôt d'Albert Einstein, qui d'ailleurs parlait souvent de Dieu. Imaginez qu'un petit enfant pénètre dans une immense bibliothèque. Il voit tous ces livres écrits dans plusieurs langues. Il en prend un et l'ouvre, mais ne comprend pas ce qui est écrit. Même chose avec un autre, puis un autre. S'il ne connaît pas ces caractères étranges, l'enfant a quand même l'intuition que quelqu'un a écrit ces livres. Il soupçonne aussi qu'il existe une forme d'organisation dans la bibliothèque, que les livres ont été classés dans un ordre précis, même s'il ne comprend pas quel est cet ordre.

— Einstein se voyait comme cet enfant ?

— Nous sommes tous comme cet enfant. Nous voyons de l'ordre dans l'univers et nous savons qu'il est gouverné par des lois, mais nous ne comprenons pas très bien ces lois. Il en va de même pour la nature.

Andrew s'en voulut ; elle avait l'air plus perplexe que jamais.

— Ce genre de dieu, insista Mrs. Crawford, je veux dire un dieu à cette échelle, interviendrait-il dans le monde des humains ? Exaucerait-il les prières ?

Andrew secoua la tête.

— Je ne crois pas à un dieu personnel, si c'est à ça que vous pensez. Et, non, je ne pense pas que le Dieu d'Einstein intervienne dans les affaires du monde.

Il s'attendait à ce qu'elle mette du temps à assimiler ce qu'il venait de lui dire, mais elle s'exclama tout à coup :

— Voilà qui me paraît sensé.

Elle en était presque guillerette.

— Vous êtes le premier pasteur que je rencontre qui n'essaie pas de convertir les gens et qui ne demande pas à ses fidèles de prier pour obtenir le soutien de Dieu.

— Je suis un pasteur progressiste.

— Mais vous n'avez aucune certitude à nous offrir. Vous ne prétendez pas avoir la vérité absolue.

Il lui donna raison, mais précisa :

— Je crois qu'il faut sortir du confort que nous procurent les discours sur des vérités absolues. Je ne crois pas de toute façon qu'on puisse avoir quelque certitude que ce soit en ce qui concerne la nature de Dieu. Pour ma part, je vois tous les jours des manifestations de sa présence. Dans la nature, par exemple. Et dans le cosmos. Ça me suffit.

— Vous êtes donc un panthéiste.

Il s'arrêta, impressionné par la profondeur de sa réflexion et l'étendue de ses connaissances. Quelle vie avait-elle menée pour être parvenue si loin dans son cheminement ?

— Je ne pense pas être un panthéiste, dit-il. Je crois que la Nature fait partie de Dieu, mais je ne crois pas qu'elle soit Dieu. J'ai l'impression que Dieu est plus grand que la Nature, qu'il englobe l'univers et pénètre tout ce qu'il contient, nous y compris.

— Dans ce cas, je comprends pourquoi il vous est difficile de le décrire ou de me dire ce qu'il pense.

— En effet.

Ils rirent, aussi doucement qu'ils marchaient. Des nuages étaient apparus et voilaient le ciel, les préservant d'une chaleur qui aurait pu, autrement, être difficile à supporter pour Mrs Crawford. Mais elle était fatiguée, et ça se voyait. Andrew indiqua un léger promontoire à l'ombre. Après l'avoir aidée à s'y asseoir, il lui tendit une bouteille d'eau.

— Vous savez, dit-elle après avoir bu une gorgée, ici, les gens qui vont à l'église recherchent la sécurité, ils veulent des réponses claires à leurs questions. Les autres, ceux qui n'ont besoin ni de sécurité ni de ce genre de réponses, ils restent chez eux le dimanche matin. Puisque vous n'avez ni réponse ni sécurité à offrir, comment pensez-vous augmenter le nombre de vos paroissiens ?

Andrew haussa les épaules. Il n'en avait aucune idée.

Il y eut un autre moment de silence entre eux. Andrew remarqua à quel point il était à l'aise avec cette femme. Ce n'était pas seulement que la conversation était agréable. Les pauses, et même leurs respirations, semblaient en harmonie. Jamais auparavant il n'avait ressenti une telle complicité, sauf avec Patsy. Il poussa un long soupir, conscient d'être plus que jamais un homme comblé.

— Et nous, dans tout ça ? Que faisons-nous ici ?

Cette fois, Andrew avait une réponse.

— Je crois que nous sommes la conscience de Dieu et qu'il perçoit son œuvre à travers nous.

— Que de grands mots ! Mais concrètement, qu'est-ce que ça signifie ?

Il sourit de voir qu'elle ne se laissait pas impressionner ; ça lui plaisait.

— Ça signifie que nous pouvons contribuer à l'ordre divin de la bibliothèque d'Einstein.

— Voilà encore des grands mots.

Andrew inspira profondément et réfléchit à une manière de simplifier la chose.

— Je pense que l'on perçoit cet ordre, cette organisation, à l'intérieur de nous, quand nous sommes émus par un geste de bonté. Ou quand nous nous trouvons, comme ici, devant un paysage naturel extraordinaire. Ne vous est-il jamais arrivé d'avoir les larmes aux yeux devant quelque chose que vous trouvez tellement beau ?

Elle ne répondit pas, mais il savait qu'elle ne perdait pas un mot de ce qu'il disait.

— Cette émotion, qui nous rend heureux et heureux de vivre, je pense que c'est la manière que Dieu a choisie pour se manifester en nous. Comme je le disais l'autre jour à l'église, nous pouvons nous élever et contribuer à l'amélioration du monde. Si nous le faisons, si nous faisons au quotidien des gestes de bonté, cette émotion, que j'associe au divin, nous habitera en permanence, peu importe l'adversité.

Il était bien fier d'avoir réussi à s'exprimer si clairement.

— Comment expliquez-vous l'existence du mal, dans ce cas ?

Cette vieille dame avait décidément toute sa tête.

— Voilà une excellente question, mais c'est une question à laquelle les philosophes et les théologiens n'ont pas encore répondu. Mais puisque vous me demandez mon avis, je vous dirai que c'est parce que nous avons le choix, en tant qu'humains. Nous pouvons soit contribuer à l'ordre divin, soit ajouter au chaos et à la destruction.

— Mmm.

Ils admirèrent le paysage, sculpté par l'érosion.

— On les appelle des *hoodoos*, expliqua Mrs. Crawford en désignant de sa canne une des grosses colonnes de sédiments. On dit aussi « les cheminées de fée ».

— Elles sont magnifiques !

Au bout d'un autre silence, Andrew demanda :

— C'est à cause de la mort que vous vous intéressez à ce point à la nature de Dieu ?

Elle sursauta, et Andrew réalisa qu'elle s'était endormie.

— La mort, oui, dit-elle, mais surtout la fin de la vie.

Elle voyait une différence là où la plupart des gens n'en voyaient pas. Andrew se dit qu'elle y avait vraiment beaucoup réfléchi. D'ailleurs, elle ne parlait pas comme tout le monde. Elle pesait ses mots.

— J'ai fait des choses discutables autrefois.

Andrew songea qu'il aurait pu dire la même chose de lui-même. Puis les mots le frappèrent, et il comprit enfin ce qu'elle essayait de lui confier : elle avait un problème de conscience.

— Un jour ou l'autre, murmura-t-il avec une sincérité qui l'émut lui-même, nous faisons tous des gestes discutables. L'important, je crois, c'est d'apprendre de ses erreurs.

— Mais la violence…

Il allongea le bras et attrapa sa main pour la serrer dans la sienne. Elle ferma les yeux. Sa voix ne fut plus qu'un murmure.

— Pendant la guerre, je savais dans mon for intérieur que la violence était nécessaire. Il y avait des raisons pour justifier mes gestes, des raisons qui me dépassaient. Aujourd'hui, je ne suis plus certaine d'avoir bien agi. Je me demande si je n'aurais pas dû trouver un autre moyen…

De toutes petites larmes roulaient sur ses joues. Andrew fouilla dans une poche et en sortit un paquet de mouchoirs. Il lui en tendit un sans rien dire.

— J'ai ajouté au chaos et à la destruction, souffla-t-elle entre deux sanglots, avant de lui proposer de rentrer.

27
Cécile

STS 103, Ontario, 20 mars 1943

La salle de tir se trouvait dans la cave d'un des bâtiments, ce qui permettait de contrôler l'intensité de la lumière pour forcer les recrues – c'est ainsi qu'on appelait les élèves désormais – à davantage de concentration, mais aussi pour les inciter à utiliser leur instinct. En ce moment, il y faisait tellement sombre que l'ensemble apparaissait en nuances de gris; les murs, le sol, tout autant que leurs uniformes. Cécile n'avait pas besoin de voir les couleurs pour distinguer les cibles, des silhouettes humaines découpées dans ce qui ressemblait à du carton noir. Sur chacune, en plein milieu du torse, un cercle blanc identifiait la zone vulnérable. À peine avait-elle eu le temps de remarquer ces détails que la lumière s'intensifia. Le lieutenant Keath – qu'on devait seulement appeler Keath et qui était instructeur de tir – les entraîna vers une table. Il tendit à chacun un pistolet.

— Vous avez entre les mains un Colt .32. Il s'agit d'un automatique. La première chose à faire quand on vous remet une arme, c'est de vous assurer qu'elle n'est pas chargée. Pour ce faire…

Il désigna la crosse.

— … il faut d'abord retirer le chargeur et ensuite, vérifier que la chambre est vide.

Il répéta la manœuvre à deux reprises, avant de demander aux recrues d'en faire autant. Quand tous les chargeurs eurent trouvé leur place sur la table, il reprit:

— Voilà. Pour charger le pistolet, il suffit d'enfiler le chargeur et de l'armer comme ceci.

À mesure qu'il parlait, il décomposait chacun de ses gestes.

— C'est à votre tour. Ne vous inquiétez pas, les chargeurs sont vides.

Tous s'exécutèrent.

— Maintenant, déposez vos armes sur la table et placez-vous le long du mur, devant les cibles.

Ils obéirent.

— Tout d'abord, sachez qu'un pistolet n'est pas une arme défensive, quoi qu'on vous ait raconté. Il s'agit d'une arme d'attaque, comme n'importe quel fusil ou mitraillette.

Il y eut des murmures, mais personne n'osa émettre une opinion contraire.

— La différence entre un pistolet et une autre arme à feu se trouve dans la longueur du canon. Mais justement, parce que le canon d'un pistolet est plus court, sa portée est moindre, pas plus de douze ou quinze pieds. Or, plus vous vous trouvez près de votre ennemi, plus vous êtes en danger. À douze pieds, votre seul allié est la vitesse. Vous devez donc apprendre à tuer rapidement, peu importent les conditions, votre position ou l'éclairage.

Cécile fut parcourue d'un frisson et s'aperçut que c'était aussi le cas de ses compagnons.

— Il est crucial que vous sachiez agir d'instinct, sans vous fier à vos yeux. Imaginez la situation suivante. Vous devez pénétrer dans la maison de votre ennemi. Il fait nuit. Vous n'allez certainement pas monter les marches du perron comme si vous alliez lui rendre visite. Vous allez plutôt vous avancer en restant dans l'ombre. Votre démarche sera souple, vos pas vont seulement effleurer le sol, comme ceux d'un chat. D'instinct, vous allez marcher un peu penchés, comme repliés sur vous-mêmes, les muscles tendus, prêts à bondir si vous êtes repérés. Vous pénétrez enfin dans la maison, vous inspectez chacune des pièces, sans faire de bruit. Et soudain, en poussant une porte, vous vous retrouvez face à face avec votre ennemi. Vous faites feu immédiatement, sans réfléchir et sans hésiter, pour le tuer avant qu'il ne vous tue.

Dans la salle de tir, on aurait pu entendre une mouche voler.

— Ici, trois choses sont évidentes. Premièrement, vous allez toujours faire feu un peu repliés sur vous-mêmes, jamais le corps bien droit. Deuxièmement, vous n'aurez pas le temps de changer de position avant de tirer. Et troisièmement, vous n'aurez pas le temps de bien voir. C'est pour tenir compte de ces contraintes que je vais vous montrer une technique que nous appellerons le « visou instinctif ».

Et dans les minutes qui suivirent, il leur montra comment utiliser les aptitudes du corps pour bien viser sans utiliser la vue. Il fallait placer le poignet droit devant le nombril. On allongeait ensuite l'index vers l'avant, parallèle au sol, comme si on imitait un pistolet.

— Si votre main est placée au bon endroit et de la bonne manière, c'est-à-dire au milieu de votre corps, votre index va pointer instinctivement là où vous regardez. Vous n'aurez pas besoin de vérifier, vous saurez où vous visez. Maintenant, exercez-vous à prendre cette position.

Ils l'imitèrent, le corps un peu penché, la main en position.

— Tournez sur vous-mêmes, insista Keath. Vous allez constater que vous continuez de viser devant vous. C'est bien. Maintenant, allez chercher vos pistolets, mais laissez les chargeurs sur la table.

Il se plaça devant Joe et s'assura encore une fois que la chambre était vide. Puis, après avoir reculé d'un pas, il demanda à Joe de tenir le pistolet dans la bonne position.

— C'est ça. La poigne ferme. Très ferme. Comme ça. Maintenant, placez votre index sur la détente de manière que votre doigt soit protégé. L'ongle de votre index doit s'appuyer sur l'intérieur du pontet, tout juste devant la détente. Ainsi, vous serez toujours prêts à faire feu.

Il corrigea une autre fois la position de Joe, avant de faire la même chose avec les six autres recrues.

— Maintenant, pour faire feu, vous laissez le bras s'allonger de lui-même. Il viendra presque à l'horizontale, mais il visera exactement à la même place. Allez, répétez le mouvement !

Pendant une dizaine de minutes, on n'entendit plus que les halètements des élèves qui bougeaient exactement comme on venait de le leur enseigner. Lorsque Keath fut satisfait, il leur ordonna d'aller chercher les chargeurs et de n'y glisser que quatre balles. Ils obéirent et revinrent se mettre en position, le corps légèrement replié, l'arme pointant droit devant, parallèle au sol. Keath avait pris soin de s'écarter.

— La cible est à dix pieds, ce qui représente une très courte distance, mais ça vous permettra de voir exactement où arrivent vos balles. Vous devez viser l'abdomen de votre ennemi. C'est le centre du cercle blanc sur la cible.

Pendant les minutes qui suivirent, ils vidèrent leurs chargeurs presque en chœur. Après le quatrième coup de feu, Keath inspecta les cibles avec chacune des recrues. Quand il arriva à Cécile, il tourna vers elle un regard inquisiteur.

— Vous vous êtes déjà servie d'un pistolet, Judith ?

— Non.

— Mais de toute évidence, vous avez déjà utilisé une arme à feu.

— Seulement un fusil de chasse.

D'un doigt, Keath traça un cercle autour des trous laissés par les balles.

— Ma foi ! Qu'est-ce que vous chassez, chez vous ? Des moineaux ?

Cécile haussa les sourcils, puis, comprenant qu'il faisait référence à la taille des oiseaux, elle renchérit :

— Des colibris, monsieur.

Ses compagnons partirent d'un grand rire. Keath les fit taire d'un regard, puis il désigna la cible où l'on distinguait très bien les quatre trous. Leur éparpillement ne dépassait pas la taille d'un poing.

— Messieurs, vous avez des croûtes à manger. Allez remplir vos chargeurs et mettez-vous en position.

28
Émilienne

Albi, France, 14 décembre 1939

Le bistrot donnait sur la place Sainte-Cécile. Émilienne et son amie Évelyne y déjeunaient tranquillement, jetant de temps en temps un coup d'œil à l'imposante cathédrale, de l'autre côté de la rue. L'édifice n'existait pas encore à l'époque où Bernard Délicieux était venu à Albi prendre la défense de riches bourgeois soupçonnés d'hérésie par l'Inquisition. C'était l'argent et les biens saisis à la suite des condamnations qui avaient permis à l'évêque Bernard de Castanet de mener à terme sa construction. L'extérieur de la cathédrale était aussi austère que menaçant et donnait froid dans le dos à qui connaissait l'histoire locale. Comme ce n'était pas le cas des touristes, ni même de la majorité des résidents d'ailleurs, la plupart des gens n'y voyaient qu'une œuvre remarquable, une source de fierté.

Célèbre pour avoir donné son nom à la croisade contre les cathares – qu'on appelait encore « croisade contre les Albigeois » –, la ville d'Albi apparaissait dans le cursus de la majorité des cours sur le Moyen Âge. Émilienne et Évelyne se trouvaient donc en terrain familier, et en ce midi venteux, elles sirotaient leur café, bien au chaud dans un bistrot en regardant les rares passants qui osaient braver le froid.

La drôle de guerre se poursuivait. Les soldats français s'étaient massés à la frontière avec l'Allemagne, le long de ce qu'on appelait la ligne Maginot. Les journaux affirmaient qu'on y avait érigé des ouvrages d'artillerie et d'infanterie, que tout était prêt pour défendre la France contre une invasion allemande. Mais il ne s'y passait rien. Ailleurs, pourtant, les derniers mois avaient été riches en événements. La Pologne s'était rendue, Hitler avait survécu à un attentat contre sa personne et Staline avait attaqué la Finlande. En France, cependant, on attendait toujours. À cause du black-out et de la rareté de l'essence, les rues étaient désertes, les musées, abandonnés, et certains cafés avaient fermé leurs portes, faute de clients. Plus cruel que d'habitude, l'hiver avait eu raison de la joie de vivre des Français.

Le professeur Guérard avait entrepris dès septembre de convaincre Émilienne de se mettre au travail. Elle devait cesser de sillonner à longueur de journée, comme une âme en peine, les abords de la Seine. Il savait que c'était ainsi qu'elle résistait, revivant en pensée les jours heureux passés en compagnie de Tcherniak. Mais il fallait qu'elle se secoue.

— Vous perdez votre temps sans que ça l'aide en rien. Mieux vaudrait vous plonger dans votre livre sur Bernard Délicieux.

Pour lui faire plaisir, mais également parce qu'elle était lasse de ses remarques, Émilienne avait entrepris de rédiger la biographie du franciscain. Ce genre d'ouvrage manquait. Une transcription du procès se trouvait certes dans les archives de l'Inquisition. Il y avait aussi une monographie qui datait de plus de vingt ans. Nulle part, cependant, on ne trouvait une œuvre qui rendait compte de l'humanité du personnage et de sa soif de justice. Elle avait donc colligé ses notes et monté un gros dossier. Elle s'était crue en possession de suffisamment d'informations, mais en commençant à écrire, elle avait réalisé qu'il lui manquait un élément essentiel : l'expérience des lieux. En effet, si elle connaissait Bordeaux pour y avoir accosté des années plus tôt, elle n'y avait séjourné que deux jours et n'était jamais allée plus au sud. Puisqu'elle voulait relater la vie d'un moine occitan du XIVe siècle, il importait de voir le Languedoc, d'y vivre quelque temps. Il pourrait aussi être intéressant d'en contempler la géographie pour recouper la documentation et imaginer comment on s'y était déplacé au Moyen Âge. Car, fait extraordinaire pour l'époque, Bernard Délicieux avait beaucoup voyagé.

Évelyne lui avait offert de prendre le train avec elle, et Émilienne avait accepté. À leur arrivée à Toulouse, elles avaient découvert que, tout comme à Paris, il ne restait en ville que les vieux, les femmes et les enfants. Il y régnait une tristesse profonde et, si on y vivait dans une relative abondance, on craignait les mois de disette qu'entraînerait un conflit prolongé. Les plus âgés avaient encore en mémoire la Grande Guerre et ses privations.

Après avoir fait quelques jours de tourisme à Toulouse, Émilienne avait émis des doutes sur le bien-fondé de ce voyage. Elle s'ennuyait et réalisait qu'elle aurait préféré rester à Paris. C'est alors qu'Évelyne avait pris les choses en main et entraîné son amie à Albi où, elle le savait, Émilienne pourrait plus facilement marcher dans les pas de Bernard Délicieux. Les deux femmes s'étaient donc installées dans une sorte de pension de famille sympathique dont elles louaient les deux seules chambres. Si elles prenaient leurs petits-déjeuners et leurs dîners à la table familiale, elles déjeunaient le plus souvent comme elles le faisaient aujourd'hui, au gré de leurs promenades.

— On devrait en profiter pour aller à Cordes, lança soudain Évelyne en quittant des yeux son guide touristique. J'y ai passé une semaine, il y a quelques années. C'est tout près. Le train ne s'y rend pas, mais il doit y avoir un car. Bernard Délicieux y a séjourné plusieurs fois. Visiter le village pourrait te donner des idées.

D'humeur chagrine, Émilienne acquiesça et se tourna de nouveau pour regarder le ciel. Il était bleu et dur. C'était ce même ciel qui dominait Paris, où il faisait plus froid encore. Il avait neigé là-bas, c'est ce que le professeur Guérard leur avait appris dans un télégramme. Il y disait aussi qu'il était allé porter à Tcherniak des vêtements chauds, des couvertures et de quoi écrire. Émilienne connaissait assez son amant pour savoir qu'il avait sûrement donné les vêtements et les couvertures à des compagnons mal en point pour ne garder que le papier et les crayons.

Le plus difficile pour elle dans ce voyage était de ne plus recevoir de cartes postales, seule forme de correspondance autorisée dans les camps parce que tout le monde pouvait lire ce qui y était écrit. Il s'agissait pour Tcherniak et elle de leur unique moyen de communication – à part le professeur Guérard, qui avait insisté pour continuer ses visites. C'est par lui qu'Émilienne avait appris que la famine guettait les réfugiés. Après avoir découvert que les gardiens se servaient dans les denrées qu'il apportait à Tcherniak, le professeur avait modifié sa stratégie.

— Ils ne vont tout de même pas prendre ce qu'on trouve encore en abondance à Paris.

Ses boîtes ne contenaient plus que des conserves banales, que les prisonniers s'arrachaient néanmoins comme s'il s'était agi de caviar ou de foie gras.

Pour convaincre Émilienne de partir, le professeur lui avait promis de lui envoyer un télégramme par semaine avec des nouvelles fraîches. Jusqu'à maintenant, il avait tenu parole. Et parce qu'elle avait confiance en lui, Émilienne arrivait certains jours à penser à son écriture, à ce pays qu'elle trouvait beau au-delà du possible, et à ce moine qui, au fil des pages, prenait vie.

Elle avait toutefois subi un choc en entendant pour la première fois la langue de l'arrière-pays. Ça n'avait pas été une surprise de constater que les habitants du sud-ouest de la France parlaient une langue différente de celle de Paris. Son nom le disait : langue d'oc, qu'on appelait aussi occitan. Émilienne en possédait une connaissance rudimentaire et arrivait à la lire grâce à ses cours d'histoire. Au contact des habitants, cependant, elle avait découvert qu'elle la parlait très mal. Elle avait donc décidé de s'améliorer et profitait maintenant de chaque occasion pour employer l'occitan. Commander au restaurant, s'adresser à la propriétaire de la pension, demander des indications aux gens dans la rue. Tous les prétextes étaient bons pour combler ce qu'elle considérait comme une lacune. Elle était la seule, d'ailleurs. En bonne Parisienne, Évelyne ne faisait aucun effort dans ce sens, et ne comprenait pas pourquoi Émilienne y mettait autant d'énergie.

— De toute façon, ils nous comprennent, disait-elle pour justifier son entêtement.

Trouve chaque jour un détail capable de t'émouvoir, lui avait écrit Tcherniak sur sa première carte postale, *quelque chose de beau, de radieux. Un sourire, une étoile, un nuage, une fleur qui tarde à se faner, une plante qui pousse, tenace, entre deux pavés. Un lumineux morceau d'univers qui te permettra de traverser les ténèbres.*

Il craignait qu'à l'attendre, elle finisse par sombrer comme Camélia, et il avait demandé au professeur de lui offrir de sa part un carnet comme ceux qu'il utilisait pour ses propres écrits. Elle avait décidé de suivre son conseil et s'efforçait de mettre sur papier chaque matin, tout de suite après le petit-déjeuner, un lumineux morceau d'univers pour mieux affronter la journée. Or, aujourd'hui, ce petit bonheur tardait à se manifester. Il faisait trop froid pour se réjouir du bleu du ciel, et personne ne souriait.

Le café terminé, les deux femmes sortirent au grand vent. Après avoir ajusté leur écharpe et relevé le col de leur manteau, elles dépassèrent la cathédrale pour aller se promener dans le Castelviel, ce quartier d'Albi où l'on trouvait les maisons les plus anciennes de la ville. Elles déambulèrent pendant près d'une heure dans les ruelles étroites et à l'abri du vent. On y montait des escaliers, on en descendait d'autres. Émilienne était fascinée par ces murs de briques inégales, typiques du quartier. En ce temps de l'avent, les façades étaient décorées et l'air sentait la neige, même s'il n'avait pas encore neigé sur Albi.

Elle s'arrêta soudain devant une des très vieilles maisons. La lourde porte de bois présentait une patine brillante qui donnait envie d'y poser la main, mais ce n'est pas ce détail qui avait attiré son attention. Sur le mur adjacent, une tige remontait vers le soleil, bordée de feuilles rouges. Cette petite plante résistante lui fit penser à l'automne dans l'État de New York, quand les érables coloraient les montagnes de rouge et d'ocre. « Une plante qui pousse, tenace, entre deux pavés. » Émilienne venait de mettre la main sur son bonheur du jour. Un souvenir de la maison, qui lui rappelait aussi le caractère résistant de son amant. Elle détacha une feuille, fouilla dans son sac à main pour trouver le carnet offert par Tcherniak et glissa son nouveau trésor entre deux pages.

29
Virginie

Brookbury, Québec, 1er mai

La pluie avait recommencé à tomber, et le vent s'était levé. À l'ouest s'amassaient des nuages couleur de charbon. Il faisait si sombre en cette fin d'après-midi que pour lire, Virginie avait dû allumer le plafonnier.

Elle s'était d'abord installée à la table de la cuisine et y avait dispersé les documents que lui avait remis Norman. Au milieu de la correspondance et des carnets de notes, Virginie avait découvert un livre intitulé *Défendre l'hérésie au prix de sa vie*. Puisqu'il avait été publié après la guerre chez un éditeur parisien, Virginie comprit qu'il l'avait été à titre posthume, car l'auteure était nulle autre qu'Emily Ann Saxby.

Norman lui avait brièvement parlé de ce livre.

— Pendant ses études, elle s'est intéressée à un moine qui avait défendu les membres d'une secte. Si ça se trouve, il en faisait partie, lui aussi. L'Inquisition a mis un point final à cette obstruction. Et je trouve qu'elle a fait là un travail essentiel. Imaginez ce qui serait arrivé si on avait permis à tous les hérétiques de pulluler. Où en serait la chrétienté aujourd'hui ?

En entendant ces mots, Virginie s'était efforcée de cacher son indignation. Il fallait une vision du monde bien différente de la sienne pour défendre l'Inquisition. Persuadée que Norman avait lu le livre avant de tirer ses conclusions, elle s'était dit que si elle voulait se faire une idée de la pensée d'Emily Ann, elle devait faire de même. Pour cette raison, elle s'était installée sur le sofa du salon, Vaudreuil à ses pieds, Champlain à ses côtés et Marguerite sur les genoux. Sur la table d'appoint, elle avait posé un verre de rhum, pour le cas où elle trouverait le contenu du livre horripilant.

Elle avait d'abord été amusée de constater qu'il ne s'agissait pas vraiment d'une biographie, mais bien d'une biographie romancée, exactement le genre d'ouvrage qu'elle avait proposé à Norman. S'il n'avait pas repéré les parties réflexives et les dialogues issus de l'imagination de sa grand-tante, il n'y verrait que du feu dans son roman à elle.

Le franciscain dont il était question avait vu le jour vers 1260 à Montpellier. Il s'appelait Bernard de Liegoci et était passé à l'histoire sous le nom de Bernard Délicieux. Emily Ann racontait comment, indigné par les abus du clergé, des évêques, mais surtout de l'Inquisition, il avait consacré sa vie à les dénoncer. Il avait provoqué des émeutes pour sensibiliser le roi de France. Comme celui-ci tardait à réagir, Délicieux s'était rendu devant le roi d'Aragon à qui il avait affirmé que le Languedoc était prêt à changer d'allégeance pourvu qu'on arrête les inquisiteurs. Un geste considéré à l'époque comme de la sédition.

Bernard Délicieux était l'auteur d'une phrase célèbre :

« Saint Pierre et saint Paul eux-mêmes seraient convaincus d'hérésie si l'on essayait sur eux la méthode de l'Inquisition. »

Voilà qui expliquait pourquoi il n'avait cessé de s'opposer à un tribunal qui, selon lui, condamnait des innocents dans le seul but de s'approprier leur fortune. De fait, Emily Ann citait le cas de l'évêque d'Albi, Bernard de Castanet, qui, pour obtenir l'argent nécessaire à la construction de la cathédrale Sainte-Cécile, avait fait appel à l'inquisiteur. En quelques heures seulement, vingt-cinq hommes, parmi les plus riches de la ville, avaient été arrêtés. Une fois condamnés, après un procès doublé des rituelles séances de torture, leurs biens avaient été confisqués et remis en grande partie à l'évêque, qui en avait fait bon usage.

À ce moment de sa lecture, Virginie s'était demandé si Norman avait lu le livre de son aïeule. Non seulement il lui semblait qu'on ne pouvait défendre l'Inquisition quand on connaissait ses méthodes, mais il devenait de plus en plus évident qu'Emily Ann avait eu un faible pour Bernard Délicieux. Son livre le décrivait comme un homme singulier, dont le courage n'avait d'égal que sa soif de justice, dans un monde où la justice était mise à mal par l'avidité des puissants.

Après avoir ameuté les habitants de Carcassonne, il avait conduit la foule à la prison, qu'on appelait le Mur. Les portes avaient été enfoncées. Les prisonniers, libérés. La révolution n'avait pas duré, et le moine franciscain avait dû recommencer quelques semaines plus tard, parcourant le pays, incitant au soulèvement populaire, se proposant comme porte-parole de tous les mouvements de contestation.

Un coup de tonnerre fit sursauter Virginie. Champlain se mit à aboyer. L'instant d'après, la lampe s'éteignit, plongeant le salon dans l'obscurité. En constatant à quel point il faisait noir, Virginie réalisa qu'elle avait faim. Elle alluma une bougie qu'elle apporta à la cuisine, le temps de se préparer un sandwich. Elle revint un moment plus tard avec son assiette, reprit sa place et sa lecture.

En ouverture du dernier chapitre, Emily Ann citait un extrait du *Faust* de Goethe :

> *Le peu d'hommes qui ont su quelque chose et qui ont été assez fous pour ne point garder leur secret dans leur propre cœur, ceux qui ont découvert au peuple leurs sentiments et leurs vues, ont été de tout temps crucifiés et brûlés.*

Et elle ajoutait qu'ils l'avaient été dans l'indifférence générale ou, pire, dans l'hostilité publique. Ces mots visaient à introduire la triste fin du franciscain, qu'on avait arrêté sur un ordre du pape en 1317.

Son procès avait commencé à Carcassonne le 13 septembre 1319. Deux mémoires décrivant les faits retenus contre lui avaient été déposés devant les juges. On avait réitéré les trois chefs d'accusation. Bernard Délicieux avait d'emblée avoué être coupable d'avoir lutté contre l'Inquisition. Il n'en avait pas honte, loin de là ! Quant à la deuxième accusation, celle d'avoir comploté contre le roi de France, il avait répété n'y être aucunement lié, mais au lendemain d'une séance de torture, il avait confessé sa stratégie avortée auprès du roi d'Aragon. C'est en vain qu'on l'avait torturé de nouveau pour lui faire avouer son troisième crime. Il avait juré n'avoir jamais voulu attenter à la vie du pape. Cet acte d'accusation avait finalement été abandonné.

Ce qui frappait l'imagination, c'était que malgré toutes les horreurs qu'on lui avait fait subir, Bernard Délicieux n'avait dénoncé personne. Emily Ann avait mis en valeur sa personnalité et souligné sa grande sagesse. Il semblait avoir pardonné à ceux qui avaient témoigné contre lui, de même qu'au peuple qui le chahutait chaque fois qu'on le déplaçait de sa cellule au tribunal. Comme s'il avait compris que ces gens ne faisaient que manifester leur peur d'être les prochains qu'on soumettrait peut-être à la question.

Le 8 décembre 1319, il avait été condamné au Mur strict, c'est-à-dire à la prison à perpétuité, enchaîné et nourri de pain et d'eau. Le récit s'arrêtait devant la porte de la prison. Cette porte qu'il avait autrefois ouverte pour libérer les prisonniers et qui se refermait cette fois derrière lui. Plus jamais il ne verrait la lumière du jour. On ne connaissait pas exactement le jour de son décès, mais Emily Ann affirmait qu'il était mort un peu avant Pâques de 1320.

Virginie posa le livre. Cette histoire lui rappelait quelque chose. Elle relut le dernier chapitre et s'attarda cette fois aux notes de bas de page. L'une d'elles signalait que le premier des deux mémoires déposés devant les juges était attribué à Bernard de Castanet, l'évêque d'Albi. Le second, à Bernard Gui, l'inquisiteur de Toulouse.

Bernard Gui… Où Virginie avait-elle déjà vu ce nom ? Ce n'était sûrement pas pendant ses recherches, car elle n'avait jamais écrit sur le Moyen Âge, encore moins sur l'Inquisition. Sans cette panne d'électricité, elle aurait bien cherché sur Internet. Elle dut se rabattre sur sa mémoire et passa une bonne demi-heure à se casser la tête. Puis, lasse de chercher et fatiguée de lire presque dans le noir, elle monta se coucher.

Elle se réveilla à 2 heures du matin et s'assit dans son lit, énergisée. Elle venait de trouver la réponse à ses deux questions. Elle repoussa Marguerite et ralluma la bougie. Les chiens la suivirent quand elle descendit au salon et se couchèrent sur le sofa sans plus lui prêter d'attention.

Cinq bibliothèques couvraient deux murs entiers, mais Virginie n'avait pas besoin de chercher. Elle s'avança vers le meuble du fond, haussa la chandelle et lut les titres. Elle trouva rapidement *Le nom de la rose.* Ce roman d'Umberto Eco faisait partie de ses préférés.

Elle s'assit sur le bras du fauteuil et tourna les pages jusqu'à ce qu'elle lise :

> *Quatrième jour. None. Où arrivent le cardinal du Poggetto, Bernard Gui, et autres hommes d'Avignon, et puis chacun en agit à sa guise.*

Bernard Gui… Virginie referma le roman, à la fois satisfaite, émerveillée et stupéfaite.

En 1986, on avait tiré un film éponyme de ce roman, et c'est Sean Connery qui avait donné un corps et une âme à Guillaume de Baskerville, le personnage principal. Voilà à qui lui faisait penser Bernard Délicieux ! Ce Guillaume était aussi un moine franciscain du XIVe siècle. Plus tôt dans sa vie, c'est-à-dire avant que commence l'histoire du roman, il avait été inquisiteur, avant d'être lui-même accusé d'hérésie pour avoir défendu des accusés qu'il croyait innocents. Son tourmenteur dans le livre s'appelait

Bernard Gui, sans doute en référence à l'inquisiteur Bernard Gui, celui qui avait soumis un mémoire incriminant Bernard Délicieux.

Dans le roman d'Umberto Eco, on trouvait Bernard Gui contre Guillaume de Baskerville. Dans le livre d'Emily Ann, on trouvait Bernard Gui contre Bernard Délicieux. Ce ne pouvait être une coïncidence ! Le caractère des deux moines était trop similaire. On y percevait la même intelligence, la même clairvoyance, le même humanisme.

Puisqu'elle ne pouvait rien faire ce soir pour vérifier son hypothèse, Virginie remonta se coucher. Elle dormit mal, cependant, trop excitée par ce qu'elle croyait avoir découvert.

Elle se réveilla à l'aube. La pluie avait cessé. On voyait par la fenêtre les dizaines de branches qui jonchaient le terrain, ravages causés par le vent. Comme l'électricité était revenue, elle alluma son ordinateur sans prendre la peine de déjeuner. Elle trépignait d'impatience.

Elle trouva l'information qu'elle cherchait en deux clics. Bernard Délicieux avait effectivement servi de modèle à Umberto Eco pour construire son personnage de Guillaume de Baskerville. Emily Ann ayant été exécutée en 1944, il était impossible qu'elle se soit inspirée du roman *Le nom de la rose*, paru en 1980, pour donner de la chair à son personnage. Son livre, cependant, était un des rares ouvrages consacrés à Bernard Délicieux. Pouvait-on imaginer qu'Umberto Eco s'en soit servi dans sa propre recherche ? Si c'était le cas, ça voulait dire que la personnalité de Guillaume de Baskerville ressemblait non pas à celle du vrai Bernard Délicieux, dont on savait peu de chose, mais bien à celle du personnage créé par Emily Ann Saxby.

Or, ce Bernard Délicieux possédait une force et un caractère tels qu'on aurait juré qu'une vraie personne avait servi de modèle à l'auteure. Et même si elle ne pouvait le prouver, Virginie eut la certitude en ce moment précis qu'il s'agissait de l'écrivain révolutionnaire Tudorel Tcherniak.

30
Andrew

Denyse, Alberta, 1er mai

Patsy avait placé la table afin que chacun puisse voir par la fenêtre le soleil qui descendait sur le lac. Elle seule lui tournait le dos, parce qu'il fallait bien que quelqu'un s'assoie de ce côté et qu'elle avait insisté, expliquant qu'elle était ainsi plus près du four, pour faire le service.

Andrew admira encore une fois l'énergie avec laquelle elle transmettait à leurs fils le goût du beau et du mystérieux qu'elle voyait jusque dans les plus petites choses. Des détails comme les rayons obliques du soleil couchant, une nuit de pleine lune… Il se rappelait que quand Frederick était petit, elle avait passé des heures avec lui à étudier les insectes, assise sur la pelouse d'un parc de Toronto. Avec Benjamin, elle avait dessiné les animaux et lu toutes les aventures de Pierre Lapin. Et avec Philip, elle avait fait pousser des tomates sur le balcon de leur appartement.

Le souper était habituellement un moment animé. Andrew et son épouse avaient toujours insisté pour que les repas se prennent en famille, même si la chose n'était plus tellement à la mode en ce XXIe siècle. Pour eux, c'était le moment de se reconnecter et de reconnaître la chance qu'ils avaient d'être ensemble et de si bien s'entendre. Chacun racontait sa journée. Les garçons parlaient de ce qu'ils avaient appris à l'école. Patsy donnait des nouvelles de ses amis et des clients pour qui elle faisait de la comptabilité.

Et Andrew, depuis leur arrivée à Denyse, racontait les moments forts de sa tournée paroissiale.

Ce soir, il régnait dans la cuisine une tension inhabituelle. On parlait, certes, mais peu, et avec moins d'entrain que d'habitude. Comme si on attendait qu'il se passe quelque chose de nouveau.

De fait, rendu au dessert, Philip demanda à sortir de table.

— Je voudrais retourner travailler.

Andrew s'en étonna.

— Travailler ? Tu as travaillé dans l'église aujourd'hui ?

Le garçon parut gêné.

— Oui. Depuis que je suis arrivé de l'école. Et hier aussi. Le mur avance, mais pas aussi vite que je le voudrais. J'aimerais que ça soit propre pour le service de dimanche.

Voir son fils aussi passionné par un projet troubla Andrew. Puis il se rappela que Patsy avait insisté pour qu'il soit payé.

— Tu ne veux pas de dessert ? s'enquit-il.

— Vas-y ! intervint Patsy. Tes frères vont faire la vaisselle à ta place.

Et contrairement à leur habitude, les deux autres acceptèrent sans rechigner. Même qu'ils commencèrent aussitôt à desservir la table. Patsy en profita pour entraîner Andrew à l'extérieur. Elle avait disposé les chaises sur la grève comme l'autre soir. Ils s'assirent donc pour regarder le soleil se coucher.

— On a reçu la visite d'un camion de livraison aujourd'hui. Gerinne avait appelé ce matin pour m'avertir. Il paraît que tes paroissiens se sont cotisés pour acheter un sofa.

— Tu veux dire que le sofa est déjà arrivé et qu'il est dans l'église ?

Andrew n'en croyait pas ses oreilles.

— Oui, le sofa, mais aussi un bureau, avec une rangée de tiroirs de chaque côté. Et deux chaises de travail. Mais celles-là ne sont pas neuves. Le bureau non plus d'ailleurs, mais il me paraît en très bon état. Si tu veux, demain soir, j'irai te les montrer.

— Demain ? Mais pourquoi on n'irait pas tout de suite ?

— Parce que Philip travaille et qu'il aimerait que tu voies le résultat quand ce sera terminé.

— Voyons ! Il n'aura jamais fini pour demain soir !

— C'est qu'il n'est pas le seul à avoir travaillé là-dessus. Khalil a passé la journée ici, et hier aussi.

Andrew ne put cacher son désarroi.

— Pendant que j'étais parti ?

Elle lui offrit un sourire malicieux.

— Mais il tient une épicerie ! insista Andrew. Il n'a pas de temps à nous consacrer.

— Faut croire que oui, surtout si Gerinne le remplace à la caisse.

Andrew n'en revenait pas. Savoir que ces gens se démenaient pour lui l'émouvait. C'était vrai qu'ils avaient expressément demandé à avoir un pasteur, mais Andrew ne s'était pas attendu à ce qu'on les adopte aussi vite, lui et sa famille.

— Ils sont peut-être âgés, dit-il, mais je les trouve bien actifs.

— Ils le sont ! À eux huit, ils ont parrainé une famille de réfugiés syriens il y a trois ans.

— Ah, oui ? Elle est installée au village, cette famille ?

— Bien sûr.

— Tu les connais ?

— Oui. Et toi aussi. Du moins un des membres de cette famille.

Il haussa les sourcils et attendit la suite.

— C'est Khalil, voyons ! Tu n'as pas remarqué combien ils s'en occupent et combien lui n'hésite pas à leur rendre service ?

Voilà qui expliquait bien des choses.

— Il a des enfants ?

— Tu ne lui as pas posé la question ?

Andrew avoua que non. Puis il admit qu'il hésitait toujours à entamer une conversation avec lui, car il craignait de ne rien comprendre de ses réponses.

— Force-toi, le tança Patsy. Tu vas voir, on s'habitue vite à son accent. D'ailleurs, tu devrais l'inclure dans ta tournée paroissiale.

— Mais il ne vient même pas à l'église ! Si ça se trouve, il est musulman.

— Et ?

Patsy, comme toujours, venait de mettre en lumière un coin de son âme, un endroit où il n'aimait pas regarder : il avait peur qu'on pense qu'il essayait de convertir les gens. Pour cette raison, il avait toujours refusé d'aller vers ceux qui ne venaient pas à l'église. Ce soir, toutefois, avec ce qu'il venait d'apprendre, il se dit que Patsy n'avait pas tort. Khalil faisait partie de sa paroisse, même s'il n'assistait pas au service.

— Il a des enfants ? répéta-t-il.

— Cinq. La plus jeune a six mois. Le plus vieux, dix ans.

Andrew retint cette information.

— Comment s'appelle son épouse ?

— Fatima.

— Tu l'as rencontrée ?

— Bien sûr.

— Tu connais donc tout le monde.

— Oui. Et je les ai même invités à souper samedi soir.

La surprise ne déstabilisa Andrew qu'un moment.

— Il y a autre chose que je devrais savoir ?

Elle dit que non et se tourna vers le soleil qui s'apprêtait à passer sous la ligne d'horizon. Le ciel était coloré, là où stagnaient des nuages effilochés. Plusieurs minutes s'écoulèrent. Andrew mettait de l'ordre dans ses idées. Une fois de plus, il songea que Patsy et lui faisaient une équipe du tonnerre. Il ne s'expliquait toujours pas qu'elle l'ait attendu ces deux dernières années. Tout comme il ne s'expliquait pas qu'elle prenne son rôle de femme de pasteur aussi à cœur, qu'elle s'y investisse autant que lui s'investissait auprès de ses paroissiens. Ils ne possédaient rien, même à deux. Tout juste les meubles de première nécessité, une voiture, quelques livres. Ils avaient toujours loué des appartements, tout comme ils louaient cette maison. Ça n'avait jamais été le grand luxe. Ici, moins qu'ailleurs, mais on avait fait un bon prix au pasteur. Parce qu'on voulait absolument un pasteur.

— Je t'aime, dit-il finalement, en attrapant sa main.

Elle lui rendit son étreinte, avant de se tourner vers lui.

— Je t'aime aussi.

En entendant ces mots, Andrew sentit monter en lui cette émotion qu'il connaissait si bien, celle qu'il avait essayé de décrire à Mrs. Crawford, celle qui l'habitait en permanence, mais qui se faisait sentir parfois – comme ce soir – avec davantage d'intensité. Il laissa son cœur se remplir de gratitude. Non, il ne regrettait rien. Ni les procès ni la prison.

31
Cécile

STS 103, Ontario, mars 1943

Les jours passaient à une vitesse folle, et dans l'esprit de Cécile, les connaissances les plus diverses s'accumulaient. Elles franchissaient le seuil de la théorie à la pratique pour s'ancrer dans du vécu. Impossible désormais d'oublier même les plus infimes détails. Comme aimait le répéter Milligan, une fois en terrain ennemi, tout pouvait servir.

Les recrues avaient conscience de leurs compétences nouvelles : ils savaient de mieux en mieux comment tuer, mais aussi comment semer le maximum de chaos.

Dans ce dernier domaine, Keath, qui était aussi expert en démolition, avait amorcé l'initiation des recrues aux explosifs. Il leur montra comment installer une charge, comment utiliser un détonateur, et tout ce qu'il fallait savoir pour manier les explosifs.

— La démolition ne doit jamais échouer, répétait-il à tout moment. Mieux vaut en mettre plus que pas assez.

Il leur dressa ensuite la liste des cibles potentielles. Il y avait tout d'abord le réseau routier, où il était préférable de choisir un point déjà fragilisé ; un viaduc, un pont, un tunnel.

— Les dépôts de munitions, de carburant et d'armement sont également de bonnes cibles. De même que les usines, mais pas quand il y a du personnel civil au travail. Dans ce cas, mieux vaut privilégier une explosion de nuit.

Il y avait aussi le réseau électrique et les lignes téléphoniques, mais Keath affectionnait particulièrement les voies ferrées.

— L'objectif est de retarder la circulation ou de réduire le nombre de trains en fonction.

Le procédé le plus simple consistait à couper les rails. On pouvait aussi obstruer la voie ferrée. La tactique préférée de Keath, cependant, consistait à faire sauter les locomotives immobilisées, soit sur les rails, soit dans une gare.

— Si les circonstances le permettent, profitez-en pour faire sauter la gare au complet, avec ses bâtiments de communications. Ce ne sera pas du temps perdu.

On pouvait également détruire un pont ou un tunnel ferroviaire.

— Dans le cas d'un pont, le déraillement est assuré. Dans le cas d'un tunnel, il faut s'assurer que le déblaiement de la voie prendra plusieurs jours.

Et il en profita pour leur rappeler sa règle de base :

— Même si on ne doit pas gaspiller les explosifs, mettre en péril la démolition complète pour sauver quelques kilos de dynamite n'est jamais justifié.

Pour illustrer ses propos, il entreprit de faire sauter le barrage de glace qui obstruait un ruisseau à l'est du camp.

— Il y a un moment que cette glace inquiète le commandant. Elle menace d'inonder le champ de tir.

Keath mit tellement de cœur à l'ouvrage que l'explosion rendit sourdes pendant plusieurs heures les recrues, pourtant à l'abri derrière la grange. On apprit plus tard qu'elle avait également fait voler en éclats les fenêtres des premières maisons d'Oshawa, la ville voisine. L'événement eut pour effet de renforcer la couverture du camp. En effet, les voisins – les plus proches se trouvaient à un mille – étaient persuadés qu'on y tenait des expériences de dynamitage.

Pour le cours suivant, Keath fit construire un labyrinthe de ballots de paille dans la grange désaffectée. Les recrues devaient y pénétrer à tour de rôle, pistolet au poing, sans savoir que les coins les plus sombres dissimulaient des cibles à forme humaine. Ces dernières étaient articulées par une série de câbles que Keath activait pour surprendre ses élèves et les forcer à tirer d'instinct.

Quand tout le monde fut à l'aise de traverser le labyrinthe avec un pistolet, Keath déclara qu'il était temps de passer aux choses sérieuses et fit installer devant la grange des tréteaux recouverts d'une planche. Il demanda aux élèves de prendre place autour de cette table improvisée et déposa devant chacun une mitraillette Sten démontée en quatre morceaux.

— Pour commencer, vous vissez le canon dans le corps.

Il prit le petit cylindre et le fit entrer dans le plus grand.

— Ensuite, vous fixez la crosse à l'arrière.

Il agita alors son arme, la crosse en l'air.

— Voyez ! On peut même la replier pour plus de discrétion. N'est-ce pas une petite merveille ?

On entendait des cliquetis : les sept recrues tentaient de reproduire ses gestes.

— Il ne vous reste qu'à insérer le chargeur latéral. Remarquez bien : il doit être perpendiculaire au canon, mais parallèle au sol. Pour manier votre mitraillette, vous appuyez la crosse contre votre épaule, vous mettez la main droite sur la détente et la gauche sur le chargeur, pour vous aider à viser. Vous allez voir, c'est comme un jouet.

Il leur demanda de s'exercer à tenir la mitraillette et à viser même si les chargeurs étaient vides.

— Ne vous laissez pas berner par son apparence primitive. La mitraillette Sten est parfaite pour le genre de travail qui vous attend. Elle ne pèse que sept livres et tire des balles de neuf millimètres, faciles à trouver en Europe, même en ces temps difficiles. Et comme vous avez pu le constater, on l'assemble et on la démonte en un instant. Une fois en morceaux, on peut la cacher dans une petite valise. Vous n'avez pas à craindre de la transporter à travers un marais ou de ramper avec elle sur une plage parce que ni l'eau ni le sable ne peuvent l'empêcher de fonctionner. Elle tire cinq cents coups à la minute et, à l'épaule, la précision atteint cent soixante-quinze verges. Un bijou, je vous dis !

Il leur ordonna de vider quelques chargeurs. Au bout d'une heure, tous pouvaient manipuler leur nouvelle Sten comme s'ils l'avaient eue entre les mains depuis l'enfance.

Pendant qu'à certains moments ils perfectionnaient le maniement des armes à feu ou des explosifs avec Keath, à d'autres, Wallace continuait d'approfondir avec eux l'art de tuer sans faire de bruit. Ainsi, un bon matin, il remit à chacun un couteau dont la lame était en caoutchouc.

— Le couteau est une arme silencieuse et extrêmement dangereuse. Il est facile à dissimuler et, lorsqu'il est manipulé par des mains expertes, on trouvera difficile de riposter ou de se défendre. À moins d'avoir une arme à feu.

Si eux avaient entre les mains des couteaux à lame de caoutchouc, Wallace, lui, faisait la démonstration avec un couteau authentique. Ainsi armé, il avait l'air redoutable.

— Vous devez toujours viser les reins. C'est la meilleure manière d'en finir rapidement. Mais il peut être nécessaire de créer une diversion. Dans ce cas, vous pouvez soit lacérer le visage, les bras, les mains ou les poignets de votre adversaire… soit lui lancer au visage du gravier, du sable ou une pierre. N'importe quoi pour l'aveugler.

Il désigna alors la lame.

— Le double tranchant empêchera l'ennemi de s'emparer de votre couteau avec ses mains. Il permet aussi de lacérer dans n'importe quelle direction.

Il y avait une étrange fierté dans sa voix. Il s'agissait de toute évidence de son arme favorite.

— Maintenant, je vais vous montrer comment neutraliser une sentinelle.

Il rangea le vrai couteau pour s'emparer d'un faux et demanda un volontaire pour la démonstration. Comme aucun des hommes ne bougeait, Cécile fit un pas en avant. Wallace eut un sourire narquois.

— On voit où se cache le vrai courage. Très bien, Judith. Tournez-vous vers le mur.

Elle obéit.

— Pour désarmer une sentinelle, il importe d'arriver par-derrière.

Cécile vit du coin de l'œil le bras qu'il passait par-dessus son épaule.

— Votre main gauche doit venir couvrir à la fois le nez et la bouche, de manière à l'empêcher de respirer – ici, faites attention de ne pas étouffer pour de vrai votre partenaire. Ensuite, vous le tirez vers l'arrière en utilisant votre poids et, de la main droite, vous lui enfoncez votre couteau dans les reins.

Incapable de suivre le mouvement de la lame, même du coin de l'œil, Cécile serra les dents. Tout se passa vite, cependant, et Wallace la relâcha sans même l'avoir effleurée.

— Placez-vous deux par deux pour l'exercice, ordonna-t-il. Je serai votre sentinelle, Judith.

Il y eut des rires, qui s'estompèrent aussitôt qu'on fut occupé, car pour éviter tout accident, chaque geste exigeait de la concentration. Quand Wallace vit que chacun maîtrisait la manœuvre, il leur permit de s'exercer sur les mannequins.

— Cette fois, pas de retenue. Enfoncez la lame aussi fort que vous le pouvez.

Le lendemain, il leur expliqua comment désarmer un adversaire qui les menaçait avec un pistolet.

— Seul un imbécile s'approcherait de vous avec un pistolet. Néanmoins, le monde est rempli d'imbéciles et si vous ne savez pas comment vous en occuper, ce sera vous, l'imbécile.

On commençait l'exercice les mains en l'air – ce que l'agresseur aurait probablement exigé.

— Surtout, ne regardez pas le revolver, un seul coup d'œil trahirait vos intentions.

Il fallait d'abord, avec la main droite, attraper la main qui tenait le pistolet.

— Quatre-vingt-dix pour cent du temps, il est dans sa main droite. Vous tenez la main fermement avec le pouce. Vous faites un demi-tour par la gauche. Et au même moment, votre main gauche attrape le canon par en dessous. Vous tirez alors le pistolet vers l'arrière, ce qui aura pour effet de casser le doigt de votre adversaire, qui vous abandonnera son arme.

Et comme chaque fois qu'il terminait une explication, Wallace reprit un ton neutre, manifestant une indifférence totale pour la vie de l'ennemi :

— Vous terminez avec un coup de genou dans les parties, puis un coup de crosse derrière la nuque. Et là, il ne vous reste qu'à l'abattre.

Le cours se termina par les exercices pratiques.

Au fil des entraînements, entre les coups qu'on arrêtait avec les avant-bras, les couteaux factices qui vous heurtaient les flancs ou les cuisses, les chutes, les glissades accidentelles et les heurts de toute sorte, Cécile, comme ses compagnons, se retrouva le corps couvert de bleus. Il faut dire que le reste de l'entraînement physique y était aussi pour beaucoup. On les faisait sauter par-dessus des fosses, marcher sur des poutres, courir dans tous les sens, matin, midi et soir. On les faisait grimper à des cordes, descendre en rappel la falaise qui bordait le lac Ontario. On les faisait ramper de bord en bord du camp en évitant d'attirer l'attention. À un autre moment, on les planta sur une colline, loin des bâtiments principaux, et on exigea qu'ils passent totalement inaperçus. Caché à bonne distance, Keath scrutait le terrain à la recherche de mouvement. Quand il les repéra, il attrapa sa mitraillette et tira une salve juste au-dessus de leurs têtes.

— Dans la vraie vie, leur cria-t-il, vous seriez tous morts !

Pour s'assurer qu'on prenne les exercices au sérieux, il avait été clairement établi que les armes ne seraient jamais chargées à blanc. Cécile trouvait que l'utilisation de vraies munitions rendait les choses excitantes, que ça la gardait alerte.

On leur montra comment passer par-dessus des fils barbelés, comment mettre le feu de façon à provoquer un véritable incendie. Ils apprirent qu'on pouvait mourir si on perdait beaucoup de sang rapidement, mais qu'on survivait si cette perte s'étirait sur plusieurs minutes. Puis on leur enseigna l'art du cambriolage.

— Le mieux, c'est d'obtenir la clé. Ou d'en faire un double. Il est toujours possible d'embaucher un voleur professionnel, mais quand ces gens-là se font pincer, ils ont pour habitude de dénoncer leurs commanditaires. Vous connaissez l'adage : on n'est jamais si bien servi que par soi-même.

On leur expliqua comment effectuer une filature, comment savoir si on était suivi et comment semer un poursuivant. On leur donna des trucs pour s'examiner eux-mêmes afin d'éliminer les éléments de leur tenue qui auraient pu attirer l'attention. C'est ainsi qu'ils finirent par savoir se déplacer sans faire de bruit, décrire une personne qu'ils n'avaient rencontrée qu'une fois, emprunter une autre personnalité, une autre voix, une autre démarche.

Pour s'assurer qu'ils développent des nerfs d'acier, on les faisait se tenir derrière une vitre pare-balles tandis que, de l'autre côté, Keath leur tirait dessus à la mitraillette Sten. À d'autres moments – de préférence quand ils ne s'y attendaient pas –, Keath passait près d'eux, sortait un pistolet et faisait feu à quelques pouces de leurs oreilles. Ce dernier exercice avait le don de faire sortir Cécile de ses gonds et, le cœur battant, elle frappait Keath aussi fort qu'elle le pouvait – sous les encouragements de ses compagnons, aussi furieux qu'elle, mais beaucoup plus timorés.

C'est ainsi qu'un soir, en allant au lit épuisée mais tendue, Cécile se dit que si on avait voulu faire d'eux des criminels impitoyables, on n'aurait pas procédé autrement.

32
ÉMILIENNE

Cordes, France, 20 décembre 1939

Le vent soufflait depuis des jours, et le froid se faisait de plus en plus mordant. Par bonheur, Cordes, décorée pour Noël, réchauffait le cœur. La partie médiévale occupait toute la montagne, avec ses maisons aux toits de tuiles rouges, serrées les unes contre les autres.

Le car les ayant déposées au pied du village, Émilienne et Évelyne attrapèrent leurs valises et s'engagèrent sur la rue pentue qui longeait la falaise. Un muret s'étirait à gauche et empêchait le promeneur de tomber dans le vide. À droite, les maisons de pierres grises se succédaient en escalier, sans interruption, jusqu'au sommet. Le chemin avait été bien pensé : il tournait vers l'intérieur en faisant une sorte de spirale, ce qui facilitait l'ascension.

Il leur fallut presque une heure pour atteindre le haut du village. Émilienne fit une pause quand la rue recommença à descendre. Elles venaient d'atteindre le point le plus élevé du pourtour, et malgré la grisaille de cette fin d'après-midi, la vue était à couper le souffle.

— Je savais que ça te plairait, lui lança Évelyne, ralentissant à peine.

Elle se dirigea vers la droite et passa sous une arche gigantesque qui s'ouvrait sur le village. Émilienne l'imita et découvrit, stupéfaite, que l'intérieur de l'enceinte était encore plus impressionnant que l'extérieur. Elles s'aventurèrent dans le dédale de petites rues aux pavés inégaux et usés. De temps en temps, une ruelle qui montait en croisait une autre qui descendait, quand ce n'était pas un escalier. Partout, de très hauts murs de pierre. Certains abritaient des maisons, d'autres, crénelés, servaient de muraille. Émilienne dut se pincer pour se convaincre qu'elle ne rêvait pas; Cordes offrait un véritable voyage dans le temps.

— L'hôtel est par ici!

La nuit tombait. Évelyne s'engagea dans une ruelle encore plus étroite que les autres. De chaque côté s'élevaient des murs très anciens, tantôt aveugles, tantôt percés de fenêtres à volets. En levant les yeux, on apercevait un mince ruban de ciel qui prenait peu à peu une teinte bleu marine. Les deux femmes s'arrêtèrent devant une grande porte de bois. Évelyne posa sa valise et frappa. On entendit un bruit de loquet, puis la porte grinça sur ses gonds en s'ouvrant. Un vieil homme apparut, l'air bourru. Il leur adressa quelques mots en occitan. Cette fois, Émilienne prit les devants. Elle répondit à l'homme dans sa langue et vit son visage s'égayer. Il s'écarta et les invita à entrer.

*

Les parents d'Évelyne vinrent les rejoindre deux jours plus tard pour fêter Noël en famille. Le professeur Guérard connaissait bien les lieux et avait réussi à les faire inviter tous les quatre à un souper privé qui se tenait dans un des grands restaurants de Cordes.

Le soir de Noël, Émilienne se prépara à sortir avec ses amis. Elle se sentait comme dans un rêve, comme si une part de son âme touchait quelque chose d'intemporel. Dans le confort de sa chambre, l'idée lui vint que des cathares avaient peut-être dormi dans cette même pièce. On savait qu'ils avaient été nombreux à venir à Cordes pour tisser, et plusieurs tisserands avaient été condamnés pour hérésie. Émilienne se surprit à imaginer des femmes, debout devant l'âtre, prêchant devant un auditoire de croyants. Puisqu'il s'agissait d'une chambre, des mourants y avaient peut-être aussi reçu le *consolament*.

La pièce prit tout à coup une dimension nouvelle.

Cette impression de contact entre le présent et le passé, Émilienne l'avait ressentie quelques fois depuis qu'elle vivait en France. Certains villages existaient depuis tellement longtemps ! Il s'y était déroulé tellement d'événements ! Des événements qu'on retrouvait dans les livres d'histoire, mais également dans le folklore local. À Paris comme ici, dans le Languedoc, chaque puits possédait sa légende, chaque tour, son récit rocambolesque ou tragique, chaque rue, son lot de destins marquants.

À l'heure prévue, Émilienne quitta l'hôtel avec ses amis pour se rendre au souper de Noël. Elle venait tout juste d'atteindre le coin de la rue quand elle comprit avec son cœur que Bernard Délicieux avait posé le pied sur ce pavé où elle venait de poser le sien. Il avait regardé au loin et vu cette même campagne, ce même ciel, ces mêmes étoiles et cette même lune. Sous le coup de l'émotion, elle retira un gant, ferma les yeux et posa une main sur la pierre d'un mur. Elle sentit sous ses doigts le froid, mais aussi la rugosité et la douceur à certains endroits. Un érudit comme Bernard Délicieux avait-il été capable d'imaginer qu'un jour, on marcherait dans ses pas, on poserait la main là où il avait posé la sienne, on s'adosserait au même mur, on respirerait le même air, y reconnaissant les mêmes parfums ? À marcher dans les rues couvertes de pavés, entre ces murs crénelés, Émilienne était en train de vivre une partie de ce que le moine franciscain avait vécu. Cette sensation la rapprocha de son sujet d'étude plus que ne l'aurait fait n'importe quelle découverte savante.

— Vous vous sentez mal, mademoiselle Saxby ?

Elle n'avait pas entendu le professeur s'approcher. Il se tenait juste derrière elle, prêt à l'attraper si elle s'effondrait.

— Je vais très bien, merci.

Toujours habitée, elle reprit avec eux le chemin du restaurant, qu'on voyait, plus bas dans la rue. On y entrait en passant sous une glycine plusieurs fois centenaire dont les ramifications servaient de toit à la terrasse et offraient, en été, une ombre bienfaisante. Mais ce n'était pas l'été, et la neige commença à tomber au moment où Émilienne passait le seuil. Son cœur se serra. S'il neigeait sur Cordes, il neigeait probablement aussi sur Paris. Elle eut une pensée pour Tcherniak, dans son camp de rassemblement.

Plus tard, de retour à l'hôtel, le professeur lui remit toutes les cartes postales qu'il avait reçues de lui. Émilienne se réfugia dans sa chambre et, allongée sur le lit, elle les examina une à une. Elle avait eu connaissance de leur contenu par les télégrammes du professeur, mais lire les mots tracés de la main de son amant la bouleversa. Il lui racontait combien l'hiver se montrait impitoyable à Paris, combien, au camp, les conditions se dégradaient de jour en jour. Pas un mot sur lui, sur son état de santé, sur son moral, mais plusieurs descriptions de la misère et des maladies qui sévissaient autour de lui. Des conflits éclataient tous les jours. Des hommes pleuraient, à bout de nerfs. D'autres avaient été emmenés parce qu'ils étaient malades. Personne ne savait ce qu'il leur était arrivé. Tcherniak, lui, tenait bon, mais il admcttait avoir toujours faim.

Cette nuit-là, Émilienne dormit avec les cartes pressées contre son cœur.

*

Le vent soufflait en rafales contre la double muraille de Carcassonne. Au sud, les vignes s'étiraient aussi loin que portait le regard, mais la base des plants disparaissait sous la neige. Émilienne marchait sur les remparts, entre les tours crénelées. Elle frissonnait même si elle portait le même type de vêtements que lors de ses hivers à New York.

Sa sensation d'irréalité persistait. Ici, aussi bien qu'à Cordes, les maisons étaient si anciennes qu'elles étaient difficiles à dater.

Depuis son arrivée, Émilienne pensait à la prison où Bernard Délicieux avait fini ses jours, à cet endroit qu'on appelait le Mur. Elle hésitait à l'imaginer. Il s'agissait pourtant d'un élément essentiel de la biographie. Si elle voulait faire un travail sérieux, elle allait devoir extrapoler à partir des rares détails archéologiques connus et les recouper avec les tout aussi rares occurrences historiques.

Oui, elle devait imaginer le Mur, à défaut de pouvoir le voir de ses yeux.

À l'extérieur de l'enceinte, entre la cité et l'Aude.

C'est ainsi qu'on situait la prison de l'Inquisition. L'endroit avait probablement été enterré à une époque lointaine, ou ses murs, démolis. On savait en revanche qu'il était divisé en deux parties. La première, appelée Mur large, consistait en une salle où se trouvaient plusieurs prisonniers en même temps. On y mangeait mal, mais on y mangeait un peu, et il y avait quelques fenêtres aussi, d'où on pouvait voir le soleil. On y vivait dans des conditions misérables, mais qui ne l'étaient pas suffisamment au goût des inquisiteurs. Pour cette raison, ce n'était pas dans cette salle commune qu'on enfermait les hérétiques influents. Ceux-là, on les envoyait dans la seconde partie, celle qu'on appelait le Mur strict. Là, dans des cellules individuelles minuscules et sans fenêtre, le prisonnier était mis aux fers. Attaché en permanence, il ne pouvait dormir qu'allongé sur le dos, à même le sol de terre battue, humide et froid en hiver, couvert de vermine en été. Il ne voyait jamais la lumière du jour et était nourri de pain et d'eau, quand ce n'était pas uniquement d'eau. La majorité des condamnés au Mur strict mouraient dans les mois qui suivaient leur incarcération. Bernard Délicieux n'avait pas fait exception. Mis aux fers à la suite de son procès, qui s'était terminé le 8 décembre 1319, il n'avait pas survécu six mois.

Fait étrange, on l'avait torturé, comme on avait torturé tous les gens soupçonnés d'hérésie, mais sans jamais oser l'accuser d'hérésie. Car c'était un moine franciscain. Il avait toute sa vie observé la règle, et ses croyances n'allaient absolument pas à l'encontre du dogme officiel. Il pratiquait la pauvreté, prêchait l'amour du prochain et lisait les saintes Écritures de la même manière que le pape. Il avait choisi l'Ordre des frères mineurs pour l'égalité qui existait entre les moines, avait beaucoup voyagé et avait toujours vécu de couvent en couvent sans jamais chercher d'avancement. C'est justement parce qu'on n'avait rien eu à lui reprocher personnellement qu'il avait fallu trouver autre chose. À cette époque, les puissants disposaient facilement de la vie des autres.

— Attends-moi !

Émilienne sursauta, abandonnant l'image du moine dans sa prison. Évelyne accourait depuis l'escalier de la tour en agitant un bout de papier.

— J'ai des nouvelles, souffla-t-elle, arrivée à sa hauteur.

Elle lui tendit, hors d'haleine, le télégramme qu'elle venait de recevoir. Émilienne le lut et dut s'appuyer à la muraille pour contenir l'émotion qui la submergea.

Tcherniak avait été libéré.

33
Virginie

Québec, Québec, 3 mai

À la fois théologien et historien du christianisme, Sebastian Knapp parlait de Jésus comme s'il l'avait connu personnellement. Il avait lu presque tout ce qu'on avait écrit de sérieux sur lui, sur ses disciples et sur saint Paul. Il avait lui-même pondu quelques ouvrages sur ces sujets, pouvait réciter le Nouveau Testament de mémoire, mais se montrait d'une extrême lucidité en ce qui concernait le dogme chrétien. Pour ces raisons, Sebastian Knapp était la personne idéale si on avait des questions sur l'histoire de l'Occident et ses relations avec sa culture religieuse deux fois millénaire.

Quand Virginie passa la porte du petit café de Lévis où il lui avait donné rendez-vous, elle le trouva attablé et lisant son journal. Il se leva dès qu'il l'aperçut.

— Vous n'avez pas eu de difficulté à trouver l'endroit ? s'enquit-il pendant qu'elle s'asseyait.

En ce samedi matin, le restaurant était plein et bruyant, mais ça ne semblait pas l'incommoder, alors Virginie se dit qu'elle s'y ferait, elle aussi.

Elle avait passé toute la journée de la veille à lire la multitude d'articles publiés par Emily Ann. À l'heure du souper, la religion des cathares lui sortait par les oreilles, même si elle n'y comprenait toujours strictement rien. Elle avait donc écrit un courriel à Sebastian Knapp, pensant qu'il lui répondrait dans la semaine. Son message était parti depuis moins de cinq minutes quand celui de Sebastian était arrivé.

Un déjeuner à Lévis demain matin, ça vous dirait ?

Une telle invitation ne se refusant pas, Virginie avait demandé à ses voisins de sortir les chiens durant son absence, puis elle avait mis son réveille-matin pour 5 h 30. Il était maintenant 9 heures, et elle était en train de siroter son premier café de la journée à plus de deux cents kilomètres de chez elle.

— Je n'imaginais pas qu'un professeur de l'Université Laval habiterait sur la rive sud.

— C'est que vous manquez d'imagination.

La boutade les fit rire tous les deux.

— Je vis chez ma fille en ce moment.

Il dut lire la confusion sur le visage de Virginie, car il ajouta :

— Je suis en congé de maladie.

Et pour éviter de provoquer un malaise, il s'empressa de conclure :

— Je suis en rémission et je n'ai pas envie de parler des six derniers mois.

Voilà qui expliquait pourquoi il avait répondu aussi rapidement au courriel de Virginie, et pourquoi il lui avait donné rendez-vous dans ce restaurant plutôt qu'à son bureau. Il avait peut-être besoin d'une distraction. Ou besoin de se sentir utile. Quoi qu'il en soit, il ne perdit pas de temps et entra dans le vif du sujet.

— On parle souvent des cathares comme d'une hérésie, mais je n'aime pas ce mot, qui a une connotation péjorative. Les hérétiques, ce sont toujours les autres. Comme les infidèles…

Même s'il y faisait référence, il ne profita pas de l'occasion pour parler de l'attentat terroriste survenu la veille à Lyon. Sur la route entre Brookbury et Lévis, c'était sur toutes les chaînes de radio, au point que Virginie avait préféré rouler en silence plutôt que d'écouter ce que les chroniqueurs avaient à dire sur le sujet.

— Il m'a semblé qu'il s'agissait d'une secte, osa-t-elle, un peu inquiète à l'idée qu'il se moque de son ignorance.

Elle avait tort de s'en faire.

— On peut dire qu'il s'agissait d'une secte, mais sans le côté péjoratif qu'on attribue aussi à ce terme. Je préfère parler de dissidence, car le catharisme a jailli en réaction aux abus et à la dépravation du clergé. Je vous cite de mémoire ce que disait sainte Hildegarde au sujet des papes de l'époque : *Avec leur pouvoir de lier et de délier, ils fondent sur nous comme des bêtes. L'Église entière se fane et se flétrit entre leurs mains. Ils veulent conquérir les empires de la terre, mais les peuples se lèveront contre eux et contre un clergé ivre de richesses et de luxure et réduiront leurs biens à une juste mesure. Et la fierté de ces papes, qui n'ont pas une goutte de religion dans les veines, sera grandement abaissée.* Enfin, ça ressemble à ça. Vous voyez le tableau ?

Virginie était impressionnée par sa mémoire, mais refusa de l'interrompre, même pour le complimenter.

— Deux cents ans plus tard, sainte Brigitte se montrait plus dure encore quand elle affirmait que le pape était pire que Lucifer, qu'il assassinait les âmes qui lui étaient confiées, qu'il condamnait des innocents et qu'il vendait les élus pour en tirer profit. C'est dans ce contexte qu'est apparue ce que les cathares appelaient la vraie religion.

— La « vraie » ?

— Tout le monde prétend toujours détenir la vérité et professer la vraie religion. Même les athées. Ce qui est intéressant dans le cas des cathares, c'est qu'on retrouve chez eux une partie du dogme et des rites du christianisme primitif.

Virginie sortit son carnet de notes et resta la main suspendue au-dessus de la page, dans l'attente d'une liste.

— Leur seul sacrement, qu'on appelle le rituel du *consolament*, rappelle le baptême des premiers chrétiens. Il se faisait par imposition des mains et ne s'administrait qu'aux adultes consentants. Les hommes et les femmes qui aspiraient à faire partie du clergé devaient poursuivre de longues études avant de pouvoir entrer dans les ordres. On ne sait pas ce qu'ils étudiaient au juste, mais on peut penser qu'ils apprenaient à interpréter les Évangiles. Ils pratiquaient la cérémonie de bénédiction du pain, un calque de la sainte cène que prisaient également les premiers chrétiens. Le catholicisme a tiré de la sainte cène le rituel de l'eucharistie où l'on affirme que le corps du Christ se trouve réellement dans l'hostie. Les cathares s'en moquaient d'ailleurs ouvertement, qualifiant la communion de superstition.

Virginie se rappelait que sa grand-mère se moquait elle aussi de la croyance, répandue dans son enfance, selon laquelle si on croquait l'hostie, elle commencerait à saigner.

— Voyez-vous, pour les cathares, Jésus n'était pas Dieu, mais le premier homme à avoir montré la voie. Ils ne vénéraient donc pas la croix, en laquelle ils ne voyaient qu'un instrument de torture. Ils étaient persuadés que tout le monde avait le potentiel pour s'éveiller, pour devenir un bon chrétien ou une bonne chrétienne. Ce n'était qu'une question de temps selon eux. D'où leur croyance en la réincarnation.

— J'ai lu en effet qu'ils croyaient en la réincarnation. Est-ce pour cette raison qu'ils montaient de leur propre chef sur le bûcher ? Parce qu'ils croyaient qu'ils reviendraient sur la terre ?

Cette question parut le scandaliser.

— C'est ce que les amateurs d'ésotérisme racontent aujourd'hui, mais pour adhérer à une telle idée, il faut n'avoir rien compris à la vision du monde des cathares. Imaginez des gens persuadés qu'ils vont aller au ciel en mourant, mais seulement s'ils ont mené une bonne vie, c'est-à-dire une vie de vrais chrétiens, et s'ils ont connu une bonne fin, c'est-à-dire qu'ils sont morts après avoir reçu le *consolament*.

— Êtes-vous en train de me dire qu'ils ne voulaient pas revenir ?

— Surtout pas ! Pour eux, ce monde-ci était gouverné par le démiurge, le mauvais dieu. Ils se croyaient donc en enfer. Ceux qui n'avaient pas suivi la vraie religion et qui n'avaient pas reçu le *consolament* avant de mourir étaient condamnés à revenir tant et aussi longtemps qu'ils ne se convertiraient pas. On peut dire que la réincarnation, pour les cathares, c'était le destin de ceux qui n'avaient pas encore réussi à élever leur âme.

— Pour les *losers*, donc.

— C'est une manière de voir les choses, oui. Mais à la fin – à la fin du monde, je veux dire –, toutes les âmes se seraient converties et auraient rejoint le bon Dieu. Dans cette optique, il n'est pas exagéré de dire que les cathares attendaient la fin du monde avec joie. Car à ce moment-là, le cycle des réincarnations serait terminé.

Les assiettes arrivèrent. Ils mangèrent quelques bouchées, puis Virginie revint à la charge.

— Je pense que je comprends pourquoi plusieurs d'entre eux sont montés sur le bûcher en chantant.

— Il est certain qu'aujourd'hui, on voit chez ces gens des martyrs. Mais mettez-vous un instant à leur place. Si vous étiez persuadée de retrouver votre dieu en mourant, comment vous comporteriez-vous ?

Virginie lui donna raison, même si cette vision du monde lui semblait tordue à l'excès. Un détail, cependant, la chicotait.

— S'ils étaient si contents que ça de mourir, pourquoi ne se suicidaient-ils pas ?

— Certains l'ont fait. On appelait la procédure l'*endura*, il s'agit d'une mort par inanition. Sauf que pour être certain de rejoindre Dieu en mourant, on devait avoir la bonne motivation. Il ne fallait pas vouloir mourir pour fuir ce monde, mais plutôt aimer tellement Dieu qu'on désirait fusionner avec lui. Mais je vous avouerai qu'il est difficile aujourd'hui de savoir dans quelle mesure l'*endura* était pratiquée.

— Et l'Inquisition dans tout ça ?

— L'Inquisition est arrivée plus tard. On a d'abord essayé d'éradiquer le catharisme par une croisade. Le pape Innocent III avait persuadé le roi de France de lever une armée pour fondre sur les villages fortifiés du Languedoc et saisir les biens des gens coupables d'hérésie. C'est ce qu'on appelle aujourd'hui la croisade contre les Albigeois. Contrairement à ce que laisse entendre son nom, il ne s'agissait pas seulement de s'attaquer à la ville d'Albi. Toute la région a été occupée, et les terres des seigneurs vaincus ont été données aux vainqueurs.

— Ça n'a pas suffi pour éliminer les cathares ?

— Non, c'est pour ça que vingt ans après le début de la croisade, le pape Grégoire IX a créé l'Inquisition. Cette dernière avait pour mission d'éradiquer les cathares, mais aussi toutes les autres formes d'hérésie. On commençait avec une dénonciation. La personne dénoncée était menée devant un tribunal, on lui posait des questions. Les membres du clergé cathare, d'habitude, ne parlaient pas. Au début du moins. Mais après une ou deux séances de torture, tout le monde répondait aux inquisiteurs. On avouait et, si on n'avait rien à dire, on inventait. N'importe quoi pour faire cesser la douleur. Mais on n'était pas quitte pour autant puisque la majorité des accusés étaient ensuite condamnés soit à la prison à perpétuité, soit au bûcher.

Virginie se rappela un passage du livre d'Emily Ann.

— Dans ces conditions, même les saints auraient été condamnés pour hérésie.

— C'est d'ailleurs ce qu'a souligné un moine franciscain, un des rares à avoir défendu des hérétiques.

— Vous parlez de Bernard Délicieux ?

Sebastian parut impressionné.

— J'ai accepté d'écrire la biographie d'Emily Ann Saxby, expliqua Virginie.

— Ah ! L'auteure de *Défendre l'hérésie au prix de sa vie*.

— Vous la connaissez ?

— J'ai son livre au bureau. Compte tenu du peu de connaissances disponibles sur les cathares dans les années 1940, on peut dire que son travail est intéressant. Surtout qu'elle met en lumière le fait que s'opposer à l'Inquisition constituait aussi une forme d'hérésie.

— C'est donc vrai ce qu'on dit, que les inquisiteurs étaient des hommes cruels et assoiffés de sang ?

Sebastian prit son temps pour répondre. Quand il le fit, ce fut avec une pointe de fatalisme dans la voix.

— Disons que c'étaient des gens motivés.

34
Andrew

Drumheller, Alberta, 3 mai

Le tyrannosaure se tenait sur ses pattes arrière, presque debout, la queue recourbée et pointue, la gueule grande ouverte, comme s'il hurlait sa colère. L'effet était saisissant, surtout que le squelette, noirci par la fossilisation et presque brillant, devait bien mesurer douze mètres de longueur. Andrew s'en approcha. Lui qui avait pénétré dans le musée en serrant les dents devait admettre que ce qu'il avait devant les yeux était d'une beauté fascinante. Ça le calma un peu.

Il passait une sale journée, c'était le moins qu'on puisse dire, mais se trouver là lui faisait prendre la mesure de l'écoulement irréversible du temps. Combien insignifiantes étaient ses petites misères sur une échelle graduée en millions d'années ! Cette journée, qui paraissait interminable, prendrait fin à la tombée de la nuit, et demain, Andrew recommencerait à neuf… ou presque.

Les problèmes avaient commencé après le déjeuner. Toute la famille s'apprêtait à partir pour Drumheller, où l'on comptait passer l'avant-midi au musée Royal Tyrrell. Andrew cherchait ses clés quand il avait entendu une voiture s'approcher puis tourner dans l'entrée. Fidèle à lui-même, il était sorti accueillir le visiteur, demandant à sa femme et à ses fils de se préparer et promettant qu'il ne serait pas long. C'était sans compter l'identité du nouveau venu. Le révérend Thompson, en effet, faisait à son collègue une visite de courtoisie, et il était évident qu'il s'attendait à être bien reçu. Pour limiter les inconvénients, Andrew allait l'inviter dans l'église quand Patsy était sortie les rejoindre, insistant pour qu'ils viennent boire un café dans la cuisine. Andrew avait été étonné par la sollicitude de sa femme. Pas qu'elle ait l'habitude de laisser les gens dehors, loin de là ! Mais n'avait-elle pas demandé expressément qu'il aménage un bureau dans l'église afin de préserver l'intimité de la famille ? Andrew et le révérend Thompson avaient quand même accepté l'invitation et étaient rentrés s'installer à table.

Inutile de dire que les garçons étaient déçus de ce revirement de situation. Parce qu'il en était conscient, Andrew avait pris sa femme à part pour lui demander d'aller quand même au musée avec leurs fils.

— Mais non, avait-elle répliqué sans la moindre impatience, on ira cet après-midi.

Frederick et Benjamin étaient retournés dans leurs chambres, et Philip, à ses travaux de menuiserie. Dans la cuisine, la conversation avait viré à la confrontation quand, moins de quinze minutes après son arrivée, Thompson avait accusé Andrew de déformer le contenu des Évangiles.

— Il n'est dit nulle part que Jésus est descendu dans le Royaume des morts, avait-il déclaré. Et qui est cet Hadès ? Où diable avez-vous pris ça ?

Andrew avait allumé son ordinateur et lui avait montré la photographie qu'il avait utilisée lors du service pascal. L'autre en avait été scandalisé.

— Mais cette scène n'apparaît nulle part dans les Évangiles !

— La résurrection physique de Jésus non plus, avait répliqué Andrew, plus calmement.

— Comment ? Prétendez-vous enseigner que Jésus n'est pas ressuscité ?

Le rouge lui était monté aux joues, et Andrew avait senti que ça n'augurait rien de bon.

— J'enseigne en effet que Jésus n'est pas ressuscité physiquement.

Thompson s'était emporté.

— Mais voyons ! La résurrection du Christ est le fondement même du christianisme ! Si Jésus n'est pas revenu d'entre les morts, quel intérêt y aurait-il à le suivre, à croire en lui ?

D'une voix toujours posée, Andrew avait répété ce qu'il avait expliqué tant de fois ces dernières années.

— Je suis d'avis que toute l'importance de Jésus tient dans son message.

Ces mots n'avaient fait que verser de l'huile sur le feu.

— Yates, vous ne trouverez pas un théologien sur la planète pour limiter l'importance de Jésus à son message !

— Vous vous trompez, et j'en connais plusieurs. C'est seulement qu'ils ne font pas partie de votre cercle d'amis.

Thompson s'était levé et avait appuyé les mains sur la table, se penchant au-dessus de son interlocuteur, comme pour l'intimider.

— Pourquoi les premiers chrétiens se seraient-ils mis à croire en la divinité de Jésus s'ils n'en avaient pas eu la preuve ?

Andrew s'était dit qu'il était trop tôt pour discuter de points de théologie aussi difficiles, mais il avait patiemment répondu. Après tout, il avait l'habitude. Non seulement il avait souvent dû expliquer sa vision des choses du temps où il vivait à Toronto, mais en prison, ses codétenus aussi l'avaient souvent interrogé à ce sujet.

— Il existe plusieurs explications historiques, avait-il dit. À commencer par le fait que Jésus n'a pas été le premier ni le seul homme à être divinisé après sa mort.

C'est à ce moment que Thompson l'avait accusé d'hérésie. Et c'est tout de suite après qu'Andrew l'avait mis à la porte.

— Pour les procès de ce genre, avait-il déclaré en le poussant à l'extérieur, j'ai déjà donné.

Après le départ de Thompson, Patsy avait fait des sandwichs pendant qu'Andrew restait assis dans son coin pour se défâcher.

Il était furieux, non seulement d'avoir eu affaire à un être borné, mais surtout parce que cette visite avait retardé leur sortie familiale. Son humeur ne s'était pas améliorée quand, après le dîner, Patsy avait déclaré qu'elle resterait à la maison pour préparer le souper.

— Khalil arrive avec toute sa famille vers 18 heures. Assure-toi que vous serez de retour.

— On le sera bien avant ! avait-il lancé en montant dans la voiture.

Les choses auraient dû aller mieux maintenant qu'il se trouvait au musée, mais ce n'était pas le cas. Il n'avait pas aperçu les premiers fossiles que déjà, il fulminait. Il avait laissé les garçons prendre de l'avance pendant qu'il étudiait comment s'articulait la visite. Il avait fait deux fois le tour de l'exposition, mais n'avait trouvé nulle part de mise en contexte des cent quarante millions d'années qu'elle couvrait. On découpait le jurassique et le crétacé en long et en large, on les présentait sous tous les angles, mais situer les dinosaures sur une échelle de temps où on pouvait les mettre en rapport avec l'avènement de l'être humain ? Nulle part. Déçu de voir tant d'indifférence pour le profane, Andrew était revenu sur ses pas et s'était planté devant le Black Beauty.

Si Patsy avait été là, elle lui aurait dit de se calmer, que ce n'était pas grave, que ce musée concernait les dinosaures et non les humains. Mais voilà ! Patsy était restée à la maison, et sans sa petite voix pour l'inciter au calme, Andrew s'indignait. Comment pouvait-on espérer rejoindre le public si on ne lui donnait pas les outils pour mesurer le temps ? Il s'était écoulé deux cents millions d'années depuis l'apparition des dinosaures et soixante millions depuis leur disparition. Les nombres étaient trop gros pour qu'un esprit normalement constitué puisse les saisir. Et que dire des enfants ! Il fallait une échelle, quelque chose de physique, de visuel, pour permettre au visiteur de constater par lui-même l'ampleur du temps écoulé jusqu'à l'apparition toute récente des humains sur la terre. Andrew pensa à un cadran qui aurait agi comme une horloge et présenté l'histoire de la terre sur vingt-quatre heures. Cela aurait permis de situer l'arrivée de l'être humain une fraction de seconde avant minuit. Oui, à cette échelle, il fallait un outil, une métaphore, n'importe quoi pour aider à visualiser la place de l'humain et celle des dinosaures dans l'histoire de notre planète. Sinon…

Sinon, le visiteur décontenancé trouvait plus facile de croire que l'être humain et les dinosaures avaient cohabité. Car à trop vouloir montrer l'insignifiance de l'être humain dans l'histoire de la terre, on encourageait la vision du monde des créationnistes. On avait beau être au XXIe siècle, des pasteurs comme le révérend Thompson affirmaient encore que la terre n'avait que six mille ans et que les dinosaures avaient disparu pendant le déluge.

Ne tenant plus en place, Andrew se rendit à l'accueil et demanda à voir le directeur du musée.

Il dut attendre quelques minutes, et c'est la directrice, Brigit O'Donnell, qui vint à sa rencontre.

— Suivez-moi ! ordonna-t-il en l'entraînant vers la salle où une immense échelle de temps découpait le jurassique.

— Où sommes-nous, là-dessus ?

Mrs. O'Donnell leva les yeux au ciel.

— Révérend, dit-elle, devinant ce qu'il était, ce musée est consacré à la science. Si vous cherchez un endroit qui se conforme à vos croyances, je vous suggère de visiter le musée Big Valley Creation Science, à moins d'une heure de voiture au nord.

— Pardon ?

S'il s'était attendu à ce qu'elle reçoive mal la critique, il n'avait pas imaginé qu'elle le prendrait pour un pasteur de la trempe de Thompson.

— Dans ce musée, vous ne trouverez pas la confirmation que la terre a six mille ans, poursuivit-elle, alors ne me faites pas perdre mon temps.

Elle s'apprêtait à s'en aller.

— Attendez ! la retint Andrew. Vous vous méprenez. Je voulais vous signaler qu'en omettant de situer l'être humain sur votre échelle de temps, vous donnez des munitions aux communautés créationnistes qui foisonnent dans la région.

Elle changea d'attitude en comprenant qu'elle n'avait pas affaire à un ennemi.

— Que voulez-vous dire ?

Sur un ton plus doux, Andrew lui décrivit à quel point il était difficile pour un esprit normal de s'imaginer une échelle de temps aux dimensions géologiques.

— Je sais que la chose paraît simple pour vous, vous l'avez étudiée à l'université pendant plusieurs années. Mais pour le commun des mortels...

Il se trouvait patient. Et il se trouvait clair. Pour ces deux raisons, il ne comprit pas sa réaction.

— Écoutez. Ici, c'est un musée consacré aux dinosaures. Pas aux êtres humains.

— Oui, mais...

— Si vous ne pouvez pas vous figurer le temps géologique, c'est votre problème.

Andrew en resta bouche bée, puis désigna l'immense ruban gradué qui englobait cent-quarante millions d'années. Il n'eut pas le temps de dire un mot.

— Écoutez, révérend. Il est impossible de situer l'apparition des humains sur une échelle de cette ampleur.

— Difficile, protesta Andrew, mais pas impossible.

Il se trouvait plein de tact, mais ce ne fut pas suffisant. Elle le laissa en plan et, sans même l'avoir salué, disparut dans la salle adjacente.

Andrew soupira. Il vivait une de ces journées ! On aurait dit qu'il rencontrait des ennemis sur tous les fronts. D'abord, ceux qui niaient la valeur de la science et exaltaient les humains, et maintenant ceux qui niaient l'importance des humains et surévaluaient celle de la science. N'y avait-il donc rien entre les deux ?

Il regarda encore une fois l'échelle, qui s'étirait de bord en bord de la pièce, mais qui se terminait soixante millions d'années trop tôt. Finalement, entre Brigit O'Donnell et le révérend Thompson, il y avait lui, le pasteur progressiste dont l'esprit pratique était capable de voir les difficultés que les autres ne voyaient pas.

Trop agité pour conduire, il demanda à Philip de prendre le volant. Ainsi libéré de sa responsabilité de chauffeur, il se laissa hypnotiser par la ligne bien droite qui traçait l'horizon, songeant qu'il n'aurait peut-être pas dû tenter de mettre la faille du musée sous le nez de la directrice. Après tout, souligner la faiblesse d'une œuvre de cette ampleur relevait de la critique inutile. Ceux qui visitaient le musée avaient-ils vraiment besoin de savoir où se situer par rapport à ces monstres d'une autre époque ?

Il se détendit et accepta ses torts. Brigit O'Donnell avait eu raison de le rabrouer. De quoi se mêlait-il ? Sans doute avait-il eu les nerfs à fleur de peau. Oui, c'était cela. La visite de Thompson l'avait irrité, et il avait ressenti le besoin de se venger sur autre chose… sur quelqu'un d'autre, peut-être aussi.

Apaisé, il demanda aux garçons ce qu'ils avaient le plus aimé de leur visite.

— Les IMMENSES squelettes de dinosaures ! lança Frederick en gesticulant.

— Le Black Beauty, dit Benjamin. J'ai trouvé qu'il avait l'air de chanter ou d'être pris d'un fou rire.

Avoir l'air de chanter ? D'être pris d'un fou rire ? Lui-même y avait vu une bête qui hurlait sa colère. Sa mauvaise humeur avait-elle teinté à ce point son appréciation du tyrannosaure ? Comme Philip ne disait toujours rien, Andrew le relança :

— Et toi ? Qu'est-ce qui t'a le plus impressionné ?

Philip toussa, mal à l'aise.

— Moi, papa, ça ne m'a pas vraiment intéressé. Je veux dire, j'ai compris qu'on parlait des dinosaures et j'ai trouvé que c'était bien fait et bien beau, mais tout ça, c'est trop loin pour moi. Et puis ça n'a rien à voir dans ma vie, au fond. Je veux dire, qu'est-ce que ça change pour nous de savoir ça ?

Du coup, Andrew révisa le jugement qu'il avait porté sur lui-même. Une meilleure échelle de temps aurait peut-être permis à son aîné de connecter avec l'exposition, de comprendre l'importance de cette période dans l'histoire de l'évolution.

Quand ils arrivèrent dans la cour, Patsy les attendait sur le perron, assise sur une chaise qu'elle avait sortie pour l'occasion.

— J'ai essayé de t'appeler tout l'après-midi.

Andrew s'excusa. Il avait éteint son téléphone en entrant dans le musée et avait oublié de le rallumer.

— Marjory Kirkpatrick a téléphoné.

En entendant ce nom, Andrew eut l'impression que le sang se retirait de son corps. Il savait déjà ce que Patsy allait lui annoncer.

— Mrs. Crawford est décédée.

35
Cécile

STS 103, Ontario, 31 mars 1943

Malgré l'extrême sérieux dont faisaient preuve les instructeurs, il régnait au camp une atmosphère bon enfant. Le soir, après la période d'études, on se retrouvait au mess où on buvait, on chantait, on se racontait des histoires. Et quand le groupe obtint un soir la permission de se rendre au seul hôtel des environs, Joe se retrouva tellement ivre qu'il se mit à raconter à qui voulait l'entendre ce qui se déroulait au camp. À leur retour, on les sermonna, et tout le groupe fut interdit de permission le samedi soir suivant.

Cécile, comme les autres, se montrait studieuse, mais prenait beaucoup de plaisir à ses apprentissages. Elle devinait cependant que les fous rires commençaient à irriter les officiers.

C'est peut-être pour s'assurer que les élèves comprennent bien la gravité de la situation qu'un matin, Milligan choisit de donner à ses cours un ton plus dramatique.

Ils étaient assis tous les sept dans le Lecture Hall. Sur le mur, on pouvait lire, comme toujours, la devise non officielle du camp: *Connais-toi toi-même. Connais ton arme. Connais ton ennemi.* Sur le tableau noir, Milligan avait écrit en lettres majuscules:

TROIS SORTES D'INTERROGATOIRES.

Suivaient, en lettres minuscules, trois catégories:

Police locale.
Police spécialisée.
Gestapo.

— Pour les besoins du cours d'aujourd'hui, nous allons imaginer que vous vous faites arrêter en territoire occupé par les Allemands.

C'était la première fois qu'un instructeur faisait ouvertement allusion à l'objectif de leur entraînement. On voulait donc en faire des bandits qu'on comptait envoyer chez les Allemands. Conscients que Milligan n'entendait pas à rire, Cécile et ses compagnons s'empressèrent de copier ce qu'il y avait au tableau.

— Tout d'abord, sachez que l'idéal, c'est de ne pas se faire arrêter. Mais si cela se produit, il importe de savoir à qui vous avez affaire.

Il y eut, comme souvent, une explosion en bordure du lac. Personne n'y prêta attention.

— Voici une chose qu'il est indispensable de retenir avant que nous abordions les types d'interrogatoires : à moins que vous vous appeliez Houdini, il est toujours plus facile d'échapper à un policier qui vient de vous arrêter que de vous évader d'une prison. Surtout des prisons administrées par les Allemands. Alors, quand vous voyez de la police, à moins d'être certains qu'il s'agit d'un contrôle de routine, filez.

Il y eut des haussements de sourcils.

— Vous voulez qu'on se sauve de la police ? Vraiment ?

Comme d'habitude, Joe doutait.

— Vous m'avez bien compris. Le policier qui vous arrête ne sait pas encore qui vous êtes ni ce que vous avez fait. S'il pense avoir affaire à un citoyen ordinaire, il ne sera pas sur ses gardes. À vous de reconnaître les occasions de fuir. Un coup bien placé, une diversion, la présence opportune d'une foule. Tant qu'on ne vous aura pas mis derrière les barreaux, vous avez une chance.

— Et si on nous enferme ?

— C'est de cela que nous allons discuter aujourd'hui.

Milligan se tourna vers le tableau.

— Alors, la police locale. Ses interventions concernent habituellement des infractions mineures. On exigera que vous vous identifiiez et que vous montriez vos papiers. On vous demandera d'où vous venez et ce que vous faites dans ce village ou dans cette ville. Les réponses à ces questions viendront plus facilement si vous êtes bien préparés. Ayez toujours à l'esprit une histoire pour justifier votre présence dans un lieu donné. Et si vous arrivez à convaincre le policier que vous dites la vérité, on vous laissera partir.

Il y eut des soupirs dans la salle, comme si la tension venait de descendre d'un cran.

— Vient ensuite la police spécialisée, poursuivit Milligan. C'est à elle que vous serez confiés si vos réponses aux questions de la police locale sont jugées insatisfaisantes, si votre histoire contient des incohérences ou si vos papiers semblent faux. Ici, on vérifiera ce que vous avez raconté auprès des gens concernés, votre logeuse, votre patron, vos clients le cas échéant. On pourra aussi vous tendre un piège en prétendant savoir des choses sur vous, des informations que vous n'avez pas divulguées. Il va sans dire que le policier qui agit de la sorte va à la pêche. À vous d'éviter d'être le poisson.

Il y eut quelques rires, mais Cécile savait qu'on riait jaune.

— Si la police spécialisée vous considère comme suspects, vous serez transférés à la Gestapo.

Il laissa passer un long moment avant de reprendre, histoire de laisser au mot *Gestapo* le temps de faire son effet.

— Sachez que la Gestapo ne se contente pas de recevoir les suspects que lui envoient les échelons inférieurs. Elle effectue ses propres arrestations. Il s'agit souvent de descentes nocturnes, de rafles aussi spectaculaires que violentes. Une fois arrêtés par la Gestapo, vous êtes dans une fâcheuse position. On utilisera tous les moyens possibles et imaginables pour vous soutirer de l'information. Le seul objectif d'un interrogatoire de la Gestapo est d'obtenir une confession. Je vous laisse imaginer votre pire cauchemar…

Cécile n'osa l'imaginer.

— … et je vous assure que cette image dans votre tête n'est rien en comparaison de ce qui vous attend. Les interrogatoires de la Gestapo peuvent durer vingt-quatre heures, mais ils peuvent aussi s'étirer sur des mois. Vous avez entendu parler des séances de torture de l'Inquisition ? Sachez que c'est de la petite bière en comparaison. Et à la fin, je suis désolé de vous le dire, vous serez soit abattus, soit conduits dans un camp de concentration.

À partir de ce moment, plus personne n'eut envie de rire.

— Si on vous relâche, ce n'est pas bon signe pour vous parce que ça signifie qu'on vous surveille, qu'on vous suit de près et qu'on vous arrêtera de nouveau dans quelques heures ou dans quelques jours. Surtout, n'essayez pas de retrouver vos complices, car c'est exactement ce qu'attend la Gestapo. Faites plutôt tout ce que vous pouvez pour disparaître. Et surtout, si vous arrivez à disparaître, restez invisibles. Ne sortez sous aucun prétexte.

Il y eut des hochements de tête. La perspective d'être relâché par la Gestapo avait quelque chose de réjouissant. En théorie, du moins.

— Avant un interrogatoire, la Gestapo aura fait un travail de recherche exhaustif et saura probablement beaucoup de choses à votre sujet. Il est possible qu'on ait interrogé un ou plusieurs de vos complices et qu'on vous dise qu'ils ont parlé. Et pour vous le prouver, on vous donnera tel ou tel détail. Comme je l'ai dit précédemment, il s'agit d'un leurre. Si la Gestapo avait toute l'information qu'il lui fallait, vous seriez déjà morts.

Ce qu'il restait d'espoir sur le visage des recrues s'évanouit d'un coup.

— De plus, il est possible que vous passiez quelques jours en prison avant l'interrogatoire. Le but de cette détention est de vous affaiblir et d'affaiblir votre moral. On vous donnera alternativement de la mauvaise puis de la bonne nourriture. On vous changera souvent de cellule, vous serez tantôt confortables, tantôt très inconfortables. On créera de temps en temps l'illusion que vous êtes libres, avant de vous remettre en isolement. Il se peut aussi qu'on vous laisse dans la même cellule que des membres de votre équipe. Sachez que si on agit de la sorte, ce n'est pas par étourderie, mais bien parce que vous êtes écoutés et étroitement surveillés. Il peut y avoir un micro dans la pièce. Un de vos compagnons peut vous avoir trahis. Alors, fermez-la !

Les crayons restèrent suspendus dans les airs. Milligan parut fier de son effet. Pour la première fois depuis le début de cette séance, il reprit sa place habituelle, assis sur son pupitre.

— Les interrogatoires de la Gestapo peuvent varier, mais en règle générale, on s'organise pour que le prisonnier ne puisse voir celui qui pose les questions. Soit son geôlier se trouve derrière lui, soit une très forte lumière l'aveugle. Il est probable que vous serez privés de nourriture, qu'on ne vous donnera pas à boire et qu'on ne vous permettra pas de dormir tant qu'on vous posera des questions. Il y aura de longs silences dont l'objectif est de vous laisser croire que l'interrogatoire achève, qu'on a obtenu de vous ce qu'on voulait. Et quand vous serez détendus, les questions reprendront avec plus de violence. Il est possible qu'on répète plusieurs fois les mêmes questions, qu'on fasse comme si on n'avait pas compris vos réponses. On vous donnera une confession à signer au moment où vous serez épuisés ou bien on vous montrera une confession signée par un complice.

Cécile se dit qu'elle pourrait très bien tenir dans ce type d'interrogatoire. Milligan perçut ce moment d'orgueil.

— Mais le moyen le plus sûr de vous faire parler reste la torture. Donc, si la Gestapo met la main sur vous, vous êtes assurés d'être torturés. N'oubliez jamais que tout le monde, peu importent sa volonté et sa force de caractère, finit par parler. La meilleure chose que vous pouvez faire, c'est de ne rien dire d'important pendant deux jours, le temps que votre équipe soit avertie et mise à l'abri.

Finalement, la seule personne qui prenait plaisir à ce cours, c'était Milligan lui-même : il semblait même se réjouir des grimaces apparues sur le visage des recrues.

— Cependant, si vous êtes arrêtés par la Gestapo, vous ne devez surtout pas croire que votre plan est à l'eau, que tout est fichu. La réputation de la Gestapo est basée sur la cruauté, pas sur l'exactitude de ses informations. Tendre des pièges, faire des suppositions, émettre des hypothèses et vérifier par la suite ce qui tient la route. Voilà son mode de fonctionnement. Rien de tout cela ne relève de la certitude, même si vos geôliers voudront vous faire croire le contraire. Comme je vous l'ai dit plus tôt, si on était déjà en possession des informations désirées, on n'aurait pas besoin de vous poser des questions. Et si vos réponses n'étaient pas indispensables, vous seriez déjà morts.

Il afficha un sourire que Cécile trouva sadique. Puis le sourire s'effaça, et il regarda ses élèves avec une bienveillance nouvelle.

— Mais attention…

Même le ton avait changé.

— … ne vous pensez pas plus forts que vos interrogateurs, vous ne l'êtes pas, croyez-moi. N'essayez même pas de les attendrir, aucun d'eux ne sera sensible à vos larmes. Et aucun d'eux – Judith, je m'adresse à toi tout spécialement – aucun d'eux ne sera impressionné par votre bravade. La Gestapo a tendance à punir sévèrement tout acte de défi. Tenez-vous-le pour dit.

Ce soir-là, comme pour leur montrer que la récréation était terminée, Cécile et Joe furent réveillés en pleine nuit et envoyés poser de faux explosifs sur la voie ferrée qui reliait Toronto à Montréal.

36
Émilienne

Paris, 8 mai 1940

Si le professeur Guérard s'était dit honoré d'accueillir Tcherniak chez lui à sa sortie du camp, il n'avait pas caché son soulagement de le voir partir au milieu du mois de janvier. Venue chercher son amant en taxi, Émilienne avait dû faire un effort pour ne pas répliquer quand elle avait entendu madame Guérard murmurer :

— Pourquoi diable ces réfugiés s'entêtent-ils à se vêtir comme des vagabonds ?

— Maman ! l'avait réprimandée Évelyne, mais madame Guérard n'en avait pas démordu.

— C'est vrai ! Il me semble qu'il nous serait plus agréable de les aider s'ils s'habillaient comme il faut.

Cet échange expliquait pourquoi, une semaine plus tard, le professeur, un peu gêné quand même, était passé chez elle afin de laisser des vêtements neufs pour Tcherniak. Émilienne l'en avait remercié, mais n'avait pas réveillé le malade pour les lui faire essayer.

Car c'est malade, en effet, que Tcherniak était revenu à Paris. Malade et épuisé. Et encore plus maigre qu'avant. Vu l'état lamentable dans lequel il se trouvait, Émilienne n'avait pas eu à insister pour qu'il prenne son lit. Il y avait d'ailleurs passé vingt-quatre heures sur vingt-quatre pendant les cinq premiers jours. À croire qu'il n'avait pas fermé l'œil depuis des mois ! Elle avait aussi fait venir un médecin, qui avait prescrit du calme, du repos et une meilleure alimentation. Une prescription qu'il n'était pas difficile de suivre, après l'infâme expérience du camp.

La fièvre avait fini par passer au bout d'une semaine. La dysenterie, au bout de deux. Comme l'avait expliqué le médecin, Tcherniak avait souffert de malnutrition, et même s'il ne se plaignait jamais, Émilienne s'était aperçue qu'il avait mal aux dents. Elle lui avait imposé un régime de soupes et, au bout de deux mois, on aurait eu de la peine à croire qu'il avait été à ce point maltraité. Les symptômes avaient disparu et rien ne l'empêchait de poursuivre la rédaction, commencée au camp, d'un roman qui avait pour toile de fond ce qui se passait actuellement en Europe.

Fidèle à lui-même, il ne parlait pas davantage de ce dernier emprisonnement qu'il n'avait parlé des précédents.

Ce matin de mai, alors qu'ils prenaient l'air au bord de la Seine, Émilienne lui demanda s'il avait tenté de s'évader. Il répondit sans hésiter :

— Pour aller où ? Quand même la France emprisonne les défenseurs de la liberté, c'est qu'il n'existe plus de refuge nulle part.

— Mais si tu avais eu un refuge, justement, aurais-tu pu t'échapper ?

Il s'aperçut qu'elle cherchait à en savoir plus sur la façon dont les choses s'étaient déroulées là-bas.

— À la fin, nous étions tous malades, la fuite n'était plus envisageable.

— Mais au début ?

— Au début, oui. Si nous l'avions voulu et même si je n'ai plus l'agilité de mes vingt ans. Sauf qu'une évasion n'aurait fait que confirmer les soupçons qui pesaient sur nous. Nous n'avions rien à nous reprocher, alors aucun de nous n'imaginait qu'on nous garderait si longtemps. On s'attendait chaque matin à ce qu'un gardien nous annonce qu'on pouvait partir. Quand il est devenu évident qu'on ne sortirait pas de sitôt, il était trop tard, nous étions tous trop affaiblis et trop malades pour tenter quoi que ce soit. Même moi. Et puis, comme je te l'ai dit, je n'avais nulle part où aller.

Sans réfléchir, Émilienne lui rappela sa proposition d'autrefois.

— Tu aurais pu aller en Amérique.

Il se raidit d'abord, puis il secoua la tête avec indulgence.

— Partir est le privilège des riches, Émilienne. Le peuple, lui, ne peut fuir.

— Ce n'est pas le peuple, justement, qu'on met en prison dès qu'on en a l'occasion.

Il lui donna raison et lui offrit un de ses rares sourires.

— C'est émouvant de voir combien tu idéalises ton pays. L'Amérique ne sait pas et ne veut pas savoir ce qui se passe réellement en Allemagne et ailleurs dans le Reich. Cet aveuglement volontaire lui permet de se draper dans sa neutralité.

Puis, comme pour éviter qu'elle prenne mal ces accusations contre sa patrie, il ajouta :

— De toute façon, je n'ai plus de passeport.

Il avait raison et elle le savait. Elle décida de ne plus aborder la question.

Le black-out se poursuivait, et le soir, chacun bouchait ses fenêtres pour que la lumière ne puisse être perçue de l'extérieur. Les hommes valides étaient toujours sous les drapeaux, mais la guerre n'avait pas encore atteint la France. Grâce à cette paix illusoire, le retour du beau temps avait ramené les gens dans les cafés.

Les réfugiés qui, comme Tcherniak, avaient réussi à prouver par des relations ou autrement qu'ils étaient antinazis avaient été libérés. La majorité d'entre eux portaient désormais l'étiquette de prestataires et avaient été envoyés à la frontière pour creuser des tranchées. Le gouvernement avait pris soin de garder dans les camps tous les étrangers jugés le moindrement suspects. Ces mesures de sécurité, que plusieurs intellectuels français jugeaient excessives, n'empêchaient pas les Parisiens de voir des agents de la Cinquième Colonne partout. Quand Émilienne et Tcherniak discutaient en revenant d'une promenade ou à bord d'un autobus, il n'était pas rare de voir des gens se retourner vers eux, l'air méfiant. Un accent allemand ne passait plus inaperçu.

Côté nourriture, les Parisiens se tiraient encore d'affaire, malgré la raréfaction de plusieurs denrées. Il n'était pas permis aux bouchers de vendre de tout tous les jours, mais Liette, la cuisinière qu'Émilienne avait embauchée pour l'aider, avait le don de dénicher des légumes frais et de la viande au noir, en plus de posséder un talent exceptionnel pour l'improvisation. Tcherniak, qui avait souffert de la faim à en tomber malade, mangeait désormais tous les jours comme si chaque repas était son dernier.

À cause de la guerre, on tolérait entre voisins des choses qu'on n'aurait pas acceptées en temps de paix, dont la présence d'un homme dans l'appartement de mademoiselle Saxby. Et puis Paris était Paris, tout le monde ici en avait vu d'autres ! Cette cohabitation, nécessaire vu l'état de Tcherniak, avait par ailleurs ses avantages – dont la stimulation intellectuelle n'était pas le plus négligeable. Le livre d'Émilienne avançait à une vitesse étonnante. Elle s'était procuré une dactylo sur laquelle elle copiait les paragraphes rédigés à la main dans un grand cahier.

Ils ne parlaient jamais de Camélia, et Émilienne n'osait plus aborder le sujet. Rien ne filtrait de ce qui se passait dans les pays conquis par Hitler. Tcherniak avait-il accepté l'idée que sa femme avait probablement été euthanasiée avec les autres malades ? Certains jours, Émilienne pensait que oui. Mais d'autres fois, quand il fumait en silence, le regard dans le vide comme s'il pouvait voir au-delà des murs et par-dessus la ville jusque dans son Autriche natale, un voile tombait sur son visage. Dans ces moments-là, elle ne disait rien, mais lui versait à boire, s'assoyait près de lui, et dans un geste de soutien qu'elle savait inutile, elle lui prenait la main. Elle avait compris que, pour un homme comme lui, ne rien savoir, douter et spéculer était pire que d'affronter la réalité, aussi cruelle soit-elle.

En attendant une nouvelle qui ne venait pas, ils vivaient leur amour avec intensité et trouvaient à la vie une saveur particulière. Ils profitaient de leur bonheur au maximum et comptaient écrire tant que la situation le leur permettrait. La guerre allait finir par atteindre Paris, personne n'en doutait. Et Tcherniak, soucieux, réfléchissait à une manière de mettre son manuscrit en sécurité le moment venu. Il aurait été inutile, et peut-être même dangereux, de le confier à un éditeur, car il ne se publiait presque plus rien en France.

Un soir, devant une bouteille de champagne, Émilienne proposa d'envoyer son propre texte et celui de Tcherniak à sa famille aux États-Unis.

— Aussi bien profiter du courrier qui circule encore. Et puis notre travail y sera à l'abri advenant que la ville soit bombardée ou notre édifice incendié. Une fois tout ça terminé – on dit partout que ça ne durera pas –, ma mère n'aura qu'à nous les retourner par la poste.

Comme bon nombre de Parisiens, elle parlait avec optimisme de la fin du conflit. Il ne la contredisait jamais, mais elle savait qu'il n'y croyait pas.

Ils n'eurent pas le temps d'envoyer les manuscrits en Amérique. Le lendemain, les journaux annonçaient en grosses lettres que l'Allemagne avait envahi la Hollande et attaqué la Belgique et le Luxembourg. L'aéroport de Lyon avait été bombardé. La guerre, la vraie, venait de commencer.

37
Virginie

Brookbury, Québec, 13 mai

Depuis dix jours, Virginie écrivait. Elle avait rédigé les chapitres racontant les événements dont elle était certaine. La naissance d'Emily Ann, le 1er juillet 1908, et sa jeunesse à New York dans une famille de la haute société. Célibataire à 25 ans, son héroïne avait quitté les États-Unis pour s'installer à Paris en août 1933. Elle allait y étudier l'histoire et obtenir en six ans une licence et un diplôme d'études supérieures. Elle s'était d'abord intéressée aux cathares puis à Bernard Délicieux.

Les chiens aboyèrent, et Virginie, avertie de l'arrivée imminente d'un visiteur, abandonna son ordinateur. L'instant d'après, Régis sonnait à sa porte.

— J'ai pris une chance, dit-il en lui déposant dans les mains une enveloppe rigide.

Elle le fit entrer et, quand il eut caressé les chiens, elle lui offrit un café et lui servit un morceau de gâteau aux carottes. Il était 14 heures.

Pendant que le café infusait, elle ouvrit l'enveloppe.

— *La fin d'un monde*, lut-elle, émerveillée. Tu tombes pile ! Non seulement je manquais de lecture, mais j'ai besoin d'indices sur la relation d'Emily Ann Saxby avec Tudorel Tcherniak.

— C'est facile, railla Régis. Ils étaient amants, et elle lui obéissait au doigt et à l'œil, le chanceux !

— Arrête de faire le macho. Tu sais bien que tu me trouverais ennuyeuse si j'étais une fille facile.

— C'est vrai.

— De toute façon, je ne crois pas à la thèse de Norman concernant cette histoire de Résistance communiste et de mission au SOE. Emily Ann semble avoir été beaucoup trop indépendante pour ça. Et puis, Tcherniak était marié.

— Je ne vois pas ce que ça change.

— Mais ça change tout. Peu importe ce qu'il lui demandait, il ne pouvait pas lui promettre le mariage en échange. Et si, aujourd'hui, le mariage nous semble accessoire, il ne l'était pas en 1940. Un enfant illégitime n'était souhaitable nulle part sur la planète. En France pas plus qu'ailleurs.

— Et tu en tires quelles conclusions ?

— Je me dis que leur relation était différente, qu'elle n'impliquait pas la promesse d'un futur commun.

Régis s'esclaffa.

— Si tu veux mon avis, pendant la guerre, alors que les hommes mouraient par milliers tous les jours, personne ne devait se soucier de cette idée d'un futur commun. Je crois plutôt qu'ils vivaient ça au jour le jour, en remerciant le ciel de leur permettre de se réveiller ensemble tous les matins.

Virginie lui donna raison, puis elle lui résuma ce qu'elle avait découvert.

— C'est fragmentaire, mais je pense que je peux broder quelque chose avec ça.

À partir de 1939, la vie d'Emily Ann devenait incroyablement floue. Ses lettres parlaient de la guerre qu'on sentait imminente, mais ne disaient rien de sa vie privée. Elle mentionnait Tudorel Tcherniak pour la première fois dans une lettre datée du 2 juin. Plus tard, elle disait qu'il avait été emprisonné, puis relâché au début de 1940. Les lettres suivantes avaient été écrites à Marseille, mais elles parlaient de la pluie et du beau temps. Le seul indice intéressant concernait le logement. Elle avait d'abord vécu à l'Hôtel Suisse, puis à la villa Air-Bel, une maison de campagne située à trente minutes de tramway du centre de Marseille. Tcherniak devait toujours être avec elle, mais Virginie ne savait que penser des cinq lettres où Emily Ann n'en disait pas un mot.

— Ils s'étaient peut-être querellés, suggéra Régis.

— Peut-être... Je t'avoue que je n'avais pas pensé à cette éventualité. Merci.

— De rien. Si tu m'invites à souper, je pourrais te donner d'autres idées.

Elle l'étudia avec suspicion.

— Tu t'en vas à Odanak?

— *Nope!*

— Donc, tu prévoyais rentrer à Oka ce soir.

— Pas si je peux l'éviter.

Elle le toisa, hésitant quant au prochain geste à faire. Il se jeta à l'eau.

— Écoute, Virginie. Je m'ennuyais de toi, alors je suis venu te porter ton livre en espérant que tu me laisserais passer la nuit ici. Je te promets de ne pas me plaindre de tes silences et je prendrai la chambre d'ami si tu ne veux pas de moi dans ton lit.

Elle fronça les sourcils, peu habituée à tant de franchise.

— Je m'ennuie aussi, dit-elle enfin.

Se rappelant ce qu'elle avait prévu pour le souper, elle ouvrit le frigo.

— J'espère que tu n'as pas trop faim. J'ai juste de quoi faire de la soupe.

— Est-ce que ta bonbonne de propane est pleine?

— Je ne le sais pas. Au pire, j'en ai une deuxième dans le garage.

Régis se frotta les mains.

— Tant mieux! Je suis passé chez un de mes cousins en montant et il m'a donné deux steaks d'orignal. Ils sont encore congelés, mais si on les met dans de l'eau froide, ils devraient être parfaits pour le souper.

— Tu sais, Régis, je n'ai jamais cuisiné d'orignal.

— Je m'en occupe !

Sans perdre une seconde, il retourna à sa voiture et en revint avec une glacière et un petit sac de sport.

— Voilà ! dit-il en vidant la glacière sur la table. J'ai tout ce qu'il faut pour faire une salade et des pommes de terre « en robe de chambre », comme vous dites par ici. Et j'ai même ramassé deux croissants aux amandes dans une boulangerie de Sherbrooke.

— Tu as traversé Sherbrooke ?

— Oui. J'ai un client sur la rue King, alors j'ai fait d'une pierre deux coups. Il était de toute façon bien content de la livraison spéciale.

Virginie ne croyait pas une seconde à cette histoire de client à Sherbrooke, mais elle appréciait la délicate attention. Elle rangea ce qui allait au frigo, mit la viande à dégeler dans l'évier et leur servit un verre de vin.

Puis, après avoir invité Régis au salon, elle reprit son récit.

— D'après les notes que m'a laissées Norman, Emily Ann serait revenue en Amérique en 1941. Elle se serait tout de suite rendue dans le nord de l'État de New York, où la famille possédait une résidence secondaire. Elle aurait prétendu y séjourner tout l'hiver, alors qu'en réalité, elle aurait traversé la frontière pour une formation d'agent secret au Camp X, sur le bord du lac Ontario, à une cinquantaine de kilomètres de Toronto.

— Quand est-ce que tu dis qu'elle aurait été au Camp X ?

— Selon Norman, quelque part entre le début de l'automne 1941 et la fin de l'hiver 1942. Elle serait revenue à New York à l'automne et en serait repartie en janvier 1943. Après ça, ses lettres ne disent absolument rien de ses occupations et ne mentionnent pas non plus l'endroit où elle se trouve. La nouvelle de son décès est arrivée au début de 1945, grâce aux recherches effectuées par Vera Atkins, une des responsables du SOE, qui a colligé le récit de l'exécution de plusieurs agents du

SOE par les nazis. Ce sont des témoignages de survivants des camps de concentration, et ils constituent les seules sources dont on dispose parce que les Allemands ne tenaient pas de registre pour ce genre d'opérations. On comprend pourquoi. Ils devaient être plus discrets encore quand ça concernait les agents du SOE parce qu'ils les considéraient comme des espions.

Là-dessus, Norman avait fait un travail extraordinaire. Il avait lu le rapport que Vera Atkins avait consacré à sa grand-tante. C'est ainsi qu'il savait qu'Emily Ann Saxby avait été arrêtée par la Gestapo à Montségur en décembre 1943, après que la filière d'évasion qu'elle avait mise sur pied eut été infiltrée. Cette filière partait de Paris, descendait vers le sud et traversait les Pyrénées jusqu'en Espagne. Elle était constituée d'une suite de maisons sûres où on hébergeait d'étape en étape des agents et des pilotes alliés qui devaient retourner en Angleterre.

— Norman a recoupé ces informations avec le compte rendu d'Odette Samson, une agente du SOE et une des rares à avoir survécu à sa mission en France. Selon elle, le 12 mai 1944, neuf femmes – dont elle-même – ont été transférées de la prison de Fresnes aux bureaux des services de sécurité allemands du 84 de l'avenue Foch, à Paris. Emily Ann était du lot. Norman a donc conclu qu'elle avait été incarcérée à la prison de Fresnes depuis sa capture en décembre, mais il ne sait rien du traitement qu'on lui aurait réservé en prison. Et c'est tant mieux, si tu veux mon avis. On imagine tous ce que faisaient les nazis avec les prisonniers.

La suite, on la connaissait par le récit qu'en avait rapporté Odette Samson. Cette dernière avait eu la vie sauve parce que, au cours d'un interrogatoire, elle avait affirmé qu'elle était la bru de Churchill. Or, si son fiancé portait bel et bien le patronyme Churchill, il n'était pas du tout parent avec le premier ministre britannique.

— Mais cela, les Allemands ne le savaient pas. Et je suppose qu'à sa place, je me serais essayée, moi aussi.

— C'est drôle, je t'imagine bien en agent secret. La femme fatale…

Virginie lui tira la langue, mais ne se laissa pas distraire.

Dans son compte rendu, Odette Samson racontait que, le 12 mai 1944, après avoir été enfermées dans une petite pièce, ses huit consœurs et elle avaient demandé du thé. On le leur avait servi. Odette Samson décrivait ensuite comment, en fin de journée, on les avait conduites en autobus à la gare de l'Est en menaçant de les abattre si elles attiraient l'attention. De Paris, le train les avait menées à la prison de Karlsruhe, en Allemagne, où elles avaient été détenues huit semaines.

— À partir de là, expliqua Virginie, on doit se fier au récit qu'en a fait un témoin de la prison qui, le 6 juillet 1944, a vu un groupe de cinq ou six femmes monter dans un camion qui a ensuite pris la direction de la gare. Deux autres témoins affirment qu'elles sont arrivées au camp de concentration de Natzweiler-Struthof, en Alsace, le même jour. Ces deux témoins ne les connaissaient pas, ils ne pouvaient que les décrire de mémoire. Ils sont toutefois catégoriques quant au sort qu'on leur a réservé : à leur arrivée, un médecin a donné une injection de phénol à chacune des femmes en prétendant qu'il s'agissait d'un vaccin contre le typhus.

Régis toussa, mal à l'aise.

— J'imaginais qu'on leur avait mis une balle dans la tête. Ou bien qu'on les avait mitraillées.

Virginie grimaça, aussi troublée que lui.

— Moi aussi. D'une certaine manière, ça m'aurait semblé plus humain.

38
Andrew

Denyse, Alberta, 13 mai

L'église était pleine à craquer, au point qu'il avait fallu rapporter les chaises de la cuisine et envoyer Gerinne en chercher un lot supplémentaire au village. Les gens s'entassaient dans tous les coins, même sur le sofa du bureau dont on avait laissé la porte ouverte pour faire de la place au plus grand nombre. À cette heure, les rayons du soleil dessinaient dans l'embrasure des diagonales de lumière, chargées de poussière et de pollen, qui n'étaient pas sans rappeler à Andrew les vitraux de son ancienne église. Ici, toutefois, la décoration était l'œuvre de la nature.

L'urne de porcelaine reposait sur une table recouverte de dentelle. Elle contenait les cendres de celle qui avait été, ces vingt dernières années, la doyenne de la région. Andrew avait accepté de s'occuper des funérailles et d'agir comme liquidateur parce que Mrs. Crawford n'avait aucune famille connue et que tous ses amis étaient morts depuis longtemps. Elle ne possédait rien, de toute façon, à part une boîte d'effets personnels que Marjory Kirkpatrick et sa fille avaient remplie en vidant sa chambre. Andrew y avait jeté un œil à la recherche de noms et de coordonnées de proches ou de connaissances. N'en trouvant pas, il l'avait déposée dans un coin de la cuisine en se promettant d'en examiner le contenu de plus près quand il aurait un peu de temps devant lui.

Il avait été étonné d'apprendre que les chiennes Jessie et Bess n'appartenaient pas à la propriétaire de l'hôtel, comme il l'avait cru, mais bien à Mrs. Crawford elle-même. Il avait donc rapporté de Patricia une boîte, deux chiennes, deux lits, un gros sac de nourriture, des bols en inox et un scénario destiné à convaincre Patsy d'accueillir les nouvelles venues. Précaution inutile. Dès qu'elle l'avait vu ouvrir la portière, sa femme avait compris et appelé Frederick et Benjamin pour leur confier la responsabilité des nouveaux membres de la famille.

En ce moment, les chiennes étaient couchées au pied de la table qui supportait l'urne et ne bougeaient pas d'un poil. Peut-être avaient-elles reconnu l'odeur de leur maîtresse quand Andrew leur avait fait sentir les cendres. Peu importe, elles étaient tranquilles, comme elles l'avaient toujours été à l'hôtel, et personne n'en faisait de cas.

Andrew vit entrer Brigit O'Donnell. La directrice du musée Royal Tyrrell lui adressa un sourire triste. C'est elle qui lui avait téléphoné, quelques jours après la publication de l'avis de décès, pour lui faire part de la contribution de Mrs. Crawford, d'abord à l'Université de l'Alberta, puis au musée.

— Au fil des ans, elle nous a offert plus de deux cents fossiles, avait-elle précisé. Et je ne crois pas me tromper en affirmant que nous lui devons plusieurs de nos plus belles pièces.

Avant de raccrocher, elle lui avait demandé d'inclure, si possible, cette information dans son éloge funèbre.

Comme personne ne s'était porté volontaire pour écrire l'éloge en question, il avait été entendu que le pasteur s'en occuperait. Pour ce faire, Andrew avait posé des questions et découvert que, même si tout le monde connaissait Mrs. Crawford, personne, au fond, ne savait rien d'elle. Mrs. Gauthier, dont la sœur aînée, décédée depuis trente ans, avait été l'amie de Mrs. Crawford dans sa jeunesse, prétendait que la vieille dame était francophone. Une affirmation qu'Andrew n'était pas en mesure de confirmer même après avoir interrogé à peu près tout le monde au village et dans les environs. Il avait poussé l'enquête jusqu'à Drumheller, sans davantage de succès. Ses heures de recherche sur Internet et ses multiples coups de fil s'étaient avérés tout aussi vains. Impossible de lui trouver de la parenté ni sous le nom de son mari ni sous son nom de jeune fille, Cécile Maltais. Pas même à Edmonton où, pourtant, Andrew avait interrogé d'autres Maltais.

Les registres lui avaient néanmoins permis de savoir qu'il y avait eu un Mr. Crawford, qu'il se prénommait Malcolm, qu'il était mort dans un accident de la route en 1948 et que sa veuve ne s'était jamais remariée. Andrew en avait conclu que Mrs. Crawford avait dû beaucoup aimer son mari pour lui être restée fidèle le reste de ses jours.

Le couple n'avait pas eu d'enfant. Et tous les membres de la belle-famille étaient morts, le dernier décès datait de trente-cinq ans. Là non plus, il n'y avait pas de descendance.

— La dernière conversation que j'ai eue avec Mrs. Crawford, commença Andrew quand tout le monde fut installé, portait sur le chaos et la destruction par opposition à l'ordre divin. Elle m'a confié avoir cessé de croire en Dieu pendant la guerre. J'imagine qu'elle voulait que je la rassure, que je lui dise qu'il y avait une vie après la mort, que la vie éternelle l'attendait de l'autre côté. Si j'ai un regret, c'est de ne pas avoir abordé cette question avec elle. Comme souvent, j'ai pensé que j'avais tout mon temps, je me disais qu'on en parlerait à ma prochaine visite, que je l'aiderais à soulager sa conscience. Mais il n'y a pas eu de prochaine visite. Nous n'avons jamais vraiment terminé notre discussion. Et je me présente devant vous aujourd'hui avec beaucoup de chagrin. J'ai échoué à voir l'urgence de son questionnement, parce que je nous croyais immortels.

Il reconnut sur les visages un regret similaire. La vieille dame avait défié les statistiques, mais il y avait eu un prix à payer pour une telle longévité : la solitude. Peut-être avait-on eu peur de la déranger ? De la fatiguer ? C'était peut-être aussi l'effet de son grand âge. Qui s'intéressait aux souvenirs d'une femme née un siècle plus tôt ? Qui aurait compris la vision du monde de celle qui avait traversé autant d'époques et avait vu disparaître autant de générations ? Personne ne s'était senti proche d'elle. Ou peut-être qu'elle-même avait demandé qu'on la laisse en paix…

Marjory Kirkpatrick avait eu raison quand elle avait déclaré, le soir du décès, que sa pensionnaire avait été seule au monde.

— Mrs. Crawford n'a pas mené une vie irréprochable. Si on pense à son extrême longévité, on lui pardonnera d'autant plus ses moments d'égarement. Qui de toute façon peut se vanter de mener un parcours sans faille ? Nous ne sommes pas ici pour tracer une ligne bien droite. Nous sommes ici pour vivre, pour participer à ce monde, pour expérimenter afin de mieux nous connaître et de mieux connaître notre prochain, notre milieu de vie, notre société, notre planète, notre univers. Même les plus grands scientifiques font des erreurs en expérimentant. C'est le secret du succès de tous les champions, de tous les héros, de tous les grands cerveaux. L'erreur est la plus grande source d'apprentissage. Mais par-dessus tout, l'erreur est humaine, et celui qui sait reconnaître ses erreurs fait preuve d'une grande humanité.

Il parlait de lui-même, mais il savait que chacun se retrouvait dans ce discours.

— Qui sait ce que Dieu pense de nos actions ? Qui sait s'il pense tout court ? Qui peut se targuer d'être en contact avec lui et de connaître ses opinions ? Personne. La seule chose que nous savons d'instinct, c'est qu'un geste fait par amour ou pour le bien d'autrui ne peut être mauvais. Nous le savons parce qu'au moment de faire un tel geste, nous sentons monter en nous-mêmes une joie indicible, une émotion qui ne surgit que lorsque nous prenons soin les uns des autres. C'est là notre seul contact avec le divin.

En prononçant ces mots, Andrew regarda le révérend Thompson droit dans les yeux. Ce dernier hocha la tête, l'air de dire qu'il acceptait ce discours, car ce n'était ni le moment ni l'endroit pour discuter de théologie. Il ne semblait pas inquiet de voir que ses paroissiens écoutaient avec intérêt. Peut-être se voyait-il déjà, dimanche prochain, réparer les pots cassés.

— Mrs. Crawford, vous avez laissé dans votre sillage des milliers de souvenirs, de sourires, de conversations et, je l'ai appris dernièrement, toute une collection de fossiles. Cette contribution a fait avancer nos connaissances de l'histoire de l'Alberta et de la terre. Nous ne vous en serons jamais assez reconnaissants.

À ce moment, Patsy leva sa flûte et entama *Women of Ireland*, qu'elle avait répété ces trois derniers jours. Andrew aimait particulièrement cette pièce et lui avait demandé de l'apprendre pour la jouer lors de funérailles, quand la famille ne savait quelle musique choisir. L'occasion ne s'était jamais présentée… avant aujourd'hui, ce qui n'avait pas empêché Patsy de la fignoler pour offrir ce matin une version toute personnelle. Andrew sentit des larmes lui piquer les yeux. Il remarqua les mouchoirs qu'on sortait ici d'une poche, là d'un sac à main. Des gens reniflaient discrètement. Il fit un signe à Philip. Le garçon se rendit dans le bureau et en revint avec une boîte de mouchoirs qu'il fit passer.

Quand la musique s'arrêta, Andrew reprit la parole, mais sa voix était enrouée par l'émotion. Les larmes et les reniflements redoublèrent.

— Mrs. Crawford, les hoodoos des badlands ne répéteront plus l'écho de votre rire. Le vent effacera la trace de vos pas dans les sédiments. Mais votre nom, lui, restera à jamais gravé dans les souvenirs attachés aux pierres.

39
Cécile

Toronto, Ontario, 14 avril 1943

Comme on ne permettait jamais aux voitures de l'extérieur de pénétrer dans les limites du camp, il fallait envoyer un véhicule avec chauffeur si on devait conduire quelqu'un en ville ou ramener des visiteurs. Pour la deuxième fois en un mois, c'était au tour de Cécile de faire la course. La neige avait fondu, et de part et d'autre de la route s'étendaient des champs de boue. Elle conduisait comme on le lui avait appris : sans dire un mot et en jetant de fréquents coups d'œil dans les rétroviseurs. La route suivait la rive du lac Ontario. De si bonne heure, on ne voyait personne, ni à pied ni en voiture, mais Cécile, qui venait de subir un entraînement aussi intensif qu'efficace, imagina d'emblée le pire. Il se trouvait peut-être un espion allemand ou un membre de la Cinquième Colonne pour surveiller les allées et venues du camp. Ces images la forçaient à faire preuve de vigilance.

Ils roulaient depuis une vingtaine de minutes quand son passager, le commandant Fleming, prit la parole pour la première fois.

— Il paraît que vous avez réussi là où j'ai échoué.

Cécile leva les yeux vers le rétroviseur.

— Pardon ?

— Vous êtes Judith, n'est-ce pas ?

Elle hocha la tête en ramenant son attention sur la route. On lui avait appris à se méfier des gens qui lui posaient des questions sur son identité.

— N'avez-vous pas subi votre examen hier soir ?

Elle serra les dents, car le souvenir venait de s'imposer à son esprit avec violence. La veille, on lui avait fait subir la pire épreuve de sa vie.

Milligan était venu la réveiller un peu après minuit. Il lui avait ordonné de s'habiller et de le retrouver au mess des officiers. Dix minutes plus tard, tandis qu'elle était encore à moitié endormie, il lui avait remis un pistolet chargé.

— Dans l'une des chambres à l'étage de la maison Sinclair se trouve un espion allemand capturé par les alliés. C'est un homme extrêmement dangereux, mais, à l'heure qu'il est, il doit dormir. Je veux que vous m'en débarrassiez.

Cécile avait tressailli et failli laisser tomber le revolver.

— Vous voulez que je le tue ?

— Si vous en êtes capable, oui.

Ces derniers mots avaient fini de l'éveiller. Elle avait retiré le chargeur, vérifié le nombre de balles qu'il contenait, avant de regarder Milligan dans les yeux.

— Il s'agit d'une simulation ?

Il avait secoué la tête.

— Il s'agit de votre examen final. Soit vous y allez, soit vous échouez.

Sans répliquer, elle était retournée à sa chambre, avait enfilé son manteau et était sortie dans la nuit. Quelque chose en elle l'empêchait de réfléchir et, du coup, d'avoir peur. C'était comme un blocage, qui lui permettait d'agir exactement comme on le lui avait enseigné, sans culpabilité, sans non plus de sensibilité.

Le pacifisme ne suffisait plus, se répétait-elle. La liberté devait être défendue.

Elle avait contourné la maison Sinclair pour éviter qu'on l'aperçoive de la fenêtre.

« Le chemin le plus direct est rarement le plus sûr », avait enseigné Wallace, et Cécile avait pris beaucoup de notes pendant les cours de Wallace.

Elle avait atteint la porte arrière, avait parcouru le rez-de-chaussée pour s'assurer qu'il était désert et s'était engagée dans l'escalier, posant les pieds aux extrémités des marches pour éviter de faire craquer le bois. À l'étage, une fenêtre laissait voir un premier quartier de lune, une lumière suffisante pour compter trois portes.

Les doigts raidis, presque gelés, Cécile avait senti le pistolet trembler dans sa main. Elle l'avait serré plus fort. Sa respiration était courte, ses pas, furtifs, et son corps, tendu comme un ressort. Elle avait inspecté la première chambre, puis la deuxième, à l'affût du moindre bruit, du moindre mouvement dans l'obscurité, mais il n'y avait personne. En poussant la porte de la dernière chambre, elle avait vu immédiatement la silhouette au fond, à droite. Son bras s'était tendu de lui-même tant le réflexe était acquis, mais une fraction de seconde plus tard, une main s'était abattue sur sa bouche. L'instant d'après, on lui arrachait son arme et on lui écrasait la gorge. Elle n'avait pas eu le temps de paniquer que déjà, la lumière fusait et Wallace la relâchait. Sans donner d'explication, il lui avait ordonné d'aller dormir, mais avant de sortir, Cécile avait eu le temps de comprendre sa méprise : au fond de la pièce, un miroir reflétait leurs deux silhouettes. Le piège était puéril. Elle en avait ressenti une telle humiliation qu'elle s'était juré que plus jamais on ne l'y prendrait.

Il va sans dire qu'elle n'avait pas dormi, furieuse contre elle-même. Il était toutefois trop tard pour les regrets, ce que lui avait d'ailleurs confirmé Milligan ce matin. Après l'avoir informée qu'il l'envoyait faire la course en ville, il lui avait annoncé qu'elle n'avait pas réussi le cours.

— Préparez vos bagages, vous prendrez le train pour Edmonton en fin de journée.

Cécile quitta la route des yeux pour étudier brièvement son passager. Le commandant Fleming avait la jeune trentaine. Il était svelte, élégant, et elle le jugea plus fort et plus expérimenté qu'elle-même. Comment avait-il pu échouer ?

— Quand a eu lieu votre examen, commandant ?

— Juste avant le vôtre. Mais il s'est terminé assez vite puisque je n'ai pas réussi à monter l'escalier.

— Vous avez eu peur ?

— Peur ?

Il rit.

— Non, je n'ai pas eu peur. Enfin, un peu, oui. Mais c'est surtout que je n'ai pas réussi à me convaincre que je pouvais tuer de sang-froid.

Ces mots bouleversèrent Cécile. Un mois plus tôt, elle non plus n'aurait pas été capable d'un tel geste. Que s'était-il donc passé en elle pendant ces quatre semaines ?

Ils roulèrent encore un moment. Les maisons devinrent plus nombreuses. Ils venaient de pénétrer dans Toronto. Cécile désigna l'immense bâtiment, droit devant.

— Nous arrivons à la gare. Je vous dépose à l'entrée ou bien préférez-vous que je vous accompagne ?

— Arrêtez-vous devant la porte, ça ira.

Une fois stationnée, Cécile descendit de voiture et jeta un œil aux alentours, à la recherche d'éléments suspects. Ne voyant rien d'inhabituel, elle ouvrit la portière du commandant.

— Vous avez beaucoup de talent, déclara-t-il quand Cécile lui tendit sa valise. Ne laissez personne vous convaincre du contraire.

Il lui souhaita bonne chance et s'en alla sans rien ajouter. Cécile retourna derrière le volant et reprit la direction du camp.

*

Elle se tenait debout devant la porte du mess des officiers. On lui avait dit que Milligan s'y trouvait, mais elle réalisait tout à coup qu'il n'était pas seul. Elle avait reconnu la voix de Wallace, celle de Keath, mais il y avait deux autres hommes avec eux. Tant d'officiers l'intimidaient, et elle hésita à les déranger. Mais si elle voulait interroger Milligan au sujet de son examen avant son départ pour Edmonton, c'était maintenant ou jamais. Elle leva le bras et frappa discrètement.

— Entrez !

Elle poussa la porte et se retrouva au milieu d'un nuage de fumée. Dans un coin du mess, les cinq officiers s'étaient levés. Elle s'approcha et reconnut parmi eux Thomas Clark. La surprise devait se lire sur son visage, car il lui offrit un sourire discret.

— Judith, commença Milligan, vous connaissez déjà le colonel Clark. Voici le colonel Jackson. Que pouvons-nous faire pour vous ?

— Je voudrais vous poser une question. En privé.

— En privé ? Mais c'est inutile puisque ces messieurs connaissent votre dossier aussi bien que moi.

Cécile hésita de nouveau, cherchant comment ne pas aborder la chose de front. Puis, jugeant que les détours seraient inutiles, elle déclara :

— Vous m'avez annoncé ce matin que j'avais échoué, mais pendant le trajet jusqu'en ville, le commandant Fleming m'a dit le contraire.

Milligan l'invita à s'asseoir, lui fit servir un whisky et, pour la première fois depuis qu'elle était au camp, s'adressa à elle comme à une égale.

— Le colonel Clark nous a dit que vous lisiez les journaux.

— Avant d'arriver ici, oui.

— Donc, vous savez probablement que les Allemands occupent le sud de la France depuis novembre dernier.

— Je suis au courant.

— Ce que vous ignorez, comme presque tout le monde d'ailleurs en Amérique, c'est que depuis la mi-février, une loi impose le service de travail obligatoire pour les hommes valides et en âge de travailler. Il s'agit d'une mesure pour les empêcher de rejoindre la Résistance.

— C'est quoi, ce service de travail obligatoire ?

— Les Français l'appellent STO. Les hommes sont mis dans des trains et envoyés en Allemagne pour remplacer les ouvriers dans les usines.

— Et où vont les ouvriers allemands ?

— Ils sont incorporés dans l'armée.

— En quoi ça me concerne ? Vous voulez que j'aille faire sauter ces usines ?

Elle crânait, mais Milligan était sérieux.

— Il est devenu très difficile pour un homme de passer inaperçu en France. Pour une femme, en revanche…

Le regard de Cécile s'éclaircit.

— Vous voulez faire de moi une espionne ?

— Pas une espionne. Disons plutôt… un agent perturbateur. L'entraînement que vous avez subi ici n'est que la première étape d'un cheminement pour former des agents qui seront parachutés en France pour faire, entre autres, du sabotage.

— Des agents saboteurs ! Pourquoi ne pas l'avoir dit plus tôt ? !

— Pour éviter que les candidats recalés ne répandent la nouvelle.

Cécile émit un petit rire sarcastique.

— Si vous aviez entendu ce qu'on disait dans mon groupe, vous auriez assurément préféré que l'on connaisse la vérité.

Wallace intervint.

— Nous sommes au courant de ce que vous vous racontiez entre vous. Si nous avons laissé courir la rumeur concernant l'école de bandits, c'est parce que cela faisait notre affaire.

Cécile accusa le coup, mais sentit que quelque chose clochait dans cette histoire.

— Ces explications ne me disent pas si j'ai réussi l'examen.

Thomas Clark choisit ce moment pour intervenir.

— C'est justement ce qui trouble le major Milligan, Judith. Nous ne nous entendons pas sur votre sort. D'un côté, il y a ceux qui refusent de mettre votre vie en péril.

— Et de l'autre ?

— De l'autre, il y a ceux qui, comme moi, pensent que vous feriez un très bon agent.

Pendant quelques secondes, on n'entendit que le tic-tac de l'horloge grand-père qui trônait dans un coin. Puis Wallace prit la parole.

— Vous êtes une des élèves les plus douées que j'aie eues, dit-il avec une admiration que Cécile jugea sincère. Cependant…

Elle haussa les sourcils. Le colonel Jackson intervint.

— Vous avez beaucoup de talents, nous en convenons, mais ces talents ne suffiront pas à vous sortir du pétrin.

— Que voulez-vous dire ?

C'est Thomas Clark qui lui répondit.

— Ces messieurs pensent que vous n'êtes pas assez jolie pour séduire un geôlier allemand.

Cécile serra les dents, mais répliqua sur un ton acerbe.

— Cherchez-vous un agent qui attire l'attention ou un agent qui passe inaperçu ?

Les cinq hommes échangèrent des regards entendus.

Le colonel Jackson s'adressa à elle en français.

— Une fois parachutée en France, Judith, vous serez laissée à vous-même pendant des semaines, peut-être des mois.

— Je suis quelqu'un de solitaire. Je chasse, je vais à la pêche et je cherche des fossiles toute seule depuis l'âge de dix ans. Et je suis probablement capable aussi de mettre le feu toute seule.

Il y eut des rires. Thomas Clark renchérit, dans un mauvais français :

— Je vous dire avant, messieurs, elle être parfaite pour le mission.

Cécile ne put s'empêcher de commenter.

— Je comprends pourquoi ce n'est pas vous qu'on veut envoyer en France, colonel.

Cette fois, le colonel Jackson esquissa un sourire.

— C'est bon, dit-il, revenant à l'anglais. Vous partez demain matin pour Halifax et, de là, vous vous embarquerez pour l'Angleterre. Il sera toujours temps pour un autre instructeur de vous retirer du programme.

40
ÉMILIENNE

Paris, 10 juin 1940

Il faisait si chaud que l'épaisse fumée provenant de l'incendie d'un dépôt de carburant stagnait sur la ville. Le bout des rues disparaissait dans ce brouillard nauséabond.

Émilienne revenait de l'université en toussant. Dans ses bras, deux boîtes contenant plusieurs grands cahiers de notes manuscrites et autant de textes tapés à la machine. Sept années de réflexion, de travail et de découvertes. Impossible de laisser tout ça derrière.

Le bruit de ses pas se fondait dans le grondement des voitures, des autobus et le brouhaha des centaines de femmes qui avaient entrepris de quitter la ville avec leurs enfants. Paris se vidait. Deux jours plus tôt, on avait encore cru à une possible victoire, mais les journaux du soir avaient éteint cet espoir. La ligne de défense française, la célèbre ligne Maginot, avait cédé. Les Allemands venaient de traverser la Meuse, à la frontière avec la Belgique. Impossible de savoir combien de temps les troupes pourraient les retenir.

Walter avait disparu ; on le disait parti pour Marseille où il espérait s'embarquer pour l'Amérique. Tcherniak avait décidé de faire ses bagages.

— Je ne sais pas si on réussira, mais il est hors de question de rester ici à attendre les Allemands.

Émilienne avait accueilli avec soulagement ce changement de plan et se voyait déjà débarquer à New York avec lui.

Depuis le raid aérien du 3 juin, elle savait que l'offensive approchait. Ce jour-là, le quartier Auteuil avait été bombardé et les déflagrations s'étaient fait sentir jusqu'au Café Tournon, où ils étaient en train de boire avec d'autres réfugiés. Tous s'étaient précipités vers les abris, paniqués de voir autant d'avions, en plein jour, dans le ciel de Paris. On sut le lendemain, en lisant la description du raid dans les journaux, que l'aviation allemande avait visé les usines de production d'armement.

— S'ils ont réussi à se rendre jusqu'ici sans trop de pertes, ça augure bien mal pour l'armée française, avait conclu Tcherniak, l'humeur encore plus sombre que d'habitude.

Quelques jours plus tard, il avait rencontré des amis belges, déserteurs de l'armée en déroute. Ils lui avaient décrit l'arsenal allemand et le massacre de la cavalerie française dans les Ardennes.

— Tu imagines la boucherie ? s'était-il insurgé en revenant à l'appartement. Et les journaux qui continuent de nous raconter que tout se passe bien, que les Américains sont sur le point de déclarer la guerre à l'Allemagne ! On nous ment, Émilienne ! Les États-Unis ne sont pas près d'entrer en guerre si loin de chez eux. Et les Français ne tiendront pas devant la puissance de l'armée allemande. Des chevaux contre des tanks ! Tu imagines ! ?

Ses prédictions se réalisaient. Les Allemands approchaient. L'Italie venait de se joindre à l'Allemagne, et les réfugiés comme Tcherniak étaient acculés à la mer. Émilienne s'en voulait de ne pas avoir insisté. S'il l'avait écoutée, ils auraient été tous les deux sur un paquebot au milieu de l'Atlantique à l'heure qu'il était, au lieu de ramasser leurs biens en cherchant une manière de quitter la ville au milieu de Parisiens paniqués.

Elle arrivait devant chez elle quand elle aperçut, à la fenêtre de la maison d'en face, à demi dissimulée derrière le rideau, la silhouette d'une femme. On l'épiait ! En proie à une angoisse soudaine, elle poussa la porte un peu plus fort que nécessaire. L'énergie lui fit grimper les marches quatre à quatre, et c'est hors d'haleine qu'elle pénétra dans son appartement.

— Teddy ?

Elle parcourut des yeux le salon, puis la chambre à coucher.

— Teddy ? répéta-t-elle.

Sa voix se brisait à mesure qu'elle passait d'une pièce vide à une autre. Elle trouva la cuisinière recroquevillée dans un coin de la salle de bain. Émilienne s'approcha d'elle, irritée.

— Liette ! Pourquoi est-ce que tu ne réponds pas ? Où est monsieur Tcherniak ?

La cuisinière leva la tête, et Émilienne s'aperçut qu'elle pleurait.

— Ils sont venus le chercher, madame.

— Qui, ça ? Qui est venu le chercher ?

Liette renifla et s'essuya les joues.

— Des policiers ! Ils l'accusaient d'être un espion. Un voisin a dit l'avoir vu faire des signaux la nuit.

— Des signaux ?

— Oui, avec de la lumière. Monsieur Tcherniak a nié, il a dit qu'il dormait la nuit, mais plus il parlait, plus les policiers étaient méfiants. Ils lui ont demandé s'il était allemand. Il a dit qu'il était apatride. Ils ont demandé alors à voir ses papiers, et ils ont dit ensuite que son permis de séjour était échu.

Elle prit la main d'Émilienne.

— Ils lui ont mis des menottes, madame, et ils l'ont emmené. Comme un criminel !

Émilienne posa une main sur son épaule pour l'aider à se calmer.

— Sais-tu où ils l'ont emmené ?

— Non.

— Liette, essaie de te souvenir. C'est important.

— Ils ne l'ont pas dit, madame. Ils l'ont juste emmené.

Et elle fondit en larmes de nouveau.

*

La Citroën glissait, toutes vitres remontées, dans la fumée qui ne s'était toujours pas dissipée. Il aurait fallu du vent, mais il ne ventait pas, alors l'air continuait de stagner, trop chaud, trop lourd aussi pour qu'on puisse respirer librement. Assise sur la banquette arrière, Émilienne vit qu'on contournait une statue. Elle serra la main de Tcherniak. Cette place, comme toutes les rues, était déserte. Quelle différence avec l'agitation qui y régnait depuis deux jours !

Sur le siège avant, le professeur Guérard toussa.

— Vous m'en voyez désolé, répéta-t-il pour la cinquième fois.

Émilienne avait été bien avisée de le contacter quand elle avait découvert où l'on avait emmené Tcherniak. Et c'est avec détermination que le vieil homme l'avait accompagnée au commissariat le lendemain. Grâce à lui, Tcherniak n'avait passé qu'une nuit en prison. La manœuvre, pourtant, avait failli échouer.

Le professeur s'était adressé avec autorité à l'agent qui les avait reçus. L'homme qu'ils détenaient n'était pas un Allemand, mais un intellectuel dissident, un écrivain persécuté justement pour ses écrits antinazis. Si on l'avait relâché du camp où on l'avait retenu pendant tout l'automne, c'était parce que l'enquête avait prouvé qu'il n'était pas une menace pour la France.

L'agent, les regardant de haut, avait rétorqué qu'il entendait ce genre de justification mensongère plusieurs fois par semaine.

— À moi, on ne la fait pas.

Émilienne avait alors été persuadée que tout était perdu pour Tcherniak. Elle imaginait déjà les Allemands découvrant un de leurs ennemis dans une prison parisienne. La France aurait fait le travail à leur place. Ne resterait plus qu'à inventer une raison de l'abattre.

C'est à ce moment que le commissaire était entré dans le bureau et avait réprimandé son agent en lui agitant un bout de papier sous le nez.

— C'est quoi, ce rapport ? Les Allemands seront dans Paris dans deux jours, et toi, tu arrêtes un pseudo-espion sur la dénonciation d'une bonne femme hystérique ? Pourquoi tu ne vas pas verbaliser les cyclistes, tant que tu y es ?

L'agent avait rentré la tête dans les épaules.

— Je relâche le prisonnier tout de suite, monsieur.

— Je l'espère bien !

Une fois l'agent sorti, le commissaire s'était tourné vers le professeur.

— Vous vous portez garant de cet homme ?

Le professeur avait bombé le torse.

— Sur mon honneur, monsieur.

Apparemment satisfait, le commissaire s'était adressé à Émilienne.

— Et vous, vous êtes sa fiancée ?

Émilienne avait rougi, mais acquiescé.

— Bon. Dans ce cas, faites-moi plaisir, tous les deux, et emmenez-le loin d'ici. Avec son accent, et sans papiers d'identité valables, il sera abonné aux cachots. Je lui prolonge son permis de séjour d'un mois. Après ce délai, je ne réponds plus de rien. Allez ! Partez !

Ils rentraient donc maintenant tous les trois dans la voiture du professeur.

— Vous devez prendre le train pour Marseille dès demain, leur dit ce dernier quand il se fut immobilisé devant l'appartement d'Émilienne. Mais n'oubliez pas que Paris se vide. La gare de Lyon sera bondée…

— Nous irons très tôt, lâcha Tcherniak sur un ton bourru.

Il ouvrit la portière et descendit sans rien ajouter.

Réalisant qu'il n'avait même pas dit merci, Émilienne entreprit de le faire à sa place, mais le professeur ne lui en laissa pas le temps.

— Filez ! lui dit-il avec un geste d'apaisement. Je ne lui en veux pas. À sa place, je serais tout aussi furieux.

Elle lui offrit un sourire triste et descendit à son tour. Tcherniak avait déjà disparu.

Quand elle arriva à l'étage, elle découvrit ses vêtements par terre dans le couloir, devant la porte de l'appartement. Il s'était déshabillé avant d'entrer. Elle le trouva dans la salle de bain, en train de remplir la baignoire. Elle remarqua tout de suite les pustules qui lui recouvraient le dos.

— Mon Dieu ! s'exclama-t-elle en lui tendant une serviette. Qu'est-ce que c'est ?

— Des puces.

Il se glissa dans l'eau fumante. Émilienne hésita un moment sur le seuil, consternée, mais sortit finalement sans faire de bruit. Le commissaire avait raison. Rester à Paris n'était plus une option.

Parce qu'il ne connaissait qu'une seule manière de se détendre, Tcherniak lui fit l'amour cette nuit-là. Il avait eu peur, il avait eu froid, il s'était vu encore une fois condamné sans raison.

— Nous sommes des grains de sable, murmura-t-il, plus tard, tout juste avant de s'endormir.

41
Virginie

Brookbury, Québec, 14 mai

L'odeur du café tira Virginie du sommeil. Il était passé 10 heures. Elle repoussa les draps, étrangement reposée, et ne vit que Marguerite au pied du lit. Les chiens avaient suivi Régis au rez-de-chaussée, preuve qu'il leur avait manqué.

Elle descendit à la cuisine comme d'habitude, en pyjama. Régis y était attablé. Il leva le nez de son portable en l'apercevant.

— J'ai une mauvaise nouvelle, dit-il tout de go.

Il avait l'air embarrassé. Décidant qu'il était trop tôt pour la déprime, Virginie leva la main pour le faire taire.

— Pas tout de suite.

Elle traversa la pièce, ouvrit une armoire, attrapa une tasse et se figea, la main sur la carafe de café.

— Tu as utilisé de l'eau en bouteille ?

— Bien sûr.

Rassurée, Virginie remplit sa tasse. Bientôt, elle aurait les moyens de régler ce problème de puits. Il n'y aurait alors plus de danger, et c'en serait fini de toutes ces bouteilles vides qui s'entassaient dans le bac de recyclage.

Elle but une gorgée avant de se recroqueviller sur une chaise.

— Maintenant, tu peux y aller, dit-elle, les yeux clos, le nez au-dessus de la tasse, un sourire niais sur les lèvres.

Pendant l'hiver, Régis avait préparé le café tous les matins. Elle n'avait eu qu'à se servir. Aujourd'hui, elle devait admettre que ça lui faisait plaisir de retrouver leur rituel.

Amusé, Régis commença par lui souhaiter le bonjour.

— Tu as eu une bonne nuit ?

— Très bonne, merci. C'est quoi, la mauvaise nouvelle ? Le Canada est entré en guerre pendant que je dormais ?

— Presque.

Il tourna son ordinateur vers elle.

— Quelque chose me tracassait dans ce que tu m'as raconté hier. Norman Saxby t'a dit que sa grand-tante avait été enrôlée dans la Résistance par Tudorel Tcherniak. J'ai le malheur d'avoir à t'annoncer que c'est impossible. À cause des dates.

Virginie posa sa tasse. Elle trouvait difficile, à peine sortie du lit, de plonger si vite dans le travail. Il fallait néanmoins faire un effort. Elle se leva, chercha ses lunettes et, quand elle les eut trouvées, elle revint vers Régis. Elle vit sur l'écran une carte de la France, coupée en deux par une ligne rouge.

— Quand la France a signé l'armistice avec l'Allemagne, à l'été de 1940, il a été convenu que le pays serait divisé en deux. Au nord et à l'ouest de cette ligne se trouvait désormais la zone occupée par les Allemands. Ça incluait Paris, comme tu peux le voir, mais aussi toute la côte atlantique, et Bordeaux. Ce qui se trouvait au sud de cette ligne, c'est-à-dire la base des Pyrénées et la côte de la Méditerranée, constituait la zone libre, qu'on appelait aussi la zone non occupée. Le gouvernement français a été déplacé à Vichy, près de Lyon, d'où le maréchal Pétain dirigeait le pays – enfin, ce qu'il en restait.

Il lui montra le haut de la carte.

— La Résistance n'existait pas encore sous ce régime. Oh, il y avait bien quelques petits groupes à Paris qui faisaient de l'obstruction, qui publiaient des tracts pour dénoncer les Allemands. Mais il s'agissait, comme je l'ai dit, de groupuscules. Au sud…

Il désigna les environs de Marseille sur la carte.

— … même si on avait resserré le rationnement, les Français avaient encore des conditions de vie tolérables. En tout cas, à ce que j'ai pu voir, la majorité appuyait le gouvernement de Pétain et ne causait pas de problèmes. Mais en novembre 1942…

Il changea de carte. Sur celle-ci, la ligne avait disparu.

— … les Allemands ont envahi le sud et posté des soldats sur tout le territoire français. La zone libre a été rebaptisée la zone sud. Et là…

Il replia l'écran de l'ordinateur, qui s'éteignit.

— Et là, les mesures implantées par les Allemands ont touché directement les Français. Hitler a exigé que les hommes en âge de travailler soient envoyés dans les usines en Allemagne pour remplacer les Allemands qu'on avait enrôlés dans l'armée. Et presque tout de suite, le rationnement s'est mis à ressembler à une famine organisée. C'est là que les Français ont commencé à se rebeller en plus grand nombre. Les petits groupes sont devenus plus gros et plusieurs ont fusionné pour former ce qu'on appelle aujourd'hui la Résistance. Cette période a duré presque deux ans et a culminé avec le débarquement de Normandie.

— Où veux-tu en venir?

— Si la biographie de Tudorel Tcherniak que tu as trouvée sur Internet est fiable – et ça semble être le cas vu qu'il s'agit d'un site officiel –, on a un problème de dates. Le texte mentionne qu'il a passé trois ans dans un camp de concentration. J'ai vérifié. Le premier camp découvert par les Américains l'a été en novembre 1944. Les autres, dans les mois qui ont suivi. Si tu soustrais trois ans, ça veut dire que notre bonhomme a été arrêté quelque part en 1941. Et, comme je viens de te le montrer, il n'y avait pas encore de Résistance à ce moment-là. Ma conclusion, c'est que Tudorel Tcherniak ne peut pas avoir fait partie de la Résistance. Et il ne peut donc pas avoir recruté Emily Ann Saxby.

Virginie posa sa tasse. Ce qu'avançait Régis signifiait que Norman Saxby avait tiré les mauvaises conclusions. Cette idée semait le doute sur le reste de sa recherche.

— C'est toujours mauvais de réfléchir le ventre vide, dit-elle en se levant d'un bond pour préparer le déjeuner.

Elle jugea que la présence de Régis justifiait un peu de cérémonie et sortit tout ce qu'il fallait pour faire des pancakes à l'américaine.

— C'est la recette de ma grand-mère, lui avait-elle dit le jour où, pour la première fois, il avait dormi sous son toit.

Trente minutes plus tard, assis face à face devant une bouteille de sirop d'érable et une assiette de crêpes, ils reprirent leur conversation.

— Le problème, c'est que Norman Saxby s'est trompé ailleurs, souffla Régis entre deux bouchées.

— Ah, oui ? Où ça ?

— Quand il dit qu'Emily Ann est allée au Camp X quelque part entre l'automne 1941 et la fin de l'hiver 1942.

Il ouvrit de nouveau son ordinateur et le tourna pour que Virginie puisse voir l'écran.

— Il est difficile de trouver de l'information sur les gens qui ont suivi une formation au Camp X. Il n'y a rien non plus sur les missions qui leur ont été confiées par la suite. Mais sur le camp lui-même…

Il désigna un paragraphe en particulier.

— Le Camp X a reçu ses premiers élèves au printemps de 1942. Or, comme je viens de te le montrer, Tudorel Tcherniak se trouvait dans un camp de concentration à ce moment-là.

— Il voulait peut-être l'envoyer dans un camp en Angleterre…

— C'est possible, mais le SOE a recruté très peu de femmes au début, et elles servaient surtout d'opératrices radio. Norman n'a pas dit qu'Emily Ann travaillait aux communications.

— En effet. Mais ça ne veut pas dire qu'elle n'y était pas.

— Non, je te le concède. Sauf qu'à partir de novembre 1942, c'est-à-dire après que les Allemands ont envahi la zone libre et qu'ils ont imposé le service de travail obligatoire aux hommes en âge de travailler, il est devenu difficile pour un agent masculin de passer inaperçu. C'est pour ça que le SOE a commencé à recruter et envoyer des femmes en France occupée.

— Tu penses qu'elle serait entrée au camp plus tard que ce que dit Norman ?

— À vue de nez, je dirais fin 1942, début 1943.

— L'entraînement ne devait pas durer très longtemps parce qu'elle a été arrêtée en décembre de 1943.

— Soit il ne durait pas longtemps…

Virginie comprit où il voulait en venir. Elle termina sa phrase.

— ... soit elle n'a effectué qu'une seule mission avant de tomber entre les mains de la Gestapo.

42
Andrew

Denyse, Alberta, 17 mai

Andrew avait apporté la boîte de Mrs. Crawford dans son bureau, à l'arrière de l'église, et avait entrepris d'en faire l'inventaire. À première vue, elle ne contenait rien de bien précieux. Des bouts de papier sur lesquels on avait griffonné des recettes, quelques photos d'un homme qui devait être son père. La photo d'un jeune couple aussi, où ni l'homme ni la femme ne souriait. Il y avait également plusieurs ouvrages de paléontologie. La chose ne le surprenait pas puisque Brigit O'Donnell lui avait décrit les liens qu'avait entretenus Mrs. Crawford avec l'Université de l'Alberta et le musée.

Après avoir retiré tous les livres, il découvrit, au fond de la boîte, une pochette de plastique transparent contenant un écusson. Andrew l'avait remarquée la première fois qu'il avait fouillé dans la boîte à la recherche des coordonnées de proches ou de parents. Il l'avait laissée là parce qu'il avait manqué de temps pour bien l'examiner. Aujourd'hui, comme il n'avait rien d'autre à faire, il sortit l'écusson de la pochette. On y voyait deux grandes ailes courbes, comme tombantes, surmontées d'un parachute. Le tout était brodé en beige sur fond vert. Intrigué, Andrew alluma son ordinateur. Il lui fallut quelques minutes de navigation pour découvrir qu'il s'agissait d'un brevet de parachutiste anglais remis aux membres du Special Operations Executive – familièrement appelé SOE –, une section des services secrets britanniques qui envoyait des agents dans les pays occupés par les troupes allemandes.

Les services secrets ? Voilà donc où avait travaillé le mari de Mrs. Crawford pendant la guerre !

Fort de cette information, il fit une recherche avec les mots « Malcolm Crawford » et « SOE », mais il ne trouva rien. Malcolm Crawford, apparemment, n'existait nulle part sur Internet. Andrew se rappela soudain sa dernière conversation avec Mrs. Crawford. Elle l'avait interrogé sur le Livre de Judith. Avait-elle voulu faire un parallèle entre sa vie et celle de la célèbre espionne biblique ?

Andrew recula sur sa chaise, sonné. Était-il possible que cet écusson ait appartenu non pas à Mr. Crawford, mais à Mrs. Crawford ?

Il se pencha de nouveau sur le clavier et chercha une liste de noms d'agent du SOE. Il en trouva quelques-unes, mais sur chacune on indiquait qu'il s'agissait d'une liste incomplète et on précisait que les archives du SOE avaient été détruites dans un incendie à la fin de la guerre. Déçu, mais pas découragé pour autant, il effectua une recherche biographique sur chacune des femmes dont le nom apparaissait sur ces listes. C'est ainsi qu'il comprit ce qu'était le SOE. Ses agents avaient non seulement été responsables de sabotage, mais aussi de ce qu'il convenait d'appeler une forme primitive de terrorisme. Ce genre d'occupation aurait pu justifier les problèmes de conscience de la vieille dame, mais Andrew ne pouvait croire qu'elle avait pu poser des bombes ou commettre des meurtres de sang-froid.

Après avoir lu davantage sur les agentes du SOE, il conclut que si la défunte avait fait partie de cette unité, elle avait dû être chanceuse au-delà de l'imaginable. En effet, la grande majorité des agents avaient été capturés, puis torturés par la Gestapo. On les avait ensuite envoyés dans des camps de concentration, où plusieurs avaient été exécutés. Leurs histoires donnaient froid dans le dos.

Mrs. Crawford devait avoir 25 ou 26 ans pendant la guerre. Andrew essaya de l'imaginer jeune ; il n'y arriva pas. Dans son esprit ne cessait de s'imposer l'image de cette vieille femme volontaire, assise au pied d'un hoodoo, lui faisant la morale. Et tout à coup, il pensa comprendre ce qu'elle avait essayé de lui dire. Il tenta une recherche supplémentaire en utilisant comme mots-clés « Cécile Maltais », mais ne trouva que l'avis de décès qu'il avait lui-même fait publier deux semaines plus tôt. Cécile Maltais n'apparaissait sur aucune des listes qu'il avait trouvées. Pas même sur celle des agents féminins. Mais puisque les archives avaient été en partie détruites, ne pas trouver un nom sur les listes ne signifiait rien de particulier.

Il se rappela alors un détail et retourna aux biographies. À la fin de chacune d'elles se trouvait la liste des médailles remises aux agents survivants. Si Mrs. Crawford avait été un agent, pas de doute qu'elle aurait été décorée, elle aussi. Et comme Andrew n'avait trouvé aucune médaille dans la boîte, cela signifiait peut-être qu'il était en train de s'imaginer toute cette histoire.

Cette conclusion le soulagea. Il éteignit son ordinateur et remit les livres et l'écusson dans la boîte, qu'il poussa sous son bureau. Quand il aurait un moment, il irait porter le tout à la bibliothèque municipale de Denyse.

43
Cécile

Quelque part au-dessus de la Manche, 30 août 1943

Les moteurs bourdonnaient à vous rendre sourds, et le froid s'immisçait partout, pénétrant jusque dans le sac de couchage. Le vol devant durer plusieurs heures, le steward leur avait conseillé de dormir, mais Cécile savait qu'il lui serait impossible de fermer l'œil. Couchée sur le dos, les pieds gelés et la gorge nouée par l'angoisse, elle regardait le plafond. Si elle trouvait rassurant de sentir dans son dos le carré volumineux du parachute, le fait d'être allongée sur ce coussin mal placé ajoutait à l'inconfort. Elle ne pouvait pas se tourner sur le côté, car les nombreuses poches de sa combinaison étaient remplies d'équipement. Lampe de poche, rations, pelle démontée, boussole, cartes diverses, munitions supplémentaires… Elle avait glissé son Browning à l'intérieur de sa veste, et même si le cran de sûreté était mis, elle préférait ne pas s'appuyer dessus. Elle avait aussi inséré dans une poche à portée de la main un couteau à double tranchant, comme celui avec lequel elle s'était entraînée.

Fait étonnant : malgré l'inconfort, malgré l'angoisse liée à sa première mission, malgré la forte probabilité que l'avion soit abattu en vol, Cécile souriait. Un observateur peu attentif aurait cru à une moue timide. Mais un proche, comme son père ou Malcolm, y aurait reconnu sa manière bien à elle d'exprimer la fierté. Cécile avait été fière, en effet, au moment de monter à bord de l'avion, à la tombée de la nuit. Par deux fois on avait reporté le départ pour cause de mauvais temps. Ce soir, la lune était pleine et le ciel, dégagé, deux conditions essentielles pour que pilote puisse repérer le terrain à l'arrivée et larguer ses passagers à peu près au bon endroit.

On n'avait pas forcé Cécile à partir. Loin de là ! On lui avait donné plusieurs fois la possibilité de retourner chez elle. Elle s'était néanmoins rendue à la dernière rencontre, celle où l'on fouillait ses poches et son sac à main à la recherche d'objets qui la trahiraient peut-être une fois en France. Un ticket de métro, une pièce de monnaie, là-bas, tout ce qui n'était pas français pouvait éveiller les soupçons. Pour cette même raison, on avait retiré les étiquettes de ses vêtements.

Il aurait été exagéré de dire que Cécile n'avait pas peur à la perspective de sauter derrière les lignes ennemies, voire d'être arrêtée. À preuve, ce nœud qui lui écrasait la poitrine. La peur, cependant, n'était pas sa principale source de motivation. Elle se rappelait clairement sa dernière journée au STS 103, quand Wallace, Keath, Milligan, le colonel Jackson et Thomas Clark l'avaient piquée au vif, se servant ensuite de son orgueil pour la pousser à se porter volontaire. Le commandant Fleming avait sûrement été de mèche avec eux quand il lui avait parlé de son examen. Elle ne leur en voulait pas de l'avoir manipulée de la sorte. Sans doute la connaissaient-ils mieux qu'elle ne se connaissait elle-même. Après tout, Thomas Clark avait bien dit qu'il possédait tout un dossier sur elle.

Ces derniers mois, cependant, elle aussi avait appris à identifier ce qui la motivait. Quand elle entendait la voix sournoise de la peur lui rappelant le sort qui attendait l'agent capturé, Cécile l'identifiait et la bloquait à l'extérieur de son esprit. Elle lui préférait l'autre petite voix, celle qui lui faisait bomber le torse et regarder vers l'avant, la tête haute, le cœur battant à cent milles à l'heure.

Son courage relevait peut-être de l'aveuglement, et cette idée qui voulait que la liberté mérite qu'on la défende faisait peut-être d'elle une idéaliste. Mais quand, juste avant la dernière fouille, on lui avait bandé les chevilles pour éviter qu'elle se blesse en arrivant au sol, elle avait ressenti une émotion proche de l'extase. Pour rien au monde elle n'aurait voulu être ailleurs.

Non seulement on ne l'avait pas recalée à la fin de son entraînement en Grande-Bretagne, mais elle avait réussi haut la main les cinq sauts en parachute qu'on exigeait des hommes. Elle avait aussi bien réussi la dernière étape de formation, celle qu'on appelait affectueusement le *finishing school*, à Beaulieu. Là, non contente de perfectionner ses connaissances des explosifs, des armes à feu, du sabotage et du combat à mains nues, elle avait réussi à maîtriser l'encodage et le décodage de messages secrets et était devenue experte en lecture de cartes et en déguisement. Elle avait eu l'occasion de se comparer et avait constaté qu'elle était du même calibre que les autres candidats. Comme bandits à la solde de l'Angleterre, on ne faisait pas mieux !

Une nouvelle étape avait été franchie ces dernières semaines. Elle avait vécu au camp en français, mais sous sa nouvelle identité. Et quand on la réveillait la nuit – ce qui s'était produit plusieurs fois –, elle avait fini par se rappeler immédiatement qu'elle s'appelait Cécile Delmas, qu'elle était native d'Athies-sous-Laon, au nord est de Paris – ce qui expliquait son accent –, qu'elle avait épousé après l'armistice un garçon du Sud, parti travailler dans les usines en Allemagne. Dans cette version d'elle-même, ses parents étaient morts et la maison familiale avait été détruite. Seule au monde, Cécile Delmas traversait la France pour rejoindre sa belle-famille à Saint-Laurent, près de Toulouse.

Cécile Delmas. On lui avait laissé son prénom ainsi que sa date naissance pour éviter qu'elle se trompe dans le feu de l'action. Sous le nom de code de Judith, on lui avait attribué comme terrain de chasse tout le sud-ouest de la France avec, entre autres missions, d'installer une balise Eureka pour permettre aux pilotes de trouver leur position quand il n'y avait pas de comité de réception – comme ce soir. Elle devait aussi étudier les environs d'une mine de charbon contrôlée par les Allemands et découvrir le moyen le plus sûr de mettre fin aux opérations. Pour ce faire, il lui faudrait recruter au moins trois personnes – des gens qui en avaient assez des Allemands et qui voulaient aussi se rendre utiles dans la lutte contre l'occupant. On lui avait adjoint Xavier, qui lui servirait d'opérateur radio. Son « piano », comme elle aimait l'appeler. Il devait entrer en contact avec le QG dès que Cécile lui remettrait la liste du matériel nécessaire pour s'attaquer à la mine. Londres enverrait un avion qui, sous le couvert de la nuit, parachuterait ce dont elle aurait besoin.

Xavier était un drôle de numéro. De tempérament vif, pour ne pas dire nerveux, il parlait tellement vite qu'elle avait de la difficulté à le suivre. Mais comme il pianotait à la même cadence sur sa radio sans fil, il était l'opérateur idéal. Allongé à côté d'elle en ce moment même, il n'avait pas bougé depuis au moins une heure. Cécile trouvait étrange qu'une personne aussi nerveuse arrive à dormir dans leur situation.

Ils s'étaient entraînés ensemble depuis huit semaines, ce qui faisait qu'ils connaissaient bien les habitudes l'un de l'autre. Les faiblesses et les forces aussi. Elle comptait sur les oreilles de Xavier, sur son efficacité à la radio, sur sa compétence à encoder et à décoder, mais aussi sur sa connaissance des lieux, car il avait travaillé à Toulouse entre les deux guerres. Et sans doute Xavier comptait-il sur son coup de fusil à elle, qui ne ratait jamais, sur ses yeux, sur sa mémoire photographique et sur ses nerfs d'acier. Mais surtout, il devait compter sur Cécile pour effectuer la mission, car lui-même devrait continuellement être en mouvement, se déplacer d'un lieu à un autre, toujours de nuit, afin de ne jamais attirer l'attention.

Les règles de sécurité interdisaient aux opérateurs de radio sans fil d'émettre plus de quinze minutes à la fois, et jamais deux fois de suite du même endroit. Ces règles, seul un imbécile aurait songé à les enfreindre, car la Gestapo circulait dans toute la France avec des camions capables de repérer les signaux. Les sans-filistes constituaient d'ailleurs une cible de choix. Non seulement ils assuraient la communication entre les agents et le QG, mais en plus, il était connu que l'armée britannique manquait d'effectifs dans ce domaine. Le danger de se faire prendre était donc beaucoup plus grand pour Xavier. Surtout que le simple fait de se mettre à l'ouvrage risquait de signaler sa présence. D'où l'idée d'associer un « piano » doué comme lui à un pistolet efficace comme Cécile.

Une main sur son épaule la fit sursauter. Le steward réveilla Xavier de la même manière. Puis il désigna sa montre.

— Ce sera bientôt l'heure, dit-il, mais dans ce vacarme, il fallait le lire sur ses lèvres.

Cécile se glissa hors du sac de couchage, s'étira et fit craquer les os de son cou avant d'enfiler son casque. Elle sourit en remarquant la mine tendue de Xavier. Avait-il fait semblant de dormir ? Le steward servit à chacun une rasade de whisky, avant de les aider à se rendre à la trappe. Ils s'assirent de part et d'autre du trou. Le steward fixa une de leurs sangles au fuselage. Cette précaution forcerait le parachute à s'ouvrir presque tout de suite.

Cécile scruta le noir sous ses pieds. On ne voyait rien. Pas un village, pas une maison, pas un feu… Ils s'apprêtaient à sauter « à l'aveugle » ! Il n'y aurait ni comité de réception au sol ni maison sûre pour les cacher, car la région n'était pas encore dotée d'un réseau. Établir ce réseau faisait justement partie de leur mission.

Quand la lumière rouge apparut, le steward leva un bras. Cécile déglutit.

« Ça y est », songea-t-elle en s'agrippant au bord.

La lumière passa au vert, le steward abaissa le bras. C'était le signal. Xavier sauta dans le vide, et Cécile ressentit un pincement au cœur en le voyant disparaître. La lumière repassa au rouge – il fallait attendre, par mesure de sécurité. Quand la main du steward s'abaissa de nouveau, Cécile sauta à son tour, et la nuit l'avala tout entière.

44
Émilienne

Paris, 12 juin 1940

Le temps s'était gâté depuis la veille. La pluie, qui n'avait cessé de tomber de toute la nuit, avait au moins eu l'avantage de dissiper la fumée. Aux aurores, Émilienne et Tcherniak s'étaient mêlés à la foule qui se ruait sur la gare de Lyon. On devinait à voir tous ces gens que les billets s'écouleraient vite. Pendant que Tcherniak se joignait à la file devant le guichet, Émilienne avait vainement cherché un abri. Les auvents avaient partout été roulés, et les commerçants avaient poussé le pessimisme jusqu'à abaisser leur rideau de fer. La ville se vidait, comme l'avait prédit la veille le professeur Guérard, et les rares Parisiens qui restaient ne sortiraient pas de sitôt.

Émilienne attendait donc au coin d'une rue, sous un parapluie, avec à ses pieds leurs deux valises. Rien qu'à voir le désespoir et la peur sur les visages, elle comprenait que désormais, c'était chacun pour soi. Les trains ne suffisaient pas pour évacuer la ville. Ils quittaient la gare, chargés jusque sur les marchepieds. Faute de mieux, des gens avaient réquisitionné les autobus vert et jaune qui desservaient habituellement les boulevards urbains. Aussi pleins que les trains, ils s'engageaient en direction sud, leurs essuie-glaces chassant tant bien que mal la pluie.

Tcherniak, comme des milliers d'autres, revint bredouille. À défaut d'un moyen de transport, déclara-t-il, ils devaient partir à pied. Prévoyant, il avait déniché une carte de Paris et une autre de la France. Il savait ainsi comment sortir de la ville, et où aller ensuite. Ils empoignèrent donc leur valise respective et se dirigèrent vers la Seine.

— Nous n'aurons pas le choix de marcher avec les autres sur plusieurs kilomètres, ce sera important de ne pas se perdre.

— Se perdre ? Tu veux dire dans la campagne française ?

— Je veux dire qu'il est possible que toi et moi, on se perde de vue. Les routes seront envahies. Ce sera le chaos, comme ça l'était en Russie et en Espagne. Si nous sommes séparés, il y a fort à parier que nous ne nous retrouverons plus. Alors, si par malheur ça arrivait, tu continues vers Marseille par n'importe quel moyen. Je ferai de même, et on se retrouvera là-bas.

— Mais comment ? Marseille n'est pas un village, Teddy !

— Fais-moi confiance. Je te retrouverai.

Elle savait qu'il disait vrai.

Juste avant d'atteindre le pont de la Seine, la chance leur sourit. Une Citroën s'arrêta sur le côté. Le professeur Guérard emmenait sa femme et sa fille à Tour, là où s'était établi le gouvernement.

— Je suis passé par ici en espérant vous apercevoir, leur lança-t-il depuis le siège du conducteur. Si vous voulez monter, je vous dépose à Orléans.

Sa femme protesta, mais se tut quand Évelyne ouvrit la portière. Dix minutes plus tard, la voiture entrait dans le cortège des véhicules avançant à la vitesse d'un escargot.

— À ce rythme, ronchonna le professeur, on sera encore dans Paris quand les Allemands vont y entrer avec leurs tanks !

Il leur fallut près de cinq heures pour atteindre la campagne. À ce moment-là, la nuit tombait, et la jauge à essence indiquait un réservoir aux trois-quarts vide. Ils n'avaient trouvé nulle part où le remplir de toute la journée. Partout, les stations-service s'affichaient à sec. Avec la file qui s'étirait aussi loin que portait le regard, il était évident que plusieurs avaient fait le plein bien avant eux. En plus de l'essence, la boue avait été un obstacle majeur et ils avaient souvent dû s'arrêter pour pousser la voiture enlisée.

— À ce rythme…, répétait le professeur, mais personne ne l'écoutait.

D'un commun accord, ils décidèrent de passer la nuit sur l'accotement. Orléans n'était pas bien loin, mais rouler dans le noir et dans cet état de fatigue aurait été dangereux. Au matin, Tcherniak, qui se décrivait lui-même comme un expert en défaites, entreprit de convaincre le professeur d'éviter les routes importantes.

— Non seulement elles sont encombrées, mais ce seront des cibles faciles.

Comme pour lui donner raison, une heure après qu'ils eurent emprunté une route secondaire, on entendit une explosion. Les Allemands commençaient à semer la terreur.

Les voitures, les autobus et les charrettes se multipliaient à mesure qu'on approchait de la Loire. Le cours d'eau apparut enfin, et le professeur engagea sa Citroën sur le pont à la suite des autres. Les roues avant touchaient à peine la terre ferme quand on entendit un bruit strident.

— Foncez ! hurla Tcherniak, et le professeur appuya sur l'accélérateur.

L'instant d'après, le pont explosait, et l'avion qui avait lâché la bombe passa au-dessus de leurs têtes. Madame Guérard se mit à crier. À côté d'Émilienne, Évelyne tremblait.

— Les salauds, pesta Tcherniak.

Fidèle à lui-même, il ne perdit pas de temps à imaginer ce qui aurait pu arriver. Il se pencha sur la carte, puis releva la tête en scrutant les environs.

— Arrêtez-vous à cette ferme qu'on voit là-bas, dit-il au professeur. Nous pourrons peut-être y acheter de quoi déjeuner.

Il avait vu juste. On accepta de leur vendre à manger et à boire, mais on poussa la turpitude jusqu'à exiger un franc par verre d'eau. Consternés, tous sortirent leur monnaie, qu'ils remirent au professeur.

— Tant que vous y êtes, suggéra Tcherniak, demandez-leur donc s'ils ont de l'essence.

Une demi-heure plus tard, ils reprenaient la route. Ils avaient bien mangé, bien bu – même du vin ! –, et le réservoir de la Citroën était plein.

*

En apprenant que le gouvernement avait quitté Tour pour Bordeaux et que les Allemands étaient entrés dans Paris, le professeur décida que sa femme, sa fille et lui-même continueraient aussi vers le sud. La route se poursuivit donc à cinq, et sans trop de difficultés, grâce à l'expérience de Tcherniak ainsi qu'à cette carte du pays qu'il avait eu l'intelligence de ramasser avant de quitter Paris.

L'aviation allemande continuait de terroriser la population en bombardant les routes. On entendait les déflagrations de loin. Les villages se vidaient les uns après les autres, comme s'était vidé Paris, et les habitants prenaient place dans les cortèges qui s'étiraient vers le sud. Les routes secondaires étaient désormais tout aussi encombrées de véhicules en panne et d'autres qu'on poussait ou qu'il fallait contourner. Les paysans qui avaient décidé de rester chez eux se montraient de plus en plus hostiles. Il faut dire que les gens dormaient n'importe où et se servaient à leur guise, parfois même avec agressivité.

— Ce ne sont pas des manières ! s'insurgeait le professeur, trop souvent à son goût témoin de brigandage.

La pagaille s'intensifiait de jour en jour. Des soldats qui avaient déserté leurs régiments rôdaient dans la campagne, quémandaient parfois un repas ou une place à bord d'un véhicule. La majorité d'entre eux marchaient sur le bas-côté, l'air abattu. Leurs armes jonchaient les fossés, leurs véhicules blindés avaient été abandonnés au bord de la route. Les lignes téléphoniques ayant été coupées, les nouvelles circulaient grâce au bouche à oreille. La rumeur enflait, affirmant que les Américains s'étaient finalement joints aux alliés, que les Russes avaient bombardé Berlin. On ne savait plus comment distinguer le vrai du faux.

Le professeur semblait avoir vieilli de dix ans en six jours, et sa femme, qui avait perdu ses repères, ne disait plus un mot. Seuls restaient calmes les deux jeunes femmes et Tcherniak, que la révolution russe et ses évasions multiples avaient bien entraîné. Émilienne ne l'avait jamais vu aussi alerte. Rien ne lui échappait, ni l'avion qui approchait, ni l'estaminet en retrait que tout le monde aurait manqué et où, quand on était chanceux, on trouvait encore de la bière. La carte ouverte en permanence sur les genoux, il donnait au professeur des directives précises et ne se trompait jamais.

— Derrière cette colline, là-bas, prenez à gauche. Il y a une petite commune, on devrait y trouver de quoi se restaurer et, si personne n'y a pensé avant nous, une chambre ou deux pour la nuit.

Depuis le début de leur exode, ils avaient plusieurs fois dormi à la belle étoile, à même le sol ou dans la voiture. La perspective de s'allonger enfin sur un vrai lit rendit tout le monde de bonne humeur. Même madame Guérard esquissa un sourire quand Tcherniak lui promit de lui trouver un endroit où prendre un bain.

La route finissait dans un cul-de-sac. Ils s'arrêtèrent devant la dernière maison de ce qui, autrefois, avait été un village. Désormais, ce n'était qu'un hameau. Et comme il était situé hors des grands axes routiers, n'y venaient que ceux qui y avaient affaire. Habitué à prendre les devants quand il s'agissait de communications, le professeur alla frapper. La femme qui lui ouvrit l'écouta. Elle jeta ensuite un œil sur la Citroën et ses occupants. Son air compatissant était de bon augure, si bien que tous descendirent de voiture pour la saluer. Son sourire s'effaça quand elle reconnut l'accent de Tcherniak.

— Rassurez-vous, madame, lui dit le professeur. Monsieur est écrivain et un ennemi juré des nazis.

Pas totalement rassurée, elle les laissa néanmoins entrer.

Ce soir-là, madame Guérard put prendre ce bain dont elle avait rêvé depuis Paris. Les autres se lavèrent dans le ruisseau qui coulait derrière la maison. On leur servit, moyennant une somme considérable, un bon repas et beaucoup de vin. Et avant d'aller au lit, leur hôtesse leur dévoila qu'elle possédait un poste de radio.

C'est ainsi qu'ils apprirent que la France avait capitulé.

45
Virginie

Sherbrooke, Québec, 23 mai

Lucie et Josée gardaient des vieux comme autrefois elles gardaient des enfants. Sauf que maintenant, elles avaient leurs pensionnaires avec elles en tout temps.

L'affaire avait commencé quand la mère de Lucie avait fait un AVC, dix ans plus tôt. Lucie l'avait reçue chez elle le temps qu'elle se remette. Environ au même moment, le père de Josée avait reçu un diagnostic d'Alzheimer. Les deux femmes s'étaient consultées. Elles se fréquentaient depuis longtemps, mais avaient toujours chacune sa maison. La dégradation de l'état de santé de leurs parents leur avait donné une idée. Après avoir vendu leurs propriétés respectives, elles en avaient acheté une nouvelle, suffisamment grande pour accueillir leurs parents en plus de trois autres pensionnaires. L'année suivante, elles quittaient leurs emplois et, depuis, elles s'occupaient à temps plein de cinq personnes en perte d'autonomie. Chacune payait une pension et, en échange, Lucie et Josée les traitaient comme si elles étaient de la famille.

Le plus âgé des pensionnaires de la maison avait 95 ans et s'appelait Menasseh Green. Virginie savait qu'il était juif et qu'il était arrivé au Canada pendant la guerre. Si elle ne connaissait pas son histoire en détail, elle l'avait déjà entendu raconter des bribes de sa vie, dont une traversée de l'Atlantique avec ses parents. Elle le savait difficile, susceptible et capricieux. C'est quand même pour lui parler qu'elle s'était invitée à souper chez ses amies. Et afin d'éviter d'évoquer des souvenirs pénibles pendant le repas, elle avait attendu qu'ils passent tous au salon pour aborder le sujet qui l'intéressait.

— Racontez-moi donc vos souvenirs de la guerre, monsieur Green.

— Pourquoi tu veux savoir ça, ma petite ?

Menasseh appelait Lucie et Josée « mes petites ». Virginie se dit que s'il la voyait elle aussi comme un membre de la famille, la conversation serait peut-être plus agréable que ce qu'elle appréhendait.

— Je suis en train d'écrire la biographie d'une femme qui a passé plusieurs mois à Marseille en 1940 et 1941. Il me semble que je vous ai déjà entendu dire que vous y étiez dans ces années-là.

Menasseh hocha simplement la tête.

— Pouvez-vous me dire comment c'était ?

Les autres pensionnaires les avaient suivis au salon et avaient pris place, chacun dans son fauteuil inclinable. Par habitude, le père de Josée avait allumé la télévision. En entendant la question de Virginie, toutefois, la mère de Lucie coupa le son. Tous les yeux s'étaient tournés vers Menasseh qui, fier d'avoir autant d'attention, bomba le torse.

— C'était terrible, commença-t-il, même si je ne me souviens pas de tout. J'avais dix ans. Ma mère avait cousu sur ma veste l'étoile jaune obligatoire, et on vivait toute la famille dans une pièce minuscule au cœur de la Vieille Ville.

— La Vieille Ville…, répéta Virginie en écrivant dans le carnet qu'elle avait toujours sous la main. Je vais regarder ça sur…

Menasseh secoua la tête.

— Oublie ça. Elle n'existe plus. Les Allemands l'ont rasée en 1942 parce qu'elle abritait toutes sortes de trafics. C'était un labyrinthe de ruelles. Derrière notre maison, il y avait une cour intérieure. C'était le seul endroit où j'avais le droit de jouer parce que mon père avait peur que la police me kidnappe.

— Et vous êtes restés longtemps à Marseille ?

— Un an environ. J'étais petit, alors ça m'a paru plus long.

— Et vous faisiez quoi pendant tout ce temps ? Vous viviez de quoi ?

Virginie s'aperçut que ses questions suscitaient vraiment l'intérêt des autres pensionnaires. Au fond, même dans un foyer familial, les distractions n'étaient pas si nombreuses.

— Je ne sais pas de quoi on vivait, fit Menasseh, mais on vivait pauvrement. Quant à ce qu'on faisait… Eh ben, on faisait comme tout le monde. On attendait.

— Je ne comprends pas.

Elle était sérieuse, mais il la regarda comme s'il ne la croyait pas. Les autres pouffèrent de rire.

— Qu'est-ce que tu ne comprends pas ?

— Ce que vous attendiez.

Cette fois, il haussa les sourcils tellement haut que Virginie regretta sa question.

— Je m'excuse, dit-elle, forcée à l'humilité. J'aimerais vraiment que vous me racontiez.

Il poussa un long soupir, et les autres pensionnaires soupirèrent avec lui. Virginie comprit qu'eux aussi savaient.

— Racontez-moi, s'il vous plaît.

Menasseh l'étudia, comme s'il voulait vérifier à quel point elle était sérieuse.

— Tu as vu le film *Casablanca* ?

Virginie ne voyait pas le lien. Elle répondit néanmoins qu'elle l'avait vu, effectivement, mais il y avait longtemps de cela. C'était donc un peu flou.

— De quoi te souviens-tu ?

En vérité, elle ne se souvenait que d'une chose.

— Les rôles principaux étaient tenus par Humphrey Bogart et…

Elle mit un moment à trouver le nom de l'actrice.

— ... et Ingrid Bergman, je crois.

— À mon avis, trancha Menasseh, le personnage de Paul Henreid était beaucoup plus intéressant.

Paul Henreid ? Virginie n'avait jamais entendu ce nom.

— Il jouait qui, celui-là ?

— Mais Victor Laszlo, voyons !

— Ah, oui ! Le mari !

— Le mari ? Vraiment ? C'est tout ce dont tu te souviens ?

Virginie rougit. Heureusement, Josée arriva avec un plateau chargé de gâteaux, ce qui créa une diversion. Lucie, qui suivait avec celui du thé, prit un ton sévère.

— Voyons, monsieur Green, ménagez-la un peu. Sinon, elle ne reviendra plus nous rendre visite.

— Mais je la ménage ! Ce n'est pas de ma faute si elle est idiote !

Virginie éclata de rire.

— Ça va, Lucie, dit-elle. Je suis capable d'en prendre. Et puis il n'a pas tort. Je ne connais rien à cette période de l'histoire.

— Tu aurais pu regarder sur Internet, intervint Josée.

— Je l'ai fait, mais ça ne me dit pas comment c'était de vivre à Marseille à ce moment-là. Et puis je ne comprends pas pourquoi les gens ne partaient pas, tout simplement. Qu'est-ce qu'ils attendaient ?

— Le Messie ! lança la mère de Lucie.

Le commentaire fit rire tout le monde ; les pensionnaires commençaient à se dégêner.

— Bon, reprit Virginie en revenant à Menasseh. Vous me parliez de *Casablanca*.

— Oui. Qu'est-ce que tu as retenu du film ?

Virginie évita de faire la même erreur que précédemment.

— Je me rappelle une chanson au piano…

— *As Time Goes By*, lança le père de Josée.

Et soudain, il se mit à fredonner :

— *You must remember this, A kiss is just a kiss, A sigh is just a sigh, tala lala lala, la la, As time goes by.*

— C'est bon ! coupa Menasseh, on s'en souvient. Et toi, la petite, à part la chanson, tu te souviens de quoi ?

Virginie se mordit la langue plutôt que de manifester son irritation. Ce vieillard prenait plaisir à la ridiculiser.

— Il me semble qu'il était question d'un triangle amoureux. Le mari, que la femme croit mort, réapparaît quand elle ne s'y attend pas, et c'est pour cette raison qu'elle quitte le personnage joué par Humphrey Bogart.

— Tu y es presque, dit-il, enfin conciliant. Je te résume le film, parce que nous, ici, on l'a tous vu plusieurs fois.

Pendant les minutes qui suivirent, il but son thé en racontant l'histoire de l'Américain Richard Blaine, que tout le monde appelait Rick, propriétaire d'un bar à Casablanca. L'histoire se déroulait en décembre 1941. Le Maroc, sous gouvernance française, faisait partie de la zone libre, et la ville de Casablanca avait été prise d'assaut par des milliers de réfugiés qui attendaient un visa pour les États-Unis. Or, en plus de ce visa pour l'Amérique, il leur fallait aussi obtenir un visa de transit du Portugal, parce que c'était de là que partaient les navires à destination des États-Unis. Ces deux visas cependant, bien qu'émis au compte-gouttes, ne suffisaient pas pour quitter le territoire français. La France exigeait en plus que chaque personne obtienne un visa de sortie, plus difficile encore à obtenir que les autres documents parce qu'il relevait du préfet de police.

— Je te laisse imaginer les abus, conclut Menasseh en déposant sa tasse sur une table d'appoint.

Virginie les imaginait sans peine. Les autres pensionnaires aussi, sans doute, car ils hochèrent la tête en chœur.

— En attendant l'un ou l'autre de ces documents, poursuivit Menasseh, les réfugiés s'entassaient dans de petits logements et espéraient avoir suffisamment d'argent pour tenir le temps qu'il faudrait.

C'est dans ce contexte qu'on voyait apparaître Victor Laszlo, le chef d'un mouvement de résistants tchèques. Laszlo était recherché par la Gestapo pour avoir publié des tracts dénonçant le régime. Comme des milliers d'autres, il espérait prendre l'avion pour le Portugal. Il avait un contact, un homme censé lui fournir les papiers nécessaires. Mais en arrivant à Casablanca, Laszlo apprenait que ce contact avait été arrêté.

— Ça va mal à la *shop*, souffla le père de Josée.

— Pour aggraver les choses, continua Menasseh, Laszlo n'est pas seul. Sa jeune épouse, Ilsa Lund, l'accompagne.

— Ingrid Bergman ? osa Virginie.

— Oui, Ingrid Bergman. Alors, le couple arrive au bar de Rick dans l'espoir de rencontrer ce contact. On leur annonce la mauvaise nouvelle. Et c'est ici que les choses vont t'intéresser.

Virginie fit mine de ne pas percevoir le mépris contenu dans cette dernière phrase.

— C'est là qu'entre en scène Humphrey Bogart ? osa-t-elle.

— Rick, la corrigea le vieillard.

— C'est vrai. Et Rick est l'ancien amant d'Ilsa.

— Exactement. Et la rumeur court que les papiers dont Laszlo a besoin sont maintenant entre les mains de Rick.

— Quand ça va mal, répéta le père de Josée, ça va mal.

Menasseh hocha la tête.

— Tu ne crois pas si bien dire. Ilsa va voir Rick. Elle lui rappelle leur amour à Paris et utilise la nostalgie pour le convaincre de lui remettre les documents.

— Racontée comme ça, déclara Lucie, il me semble que cette histoire n'est pas vraiment romantique.

— On se fiche de la romance ! Ce n'est pas important.

Josée, qui avait l'habitude des sautes d'humeur de son pensionnaire, intervint pour le calmer.

— Qu'est-ce qui est important, monsieur Green ?

— Ce qui est important, c'est que les gens étaient prêts à faire n'importe quoi pour fuir les Allemands.

Virginie sut aussitôt où il voulait en venir.

— Vous voulez dire qu'au fond, l'amour qu'éprouvait Ilsa pour Rick n'avait pas d'importance. Ce qui comptait pour elle, c'était de sauver son mari.

Menasseh sourit pour la première fois.

— Tu as tout compris.

Virginie se trouva un peu bête de ressentir autant de fierté tout à coup.

— Et quel est le rapport entre Casablanca et Marseille ?

— À cette époque, Marseille ou Casablanca, c'était du pareil au même. Il fallait les mêmes documents, on affrontait les mêmes dangers. On devait prendre les mêmes risques. Et les gens se faisaient arrêter partout. Surtout s'ils étaient juifs.

— Je comprends. Et la Résistance, dans tout ça ?

Ici, Virginie voulait tester l'hypothèse de Régis.

— Quelle résistance ?

Il paraissait réellement confus.

— Est-ce qu'elle existait en France à cette époque ? Est-ce qu'il y avait des combattants étrangers dans ses rangs ?

Cette fois, il partit d'un grand éclat de rire et fut imité par les autres.

— Voyons, ma petite, dit-il en se ressaisissant, on voyait des arrestations arbitraires tous les jours. Et même si on ne savait pas encore que les gens étaient envoyés dans des camps de concentration, on se rendait bien compte qu'ils ne revenaient pas. Je te jure que tout le monde n'avait qu'une idée en tête…

— Sacrer son camp ! compléta le père de Josée.

D'un bref coup d'œil, Virginie s'aperçut que Josée souriait, heureuse de voir que son père suivait la conversation.

— Vois-tu, reprit Menasseh, la majorité des Français appuyaient le gouvernement de Vichy. Il faut dire que la propagande contre les étrangers était très efficace. Alors les réfugiés n'avaient aucune chance. S'opposer, c'était s'assurer d'être dénoncé sur-le-champ. Déjà que ça ne prenait pas grand-chose…

Ce soir-là, quand Virginie retourna à Brookbury, elle songea à cette image qui lui était venue à l'esprit quand Menasseh Green avait décrit jusqu'où avaient dû aller les réfugiés pour éviter de tomber entre les mains des Allemands. Même s'il n'était pas juif,

Tudorel Tcherniak savait que son nom apparaissait sur la liste noire de la Gestapo. Emily Ann avait dû se comporter exactement comme Ilsa Lund. Elle avait dû faire tout ce qu'elle pouvait pour aider son amant à quitter la France. Mais contrairement à Ilsa Lund, elle avait échoué.

Cette conclusion ramena Virginie à son nouveau problème : si Tudorel Tcherniak n'avait pas recruté Emily Ann pour le compte de la Résistance, s'il ne l'avait pas envoyée suivre un entraînement du SOE, qui l'avait fait ?

46
Cécile

Entre Rodez et Albi, France, 31 août 1943

La voie ferrée ne ressemblait en rien à celle qui reliait Toronto à Montréal. Elle serpentait entre les montagnes, suivant tantôt le cours d'une rivière, tantôt celui d'une autre, pour soudain enjamber un ravin vertigineux. Il y avait beaucoup de forêts, certes, mais aussi beaucoup de fermes, et la vue des terres s'étirait au loin avant d'être interrompue par une nouvelle colline, une nouvelle montagne. Cécile observait la région et prenait mentalement des notes – elle avait compté plusieurs viaducs sur ce tronçon.

Elle ressentait encore jusque dans ses os le choc de l'atterrissage. Sur le coup, elle avait même eu peur de s'être foulé une cheville malgré les bandages. Heureusement, la douleur s'était vite dissipée. Elle avait retiré sa combinaison et, Browning à la main, s'était avancée dans la nuit à la recherche de Xavier. Il avait surgi de la forêt, inquiet lui aussi.

— Je te cherchais, avait-il dit sans attendre de réponse.

Ils s'étaient tout de suite mis à creuser le trou où ils avaient enfoui leurs combinaisons et leurs parachutes. Puis, profitant des dernières heures avant l'aube, ils avaient quitté le champ aussi discrètement qu'ils y étaient venus. Ils voyageaient maintenant à bord d'un train, chacun à son bout du wagon, comme s'ils ne se connaissaient pas. S'ignorer, ne pas échanger, ne serait-ce qu'un regard. Cette règle de sécurité s'appliquait à tous les agents.

Ils avaient révisé leur plan un peu avant d'arriver à la gare. Afin de donner le temps à Xavier de trouver à se loger et pour permettre à Cécile de repérer les environs et de commencer son recrutement, il était convenu qu'ils se retrouveraient le dimanche suivant, devant la cathédrale d'Albi – une petite ville, mais la plus importante de la région. Tout de suite après la messe, il y aurait foule sur le parvis. Cécile avait dans sa valise du papier ultra-mince. Elle écrirait son message sur un bout de ce papier, le roulerait bien serré et le glisserait à l'intérieur d'une cigarette spécialement conçue pour le subterfuge. Une fois devant le parvis, quand elle aurait repéré Xavier, elle fumerait partiellement la cigarette avant de la jeter par terre et de s'en aller. Fixé près du filtre, le message ne serait pas consumé, et Xavier n'aurait qu'à se pencher, sous un prétexte ou un autre, pour le récupérer.

Pour la suite, ils avaient prévu de communiquer par un intermédiaire, quelqu'un de fiable que Cécile recruterait et qui trouverait à son tour une autre personne fiable. Cette dernière n'aurait aucune idée de qui étaient les deux personnes auxquelles elle servirait de liaison ; elle ne ferait que prendre les messages que Cécile aurait laissés à un endroit pour les porter à un autre endroit, où Xavier les récupérerait. Ainsi, Cécile et Xavier ne seraient jamais vus ensemble. Si un des deux était pris, cela donnerait à l'autre le temps de fuir.

Alerte, Cécile dressa mentalement la liste de ce que les autres passagers du wagon retiendraient d'elle. Taille moyenne. Cheveux bruns. Yeux noisette. Vêtements défraîchis – c'était la guerre, après tout ! Elle portait un peu de maquillage, juste assez pour ne pas attirer les regards des hommes ou ceux, plus sévères, des femmes. Elle avait l'air ni fatigué, ni en super forme. Elle avait pris soin d'essuyer la boue de ses chaussures afin qu'on ne se doute pas qu'elle avait beaucoup marché pour venir à la gare.

À ses pieds gisaient deux valises qui contenaient des vêtements de rechange, des articles de toilette, des cigarettes, du chocolat, du matériel de correspondance, deux livres – creux – où les gens du SOE avaient caché son fameux papier ultra-mince et de l'argent. Ils avaient aussi dissimulé dans la doublure d'une des valises une carte en soie qui donnait le détail des rues des villes, des routes et des voies ferrées de la région. Comme la police n'avait pas de raison de s'intéresser à elle, Cécile savait que ces précautions suffiraient. Pour le moment du moins.

On lui avait remis avant de partir deux jeux de faux papiers. Le premier, au nom de Cécile Delmas, se trouvait dans son sac à main. Le second, à un autre nom, était dissimulé dans le couvercle de son étui à cigarettes. On lui avait aussi donné sa carte de rationnement, cinquante mille francs et sa capsule L, que les agents voyaient comme une garantie contre la torture. Si Cécile était capturée, elle devait croquer la pilule. Le poison faisait effet en deux minutes, mais il ne fallait pas perdre de temps. La Gestapo avait appris à reconnaître l'odeur du cyanure, et on savait qu'elle avait commencé à faire vomir les prisonniers à l'haleine suspecte. Pour éviter d'avoir peur inutilement, Cécile repoussa loin dans son esprit l'idée du cyanure et de la mort qui suivrait. Elle avait une mission à accomplir.

Au moment où ils s'étaient quittés, Thomas Clark ne lui avait souhaité ni bon courage ni bon voyage. Il lui avait donné des instructions, s'était assuré qu'elle avait tout retenu et, avant de tourner les talons, il l'avait prise par les épaules.

— Montre-leur de quoi tu es capable, lui avait-il dit en la regardant droit dans les yeux.

C'est ce qu'elle s'apprêtait à faire. Montrer, non seulement aux officiers du STS 103, mais aussi à tous les autres ainsi qu'aux Allemands, qu'il fallait désormais compter avec elle.

Après avoir traversé de très petits villages, Cécile vit se dessiner loin devant une commune plus importante. Elle savait, pour avoir étudié la carte, qu'il s'agissait de Saint-Germain. C'était là que les Allemands s'étaient emparés de la mine de houille – *houille*, un mot qu'elle devait à tout prix retenir car, dans la région, il était rare qu'on emploie *charbon*.

La gare de Saint-Germain apparut enfin. Le train s'immobilisa. Même si Cécile avait pris un billet pour Albi, elle ramassa ses valises et descendit avec les autres passagers sans jeter un regard en arrière. À partir de maintenant, elle était seule avec un objectif aussi audacieux que dangereux : recruter des complices qui ne la dénonceraient pas.

47
Émilienne

Campagne française, 23 juin 1940

Les journaux ne paraissaient plus. Les lignes de téléphone étaient toujours coupées, et les radios s'étaient tues, sauf pour diffuser les annonces déconcertantes du maréchal Pétain. Mais ce n'était pas là le pire. La route, depuis la reddition, était envahie par les soldats. Avancer était devenu tellement difficile qu'Émilienne s'était prise à douter du bien-fondé de leur projet. Marseille était-elle vraiment la meilleure destination ? Jour après jour, on dépassait des tanks et autres véhicules militaires abandonnés. Puis ce furent des foules en liesse. Les femmes, surtout, qui ne cachaient pas leur joie.

— La guerre est finie ! s'exclamaient-elles en chœur.

Émilienne en vit plusieurs s'en prendre à des soldats qui refusaient de se rendre et tentaient d'en convaincre d'autres de continuer à se battre.

— Rentre chez toi ! ordonnaient-elles. Il y a eu suffisamment de morts.

Ceux qui tentaient de poursuivre leur chemin recevaient un lot d'injures et ils devaient se sauver à toutes jambes pour éviter les coups.

— Elles pensent que la vie va reprendre comme avant, expliqua Tcherniak pour les excuser.

Les rumeurs les plus folles couraient toujours. Et en l'absence de moyen de communication, il était impossible de vérifier quoi que ce soit. On racontait par exemple que le pape s'était suicidé et que les Allemands avaient envahi l'Angleterre. Chaque matin voyait naître une nouvelle histoire du genre, qu'on ne savait si on devait croire ou non. La vie quotidienne était devenue un chaos. Jetés sur les routes à quelques heures d'avis, les gens peinaient à se nourrir.

Les choses s'aggravèrent quand on atteignit Bordeaux, car tous les riches de Paris semblaient avoir suivi le gouvernement. On ne trouvait plus la moindre chambre à louer, que ce soit à l'hôtel ou chez des particuliers. Personne ne bougeait, car chacun avait, comme le professeur, des relations qu'il comptait bien faire valoir si la situation l'exigeait. En attendant qu'il se passe quelque chose et qu'on sache à quoi s'en tenir, on cherchait des êtres chers perdus de vue dans la pagaille de l'exode.

Le professeur laissa Émilienne et Tcherniak devant la gare de Bordeaux en leur souhaitant bon courage. Dans la voiture, madame Guérard avait l'air de s'être enfin calmée. Elle avait beaucoup pleuré depuis qu'ils avaient quitté Paris. Elle répétait qu'ils ne retrouveraient plus jamais leur bel appartement, leur belle situation, leurs amis.

— Nos amis sont ici, lui avait dit son mari pour la rassurer.

Évelyne serra Émilienne dans ses bras et lui souhaita bonne chance.

— On se retrouvera, murmura-t-elle.

Émilienne le lui promit, même si elle savait qu'il était illusoire de promettre quoi que ce soit.

Comme il fallait s'y attendre, le train était bondé. Tcherniak réussit néanmoins à leur dénicher un coin de banquette dans un des wagons de queue où s'entassaient des gens qui n'avaient pas les moyens de rester à Bordeaux. Des enfants pleuraient, des vieilles femmes gémissaient, mais la plupart avaient la mine atterrée et silencieuse des condamnés.

Émilienne tenait serré contre elle son maigre bagage. Tcherniak posa le sien sous le siège après en avoir sorti le manuscrit de son nouveau roman. Comme ils avaient plusieurs heures à tuer, il entreprit d'y travailler, indifférent au bruit et à la présence des autres passagers. Émilienne se détendit. La sécurité et le confort que leur offrait le train lui permettaient enfin d'abaisser sa garde. Il ne leur appartenait plus de choisir une route ou une autre, ou même de chercher de la nourriture. Le train allait à Toulouse et elle avait dans son sac de quoi les sustenter jusqu'à destination.

Elle venait à peine d'arrêter d'angoisser pour leur survie que son esprit fut assailli par des choses auxquelles elle n'avait pas eu encore le temps de penser. La condition désespérée dans laquelle se trouvait la France lui fit monter les larmes aux yeux. Paris ne serait plus jamais Paris. Surtout avec les Allemands…

Tant qu'elle avait eu à courir les chemins du matin au soir, elle ne s'était pas arrêtée pour réfléchir à tout ce que ces changements signifiaient à long terme. Maintenant, elle réalisait qu'elle ne reverrait plus ni son appartement, ni les cafés, ni les gens qu'elle avait fréquentés depuis sept ans. Le monde tel qu'elle l'avait connu n'existait plus.

— Nos petites histoires personnelles sont déterminées par la grande histoire, avait dit Tcherniak sur la route. Et cette grande histoire se fera malgré nous et à travers nous, quitte à nous écraser.

Émilienne savait qu'il disait vrai. Leur vie ne leur appartenait plus.

*

Le train fonçait vers le sud-est, mais la campagne environnante avait disparu dans les ténèbres. Pas de villages en vue, pas de voies de circulation non plus. Du noir, en haut, en bas et tout autour. À l'intérieur du wagon, la lumière était si basse que la majorité des passagers s'étaient endormis. Les corps mous et inertes absorbaient les secousses sans s'éveiller, comme si chacun avait repris confiance dans la vie, et dans son prochain.

Le contrôleur avait renoncé à vérifier les billets tant les passagers étaient nombreux. Ils formaient partout des murs compacts, debout ou assis, écrasés les uns contre les autres. Une telle foule rassurait les réfugiés. Seul Tcherniak s'agitait. Émilienne sentait sa jambe tressauter à côté de la sienne. Le bras qu'il avait passé derrière elle restait tendu, et sa respiration était irrégulière. Elle y avait reconnu ce qu'elle appelait désormais le sommeil du combattant. C'était le même qu'à son retour du camp de rassemblement. Il avait beau dormir, une part de lui épiait les bruits du train, à l'affût du moindre signe de danger. On aurait pu dire qu'il veillait dans son sommeil.

Elle-même ne faisait que somnoler, l'esprit à la dérive.

Six semaines après le début de l'offensive allemande, la France avait capitulé. Quelques jours plus tard, l'Armistice était signé sans négociation. Il n'y aurait plus de combats, mais il y aurait deux France. La première, qu'on appelait la France occupée, comprenait tout le nord et l'ouest. La seconde, baptisée la zone libre, recouvrait le sud et l'est. Une ligne avait été tracée sur une carte. Elle passait entre Bordeaux et Toulouse. Pour le commun des mortels, il s'agissait encore d'une ligne imaginaire, mais, comme l'avait dit Tcherniak, mieux valait gagner le Sud avant que les Allemands n'érigent une frontière physique.

Quand on entendit le train freiner au milieu de nulle part, personne ne comprit ce qui se passait. Personne, sauf Tcherniak qui bondit de son siège.

— Je vais voir à l'avant. Reste ici, surtout, et surveille nos bagages.

Sans attendre de réponse, il traversa leur wagon et disparut dans le suivant.

Le train finit par s'immobiliser dans un grincement de métal. Aussitôt, on vit apparaître de la lumière de chaque côté. Des hommes en uniforme se rapprochaient, lampes de poche à la main. Il fallut un moment à Émilienne pour réaliser qu'il s'agissait de soldats allemands.

— Teddy ! s'écria-t-elle en s'élançant pour le rattraper.

Elle s'arrêta net sur le seuil du wagon suivant. Des soldats étaient déjà à bord. Un coup d'œil vers l'arrière lui confirma que la porte de son wagon était grande ouverte. Des hommes ordonnaient aux passagers de sortir leurs pièces d'identité. Émilienne retourna à sa place et, dans un moment de lucidité, elle retira son manteau qu'elle lança sur le manuscrit de Tcherniak. À l'officier qui s'approchait, elle tendit son passeport, l'air agacé.

— *You are American* ? lui demanda l'homme avec méfiance.

Elle lui répondit sur le même ton.

— *Yes, and you* ?

— *I'm German. Where are you going* ?

Elle savait que s'il prenait le temps de lui poser ces questions en anglais, c'était pour vérifier l'authenticité de ses papiers. Elle lui dit qu'elle s'en allait à Toulouse.

— *Is this your luggage* ?

Elle confirma que les deux valises se trouvant à ses pieds lui appartenaient. Apparemment satisfait, l'officier lui redonna son passeport, se détourna et demanda ses papiers à un autre passager. Émilienne retint un soupir de soulagement et, sans qu'il y paraisse trop, elle jeta un coup d'œil à l'extérieur. Dans les phares des camions apparus comme par magie, on ne distinguait que des uniformes. Plus loin vers l'avant, elle remarqua une grande agitation. De sa main, elle cacha la lumière de l'intérieur pour mieux voir ce qui se passait dehors.

Des soldats rassemblaient des passagers – tous des hommes – qu'on avait fait descendre du train. On les forçait maintenant à s'éloigner de la voie ferrée, en les poussant avec rudesse. Émilienne examina chacun d'eux à mesure qu'on les faisait monter dans un camion. Elle n'aurait pu le jurer, mais il lui sembla qu'aucun n'avait la silhouette ni la démarche de Tcherniak. Ou bien il n'avait pas encore été arrêté… ou bien on l'avait arrêté avant les autres.

48
Virginie

Sherbrooke, Québec, 24 mai

Le cimetière avait été érigé sur les hauteurs de la ville. Si l'on marchait dans l'allée principale, entre les deux rangées de grands arbres, on apercevait au loin le mont Orford, avec les bandes blanches caractéristiques des pentes de ski. Il faisait tellement froid depuis deux semaines que Virginie n'était pas surprise de voir que la neige tardait à fondre là-haut.

De chaque côté de la montagne, les collines s'étiraient à l'infini, créant l'horizon vallonné typique des Cantons de l'Est. Au premier plan, toutefois, des dizaines de kilomètres avant la montagne, la ville de Sherbrooke dressait ses édifices de briques qui, en plein été, disparaissaient sous les frondaisons. En ce matin de printemps, on distinguait encore le quadrillé des rues. Virginie repéra la maison où elle avait grandi. En fait, c'était une des maisons de son enfance, car ses parents avaient déménagé souvent, ce qui expliquait peut-être son attachement à la demeure de sa grand-mère. Ce lieu avait toujours signifié la stabilité, l'identité, les racines.

Aujourd'hui cependant, et pour la première fois de sa vie, Virginie doutait de l'importance des racines. Elle avait croisé dans une épicerie du centre-ville une douzaine d'immigrants fraîchement débarqués. L'administration municipale avait déployé des efforts considérables pour les attirer jusqu'ici. À l'approche de la belle saison, le problème de main-d'œuvre devenait criant. Des restaurants n'étaient ouverts que pour le dîner. D'autres, que pour le souper. Les commerçants avaient mis de la pression sur le gouvernement. On avait besoin de commis et d'ouvriers spécialisés autant que de manœuvres et de personnel infirmier. La pénurie ne sévissait pas qu'en ville ; malgré les campagnes de recrutement, les cultivateurs ne trouvaient personne pour la récolte des petits fruits qui faisaient la réputation de la région.

Virginie avait regardé les nouveaux arrivants et avait pensé à son aïeul, le premier parmi les siens à avoir traversé l'océan pour venir refaire sa vie en Amérique. À l'époque aussi, on avait eu besoin d'immigrants. Des gens comme lui, des hommes vaillants, qui voulaient travailler la terre, coloniser cette région encore sauvage du Bas-Canada. Il avait tout laissé derrière, parents et amis, pour venir tenter sa chance au milieu de nulle part. Il avait fallu du courage, et il avait fallu être persuadé que la vie serait meilleure ici. C'était sans doute aussi le cas de ces gens qui, l'espoir dans le regard, mais la peur également, sortaient ce matin d'une école de francisation pour apprendre comment on faisait son épicerie au Canada. Quel accueil leur réserverait-on ?

Virginie se rappela la réputation de certains villages du Québec, où le nouveau venu, qui pouvait être Blanc et parler français, n'arrivait pas à s'intégrer ni à se faire d'amis parce qu'il avait vu le jour ailleurs dans la province. On disait de ces gens, déplacés le plus souvent pour le travail, qu'ils ne feraient partie de la communauté qu'une fois morts, parce qu'on les enterrait comme tout le monde au cimetière municipal.

Ici, à Sherbrooke, les morts, de part et d'autre de l'allée, portaient des noms français. Rousseau, Roy, Dumas, Blais. Virginie se demanda si les immigrants aperçus ce matin trouveraient leur place au soleil avant d'en trouver une au cimetière. Rien n'était moins sûr. En sortant de l'épicerie, elle avait aperçu, apposés partout dans le stationnement jusque sur le moindre poteau, des autocollants clamant : « Le Québec aux Québécois.

Un peuple uni à sa terre.» Voilà le message que la société québécoise envoyait à ces nouveaux venus dont, pourtant, elle avait tellement besoin.

Un bruit de klaxon ramena Virginie au moment présent. Elle s'écarta pour laisser passer une voiture et se retrouva devant une pierre tombale érigée pour un certain Thomas Dunn.

Dunn ?

Ce nom anglais lui rappela qu'elle-même, par sa grand-mère, était exclue de ce « peuple uni à sa terre ». Même chose pour Régis, malgré le fait que ses ancêtres vivaient en Amérique bien avant qu'arrivent ceux des Québécois. Ce monsieur Dunn avait pourtant été enterré dans le cimetière des Québécois de souche. Comment distinguait-on ceux qu'on acceptait de ceux qu'on rejetait ? Pff ! Elle le savait trop bien.

Elle n'avait qu'à penser à Emily Ann Saxby, dont la vie avait été facile en France, dans les années 1930, parce qu'elle était riche. Tudorel Tcherniak avait connu une expérience bien différente. Même l'Amérique lui avait refusé le visa qui aurait pu lui éviter le camp de concentration. Si Norman Saxby le méprisait, tant d'années après sa mort et sans même l'avoir connu, c'était parce que Tudorel Tcherniak avait été pauvre, qu'il venait d'ailleurs et qu'il avait un nom à coucher dehors. Le fait qu'il ait été communiste dans sa jeunesse ne l'avait sûrement pas aidé, mais c'était accessoire en comparaison avec son indigence.

Virginie arriva enfin au grand saule pleureur qui trônait, solitaire, en plein milieu du cimetière. Elle admira encore un moment la vue qu'on avait de la ville, puis s'avança jusqu'à la tombe de Sacha.

Elle sépara son bouquet de fleurs en trois, en laissa le tiers sur la tombe de son fils, le tiers sur celle de sa mère et le reste sur celle de son père. Elle se recueillit un instant et, réalisant qu'en fin de compte elle n'avait pas grand-chose à leur dire, elle leva les yeux vers le mont Orford, lointain et immuable, qui avait vu passer tant de voyageurs, dans les vallées et sur les rivières. À qui appartenait la terre, au fond, puisque tout le monde, les premiers arrivés comme les derniers, finissait rongé par les vers ?

En sortant du cimetière, elle tourna à gauche pour aller faire quelques courses avant de rentrer. Ce détour la fit passer devant un autre cimetière. Elle ne savait pas qu'il y en avait un deuxième, si proche du premier. Elle se gara et longea à pied la clôture de fer noir jusqu'au portail. Il était verrouillé. Pourquoi bloquer l'accès à un cimetière ? Elle regarda à travers les barreaux et examina les pierres tombales. Echenberg, Einbinder, Bernstein, Vineberg, Cress, Kaplan, Steinberg. Au-dessus de chacun de ces noms, on avait gravé l'étoile de David.

Le plus troublant pour Virginie n'était pas de découvrir un cimetière juif, mais plutôt de constater qu'on devait en interdire l'accès pour prévenir le vandalisme.

Elle s'en retourna, désolée de constater que la haine et l'exclusion se poursuivaient même dans la mort.

49
Andrew

Denyse, Alberta, 24 mai

Andrew s'était rendu dans les badlands avec une douzaine de paroissiens pour y répandre les cendres de Mrs. Crawford. Puis la vie avait repris son cours normal, ou presque. Depuis les funérailles, l'église recevait une vingtaine de personnes de plus le dimanche matin.

C'est peut-être pour cette raison qu'Andrew ne remarqua pas tout de suite qu'il s'y passait des choses étranges. Il utilisait souvent son bureau, à l'arrière, depuis que la pièce était fonctionnelle. Au début, il ne prenait pas la peine de verrouiller. À part l'ordinateur – qui était vieux de toute façon –, il n'y avait absolument rien à voler. Les vandales qui avaient brisé des fenêtres et s'étaient enfuis avec les bancs de l'église n'auraient jamais osé revenir maintenant que la maison adjacente était habitée. Surtout qu'il y avait presque toujours quelqu'un, puisque Andrew et Patsy se partageaient la voiture familiale.

Mais après quelques jours, des indices, ténus, avaient attiré son attention.

Pour commencer, sa chaise bougeait. Il aurait peut-être mis la chose sur le compte d'un plancher incliné s'il ne s'était aperçu qu'on utilisait son ordinateur en son absence. Personne ne connaissait son mot de passe, ni sa femme ni ses fils, ce qui excluait la possibilité que ces intrusions soient le fait de membres de la famille. Pourtant, la souris n'était jamais à l'endroit où il l'avait laissée. Plus significatif encore était le fait qu'il retrouvait chaque matin bien droit l'écran qu'il tournait pourtant toujours vers la gauche afin de le soustraire aux rayons du soleil qui entraient par la fenêtre derrière lui.

Alors il avait fait des tests. Rien que pour se convaincre qu'il n'était pas fou. Il avait fait exprès un soir de repousser sa chaise tout contre le bureau. Le lendemain matin, il l'avait trouvée reculée de quelques centimètres. Pas encore anxieux, mais tout de même mal à l'aise, il laissa un crayon dans une position particulière. Puis un livre, incliné de telle manière. Quand il s'aperçut qu'on n'y touchait pas, il déduisit que son visiteur avait deviné le subterfuge.

Il commença à fermer à clé. Par précaution. Et parce qu'il n'était pas sûr de son coup. Peut-être rêvait-il, tout simplement. D'ailleurs, depuis son arrivée, l'endroit avait été ouvert à tous. Quelqu'un venait peut-être se recueillir, de temps en temps, quand il n'y était pas. Interrogée, Patsy dit n'avoir rien vu, ni voiture ni vélo.

— Cette personne est peut-être venue à pied? proposa-t-il.

Elle rit.

— Si quelqu'un a marché du village jusqu'ici, il a bien mérité de se reposer dans l'église. Avoir su, je lui aurais même servi un café.

Andrew lui donna raison, le village était un peu loin. Et puis s'il y avait eu des visiteurs, Jessie et Bess auraient aboyé. Quand il leur fit inspecter les lieux, les chiennes restèrent calmes, comme à leur habitude. Cette absence de réaction de leur part n'empêcha pas Andrew d'être persuadé que quelqu'un fouillait dans ses affaires, et ce, quotidiennement.

— Je te dis que quelqu'un vient dans l'église! lança-t-il un jour à Patsy.

Elle se moqua de lui.

— Tu rêves, mon amour.

— Non, je ne rêve pas.

Il avait l'air sûr de lui, mais au fond, il commençait à douter de lui-même.

50
Cécile

Albi, France, 28 septembre 1943

Les fenêtres avaient été bouchées, et la porte, verrouillée. Dans un coin de l'appartement, lieu de rendez-vous offert par un des hommes, la radio demeurait éteinte. On ne l'allumerait qu'au dernier moment.

Pour s'assurer d'une bonne couverture, Cécile avait préparé le terrain depuis son arrivée à Albi, un mois plus tôt, et s'était transformée en grenouille de bénitier, se rendant à la messe deux fois par jour à heures fixes. Elle s'était choisi un coin de la cathédrale, s'assoyait ou s'agenouillait, selon les circonstances, et profitait de ce moment de tranquillité pour planifier l'attaque de la mine. Ces sorties régulières lui permettaient, le temps venu, d'organiser les réunions de son petit comité sans attirer l'attention. Il suffisait pour cela de donner rendez-vous à ses hommes à une heure correspondant à un des services religieux. Elle quittait ainsi son appartement comme d'habitude, empruntant le même chemin que d'habitude. Ce n'est qu'arrivée devant la cathédrale qu'elle changeait de direction. Cette tactique évitait d'éveiller les soupçons de sa propriétaire ou des autres locataires de son immeuble. Et même s'il n'y avait qu'une très faible présence militaire allemande en ville, Cécile se disait qu'on n'était jamais trop prudent. Il lui était arrivé quelques fois d'avoir à sortir ses papiers lors de contrôles de routine. Elle le faisait toujours avec un calme qui la surprenait elle-même. On aurait dit qu'elle se sentait chez elle, en terrain connu, maîtresse de son destin. Rien n'était plus faux, mais l'admettre n'aurait fait qu'affaiblir sa confiance en elle. Et ce n'était pas le moment.

Autour de la table, trois hommes ruminaient. Ils s'appelaient Roger, Félix et Manu, et constituaient le premier maillon du réseau que Cécile avait réussi à mettre sur pied. S'ils n'avaient pas été envoyés dans les camps de travail en Allemagne, c'était parce qu'ils étaient déjà au service du Reich en tant qu'employés dans les mines et les usines de la région. Les autorités leur avaient délivré un permis de travail. Ce document faisait d'eux des gens libres de circuler, un critère important dans la sélection des résistants.

Ce soir, ses hommes étaient de mauvaise humeur parce que Cécile venait de leur expliquer que les avions de la RAF ne volaient pas par mauvais temps.

— Mais il fait un temps superbe, Judith ! s'insurgea Manu.

— Ici oui, lui répondit-elle gentiment, mais ça ne veut pas dire que c'est le cas en Angleterre. Le QG ne prendra pas le risque de perdre notre précieuse cargaison.

Trois semaines plus tôt, elle avait demandé à Xavier de transmettre par message radio une liste de matériel incluant des munitions, des mitraillettes Sten, des explosifs, des détonateurs, des fils. Bref, tout ce qu'il fallait pour faire sauter les cinq puits de la mine. L'idée de faire imploser les puits, elle la tenait de Roger, qui travaillait à la mine avec son père et ses frères. Depuis que la décision avait été prise, Roger et les siens s'étaient affairés à influencer le climat de travail. Dès que l'occasion se présentait, ils critiquaient le salaire, qui n'était pas assez élevé. Ils répétaient que les heures étaient trop longues et les pauses, insuffisantes. Ils rabâchaient leurs insatisfactions à qui voulait l'entendre, et même à ceux qui se bouchaient les oreilles. La rumeur voulait maintenant que pendant que les Français s'échinaient sous terre, les Allemands supervisaient à l'air libre, avec un salaire trois fois plus élevé que celui des mineurs. Cette dernière information était fausse, mais ce détail était passé inaperçu au milieu des autres revendications, auxquelles de plus en plus de travailleurs adhéraient. La grogne montait de jour en jour. Bientôt, avait expliqué Roger, les mineurs feraient grève, et à ce moment-là, Cécile et son équipe auraient le champ libre.

Comme convenu, Roger, Félix et Manu avaient chacun recruté trois autres hommes dont ils devaient garder l'identité secrète. Même Cécile avait refusé d'entendre leurs noms. Ils ne la connaissaient d'ailleurs que sous son nom de code et n'avaient aucune idée de l'endroit où elle vivait.

— La discrétion sauve des vies, leur avait-elle expliqué.

S'ils avaient été surpris par ces mesures de sécurité, ils avaient été franchement impressionnés par les conditions imposées par Cécile à l'attaque de la mine : aucun Français ne devait être tué et, si possible, il ne devait y avoir aucun blessé.

Cécile les avait laissés croire que son principal souci était la vie des mineurs. Oh, elle ne voulait pas leur mort, mais la vérité était beaucoup plus pragmatique : le moral des Français serait grandement affecté s'il y avait des décès, ce qui rendrait le recrutement plus difficile par la suite. Comme Cécile espérait élargir son réseau, elle devait limiter les dégâts. Évidemment, son souci d'éviter les pertes humaines ne concernait pas les Allemands. Et en prononçant ces derniers mots, elle avait sorti son couteau à double tranchant et l'avait posé sur la table, ce qui avait eu beaucoup d'effet.

C'est Félix qui avait choisi le message codé : « Juliette chante faux. » Juliette, c'était sa femme, et les autres s'accordaient pour dire qu'elle chantait terriblement faux. Sur le coup, l'idée les avait tous fait rire. Ils attendaient maintenant d'entendre ces mots sur les ondes de Radio Londres. Soir après soir, depuis trois semaines, ils rongeaient leur frein. Cécile avait dû faire preuve d'imagination pour les convaincre de patienter. À bord des conteneurs, il y aurait du tabac et peut-être aussi de la viande en conserve. Compte tenu du rationnement et des autres privations, elle savait qu'elle pouvait compter sur la complicité de leur estomac. Et pour prouver sa bonne foi, elle les avait laissés se servir dans son étui à cigarettes.

Elle leur avait expliqué ce qu'elle attendrait d'eux le jour où on entendrait enfin le message. Elle avait choisi le champ d'un cultivateur à une dizaine de kilomètres de Saint-Germain et lui avait demandé la permission d'y recevoir le matériel, non sans avoir auparavant vérifié ses allégeances politiques. Dans son message à Xavier, elle avait inclus la longitude et la latitude ainsi que des détails sur la géographie, la position par rapport au village et aux autres communes, afin que les gens de Londres repèrent le champ en question sur une carte et transmettent cette information au pilote. Cécile et ses compagnons arriveraient sur place à la nuit tombée et devraient préparer des feux. Quand on entendrait le bruit des moteurs, il leur faudrait allumer ces feux et ne pas perdre de vue les cylindres qui leur seraient parachutés.

— C'est l'heure, Judith, lança tout à coup Manu.

Cécile avisa l'horloge et fit signe à Félix d'allumer la radio. Il y eut d'abord un signal, qui ressemblait vaguement au début de la *Cinquième Symphonie* de Beethoven : « Ta-ta-ta, taaaa ! » Ce qui correspondait aussi au V du code morse. Le V de la victoire, en somme. Ces notes furent suivies d'une voix d'homme qu'ils connaissaient bien.

— Ici Londres. Les Français parlent aux Français. Voici notre bulletin d'informations au cours duquel vous entendrez quelques messages personnels.

Suivit une série d'informations sur la guerre, qui concernaient tantôt l'Europe, tantôt l'Asie. Et soudain, on entendit la phrase qui forçait les agents partout en territoire occupé à redoubler d'attention.

— Veuillez écouter maintenant les messages personnels. *Gaby, mange ta soupe ma chérie.* Je répète : *Gaby, mange ta soupe ma chérie. Les lions sont terribles. Les lions sont terribles.*

La voix égrainait ainsi des phrases ridicules qui n'avaient de sens que pour ceux qui les attendaient. La liste dura un moment. Cécile se préparait déjà à devoir atténuer la déception de ses hommes quand, soudain, on entendit enfin :

— *Juliette chante faux.* Je répète : *Juliette chante faux.*

Autour de la table, les visages s'illuminèrent. Cécile en ressentit une grande fierté. Comme elle, chacun avait hâte de passer à l'action. Elle prit son ton le plus sérieux et dit :

— Roger, Manu, rentrez chez vous et reprenez vos habitudes. Je vous contacterai d'ici quelques jours. Félix, alertez les membres de votre équipe. On se retrouve au point de rendez-vous.

*

Cécile se déplaçait dans l'obscurité, et le bruit du vent – un farouche vent d'automne – couvrait celui de ses pas. Elle avait ordonné à ses hommes de se mettre en position. Ce n'étaient pas les mêmes que ceux qui avaient participé à la réception des conteneurs la semaine précédente. Il fallait maintenir l'étanchéité des cellules pour éviter que la capture d'une personne ne mène au démantèlement de tout le réseau. Ceux à l'œuvre ce soir provenaient de l'équipe de Roger. Ils étaient plus nombreux que prévu, ce qui avait d'abord irrité Cécile. Trop d'hommes risquaient de donner l'alerte par inadvertance ou par indiscipline. Roger avait tôt fait de la rassurer : tous travaillaient à la mine, ils connaissaient très bien les lieux.

— Ils seront discrets, je vous le promets, avait-il ajouté, et Cécile n'avait pas eu d'autre choix que de lui faire confiance.

Ils attendaient maintenant, à bonne distance de l'entrée. Depuis le début de la grève, trois jours plus tôt, la mine n'était gardée que par deux sentinelles allemandes. Deux, ça semblait peu, mais comme Cécile devait les neutraliser seule, ça faisait beaucoup. Si elle avait décidé d'agir en solo, c'était parce qu'aucun des volontaires n'avait été entraîné. Il s'agissait de mineurs et de pères de famille. Elle ne pouvait permettre que l'un d'eux soit tué avant même que ne commence la mission, cela aurait mis en péril le reste des opérations.

Comme une arme à feu risquait de donner l'alerte et d'attirer sur les lieux d'autres Allemands, Cécile avait décidé de se servir de son couteau. Elle avait passé une heure à réviser ce qu'elle avait appris avec Wallace. Dans le silence de son appartement, elle avait répété les mouvements, s'était étirée, s'était détendue. Il aurait été inutile de nier la tension qui l'habitait; ce soir, elle s'apprêtait à tuer pour la première fois.

Elle longea le bâtiment le plus près de la guérite, ce qui lui permit de s'approcher en restant dans l'ombre. Les deux hommes étaient beaucoup plus grands qu'elle, mais Cécile savait que la surprise serait un atout.

Quand elle eut passé la dernière fenêtre, elle s'arrêta. On entendit alors un bruit de verre qu'on fracasse, à l'intérieur des limites de la mine. C'était convenu. Un des hommes de Roger, un homme fort à ce qu'on disait, avait lancé une bouteille. Son geste eut l'effet escompté: les deux sentinelles se consultèrent et l'une d'elles resta sur place pendant que l'autre allait vérifier ce qui se passait. Cécile attendit que cette dernière se soit éloignée pour sauter sur sa victime. Comme l'homme regardait partir son compagnon, il ne s'attendait pas à ce qu'on l'attrape par-derrière. D'une main, elle lui couvrit la bouche et lui écrasa une partie du nez, avant de le tirer vers le sol en même temps qu'elle lui enfonçait son couteau dans les reins. Elle le soutint pour qu'il se couche tout doucement et le tira dans l'ombre du bâtiment.

Elle n'eut pas avec l'autre l'avantage de la surprise. Et sans la collaboration de Roger, qui lui sauta sur le dos, elle n'aurait jamais réussi à l'éliminer. Elle se promit de retenir la leçon et, sans plus y penser, fit signe aux hommes de se mettre en position. Pendant que deux volontaires endossaient les tuniques des Allemands, s'emparaient de leurs armes et se postaient à la place des sentinelles, Cécile, Roger et les autres traînèrent les corps à l'écart et coururent installer les charges. Qui serait alors passé sur la route n'aurait rien remarqué d'inhabituel.

Il fallut près d'une heure pour installer les divers explosifs et relier les détonateurs. Quand tout fut en place, Cécile et ses hommes disparurent dans la nuit.

L'explosion détruisit les installations minières, mit le feu aux bâtiments ainsi qu'au dépôt de charbon. Keath aurait été fier, la démolition n'avait pas échoué.

51
Émilienne

Marseille, 26 juin 1940

Le train de Toulouse déversa son lot de miséreux dans la gare de Marseille. On était loin des bourgeois, professeurs d'université et autres Parisiens qu'Émilienne avait vus à Bordeaux. Ceux qui trimbalaient dans leur maigre bagage tout ce qu'ils possédaient au monde n'étaient pas Français, pour la plupart. C'étaient des réfugiés en quête d'un moyen de quitter la France.

Émilienne se laissa porter par la foule, une valise dans chaque main. Elle ne savait pas où aller. Tcherniak et elle avaient fait des plans sans jamais entrer dans les détails. Maintenant qu'il n'était plus là, elle hésitait quant à la marche à suivre. Comment s'assurer qu'il la retrouverait ?

Elle atteignit la sortie et, une fois à l'extérieur, la chaleur qui l'avait prise à la gorge quand elle était descendue du wagon devint suffocante. Elle continua néanmoins de suivre la horde de voyageurs et se retrouva au sommet d'un gigantesque escalier. Elle évalua le nombre de marches à cent. Cent ! Comment diable allait-elle procéder pour les descendre avec ses deux valises ?

Perplexe, elle posa son fardeau. Marseille se déployait à ses pieds, avec ses boulevards bordés de platanes, ses hôtels – Le Splendide était le plus visible – et ses nombreux passants. À droite, au loin, se dressait une église au sommet d'une colline qui dominait la ville. Émilienne reconnut Notre-Dame de la

Garde, qui veillait sur le port. Si la basilique avait été plus près, elle serait allée s'y agenouiller pour prier.

Il lui vint soudain à l'esprit qu'elle n'avait qu'à procéder comme elle l'avait fait à son arrivée à Paris, sept ans plus tôt : se trouver un hôtel, y laisser ses affaires, s'asseoir dans un café et étudier les lieux. Elle fit demi-tour et retourna dans la gare se comporter comme l'Américaine qu'elle était.

— Garçon ! lança-t-elle à un jeune homme qui semblait n'attendre que ça.

— Madame ? s'enquit ce dernier. Vous voulez que je vous conduise à l'hôtel ?

— Au Splendide, s'il vous plaît.

— Vous avez une réservation ?

Émilienne fit la moue.

— Sans réservation, expliqua le garçon, vous n'aurez pas de chambre, madame. La population a doublé ces derniers jours.

— Allons, je suppose que vous devez savoir où je peux me loger.

Le garçon lui sourit, fier de lui.

— Je connais un petit hôtel tout près, vous y serez très bien, je vous le garantis.

Émilienne approuva et lui tendit ses valises. Aussitôt, il l'entraîna vers l'escalier qu'il descendit sans peine, même chargé.

— C'est par ici, madame ! lui lança-t-il quand il la vit hésiter.

Au Splendide, elle aurait été facile à trouver. Alors qu'ailleurs…

— Comment s'appelle cet hôtel où vous m'emmenez ?

— L'Hôtel Suisse, madame. C'est juste là !

Il désigna du menton un édifice au coin de la rue. Aussi près de la gare, ce ne pouvait être une mauvaise idée. Elle lui emboîta le pas.

Même à l'Hôtel Suisse, il ne restait qu'une chambre. Émilienne la paya comptant et réalisa qu'il ne lui restait plus beaucoup de billets. Par chance, Marseille étant une grande ville, les banques y abondaient.

La chambre était à peine meublée. Un lit, un lavabo, une commode, une table et une chaise. Jugeant que, pour l'instant, elle devait s'en contenter, Émilienne demanda qu'on pose ses bagages et tendit un pourboire au garçon. Une fois seule, elle s'avança jusqu'à la fenêtre, qui offrait une vue imprenable sur le grand escalier et sur le jardin aménagé juste à côté. Oui, pour le moment, cette chambre ferait l'affaire.

Elle revint vers le lit, s'y allongea. Les yeux clos, elle laissa remonter à la surface les pensées qu'elle avait refoulées depuis trois jours. Il y avait tout d'abord la possibilité que Tcherniak ait été fait prisonnier lors de la rafle du train. Une part d'elle refusait d'accepter cette idée. Un homme prévoyant, avec un esprit vif comme le sien, devait avoir vu les soldats bien avant qu'eux ne le voient. Un homme comme lui ne tombait pas dans un piège aussi bête.

La plus grande inquiétude d'Émilienne concernait la réouverture des camps d'internement. Elle avait appris à Toulouse que le maréchal Pétain avait ordonné l'arrestation des sans-papiers. Tcherniak n'avait rien sur lui au moment de la rafle. Dès qu'il ouvrirait la bouche pour s'expliquer, son accent trahirait son origine.

Émilienne préférait ne pas y penser.

Elle se releva, attrapa sa valise et l'ouvrit sur le lit. Elle en retira une poignée de vêtements afin de dégager le roman de Tcherniak. Elle en avait lu des bouts, suffisamment pour comprendre qu'il y faisait le procès des fascistes autrichiens. *La toute-puissance des régimes tyranniques,* écrivait-il, *tient à ce qu'on n'ose pas les combattre. Il faut oser si on prétend défendre la liberté.*

Émilienne avait retenu ces mots parce qu'elle avait trouvé des idées similaires dans les discours de Bernard Délicieux. La toute-puissance de l'Inquisition avait elle aussi tenu au fait que personne n'avait osé la combattre.

Elle parcourut la chambre des yeux à la recherche d'un endroit où mettre à l'abri le dangereux manuscrit. Sous le matelas semblait une bonne cachette, mais si elle y avait pensé, d'autres y penseraient aussi. Elle examina la commode, fit glisser chacun des tiroirs et, après avoir sorti celui du dessus, elle tâta le fond : les tiroirs ne touchaient pas au panneau arrière. Une fois qu'elle y eut glissé le texte à la verticale, ils se fermaient comme si de rien n'était.

Elle revint à sa propre valise qu'elle vida de manière à remplir la commode en entier. Toute cette agitation eut raison de son chemisier, dont le tissu lui collait maintenant dans le dos et sur le ventre. Elle fit couler de l'eau dans le lavabo et se lava avant d'enfiler un chemisier propre.

Quand elle se rassit sur le lit, elle sentit l'inquiétude la gagner de nouveau. Qu'était-il arrivé à Tcherniak ? Avait-il été arrêté ou se cachait-il quelque part en ville ? Son regard s'égara par la fenêtre pour se poser sur le grand escalier et sur la gare. Si elle restait dans sa chambre à l'attendre, jamais il ne la trouverait. Elle saisit son sac à main et sa veste, et sortit prendre l'air.

Parce qu'elle avait entendu dire que certaines rues de la ville étaient des coupe-gorge, elle resta sur le boulevard d'Athènes, qui partait de l'escalier et descendait vers le centre. Elle marchait à l'ombre des platanes, car même si l'après-midi achevait, il faisait toujours une chaleur étouffante. Les passants étaient nombreux. Soldats démobilisés, réfugiés, voyageurs et immigrants de partout semblaient s'être donné le mot pour rejoindre Marseille, si bien que la ville était plus animée que Paris en juin, ce qui n'était pas peu dire. Elle atteignit la rue Canebière, une artère longée par des tramways et bordée de cafés, de bars, de restaurants et de kiosques à journaux. La foule s'y faisait encore plus dense. Émilienne jugea prudent de rester dans les environs de l'hôtel – dans une heure, maximum deux, il ferait nuit. Elle acheta le *Marseille-Soir* ainsi qu'un plan de la ville. Puis, repérant une place libre sur une terrasse, elle s'y installa et se commanda un pastis.

Les gens continuaient d'affluer sur la Canebière, à pied ou en tram. Plusieurs visages affichaient la même mine sombre qu'Émilienne avait vue dans le train. Sur d'autres, en revanche, elle remarqua de l'insouciance, comme si on n'avait qu'à tolérer les inconvénients propres à la guerre, pas la guerre elle-même. On discutait fort. On entrait et sortait des commerces. On s'entassait dans les cafés comme les Parisiens jusqu'à l'automne précédent. Les batailles, la défaite et les Allemands dans Paris, tout cela, pour les Marseillais, relevait encore de la rumeur, et ce, même si les unes des journaux citaient les clauses de l'armistice, qu'on disait dures, mais nullement déshonorantes.

C'est avec une étrange appréhension qu'Émilienne lut les conditions imposées par l'Allemagne. Son regard s'attarda sur la clause 19 où elle reconnut l'infâme expression « ressortissants allemands ». C'est ainsi qu'on appelait désormais les citoyens du Reich unifié.

Le gouvernement français est tenu de livrer sur demande tous les ressortissants allemands désignés par le Gouvernement du Reich et qui se trouvent en France, de même que dans les possessions françaises, les colonies, les territoires sous protectorat et sous mandat.

Émilienne posa le journal, la gorge serrée. Voilà pourquoi Pétain avait ordonné l'arrestation des sans-papiers. Impossible de se leurrer désormais : si la police ou les gardes mobiles mettaient la main sur Tcherniak, ils le livreraient aux Allemands. La France venait de se transformer en un gigantesque piège humain.

52
Virginie

Brookbury, Québec, 1er juin

Arroser le jardin à la main prenait du temps et constituait une tâche éreintante, car Virginie récupérait dans un grand baril l'eau de pluie qui s'écoulait des gouttières. En début de saison, tant qu'elle utilisait encore l'arrosoir, elle faisait le tour des semis en une vingtaine de minutes. Au milieu de l'été, quand il fallait charrier l'eau dans un seau pour le vider au pied des plants, ça prenait une heure. Parfois plus. Elle aurait pu mettre en place un système d'irrigation en utilisant un boyau percé. Elle aurait pu aussi installer un arroseur rotatif, comme celui que Bernard, son voisin, avait installé sur sa pelouse. Mais la vérité, c'est qu'elle ne voyait pas les soins à apporter à son jardin comme une corvée. Chaque geste constituait pour elle un rituel – même désherber ! – et elle s'y adonnait dans un état d'esprit quasi méditatif. Il en avait toujours été ainsi.

On pouvait dire que dans son potager, Virginie se sentait en harmonie avec le monde. Même quand tout allait mal sur la planète, même quand ses finances la tourmentaient. Pour cette raison, elle y venait aussi souvent que possible. Elle avait gardé un espace vide en plein centre, où elle avait installé quatre carrés de ciment sur lesquels trônait une chaise longue. Quand le temps le permettait, surtout en début et en fin de saison, elle y passait une heure ou deux à lire au soleil.

Ce matin, bien au chaud dans un polar moelleux, un chapeau à large bord sur la tête, elle profitait de la fraîcheur parfumée pour passer à travers le roman que Régis lui avait apporté lors de sa visite. Dans *La fin d'un monde,* Tudorel Tcherniak racontait l'histoire de réfugiés à Paris pendant les années qui avaient précédé et suivi le début de la Deuxième Guerre mondiale. Parmi ces gens un brin révolutionnaires, on comptait des Tchèques, des Polonais, des Allemands, des Autrichiens, des Belges et des Russes. Certains étaient juifs, mais pas tous. Tous étaient cependant de libres penseurs qui faisaient, dans leur travail ou à travers leur art, la promotion d'idées libérales. Ils avaient défendu les minorités, avaient fait la grève pour que d'autres reçoivent de meilleures conditions de travail ou s'étaient battus, pour plusieurs en Espagne, et du côté des perdants. Ils s'opposaient à ce qu'on limite les droits individuels au profit de la nation. Ils dénonçaient les expulsions et les emprisonnements arbitraires, les dérives totalitaires, les interdictions imposées sous prétexte de contrôle des mœurs.

Ils vivaient de presque rien, partageaient une chambre d'hôtel miteuse avec un compatriote, un ancien collègue, un ami. Ils avaient en commun de se définir depuis toujours comme des Européens, citoyens d'un continent sans frontières, et de parler le français avec des accents aussi divers que leurs origines.

Le personnage principal du roman s'appelait Lévine. C'était un médecin russe en exil pour avoir écrit des brûlots dénonçant le régime de Staline. Après un séjour dans un camp de travaux forcés, des amis avaient obtenu sa libération à condition qu'il quitte le pays. À la veille de la Deuxième Guerre mondiale, on le retrouvait, avec un lot d'expatriés comme lui, dans un café parisien où tout le monde était sur les nerfs et sans le sou.

Virginie aimait la description de ce Paris de 1939, car même si l'auteur avait fait beaucoup d'efforts pour montrer la misère dans laquelle vivaient ses personnages, on y sentait une grande solidarité et surtout beaucoup de cœur. C'était pourtant avec détachement que Tudorel Tcherniak décrivait les affrontements entre l'extrême droite et l'extrême gauche. On avait l'impression qu'il regardait de la même manière fascistes et antifascistes. Les premiers s'en prenaient aux droits de la personne et, par la bande, à ceux des réfugiés. Les seconds, aux biens des riches et, d'une certaine manière, aux libertés individuelles. Certes, lui-même ne possédait plus rien et n'avait plus aucun droit. Cette situation lui offrait une perspective originale pour aborder le chahut, les agressions, la haine mutuelle et le droit exclusif d'avoir raison. Avec ce point de vue marginal, il dénonçait scène après scène le fait que l'extrême gauche et l'extrême droite déshumanisaient toutes deux leurs adversaires.

Il avait mis dans la bouche du docteur Lévine des phrases d'une grande lucidité.

L'enfer et le paradis ont été inventés par des gens que la fortune a favorisés, ce qui explique qu'ils ne savent pas que, l'enfer, on y est déjà.

Et plus loin :

Vous et moi, nous n'avons en réalité aucune importance. Nous sommes des grains de sable sur une dune, avec de brefs moments de conscience. Nous pouvons prétendre que nous sommes en contrôle de notre vie, la vérité, c'est que nous sommes balayés par un vent qui façonne le monde à son gré et non selon notre volonté. Dans ces conditions, il est ridicule de nous croire importants. Nous serions totalement humains si nous étions capables d'accepter que nous sommes une pièce infime dans l'engrenage de la vie.

C'était tout un philosophe, ce Tudorel Tcherniak, et son roman était truffé de réflexions, fruits de son expérience de la guerre et des camps de concentration. Étonnamment, il y avait aussi une note de fatalisme dans ses propos.

Une grande sagesse commande de se fier au hasard, mais avec une volonté raisonnable et tenace.

Et encore :

L'histoire se fait malgré nous, à travers nous, avec nous, même si elle nous écrase. Elle va où elle doit aller.

Autant d'abandon surprenait Virginie, qui avait imaginé l'amant d'Emily Ann comme un dur à cuire.

Il décrivait des navires surpeuplés de Juifs qui erraient sur la Méditerranée, refoulés de port en port. À bord, des gens malades, des gens désespérés, des sans-papiers, des sans-logis, qu'on repoussait parce que les gouvernements n'avaient pas encore décidé ce qu'ils devaient en faire. Car tout à coup, les frontières avaient pris une dimension physique, réelle, au point qu'on différenciait désormais les hommes, et de manière officielle, selon la couleur de leur peau ou leur nom de famille. Et ceux qui menaient le bal, le roman les montrait ivres de leur supériorité, convaincus de leur bon droit sur un territoire donné en raison de la supposée pureté de leur race.

Cette obsession de la patrie et des droits fondamentaux déterminés par le sang donnait froid dans le dos, mais pas autant que cette réplique mise dans la bouche du docteur Lévine :

Quand les hommes qui tuent prennent le pouvoir dans un pays, ils commencent par tuer les hommes qui pensent.

Et le roman se terminait sur une vision du monde que Tcherniak attribuait à tous les extrémistes :

Il ne peut y avoir qu'une seule idée à défendre et une seule manière de la défendre.

53
Andrew

Denyse, Alberta, 2 juin

Dans la nuit totale, les oiseaux se mirent soudain à chanter. Andrew ouvrit un œil, ravi de constater qu'on pouvait encore se fier aux animaux pour reconnaître les premiers signes de l'aube. Il se leva, s'habilla et sortit marcher pieds nus dans la rosée, les chiennes sur les talons.

Si les couchers de soleil l'émouvaient par leur aspect majestueux, Andrew trouvait quelque chose de magique à l'aurore. Un autre jour était sur le point de commencer, et il en voyait le début avant tout le monde.

Les chiennes s'étaient couchées à ses pieds, face à l'est, elles aussi. Serein, Andrew s'agenouilla pour les caresser. Il ne pensait à rien, car il était simplement heureux d'être là, d'exister en ce moment précis. Il avait rêvé de Mrs. Crawford et, ce matin, elle lui manquait. Il aurait aimé reprendre leur conversation, lui poser des questions, l'écouter parler des hoodoos et des badlands.

C'est ainsi, plongé dans ses pensées, mais attentif, qu'il entendit un craquement inhabituel. Il tourna la tête en direction de l'église et eut tout juste le temps de voir une lumière bleue s'éteindre d'un coup.

— Je le savais ! murmura-t-il en bondissant sur ses pieds.

Il n'avait pas la clé sur lui, mais il se disait que si quelqu'un était entré dans l'église, ce devait encore être ouvert. Quelle ne fut pas sa surprise de se heurter à une porte verrouillée ! Il frappa, d'abord discrètement, puis avec plus d'insistance, mais personne n'ouvrit. Furieux, il revint à la maison, fouilla dans un tiroir et reprit la direction de l'église, clé en main. Il poussa la porte avec impatience, mais s'immobilisa sur le seuil. À l'intérieur, il n'y avait personne. Les coussins, il l'aurait juré, avaient été déplacés. Sans parler de la chaise qui, cette fois, se trouvait bien loin de sa position habituelle. Il y avait eu quelqu'un ici, et cette personne avait fui sans prendre le temps d'effacer ses traces.

Il fit entrer les chiennes qui ne s'excitèrent pas davantage que les autres jours.

Les abandonnant dans le bureau où elles semblaient à l'aise, il passa dans l'église. Personne. Il vérifia la toilette. Personne là non plus. Il revint sur ses pas et examina le bureau une seconde fois. Confus et quand même un peu inquiet pour sa propre santé mentale, il s'affala de tout son long sur le sofa… avant de se redresser aussitôt, saisi. Les coussins du sofa étaient chauds, comme si quelqu'un avait été assis là un bon moment.

— Je le savais ! répéta-t-il en retournant à l'extérieur.

L'aube pointait et lui permit d'examiner le sol. Ne remarquant rien de spécial, il retourna dans la maison.

— Patsy ! s'écria-t-il en montant l'escalier.

Dans son empressement, il ne réalisait pas qu'il réveillait tout le monde à 5 h 30 un samedi matin.

— Patsy ! répéta-t-il en pénétrant dans la chambre. J'avais raison ! Quelqu'un a passé la nuit dans l'église.

Tout ensommeillée, Patsy se redressa sur un coude.

— De quoi tu parles ?

Elle avait les yeux mi-clos, la chevelure en bataille, et ne manifestait pas la moindre trace d'exaspération.

— Je te parle de l'église. Quelqu'un a dormi là !

Cette fois, elle s'assit.

— Comment le sais-tu ?

— Je viens d'y aller. Le sofa était encore chaud.

Pendant qu'elle s'habillait, il raconta comment il était sorti voir le soleil se lever et comment il avait aperçu de la lumière à la fenêtre du bureau.

— Ce qui m'intrigue, c'est que les chiennes ne réagissent pas. Elles sont peut-être trop vieilles…

Patsy enfila ses chaussures en lui demandant de parler moins fort. Précaution inutile ; avec tout ce chahut, les garçons s'étaient levés et venaient de les rejoindre dans la chambre.

— Qu'est-ce qui se passe ? demanda Frederick.

Andrew répéta son histoire, mais, contrairement à ce qu'il anticipait, personne ne parut inquiet.

— Vous ne comprenez pas ?!

Il se trouvait ridicule de s'emporter de la sorte, cela ne lui ressemblait pas… Mais les voir si calmes alors qu'un intrus squattait l'église…

— Philip, commença Patsy. Irais-tu faire du café ?

Puis, le retenant par le bras, elle ajouta :

— Pour tout le monde.

Elle s'adressa ensuite à ses autres fils.

— Allez vous habiller ! Je vais faire du pain doré ce matin.

Enthousiastes, Frederick et Benjamin s'enfuirent en courant, laissant leurs parents régler ce qu'Andrew considérait comme une affaire urgente.

— Qu'est-ce qu'on fait ? J'ai pensé appeler la police, mais rien n'a été volé. Et puis je me dis que si quelqu'un a dormi dans l'église, c'est qu'il ou elle n'avait nulle part où aller.

Patsy ne répondit pas, mais lui demanda d'aller aider Philip à la cuisine. Décontenancé, Andrew descendit mettre la table. Dès que le café fut prêt, il s'en versa une tasse et s'assit à sa place pour réfléchir. Tout le monde était beaucoup trop calme, ce n'était pas normal. Et si ce n'était pas normal, c'était qu'il se passait quelque chose dont il n'était pas au courant. Quelque chose qu'on lui avait caché. Sans doute pour son bien.

Fort de ce raisonnement, il ne fut pas vraiment surpris quand, en pénétrant à son tour dans la cuisine, Patsy demanda à Philip d'aller chercher Amin.

Andrew soupira, presque rassuré. Si ses fils étaient au courant de l'affaire, ça ne pouvait pas être grave.

— Qui est Amin ? demanda-t-il.

— Ton pensionnaire illicite.

— Mmm…

Cette confirmation lui permit de se détendre, lui qui aurait dû être blessé qu'on lui ait menti.

Comme Philip ne revenait pas, Patsy envoya ses deux autres fils en renfort.

— Il ne voudra pas sortir. Il doit être mort de peur.

— Tu parles d'Amin ? s'enquit Andrew.

Elle fit oui de la tête, puis versa du café dans trois tasses. Andrew savait que ni Frederick ni Benjamin n'en buvaient. Si la deuxième tasse était pour Philip, la troisième devait donc être destinée à cet Amin que tout le monde semblait connaître.

Il apparut sur le seuil, éclairé uniquement par la lumière de l'aube. Des vêtements froissés, le teint mat, la barbe drue et noire, des chaussures de course usées aux pieds. Dans ses yeux, noirs et brillants, un air effarouché qui faisait penser à une proie aux abois. Andrew lui donnait la jeune vingtaine.

Il allait se lever pour l'accueillir, mais Patsy le devança. Elle le conduisit à l'autre bout de la table, de sorte qu'Andrew lui faisait face. Il aurait aimé le regarder dans les yeux, mais l'autre avait penché la tête dans un geste qui le faisait paraître aussi honteux que craintif.

— Je te présente ton pensionnaire, dit Patsy d'une voix exagérément enjouée, Amin Sadiq. Amin, voici Andrew Yates, mon mari et le père des garçons.

— Bonjour, balbutia le jeune homme, sans quitter des yeux la tasse de café que Patsy lui avait servie.

Et comme si elle avait l'habitude de le recevoir dans sa cuisine, elle attrapa le sucre sur le comptoir et le lui tendit avec une cuillère. Andrew frémit. Ce garçon avait ses aises dans la maison, il vivait donc dans l'église depuis longtemps. Comme pour confirmer la chose, Jessie et Bess vinrent poser leur museau sur les cuisses d'Amin. Voilà pourquoi elles ne réagissaient pas quand il les emmenait dans le bureau ! Elles étaient de mèche avec les autres !

Frederick, Benjamin et Philip avaient pris place de chaque côté du visiteur. Ils formaient une barrière humaine entre lui et leur père. Ce geste de protection trahissait de la familiarité, peut-être même de l'affection. Andrew en fut ému.

— Je ne comprends pas, commença-t-il. Où vit-il ? Je veux dire, il y avait de la lumière en bas, je l'ai vue. Mais quand j'ai fait le tour, il n'y avait personne, je l'aurais juré.

— La lumière que tu as vue devait être celle de son téléphone, expliqua Philip qui, contrairement au nouveau venu, soutenait son regard sans broncher. Quant à sa cachette, je lui ai aménagé une « chambre » dans le grenier.

— Tu veux dire au-dessus du bureau ? Mais il n'y a pas d'accès ! La seule trappe se trouve dans l'église, et il est bien impossible à qui que ce soit d'y monter sans échelle.

— Il y a une deuxième trappe. Si on grimpe sur le réservoir de la toilette, on n'a qu'à pousser et ça s'ouvre. Il suffit de se hisser avec les bras.

Bouche bée, Andrew réalisa que l'arrivée d'Amin était préparée depuis longtemps et que tous les membres de sa famille, sauf lui, étaient au courant. Il se promit d'exiger une explication de Patsy plus tard, quand ils seraient seuls. Pour le moment…

Pour le moment, Amin ne disait rien. Patsy avait raison, il était mort de peur. Andrew devait le rassurer, lui faire comprendre qu'il n'avait rien à craindre de lui.

— Philip, dit-il à son aîné sur un ton autoritaire, monte dans ta chambre et rapporte des vêtements propres pour notre invité. Au pire, si tu ne trouves rien à sa taille, pige dans ma commode.

Se tournant vers Benjamin, il ordonna :

— Va lui sortir une serviette, du savon et du shampoing. S'il vit dans le grenier de l'église, notre ami ne doit pas s'être douché depuis des semaines.

« Notre ami »... Il savait que ces mots rassureraient tout le monde.

S'adressant à Frederick, il ajouta :

— Aide ta mère à préparer le déjeuner. Ce matin, je veux une table de rois.

Il sourit à sa femme, avant d'aller serrer la main d'Amin.

— Bienvenue chez nous, mon garçon. Suis Benjamin, il va te montrer la salle de bain. Et quand tu te seras rafraîchi et vêtu proprement, on fera un festin en ton honneur.

L'instant d'après, Andrew quittait la cuisine pour retourner marcher dans la rosée. Le soleil avait déjà passé la ligne d'horizon et montait dans un ciel sans nuages.

« Il fera beau aujourd'hui », songea-t-il en s'éloignant, histoire de digérer cette nouvelle surprise que la vie mettait sur son chemin.

54
Cécile

Albi, France, 20 octobre 1943

Quand Cécile se présenta à la cathédrale ce matin-là, elle remarqua l'absence du courrier. Elle ne s'en fit pas parce que c'était déjà arrivé qu'il l'attende à l'extérieur. Elle assista à la messe, comme elle le faisait deux fois par jour, et suivit le rituel avec une dévotion qui semblait des plus authentiques.

Xavier et elle n'avaient pas chômé depuis leur arrivée en France. Après l'explosion de la mine de charbon, Cécile et son équipe s'étaient rendus au sud-ouest de Toulouse où ils avaient fait sauter une partie de l'usine de moteurs d'avion qui fournissait la Luftwaffe. Ils avaient également recruté quelques cheminots à qui ils avaient distribué des contenants de fausse graisse à lubrifier. Le produit, œuvre des génies du SOE, était en réalité un abrasif puissant. Grâce à lui, la circulation ferroviaire entre Toulouse et Bordeaux et entre Toulouse et Narbonne se faisait au ralenti, les locomotives étant envoyées en réparation à tour de rôle.

Pour obtenir le matériel nécessaire à ces opérations, l'équipe de Cécile avait installé sans attirer l'attention la fameuse balise Eureka dans une des vallées des Pyrénées. L'avion n'avait pas eu de peine à trouver l'endroit et leur avait largué tout ce que Xavier avait demandé, tabac, cigarettes et chocolat en prime, ce qui avait fait des heureux.

Pour ajouter à l'irritation des Allemands et les garder sur les nerfs, Cécile avait pris l'habitude de signer ses actes de sabotage en laissant sur place une dame de cœur. C'est Roger, un soir où ils jouaient à la belote, qui avait eu cette idée.

— Vous savez, lui avait-il dit en agitant la carte sous ses yeux, la dame de cœur s'appelle Judith.

— Pensez-vous que les Allemands sont au courant ? lui avait-elle demandé en admirant la carte avec un sourire presque sadique.

— S'ils ne le savent pas, on peut s'organiser pour que quelqu'un le leur dise…

Et il avait esquissé un sourire aussi cruel que le sien. Au rendez-vous suivant, il était arrivé avec une douzaine de jeux de cartes neufs, dont ils avaient retiré les dames de cœur avant de jeter le reste au feu.

La messe terminée, Cécile sortit et s'alluma une cigarette en descendant du parvis. Un coup d'œil aux alentours lui confirma qu'elle venait de rater un contact avec Xavier. Il y avait plusieurs explications possibles. Soit le courrier – ou Xavier – avait été retardé. Soit le courrier – ou Xavier – avait été arrêté. Il y avait aussi la possibilité que le café qui servait de lieu de jonction ait été « brûlé ». Le plus probable, cependant, c'était que le message qu'elle y avait laissé la veille, collé à l'intérieur d'un journal plié en quatre, ait été perdu.

Elle rentra chez elle en s'arrêtant de temps en temps devant les boutiques pour vérifier, en utilisant les reflets des vitrines, si elle n'était pas suivie. Elle ne mit pas longtemps à remarquer la présence plus nombreuse de soldats allemands. Les journaux avaient beaucoup parlé des actes de sabotage perpétrés dans la région. On avait aussi fait grand cas des sentinelles assassinées et des dames de cœur retrouvées sur place.

Elle emprunta un dédale de petites rues peu achalandées en jetant souvent des regards derrière elle. Elle ralentit devant le même pâté de maisons que d'habitude pour examiner la rue. Ne voyant rien d'inhabituel, elle rentra, écrivit un second message, le colla dans le journal du matin et ressortit pour se rendre au café.

Quand elle atteignit la place Sainte-Cécile, elle dut refréner un élan de panique. Des dizaines de soldats contrôlaient l'identité tant des passants que des clients du café. Cécile fit demi-tour et disposa de son journal sans que ça paraisse, mais elle tomba sur un autre point de contrôle deux rues plus loin.

— Vos papiers, mademoiselle, lui dit le soldat, un homme qui n'avait pas vingt ans et dont l'accent trahissait l'origine aussi bien que l'aurait fait un salut nazi.

Elle obéit, mais baissa les yeux, comme intimidée par le fusil qu'il avait à l'épaule. Cet air troublé cachait une farouche volonté de vivre.

— Pardon, madame. Merci. Je vous souhaite une belle journée.

Il lui rendit ses papiers, qu'elle glissa dans son sac à main en s'éloignant. Elle fit plusieurs détours pour atteindre l'appartement que louait Xavier dans le grenier d'une maison du Castelviel, le vieux quartier d'Albi. Elle allait s'installer à l'ombre dans une ruelle, mais quand elle remarqua les rideaux fermés, elle passa son chemin. Xavier et elle s'étaient entendus sur une série de signaux. Des rideaux grands ouverts signifiaient que la voie était libre. Si les rideaux étaient seulement à demi ouverts, Cécile devait prendre ses jambes à son cou. Ils n'avaient rien établi concernant les rideaux fermés, mais il n'y avait qu'une manière d'expliquer qu'ils le soient à midi, surtout si on ajoutait à cela l'absence du courrier devant la cathédrale : Xavier avait été arrêté pendant la nuit.

Elle reprit le chemin de son appartement et dut faire un effort pour ne pas se mettre à courir. Il y avait deux explications possibles à l'arrestation de son « piano » : soit il avait été dénoncé, soit la Gestapo circulait dans Albi avec ses camions capables de repérer les ondes.

Elle s'arrêta soudain, bouleversée par le souvenir qui venait de s'imposer à son esprit. Deux jours plus tôt, tard le soir, l'électricité avait été coupée pendant quelques minutes. Sur le coup, Cécile n'y avait pas prêté attention, car cela se produisait fréquemment depuis qu'elle était arrivée en France. Elle en avait simplement profité pour fermer son livre et se mettre au lit. Aujourd'hui, il lui sembla que ces pannes de courant trahissaient peut-être autre chose. On lui avait parlé, à l'école, d'une tactique utilisée par la Gestapo. On coupait l'électricité un pâté de maisons à la fois tout en circulant avec le camion pour capter les ondes. Quand l'émission cessait d'un coup, on pouvait associer l'émetteur au quartier privé de courant. Il suffisait alors de remettre l'électricité et de patrouiller le périmètre circonscrit avec le camion pour cueillir l'opérateur radio en pleine action.

Si la Gestapo avait mis la main sur Xavier, Cécile était déjà en danger. Il avait reçu comme elle l'ordre de ne pas parler pendant quarante-huit heures, mais rien ne garantissait qu'il tiendrait le coup. Et puis il s'était déjà écoulé trente-six heures depuis la panne…

La première chose qu'elle fit en rentrant chez elle fut de s'installer devant le miroir de la salle de bain et de procéder, comme on le lui avait enseigné, à un changement d'apparence. Elle mettrait ainsi toutes les chances de son côté pour sortir d'Albi indemne.

Elle commença par se démaquiller. Puis, de sa main, elle écrasa sa joue gauche pour provoquer les plis naturels de son visage. À l'aide d'un crayon à sourcils d'un brun très pâle, elle suivit la ligne de chaque pli, avant de procéder de même pour la joue droite. Quand elle relâcha la pression sur son visage, elle admira un moment la vieille dame qu'elle deviendrait peut-être dans trente ou quarante ans… si elle survivait jusque-là. Du bout des doigts, elle estompa les lignes jusqu'à ce qu'elles ne soient plus que des ombres très douces et effaça celles qui risquaient de trop attirer l'attention. Elle examina le résultat. Satisfaite, elle attacha ses cheveux sur la nuque pour les couvrir d'un fichu, comme le faisaient les femmes de la région. Elle enfila sa paire de fausses lunettes. On lui aurait facilement donné dix ans de plus.

Elle agença avec soin ses vêtements et compléta le tout avec des chaussures plates, lesquelles lui permettraient de courir au besoin. Elle brûla les dernières dames de cœur dans le cendrier, vida les cendres dans le lavabo et fit couler de l'eau. Elle remplit ensuite sa valise avec ce qu'il restait de ses affaires, mais avant d'y ranger son matériel de correspondance, elle écrivit sur une feuille, bien lisiblement :

« Je te quitte. »

Roger saurait interpréter ces mots, ils en avaient déjà discuté. Il comprendrait qu'il lui fallait désormais éviter d'attirer l'attention, ne pas prendre part à des activités subversives, ne plus répandre de rumeurs. Et surtout, ne pas essayer d'entrer en contact avec elle. Elle ouvrit son sac à main, plaça dans le fond son couteau et un chargeur plein, dissimula le tout sous deux serviettes hygiéniques sur lesquelles elle déposa la ceinture qu'elle utilisait pour les maintenir en place. Elle s'assura de mettre bien en évidence la sangle qui était tachée de sang à un bout. Ça découragerait n'importe quel jeune homme de la fouiller plus amplement. Elle glissa son Browning sous la ceinture de sa jupe, dans son dos, et enfila son manteau. Elle rangea ensuite la note pour Roger dans une poche, soupesa son sac à main et s'examina dans le miroir. Elle avait l'air d'une femme du peuple, ordinaire, fatiguée par la guerre.

Après avoir fait le tour de chaque pièce pour s'assurer qu'elle n'y laissait rien de compromettant, elle se rendit, non sans précautions, chez le mécanicien qui servait d'intermédiaire avec Roger. Elle avait choisi cet endroit parce qu'il se trouvait à deux pas de la gare.

— Il y a eu un pépin, dit le mécanicien quand il la vit entrer. Vous ne pouvez plus venir ici.

— Que voulez-vous… ?

— Roger a été arrêté. Maintenant, foutez-moi le camp !

Elle reçut ses cris comme autant de coups et, sans perdre une minute, traversa en direction de la gare. Elle compta une trentaine de personnes dans la salle d'attente. Se faufilant au milieu, elle se procura un ticket pour le prochain train et se dirigea vers le fond de la pièce. Après s'être assurée que la porte de sortie n'était pas verrouillée, elle s'assit comme les autres voyageurs et entreprit de se décrire elle-même mentalement. Il n'y avait rien qui pouvait la distinguer des autres. Une valise ordinaire, des vêtements communs, un fichu pour cacher ses cheveux, à la mode de la région. Elle attendit une heure, la plus longue de sa vie, l'esprit aux aguets, le corps tendu et prêt à bondir au moindre signe de danger.

Quand le train arriva, elle se servit des autres passagers comme d'un écran et monta à bord. Elle ne put vraiment se détendre qu'une fois la ville d'Albi loin derrière.

Ainsi, Roger aussi avait été arrêté. Voilà qui laissait penser que le pire s'était produit. Un de ses hommes avait sans doute trop parlé, s'était vanté, ou bien était tout simplement allé dénoncer ses complices à la police, moyennant une récompense. Mise au courant du parachutage, la Gestapo savait désormais qu'un opérateur radio se cachait dans Albi. Elle n'avait eu qu'à attendre la communication suivante pour lui mettre la main au collet. Cécile songea que si on ne l'avait pas encore arrêtée, c'était parce que tous, même Xavier, ne connaissaient que son nom de code. Cécile Delmas était libre, Judith venait de lui sauver la vie.

57
Émilienne

Marseille, 28 juillet 1940

La musique se déploya dans la nef. Émilienne sentit ses yeux se remplir de larmes. Elle était venue à la messe pour trouver du réconfort, et Notre-Dame de la Garde tenait parole. Le désespoir qui l'avait habitée au matin semblait faire place à une certaine sérénité. Ce n'était pas la vue de tous ces fidèles en prière. Ni le résultat du prône, qu'elle n'avait d'ailleurs pas écouté. C'était plutôt l'effet de ce lieu qui la ramenait à elle-même, à tout ce qu'elle était, historienne, femme, être humain. Sans nouvelles de Tcherniak depuis un mois, elle avait erré dans la ville, s'assoyant dans les cafés, se rendant le plus visible possible. Tout cela n'avait servi à rien.

Il arrivait que son esprit vagabonde et qu'elle oublie pendant quelques minutes, parfois même pendant toute une heure, l'angoisse qui la rongeait. Lors d'un de ces rares moments d'évasion, Émilienne ressentait encore cet étrange contact avec le passé. Elle avait l'impression que les rues de Marseille, comme celles d'Albi et de Carcassonne, gardaient l'empreinte des événements qui s'y étaient déroulés. Des détails, des émotions peut-être aussi, semblaient remonter comme la crème à la surface du lait. Elle goûtait pleinement ces instants magiques qui n'appartenaient, elle en avait conscience, qu'à son imagination. C'était sa manière de défier l'attente – n'était-ce pas l'attente qui avait fait perdre l'esprit à Camélia ?

Des pans de la vie de Bernard Délicieux lui étaient revenus dès le lendemain de son arrivée à Marseille, et elle s'était demandé en parcourant les grandes artères combien de Marseillais savaient que le 7 mai 1318, on avait dressé dans leur ville un terrible bûcher. Ce jour-là, quatre moines franciscains avaient été livrés aux flammes parce qu'ils avaient cherché à imiter la pauvreté du Christ. La nouvelle de leur supplice avait horrifié Bernard Délicieux. Dans le convoi armé qui l'emmenait d'Avignon à Carcassonne, où allait se tenir son procès, il avait pris la défense de ses confrères, les qualifiant de martyrs et mettant hors d'eux les inquisiteurs.

Émilienne s'émouvait chaque fois qu'elle constatait à quel point Bernard Délicieux, même quand sa propre situation avait été désespérée, avait continué de prendre la défense de ceux qu'on condamnait injustement. Comme si son propre sort lui avait moins importé que celui des autres, comme si constater une injustice avait renforcé son courage, même s'il devait payer de sa vie cette farouche opposition.

Émilienne sortit discrètement son carnet pour y inscrire, de mémoire, une phrase lue dans le manuscrit de Tcherniak :

L'histoire se répète parce que les souvenirs attachés aux pierres laissent indifférent celui que son confort immédiat préoccupe.

Elle observa les gens autour d'elle. Des Marseillais, des militaires, tous de bons citoyens bien occupés, en ces temps troubles, à conserver leurs acquis. Le Marseille cosmopolite avait cédé le pas au Marseille nationaliste. Peut-être même que dans cette église priaient avec dévotion ceux qui avaient installé des affiches devant les boutiques des Juifs. « La France aux Français ! » pouvait-on y lire. On en voyait partout depuis deux semaines, dans tous les quartiers de la ville. Les commerçants avaient compris la menace, plusieurs avaient déjà fermé leurs portes. Au centre-ville, aussi bien que dans les banlieues, les gens ne se gênaient plus pour tenir un discours raciste ou antisémite. Comme s'ils avaient de tout temps attendu l'arrivée des Allemands.

Le service se termina. Les paroissiens envahirent les escaliers et le funiculaire. Émilienne les laissa prendre les devants, préférant traîner sur la terrasse qui dominait le vieux port. Contempler de là-haut l'immensité de Marseille fit renaître en elle un profond découragement. Comment s'y prendre pour retrouver quelqu'un dans cette fourmilière ? On comptait les rues et les ruelles par milliers ! Et sur les toits des édifices de trois, quatre ou cinq étages s'élevaient aussi des abris de fortune. Émilienne savait que pour louer le moindre réduit, en plus de devoir payer d'avance, on devait désormais montrer une carte d'identité. Tcherniak n'avait ni argent ni papiers. Avait-il trouvé refuge chez des amis ? Il ne lui avait jamais dit connaître des gens à Marseille, mais il lui avait caché bien d'autres choses et des plus importantes.

Découragée, elle prit le funiculaire pour rejoindre le Vieux-Port et longea le quai de la Rive Neuve. Un immense torpilleur remontait la baie, venant s'ajouter aux bâtiments militaires dont le nombre croissait de jour en jour. On avait vu la fin des hostilités en France, mais la guerre, elle, n'était pas finie.

L'âme triste, Émilienne poussa la porte du Brûleur de loups, choisit une table au fond et s'y effondra même si on y crevait de chaleur. Au serveur qui s'approchait, elle commanda un pastis et des olives. C'est à ce moment qu'elle aperçut Walter. Il venait d'entrer et se tenait immobile devant la porte. Elle se leva pour attirer son attention et le serra dans ses bras quand il la rejoignit.

— Quel plaisir de te voir, Émilienne !

Il paraissait aussi heureux qu'elle.

Elle le laissa lui raconter ses aventures sur la route depuis Paris, et constata que son expérience ressemblait beaucoup à ce qu'elle-même et Tcherniak avaient vécu entre Paris et Bordeaux.

— J'étais avec des amis, précisa-t-il en décrivant comment il avait passé la nouvelle frontière juste avant l'arrivée des Allemands. Un véritable coup de chance !

— As-tu des nouvelles de Tudorel ? l'interrompit-elle, n'en pouvant plus.

Il secoua la tête.

— J'espérais qu'il était avec toi.

Elle lui raconta à son tour le voyage en train et l'apparition inopinée des Allemands.

— Ne t'inquiète pas, il réussit toujours à prendre le large.

Walter voulait la rassurer, mais elle voyait bien qu'il n'y croyait pas lui-même.

Il se commanda à boire, et Émilienne demanda qu'on leur apporte du poisson. Elle devinait qu'il n'avait pas mangé depuis longtemps, et son intuition fut confirmée quand elle le vit se jeter sur son assiette. Elle-même commença par retirer les arêtes. Puis, distraitement, elle leva les yeux vers la rue. Elle se raidit en apercevant un fourgon de police.

— Walter, souffla-t-elle en posant une main sur son bras. Sauve-toi vite.

Il abandonna sa fourchette et fonça vers les toilettes. Au même instant, des agents pénétraient dans le café.

— Vos papiers ! s'écria l'un d'eux.

Émilienne sentit un grand calme l'envahir. Elle venait d'avoir une idée. Quand un agent l'interpella, elle affirma être autrichienne et ne pas avoir de pièce d'identité. Cinq minutes plus tard, on la jetait dans le panier à salade.

— À l'Évêché, ordonna une voix d'homme.

Et le véhicule prit la direction du commissariat.

57
Virginie

Natzweiler, France, 6 juin

— Natzweiler-Struthof était le seul camp de concentration en territoire français. Il s'agissait d'un camp de travail, et les prisonniers, juifs ou autres, étaient affectés à la carrière de granite rose qu'on trouve plus haut sur la montagne.

Norman servait de guide, et Virginie était fascinée par son érudition. C'était la quatrième fois qu'il visitait le camp. Il avait beaucoup lu sur l'endroit, nommait à tout moment tel officier, ou tel autre, chargé de ceci ou de cela. Virginie écoutait ces détails d'une oreille distraite. Tous ces noms allemands sonnaient identiques à ses oreilles. Et puis ce qui l'intéressait, elle, c'était le camp proprement dit, et comment on y avait vécu quatre-vingts ans plus tôt.

— Avant la guerre, tout ce qu'on voyait ici, c'était une piste de ski bordée d'hôtels. Puis, à la signature de l'armistice, en 1940, les Allemands ont annexé l'Alsace. Le centre de ski a connu une tout autre vocation sous la direction des SS Totenkopf.

— Totenkopf, répéta Virginie, qui retenait bien mal ces nouveaux mots.

— Vous savez, les soldats dont l'emblème était une tête de mort posée sur deux tibias croisés. C'était l'unité SS responsable des camps de concentration.

— D'où la tête de mort.

— D'où la tête de mort, en effet. On leur doit le génocide.

— De jeunes hommes charmants, quoi !

Le ton de la conversation semblait badin, mais c'était en réaction à la lourdeur qu'on sentait quand on marchait dans l'enceinte. Personne ne pouvait rester indifférent dans un tel endroit. Et Virginie, avec sa sensibilité d'artiste, ressentait un profond malaise.

Elle s'arrêta soudain, consciente de respirer à peine. Elle avait une boule dans la gorge depuis une heure. Elle n'avait qu'une envie : partir au plus vite.

— Je vais vous le dire franchement, Norman, je trouve cette visite assez difficile.

Il la comprenait, mais insistait. Comment pourrait-elle écrire sur la vie d'Emily Ann – et sur sa fin – si elle ne connaissait pas les lieux où elle avait vécu ?

Ce voyage, c'était son idée et c'était lui qui payait, de l'avion à l'hôtel, de la location de voiture aux repas. Virginie n'avait qu'à être là et à prendre des notes. Ainsi, après un arrêt d'une journée à Paris, ils avaient repris l'avion, direction Strasbourg, d'où ils étaient venus par la route. Un trajet qui leur avait bien pris une heure parce qu'ils s'étaient arrêtés à la gare de Rothau, là où arrivaient les prisonniers. On les appelait « les déportés » et, de la gare, ils devaient marcher huit kilomètres dans la montagne pour atteindre le camp. Norman et Virginie avaient heureusement parcouru cette distance en voiture.

— Je suis d'avis, ajouta Norman en l'entraînant au-delà du musée, que tout le monde devrait visiter un camp de concentration au moins une fois dans sa vie.

— Mais tous ces morts, toutes ces horreurs. Je vais en faire des cauchemars pendant des semaines ! C'est insupportable.

— C'est justement pour ça que les jeunes écervelés qui se promènent en brandissant des drapeaux nazis devraient passer une heure ici.

Comme tous les visiteurs, Norman et elle avaient commencé par le musée. Elle n'avait pu retenir ses larmes devant les photos des tables de dissection couvertes de cadavres. On y voyait même les petites fentes qui permettaient l'écoulement du sang. Virginie venait d'apprendre en effet que le camp n'avait pas servi qu'à héberger la main-d'œuvre de la carrière. Plusieurs expériences avaient eu lieu en ces murs. Des expériences pseudo-médicales menées par des médecins du IIIe Reich. Sur le coup, Virginie avait pensé que voir ces images serait l'épreuve la plus douloureuse. C'était jusqu'à ce qu'elle marche dans les pas des prisonniers.

Norman et elle se trouvaient tout en haut. Elle regardait, bouleversée, l'aménagement en terrasses, sorte d'escalier de géants où on avait érigé autrefois quinze édifices répartis sur deux rangées. Six d'entre eux étaient des dortoirs. Comme il y avait beaucoup de malades, six autres bâtiments servaient d'infirmerie. Aujourd'hui, ces espaces étaient vides, mais Virginie n'avait qu'à fermer les yeux pour qu'apparaissent dans sa tête les constructions de bois qu'on avait érigées à l'époque, palier après palier, jusqu'en bas… là où elle n'avait pas encore osé regarder.

Ils longèrent l'enceinte en suivant une clôture de barbelés. Virginie retint Norman par le bras.

— Cette clôture ne mesure pas un mètre de hauteur. Il me semble que ça devait être facile de s'échapper par là.

— Aujourd'hui peut-être, mais à l'époque, il y avait un ravin de l'autre côté. On l'appelait le Ravin de la mort.

Il attira son attention sur une tour de bois.

— C'est un mirador. Le camp en comptait huit. Chacun était muni de puissants projecteurs, et les sentinelles étaient équipées de mitraillettes. Quiconque franchissait cette clôture, peu importe la raison, était abattu sur-le-champ. On raconte que les gardiens s'amusaient à pousser des déportés dans le ravin pour le plaisir de voir la sentinelle leur tirer dessus.

Virginie tressaillit, mais ne dit rien.

Ils descendaient, maintenant. Norman expliquait que tout le monde était sous-alimenté.

— Sauf les gardes.

— Évidemment.

On donnait aux déportés du pain noir, du saucisson, de la soupe au chou ou au navet, parfois du café et de la marmelade. Le tout était servi en portions minuscules.

— Si on ajoute à ça douze heures de travail harassant par jour, tous les jours, ça explique pourquoi il n'était pas rare de voir quelqu'un perdre vingt kilos le premier mois.

— Il y avait de la torture ?

— Pas qu'on sache. Enfin, pas comme on l'entend habituellement. Mais les conditions de détention et de travail, la violence et la cruauté des gardiens, les expériences faites sur certains déportés… Tout cela menait à une mort lente et ressemble assez à de la torture à mon avis. Par chance, Emily Ann n'a pas vécu ici assez longtemps pour subir ces traitements.

En effet, Emily Ann avait été exécutée avec quatre autres agentes du SOE dès son arrivée. Mais ce n'était pas le cas de Tudorel Tcherniak qui, lui, y avait passé trois ans…

C'est ce qu'elle avait appris en lisant *La fin d'un monde* jusqu'au bout : Tcherniak avait été détenu au camp de Natzweiler-Struthof. Cette découverte avait soulevé bien des questions. Puisque Emily Ann et lui se trouvaient tous les deux ici ce 6 juillet 1944, s'étaient-ils croisés ? Avaient-ils eu le temps de se parler ? Virginie aurait payé cher pour le savoir. Il lui semblait que le fait d'avoir vu son amant une dernière fois aurait, d'une certaine manière, adouci la fin d'Emily Ann.

Ils venaient d'atteindre le dernier palier. Là se dressaient deux édifices de planches. Le premier, le plus imposant, était muni d'une haute cheminée.

— C'est le bloc crématoire, expliqua Norman.

Réalisant que Virginie était paralysée à l'idée de voir de ses yeux un four crématoire nazi, il ajouta :

— Nous n'y resterons pas plus longtemps que nécessaire.

Il lui prit doucement le bras et l'entraîna jusqu'au bâtiment en question.

— De jour comme de nuit, on voyait monter de cette cheminée une épaisse fumée noire qui devait sentir le cochon rôti, si vous voulez mon avis. Il y avait du feu aussi, selon certains témoins. Mais rassurez-vous. Ici, dans ce camp, le four ne servait pas à tuer des gens, comme ce fut le cas ailleurs. On s'en servait plutôt pour disposer des corps. Parce que sur les 52 000 déportés à avoir séjourné ici, 22 000 en sont morts. On ne pouvait pas enterrer tous ces gens.

— On aurait manqué de place, sûrement.

Elle en avait la nausée.

Norman poussa la porte du bloc crématoire, et Virginie le suivit avec appréhension à l'intérieur. La pièce n'était pas très grande. Une espèce de lit sur rail permettait de recevoir le corps qu'on poussait dans un four à peine plus grand qu'un four ordinaire. Peut-être un peu plus long. C'est à cet endroit, selon Norman, qu'on avait emmené les cinq femmes après leur avoir injecté le faux vaccin contre le typhus. Le phénol n'était pas venu à bout de toutes. Selon Vera Atkins, chargée de retrouver les agents du SOE disparus, un témoin aurait affirmé qu'une des femmes s'était débattue avant qu'on l'assomme pour de bon et qu'on l'enfourne. Était-ce Emily Ann ? Le témoin n'avait pu donner une description permettant de l'identifier. Il se trouvait dans la pièce voisine à ce moment-là et aurait vu la scène par un trou dans le mur.

Virginie avait demandé à Norman de lui confier le rapport de Vera Atkins en entier. Elle ne voulait pas lire que ses notes à lui.

— Il arrive parfois qu'en faisant de la recherche par moi-même, je trouve des choses que je ne cherchais pas, mais qui s'avèrent intéressantes, parfois même importantes, pour le roman.

Ce soir-là, seule dans sa chambre d'hôtel de Strasbourg, elle lut le rapport et arriva à la conclusion que les preuves de l'exécution d'Emily Ann au camp de Natzweiler-Struthof étaient circonstancielles. Un témoin, qui ne la connaissait pas, l'avait décrite d'une manière assez vague. Un autre témoin, qui ne la connaissait pas non plus, affirmait lui avoir parlé, mais sans connaître son nom. Et un dernier, celui qui avait assisté à la crémation par un trou dans le mur, ne pouvait dire si les femmes qui avaient été tuées ce jour-là étaient quatre ou cinq.

Les seules informations du rapport que Virginie jugeait incontestables, c'était qu'Emily Ann avait été arrêtée à Montségur au début de décembre 1943, qu'elle avait été enfermée à la prison de Fresnes, près de Paris, où elle était restée jusqu'en mai 1944. De là, on l'avait transférée avec huit autres femmes au centre de détention de Karlsruhe, en Allemagne. On savait tout cela grâce au témoignage de la seule survivante du groupe, Odette Samson. Celle-ci mentionnait avoir rencontré une certaine Justine Vialette dans les bureaux de la police à Paris, puis avoir fait le voyage en train avec elle jusqu'à Karlsruhe. Elle affirmait que les autorités de la prison avaient pris des mesures pour que les agentes du SOE ne puissent se parler. Elle prétendait toutefois avoir revu Justine Vialette par la fenêtre de sa cellule.

C'était précisément sous ce nom, Justine Vialette, qu'Emily Ann avait opéré dans le sud de la France. Et selon Vera Atkins, Emily Ann aurait maintenu sa couverture jusqu'à la fin. Jamais elle n'avait craqué, même sous la torture.

57
Andrew

Denyse, Alberta, 8 juin

Le service du dimanche était de plus en plus populaire. Ce matin, Andrew avait compté trente-six personnes. Il n'en revenait pas. Ces hommes et ces femmes avaient suivi à la lettre toute leur vie un dogme strict et conservateur. Comment trouvaient-ils tout à coup du contentement à l'écouter, lui, le pasteur sans réponses ?

Il avait rédigé un sermon spécial, qui visait à préparer ses paroissiens pour ce qui les attendait. Il ne doutait pas un instant que la présence d'Amin en ces lieux finirait par se savoir. Que se passerait-il alors ? Par mesure de précaution, il avait écrit au siège de l'Église progressiste du Canada et demandé qu'on lui envoie le *Guide à l'usage des paroisses qui servaient de sanctuaire*. Même s'il n'avait pas encore toute l'information, Andrew savait qu'Amin était menacé d'expulsion. Et il avait la certitude que les choses deviendraient plus sérieuses d'ici peu.

— Après avoir remarqué que les constantes et les lois qui régissent notre univers sont finement ajustées, commença Andrew, le physicien et mathématicien Freeman Dyson est arrivé à la conclusion suivante : le développement de l'univers semble avoir eu lieu comme si l'univers lui-même savait que nous devions apparaître.

Patsy avait voulu retarder autant que possible le moment de l'impliquer dans l'affaire. Elle savait bien que dès qu'il prendrait les choses en main, Andrew ne pourrait plus reculer, quoi qu'il advienne d'Amin et de lui-même. Pour le moment, les conditions de vie d'Amin s'étaient améliorées. Il n'était plus question de le confiner au grenier – ce qui, de l'avis d'Andrew, n'aurait jamais dû se produire. Après le déjeuner, on lui avait offert de rester à la maison le temps du service. Andrew voulait s'assurer que personne ne l'apercevrait tant qu'il ne serait pas au courant de tous les détails. Car il ne se demandait pas si les Services frontaliers viendraient chercher Amin, mais plutôt quand ils le feraient. Et il faudrait être bien préparé quand ce moment arriverait. Andrew voulait absolument éviter que se produise ici ce qui s'était produit à l'église Saint-Pierre de Québec, en 2004, lorsque pour la première fois dans l'histoire du Canada, les policiers avaient violé un sanctuaire. C'était munis d'un mandat d'arrêt pour une infraction ridicule – pour ne pas dire bidon – que les agents avaient pénétré dans l'église malgré l'opposition du pasteur. Réfugié au sous-sol, Mohamed Cherfi avait essayé de s'enfuir. On l'avait attrapé, menotté et traîné de force dans le fourgon qui l'attendait à l'extérieur. Une fois au poste, les policiers avaient laissé tomber les accusations et l'avaient libéré… pour le confier aux agents des Services frontaliers qui l'attendaient dans la pièce adjacente.

— Les lois et les constantes de l'univers semblent avoir été forgées pour permettre l'émergence de la vie, poursuivit Andrew devant un auditoire attentif. Elles sont ajustées à tel point que la moindre variation, tant vers le haut que vers le bas, aurait non seulement rendu impossible la naissance de l'être humain, mais aurait même empêché la vie d'apparaître. Or, nous sommes là pour contempler l'univers et pour essayer de le comprendre. Vous connaissez le paradoxe : si un arbre tombe dans la forêt et que personne n'est là pour l'entendre, fait-il quand même du bruit ? De la même manière, l'univers serait-il ce qu'il est si nous n'étions pas là pour le mesurer, pour l'étudier, pour prendre conscience de sa taille, de son âge, de sa beauté ?

Andrew savait que personne jusque-là ne voyait où il voulait en venir. Cette petite déstabilisation était sa manière de semer le doute et d'ouvrir les esprits.

— Quand l'astrophysicien étudie le fonctionnement de l'univers, il y perçoit un ordre cosmique. Quand le physicien étudie le fonctionnement des atomes et autres microparticules, il y perçoit un ordre quantique. Quand le biologiste étudie le fonctionnement de l'évolution, il y perçoit un ordre naturel. Ni l'astrophysicien, ni le physicien, ni le biologiste ne comprennent tout ce qui se passe. Aucun d'eux ne connaît toutes les règles ni n'a résolu tous les mystères. Mais ils savent tous les trois qu'il y a une raison derrière ces mystères. Ils reconnaissent l'existence d'un ordre.

Il s'approcha de la fenêtre et désigna la prairie qui s'étendait à perte de vue.

— Quand nous nous arrêtons au milieu d'un champ, en bordure d'un étang, en pleine forêt ou même quand nous regardons le ciel la nuit, nous avons nous aussi l'intuition de cet ordre. Les animaux ne passent pas n'importe où. Les plantes ne poussent pas n'importe comment. Les planètes ont une trajectoire bien définie.

Il constata qu'on le suivait, c'était rassurant. Il retourna à l'avant.

— Mais il y a une autre manière de percevoir cet ordre. Il suffit de regarder à l'intérieur de soi. Car l'ordre devient manifeste chaque fois que nous aidons notre prochain, chaque fois que nous l'écoutons, que nous soulageons sa détresse ou, si nous sommes impuissants, que nous compatissons réellement à son malheur.

Comme chacun buvait ses paroles, Andrew fit un pas de plus, au risque de faire s'écrouler le château de cartes qu'il venait d'échafauder avec précaution.

— Être chrétien n'a rien à voir avec des croyances, car la science se charge chaque jour de nous montrer que ces croyances sont fausses, qu'elles relèvent de la superstition.

Il y eut un brouhaha dans l'église. Andrew fit un geste d'apaisement.

— Être un chrétien, c'est se définir par ses actes. Jésus n'a jamais dit ce qu'il fallait croire. Vérifiez ! Relisez les Évangiles ! Vous vous apercevrez qu'il n'a cessé de répéter comment il fallait agir. Il n'a cessé de dire comment il fallait traiter son prochain. Et il a donné l'exemple.

Ces mots mettant un terme à son sermon, Andrew souhaita à tous une belle semaine de réflexion, puis il adressa à ses fils le signe convenu. Les garçons se postèrent près de la porte et interceptèrent les paroissiens d'origine, les premiers, ceux qu'Andrew appelait désormais les Huit. Ils devaient venir prendre le thé à la maison. Le pasteur voulait leur parler.

*

Amin Sadiq était un réfugié syrien et le neveu de Khalil. C'est ce qu'apprit Andrew quand il exigea la vérité de ses paroissiens.

— Si vous voulez que l'Église le protège, il faut tout me dire. Pas de cachotteries, pas d'omissions. Il en va du sort de notre ami.

Ils avaient pris place dans la cuisine, sur les chaises que les garçons avaient rapportées de l'église et disposées autour de la table. Frederick et Benjamin avaient sorti les biscuits préparés la veille. Philip servit le thé avant de filer à l'étage. Andrew avait insisté pour qu'Amin reste à l'écart, mais il ne voulait pas non plus qu'il soit seul. Philip allait donc lui tenir compagnie pendant que la congrégation discutait de sa situation.

Andrew avait compris que ces gens, qu'il avait pris pour des vieillards oisifs, ne l'étaient pas du tout. Ils avaient fait leurs devoirs et lui racontèrent l'histoire de ce garçon, arrivé à 11 ans dans un camp de réfugiés en Turquie. Quand leur groupe avait parrainé la famille de son oncle Khalil, ils ne se doutaient pas que les responsables écarteraient le neveu sous prétexte qu'il avait désormais 21 ans et pouvait se débrouiller seul.

Personne n'avait tenu compte du fait qu'Amin, arrivé tout jeune en Turquie, n'avait aucune ressource, aucun métier, aucun avenir. Il avait appris le français auprès d'un médecin belge qui travaillait pour une ONG. Il parlait un peu d'anglais, appris à l'école, mais aussi dans le camp. Il avait fini par tirer son épingle du jeu et, on ne savait comment, s'était retrouvé dans un avion à destination de Montréal. Dès qu'il avait posé le pied en territoire canadien, Amin s'était rendu aux autorités et avait demandé l'asile.

— C'était il y a un an, expliqua Gerinne. Et à partir de là, tout a dégénéré.

Elle le connaissait bien parce qu'elle l'avait hébergé ces six derniers mois. Elle n'était pas la seule, cependant, à s'être liée d'amitié avec le garçon. Mrs. Conley, qui l'avait caché pendant quatre mois, en savait long sur lui elle aussi.

— En attendant qu'il reçoive son permis de travail, les responsables de l'immigration l'ont aidé à s'installer dans un petit appartement.

Andrew connaissait la procédure. On lui avait donné tout juste assez d'argent pour payer le loyer et l'épicerie. Et le téléphone, pour qu'on puisse le joindre quand ses papiers seraient en règle.

— On peut se demander comment ces crapules ont eu son numéro, s'indigna Mr. Hager, qui s'était assuré que le jeune homme ait les vêtements adéquats pour l'hiver albertain en pigeant dans le placard et la commode de son fils.

C'est au téléphone, en effet, qu'on avait d'abord piégé Amin. Un homme l'avait appelé pour lui dire que son dossier venait d'être déposé à la Commission de l'immigration, mais que cela pouvait achopper s'il ne payait pas les deux mille dollars obligatoires. L'homme affirmait que la GRC soupçonnait Amin, et qu'il pouvait être expulsé à n'importe quel moment.

— Ça, c'était l'amorce, continua Gerinne. J'ai fait des recherches, le procédé est bien connu. On dit au réfugié qu'il doit payer et comme il n'a pas d'argent, il commence à paniquer. Alors on le cueille comme un fruit mûr.

Moins d'une semaine après cette première approche, Amin s'était fait accoster en sortant du métro. Non seulement on connaissait son numéro de téléphone, mais on avait aussi étudié ses habitudes. On savait qu'il allait tous les jours au McDonald's boire un café et lire le journal. On l'avait donc interpellé dans la rue et on lui avait proposé un emploi. Amin avait expliqué qu'il n'avait pas encore de permis de travail, ce à quoi on avait répondu: «Ce n'est pas grave. Quand tu auras ton permis, tu auras déjà ton emploi.»

En tant que nouvel arrivant, Amin ne connaissait pas la culture canadienne. Il ne connaissait pas non plus les lois. Lui qui avait vécu la moitié de sa vie dans un camp de réfugiés avait cru sur parole celui qui se présentait comme un ami, et le piège s'était refermé sur lui. Il avait été embauché par une agence, et on l'avait envoyé travailler sous une fausse identité, dans une usine de traitement des matières recyclables.

— Une chance qu'il lisait le français, notre garçon! déclara Mr. Gauthier.

— Voyons, Bobby! Tu ne peux pas dire que les choses ont bien tourné pour lui après ça!

— Non, ce n'est pas ce que j'ai voulu dire. Mais je pense que s'il n'avait pas lu le journal, il n'aurait jamais su que le salaire minimum était passé à 15$ l'heure. Et s'il ne l'avait pas su, il n'aurait pas posé de questions et il n'aurait pas exigé qu'on le paie davantage.

— Et il n'aurait pas entraîné ses copains avec lui dans une rébellion, intervint Mr. Gordon, qui ne cachait pas son admiration et sa sympathie pour Amin.

La suite était prévisible. Quelqu'un avait dénoncé ce fauteur de troubles et des agents des Services frontaliers l'avaient arrêté à sa sortie de l'usine. Comme il avait travaillé sans permis, sa demande d'asile avait été refusée. Se croyant désormais interdit de territoire, il avait disparu dans la nature.

— Il nous a dit être resté un mois à Montréal, à vivre dans la clandestinité, rapporta Mrs. Hiebert. Ça n'a pas dû être drôle tous les jours, pauvre chou…

Puis elle expliqua qu'Amin n'avait pas compris qu'il avait trente jours pour en appeler de la décision. Le mois s'était écoulé pendant que lui, terrifié, se cachait. Il avait fini par faire du stop jusqu'en Alberta et avait atterri à Denyse, où vivaient les seules personnes au monde en qui il avait confiance : son oncle et sa tante, immigrés avec leurs enfants quelques années plus tôt.

— Quand Khalil nous a raconté la situation, dit Mrs. Conley, on a tout de suite compris que le premier endroit où les Services frontaliers le chercheraient, c'était chez son oncle. C'est pour ça que je l'ai pris chez moi. Je l'aurais gardé plus longtemps si mes fils ne s'en étaient pas mêlés.

— Vos fils sont au courant ?

Andrew avait écouté jusque-là sans intervenir, mais à l'idée que d'autres personnes soient au fait de la présence d'Amin, il avait senti son sang se glacer.

— Oui… je veux dire, non. Ils ne savent pas qui j'hébergeais, mais ils ont deviné qu'il y avait quelqu'un chez moi. Vous savez, mon appartement n'est pas très grand. Cacher Amin pendant leurs visites relevait de la prestidigitation.

— Ils pensaient qu'elle avait un amant, railla Mr. Gordon.

Ces mots détendirent l'atmosphère en provoquant des rires bienvenus.

— C'est pour cette raison que je l'ai pris chez moi, enchaîna Gerinne. Je reçois très peu de visiteurs, alors il n'y avait pas de danger. Mais j'avais bien conscience que la situation ne pouvait pas durer. On ne peut pas garder Amin prisonnier de nos appartements indéfiniment. Il lui faut une vie, à ce garçon ! Il vient juste d'avoir 24 ans !

— Alors, révérend, on a pensé à vous, conclut Mrs. Hiebert. Je veux dire, pas à vous personnellement, mais à l'Église progressiste du Canada. On s'est rappelé l'histoire de ce sans-papiers qui avait demandé la protection d'une église de Vancouver. C'était il y a cinq ou six ans. Il a fini par obtenir sa résidence permanente.

Alors on s'est dit : pourquoi ce ne serait pas le cas de notre Amin ?

Il y eut un moment de silence pendant lequel tout le monde se tourna vers Andrew. Ce dernier savait qu'il devait évaluer la situation pour savoir si Amin avait une chance, lui aussi, d'obtenir un statut de résident permanent. Pour cela, il fallait déterminer s'il avait ou non été traité injustement.

58
Cécile

Toulouse, France, 2 novembre 1943

Elle avait pris toutes les mesures de sécurité. Elle avait acheté un billet pour Bordeaux, était descendue à Toulouse et avait traîné dans la gare comme si elle attendait une correspondance. Quand on avait annoncé le train pour Bordeaux, elle était montée dans le wagon de queue et y était restée jusqu'au dernier appel. Bondissant, sa valise à la main, elle était redescendue juste avant qu'on ne ferme les portes. Celui ou celle qui l'aurait suivie à bord n'aurait pu descendre qu'à l'arrêt suivant, une vingtaine de kilomètres plus loin. Elle avait profité de ce répit pour traverser la gare et disparaître dans la ville.

À cause de la guerre, Toulouse était surtout peuplée de femmes. Cécile s'y était fondue rapidement. Elle avait trouvé un médecin qui connaissait quelqu'un qui connaissait quelqu'un qui savait comment la mettre en contact avec une certaine personne. C'est ainsi qu'elle était désormais hébergée dans une maison sûre à attendre des nouvelles de Londres. En l'accueillant chez elle, Charlotte – ce n'était pas son vrai nom – lui avait appris que la police ne recherchait plus seulement Judith, l'auteure des attentats, mais également la pieuse Cécile Delmas. On avait placardé dans toute la ville son portrait-robot.

— Là-dessus, vous avez l'air plus jeune, avait dit Charlotte en rapportant une des affiches à la maison. Et puis on peut dire que vous avez réussi votre coup ! La description qu'on y donne de vous correspond à la majorité des femmes du pays.

Ces nouvelles confirmaient une des craintes de Cécile: la propriétaire de son appartement avait signalé sa disparition. La police n'avait eu qu'à additionner les indices pour tirer les bonnes conclusions et émettre un avis de recherche. Afin d'éviter d'être arrêtée en possession de documents qui faisaient d'elle la suspecte numéro 1, Cécile avait détruit son premier jeu de faux papiers et avait sorti une carte d'identité au nom de Catherine Dupont, originaire de Saint-Étienne.

— Le mieux, avait dit Charlotte, c'est d'attendre que la poussière retombe.

Cécile s'était faite à l'idée de rester sur place, au centre-ville de Toulouse, dans un appartement qu'elle n'aurait pu situer exactement, sous la garde d'une sympathique vieille dame qui sentait l'ail, mais qui faisait des miracles en cuisine. Chaque fois qu'elle devait lui servir des navets ou des topinambours, elle s'excusait.

— Avant la guerre, on les donnait aux animaux. Maintenant, on les mange. C'est vous dire la misère!

Au bout de ce qui avait ressemblé à une éternité – c'est-à-dire une semaine ou une semaine et demie –, Charlotte lui annonça qu'elle devait partir.

— Je vais vous conduire à la gare en fin d'après-midi.

Cécile ne posa pas de questions. Elle savait que Charlotte avait risqué sa vie en l'hébergeant. Elle lui avait aussi fourni de la nourriture de qualité malgré la pénurie, en plus de lui donner une nouvelle valise, de nouveaux articles de toilette, un roman aux pages gonflées à force d'avoir été lues et de nouveaux vêtements qui lui permettraient de continuer à passer pour une femme du pays.

À l'heure où les gens rentraient du travail, elles s'aventurèrent dans la ville.

— Surtout, ne parlez pas. À vous entendre, on sait que vous n'êtes pas d'ici. La police recherche une étrangère. Une femme du Nord.

Cécile obéit en constatant, stupéfaite, le nombre de soldats qu'elles croisèrent dans les rues. Elle pria pour ne pas être contrôlée. Si sa précédente couverture avait été efficace, elle n'avait rien d'aussi développé à raconter sur « Catherine Dupont ». Au départ, ce n'était censé être qu'une identité auxiliaire, à utiliser seulement en cas d'imprévu. Et même si, depuis une semaine, elle avait brodé une explication pour justifier sa présence à Toulouse, elle connaissait peu les lieux et craignait qu'il y ait des failles dans son histoire. Elle se faisait donc discrète et suivait Charlotte qui l'entraînait d'un grand boulevard bondé à un autre. Cécile reconnut la tactique. Elles n'allaient pas en ligne droite vers la gare. Elles traversèrent un des ponts de la Garonne et redescendirent vers le sud. Juste avant un second pont, Charlotte désigna un banc, une dizaine de mètres plus loin.

— Vous vous assoyez là et vous attendez.

— J'attends quoi ?

— Qu'une autre vienne vous chercher. Elle vous demandera du feu. Vous lui tendrez ce briquet. Si elle le range dans son sac, il s'agit de votre contact.

Et Charlotte lui remit le briquet en question.

— Ça signifie que je ne prends pas le train.

Charlotte haussa les épaules, l'air sincèrement désolé, et lui souhaita bonne chance.

Cécile alla s'asseoir sur le banc, sortit le livre que la vieille dame lui avait remis et fit semblant de lire, guettant sans qu'il y paraisse les allées et venues des Toulousains. Aussi près de la gare, il y avait beaucoup d'activité. Quelques minutes après l'arrivée d'un train, la petite rue fut envahie par une foule aussi dense que celle des boulevards. C'est ce moment que choisit son contact pour s'asseoir à côté d'elle. Au début, la femme ne dit rien. Puis, sortant une cigarette, elle lui demanda du feu. Cécile lui donna le briquet et la vit s'en servir avant de le glisser dans son propre sac à main.

— Attendez que j'aie traversé la Garonne, souffla la femme, et rejoignez-moi.

Cécile ne dit rien et ne quitta pas non plus son livre des yeux, mais quand elle s'aperçut que la femme s'était engagée sur le pont, elle se leva et la suivit. Elle la rejoignit une centaine de mètres plus loin, devant une boulangerie. À partir de là, elles marchèrent bras dessus, bras dessous, et Cécile dut subir une heure complète de bavardage. L'autre lui racontait des anecdotes concernant sa fille qui avait commencé à marcher, son fils qui allait à l'école, sa mère qui était malade, son père qui était mort pendant la Grande Guerre. Sans cesser de parler, elle l'entraîna de rue en rue jusqu'à une place publique. À droite se dressait un imposant édifice de brique rose percé de multiples fenêtres.

— C'est le Capitole, lui dit la femme en la guidant à travers la foule.

Elles traversèrent la grande place et, une fois de l'autre côté, la femme lui indiqua un banc.

— Assoyez-vous ici. Quelqu'un viendra vous demander ce que vous attendez. Vous lui direz que vous cherchez un emploi. Si elle vous propose un travail à la blanchisserie, vous pourrez la suivre.

Et sans prendre le temps de vérifier si Cécile avait bien compris, elle disparut.

Il s'écoula bien une demi-heure avant qu'une nouvelle inconnue vienne s'asseoir sur le banc. Cécile la vit du coin de l'œil s'allumer une cigarette. S'ensuivit l'échange des mots de passe convenus. Satisfaite, la femme désigna l'hôtel qui faisait le coin de rue.

— Vous attendez dix minutes après mon départ, puis vous entrez par la grande porte. Vous dites à la personne qui vous accueillera que vous êtes là pour les tapis.

Après lui avoir souhaité une belle journée, elle s'éloigna. Cécile la suivit des yeux un moment et remarqua de nouveau les soldats qui allaient et venaient tout autour. Les forces d'occupation semblaient en état d'alerte.

Au moment convenu, Cécile se leva et franchit le seuil de l'hôtel. Elle répéta le mot de passe à la réceptionniste et, l'instant d'après, elle suivait son nouveau guide dans l'escalier le plus spectaculaire qu'elle ait vu de sa vie. Les marches étaient recouvertes d'un tapis luxueux. Les murs, d'une tapisserie tout aussi riche en couleurs et en textures. La main courante avait été sculptée dans un bois sombre et sans doute précieux. Elles arrivèrent, quatre étages plus haut, devant un couloir où l'on découvrait une demi-douzaine de portes. La réceptionniste s'arrêta devant la première. Elle frappa deux petits coups en disant :

— Vous avez un colis, madame.

Une voix de femme lui dit d'entrer. La réceptionniste reprit le chemin du rez-de-chaussée. Cécile poussa la porte et se retrouva devant un bureau jonché de papiers. Derrière se tenait une femme aussi magnifique que cet hôtel. Maquillage, bijoux, paillettes, fourrure, on ne savait où regarder tant tout attirait l'œil.

— Oh ! s'exclama la dame. On embauche des femmes, maintenant, dans la RAF ?

— Pardon ?

— Vous n'êtes pas un pilote.

Cécile haussa les sourcils, mais sans rien dire. L'autre la détailla avec méfiance.

— Que faites-vous ici dans ce cas ?

Cécile se rappela que Milligan avait parlé de ces filières d'évasion qu'on réservait habituellement aux pilotes dont les avions avaient été abattus en territoire occupé.

— Il y a un malentendu, dit-elle. J'ai demandé à être mise en contact avec un opérateur radio.

La femme continuait de l'examiner.

— Qu'est-ce qui me prouve que vous n'êtes pas un agent allemand ?

Jamais Cécile n'avait imaginé qu'on la soupçonnerait de travailler pour l'ennemi.

— Qu'est-ce qui me prouve à moi, répliqua-t-elle du tac au tac, que vous n'êtes pas une collabo qui s'apprête à me livrer à la Gestapo ?

La femme continuait de la jauger.

Cécile n'avait aucun moyen de prouver qu'elle disait vrai. Alors, même si c'était contraire à tout ce qu'elle avait appris en entraînement, elle décida de faire confiance.

— Avez-vous un jeu de cartes ?

La femme la regarda, perplexe, s'excusa et sortit en refermant derrière elle. Elle revint au bout de quelques minutes et lui tendit les cartes à jouer. Cécile les ouvrit en éventail pour en extraire la dame de cœur, qu'elle déposa sur le bureau. Nulle personne sensée n'aurait admis être une criminelle recherchée. Cécile se dit qu'un tel aveu devait valoir quelque chose.

Sur le coup, la femme parut ne pas comprendre, mais soudain, son regard s'agrandit.

— Je suis Blanche, dit-elle en lui serrant la main.

La poigne était solide, chaude, bouleversante de sensualité.

— Depuis que l'Italie a changé de camp, expliqua Blanche, Hitler est aux abois et ses agents ne cessent d'essayer d'infiltrer nos réseaux. Nous avons perdu trois maisons sûres rien que dans le dernier mois. La Gestapo s'est installée à Toulouse, attirée par… vos bonnes œuvres, je suppose.

Cécile savait que les agents de la Gestapo agissaient habillés en civil. C'étaient les plus dangereux, car sans l'uniforme pour les identifier, ils pouvaient se faire passer pour n'importe qui.

— Ils ont procédé dans les dernières semaines à une série d'arrestations, poursuivit Blanche. S'il y avait encore des sans-filistes dans la région, soit ils ont été arrêtés, soit ils se cachent. Dans un cas comme dans l'autre, ils ne peuvent vous être utiles.

Cécile ne put cacher sa déception. Du coup, Blanche joua franc jeu.

— Je peux vous faire passer en Andorre, si vous voulez. Vous n'aurez ensuite qu'à traverser en Espagne et poursuivre votre chemin jusqu'au Portugal. Le pays est encore neutre. De là, vous n'aurez pas de difficulté à gagner l'Angleterre.

Elle changea soudain de ton et ajouta, avec beaucoup de sympathie :

— Mais il faut que vous sachiez que les Allemands ont déclaré les Pyrénées zone interdite. Le Piémont grouille de soldats, et les cols principaux sont étroitement surveillés. On peut encore traverser, mais les parcours sont difficiles et les départs, plus espacés qu'ils ne l'ont jamais été. Vous pourriez devoir attendre des semaines dans une maison sûre, peut-être même tout l'hiver, sans pouvoir sortir.

Cécile en perdit le souffle. L'émotion dut se lire sur son visage, car Blanche lui offrit un fauteuil. Elle s'y laissa choir, le temps de se ressaisir.

— C'est bon, déclara-t-elle au bout d'une minute environ. Je n'ai pas le choix, je remets ma vie entre vos mains.

*

Elle ne resta que deux nuits sous la protection de Blanche. À 4 heures le deuxième matin, elle suivit la réceptionniste sur le toit.

— Rendez-vous à la trappe, sur le toit de l'édifice voisin. Et bonne chance pour la suite !

Cécile obéit et fut accueillie dans l'immeuble adjacent par un homme âgé qui lui prit la main pour l'aider à se glisser à l'intérieur. De là, elle descendit cinq étages dans un étroit escalier en colimaçon. Au rez-de-chaussée, son guide lui indiqua une pièce à l'écart, meublée d'un lit et d'une chaise.

— Attendez ici.

Docile, Cécile s'assit, non sans avoir vérifié que son pistolet était chargé, à portée de main tout autant que son couteau. Elle écouta les bruits de la maison. Il y avait beaucoup de va-et-vient dans la pièce voisine. Ça sentait le pain frais, elle devait se trouver dans une boulangerie.

Le jour se leva, tout doucement, et les premiers rayons du soleil pénétrèrent dans le réduit par un vasistas. Le grondement d'un moteur se fit entendre tout près, dans la rue. Puis le moteur s'éteignit. Il y eut un échange, des voix d'hommes. On parlait d'un colis à livrer avec la farine.

La porte s'ouvrit sur un très jeune homme qui lui fit signe de le suivre et la conduisit à un camion.

— Donnez-moi votre valise, murmura-t-il quand elle fut assise sur la banquette. Et cachez-vous là.

Il indiquait l'espace où elle avait posé les pieds. Elle lui donna son bagage et glissa son sac à main sous le siège. Elle s'accroupit ensuite sur le plancher et, à force de contorsions, elle arriva à se recroqueviller sous le tableau de bord. Désormais, toute fuite serait impossible.

Le jeune homme la couvrit d'une toile cirée noire, déposa sur le dessus ce qui semblait être sa valise, et, encore par-dessus, quelque chose qui bruissa comme du papier journal.

— À partir de maintenant, dit-il, c'est silence absolu.

Il démarra.

Le camion roula pendant près d'une heure en s'arrêtant souvent. Cécile se serait presque endormie, bercée par le roulis, si, tout à coup, le camion ne s'était arrêté plus brusquement qu'auparavant.

— Surtout, ne bougez pas, dit doucement le chauffeur, et il déposa autre chose sur le dos de Cécile.

Il y eut des voix à l'extérieur. Des hommes qui parlaient allemand. Cécile se raidit, allongea la main vers son sac, mais n'arriva pas à le toucher tant elle l'avait poussé loin. Elle ferma les yeux et se concentra sur ce qui se passait à l'extérieur. Le moteur venait de s'éteindre.

— Vos papiers, s'il vous plaît, dit un homme qui exigea ensuite d'inspecter l'arrière du camion.

Il s'ensuivit un bruit de portes de métal qui s'ouvrent et de bottes qui claquent. La porte se referma au bout de quelques minutes qui durent paraître aussi longues au chauffeur qu'à Cécile.

— C'est bon, dit l'inconnu. Vous pouvez y aller.

— Merci ! lui répondit le chauffeur. Et bonne journée !

Ils roulèrent encore une demi-heure. Le camion s'arrêta de nouveau, et le chauffeur descendit. Cécile sursauta quand il ouvrit la portière du passager.

— Attendez, je vous enlève ça de sur le dos. Voilà, vous pouvez vous relever.

Cécile redressa la tête, fit glisser ses épaules hors du trou et se hissa, d'abord sur le siège, puis hors du véhicule. Courbaturée, elle s'étira. Le chauffeur était allé ranger la valise à l'arrière du camion.

— Maintenant, dit-il en revenant, il faudra que vous vous assoyiez au centre, très près de moi. Vous passerez pour ma petite amie. Vous ne devez surtout pas parler. On m'a dit que vous avez un accent du Nord. Si quelqu'un l'entend…

Cécile fit signe que ça lui convenait, grimpa de nouveau sur le siège pour s'asseoir à l'endroit indiqué. Quand le chauffeur fut réinstallé derrière le volant, il lui tendit la main.

— Moi, c'est Colin.

— Catherine, dit-elle, consciente qu'il ne lui avait pas donné son vrai nom, lui non plus.

— Catherine, répéta-t-il, avant de démarrer.

Ils reprirent la route à travers la campagne, s'arrêtant souvent pour livrer de la farine et une autre fois pour acheter de l'essence. Colin devait posséder un permis bien spécial pour se promener comme il le faisait sans être inquiété. En camion par-dessus le marché ! Cécile aperçut enfin une série de montagnes couvertes de forêt.

« Les Pyrénées », songea-t-elle, comme le camion s'engageait dans un col.

Après un passage étroit, un piton rocheux plus imposant et plus escarpé que les autres apparut droit devant avec, au sommet, les ruines d'un fort ou d'un château. Bien avant d'y arriver, Colin vira à gauche pour s'engager dans un sentier pierreux qui semblait ne mener nulle part.

— Il faut vous cacher encore, nous arrivons au village.

Cécile reprit sa position sous la toile cirée, et le camion se remit en route.

Colin s'arrêta une dernière fois, fourragea derrière, comme précédemment, et quand il reprit le volant, il dit tout bas :

— Ne perdez pas patience, nous y serons bientôt.

Le voyage se poursuivit pendant un autre quart d'heure, puis le camion quitta la grand-route. Cécile le sut tout de suite, car les soubresauts se firent plus durs et plus fréquents. Le moteur s'éteignit enfin.

— Vous pouvez sortir maintenant.

Cécile retira la toile et s'assit sur la banquette. Elle eut sur le coup l'impression d'être arrivée au Pays des merveilles. Elle se trouvait dans une profonde vallée autour de laquelle s'élevaient, avec un fort dénivelé, des montagnes aux cimes de roc nu. Une épaisse forêt descendait de la mi-hauteur et s'effaçait, comme par magie, devant une prairie verdoyante et baignée de lumière.

À une dizaine de mètres de la camionnette, une haie dérobait aux regards des passants le seul bâtiment des environs, une maison de pierres rectangulaires, au toit de tuiles rouges.

Au moment où Cécile poussait la portière pour descendre, une femme sortit de la maison. Il émanait d'elle une assurance et un calme déroutants. Comme si la guerre ne pouvait l'atteindre, comme si la peur, chez elle, n'existait pas. Éblouie, Cécile suspendit son geste, incapable de détacher ses yeux de cette chevelure longue et cuivrée, gonflée par le vent, de ces iris d'un bleu si profond qu'il touchait le cœur. La femme vint vers elle et esquissa le premier sourire franc que Cécile ait vu depuis des semaines.

— Vous pouvez vous détendre, maintenant. Vous êtes en sécurité chez moi.

Elle se détourna pour embrasser Colin.

— Prendras-tu un bol de soupe avec nous avant de repartir ?

— Si tu insistes.

Elle n'insistait pas, mais on voyait que ça leur faisait plaisir à tous les deux. Quand il se fut éloigné avec la valise de Cécile, la femme s'approcha.

— Je m'appelle Justine, dit-elle en lui serrant la main.

— Catherine, dit Cécile.

— Bienvenue, Catherine ! Mais venez, vous devez avoir faim après toute cette route.

Réalisant qu'elle était affamée, Cécile lui emboîta le pas, étrangement en confiance. Au moment d'entrer, cependant, elle eut le réflexe de jeter un œil aux alentours pour situer la maison par rapport à la route et évaluer le meilleur moyen de prendre la fuite. Elle remarqua que le paysage s'était assombri. Pour s'orienter, elle chercha le soleil, et son regard se posa sur les ruines d'un château qui dominaient un piton rocheux. Elle les reconnut aussitôt, car c'étaient les mêmes que tout à l'heure, mais vues d'un autre angle. Seul le côté ouest baignait dans la lumière. Le reste était plongé dans l'ombre au point qu'on aurait dit que les murs de pierre n'étaient que le prolongement de la paroi montagneuse.

— Soyez la bienvenue à Montségur, lança Justine qui l'avait rejointe sur le seuil.

Comme elle prononçait ces mots, le soleil toucha différemment les pierres, et on eut l'impression, d'en bas, que les ruines s'embrasaient.

59
Émilienne

Marseille, 28 juillet 1940

À son arrivée à l'Évêché, on enferma Émilienne avec d'autres femmes dans une cellule crasseuse sans lui poser de questions. Nauséeuse à cause de l'odeur d'urine et de sueur rance, elle s'assit au bout d'un banc sale. Elle s'était trouvée débrouillarde une heure plus tôt. Intimidée, elle regrettait son audace. Elle pensa à appeler un garde pour expliquer la méprise, mais se ravisa. Après tout, l'occasion était trop belle ; il fallait en profiter et passer à l'action.

Elle commença par étudier les autres prisonnières. Il y avait certes des prostituées à l'air las, mais sur la majorité des visages, c'était la peur qu'on lisait, et non le désœuvrement. Les plus effrayées de toutes portaient des vêtements fripés et usés, souvent sales. Émilienne y reconnut l'allure désormais familière des réfugiés. C'est à ces femmes qu'elle s'adressa, elles qui avaient peut-être été ses compagnes de train, ses compagnes d'exode. Elle leur décrivit Tcherniak en insistant : si elles le rencontraient, il fallait lui dire que sa femme logeait à l'Hôtel Suisse.

— Combien tu offres ? demanda une des prostituées.

Émilienne se tourna vers elle, méfiante.

— Ça dépend. Qu'as-tu à m'offrir comme information ?

— Ça dépend, répéta l'autre. As-tu une photo ?

Émilienne s'en voulait de ne pas avoir pris cette précaution avant de quitter Paris.

— Tu penses que tu le connais ?

L'autre éclata d'un grand rire.

— J'ai rencontré quelqu'un qui correspond à cette description dans un bar de la Canebière, il y a trois ou quatre jours.

Le piège était évident, mais Émilienne ne put s'empêcher de demander :

— Comment était-il vêtu ?

L'autre désigna du menton les autres femmes.

— Comme leurs maris à elles.

Cette réponse fit naître un espoir, le premier depuis longtemps.

— Que faisait-il dans ce bar ?

— Est-ce que je sais, moi ? À mon avis, il négociait avec un bandit. Si j'étais toi, je me tiendrais loin de ce genre d'énergumène. Il peut te ruiner en moins de deux.

Cette mise en garde était ridicule.

— Si tu le revois…

— Si je le revois, je lui dis que sa femme l'attend à l'Hôtel Suisse…

Il y avait dans sa voix un tel accent de moquerie que plusieurs éclatèrent de rire. Pas les réfugiées, cependant, qui ne comprenaient que trop bien la situation.

— ... mais ça dépendra de la récompense, ajouta la prostituée.

— Le montant de la récompense dépendra du résultat.

L'autre haussa les épaules, se leva et se dirigea dans le coin opposé de la cellule.

— T'inquiète, dit-elle. J'en prendrai bien soin, de ton petit mari.

Il y eut de nouveaux éclats de rire, auxquels Émilienne mit fin en promettant une récompense à quiconque lui fournirait une information permettant de retrouver Tcherniak. Elle savait que l'argent se faisait rare chez les réfugiés, quelle que soit leur nationalité, et elle imaginait que c'était aussi le cas chez les prostituées. Le prix des denrées augmentait de jour en jour, comme celui des loyers. Et tout le monde devait se nourrir et se loger.

Au petit matin, un gardien vint la chercher. On la conduisit dans une grande salle où se trouvaient plusieurs pupitres. On l'abandonna devant l'un d'eux. Assis en face d'elle, un policier lui demanda son nom et sa nationalité.

— Emily Ann Saxby, américaine.

L'homme commença à écrire sur une fiche, puis s'interrompit.

— Américaine ? Pouvez-vous le prouver ?

— Si vous me redonnez mon sac à main, je vous présenterai mon passeport.

L'homme fronça les sourcils et fit signe à un autre agent de s'approcher.

— Rendez à la dame ses effets personnels, s'il vous plaît.

Quand elle eut en main son sac, Émilienne s'empressa de sortir le carnet dans lequel elle cachait son passeport.

— Mais vous deviez nous le montrer avant, madame ! s'exclama le policier, sur un ton à mi-chemin entre les excuses et les accusations. Ne vous a-t-on pas demandé vos papiers avant de vous embarquer ?

— Si, répondit-elle, étonnamment sûre d'elle. Mais je suis journaliste et je voulais m'assurer que vous respectiez les accords internationaux quand il est question des réfugiés politiques. Je prépare un reportage sur le sujet pour le *New York Times* et je dois vous dire que je ne suis pas impressionnée par ce que j'ai vu.

On la mena à la sortie sans lui offrir de la faire raccompagner à son hôtel.

Si tôt le matin, il n'y avait pas de taxis. Émilienne étudia les lieux et reconnut la cathédrale de la Major, dans la rue voisine. Elle l'avait aperçue la veille depuis la terrasse de la basilique. À vue de nez, l'Hôtel Suisse trouvait à deux kilomètres à l'est. Émilienne se dit qu'elle y serait en moins d'une heure.

*

Les commerçants remontaient leurs rideaux de fer lorsqu'elle atteignit enfin le boulevard d'Athènes. Elle avait traversé à pied toute la Vieille Ville et, si elle avait eu peur au début – après tout, Marseille avait sa réputation, surtout ce quartier-là ! –, elle avait dû admettre qu'à cette heure, tout le monde dormait, même les voyous. Le calme ambiant ne l'avait pas empêchée de se perdre dans un dédale de ruelles, au point qu'il lui avait fallu près de deux heures pour rejoindre son hôtel. C'est ainsi qu'elle avait exploré, à force d'essais et d'erreurs, des endroits où elle n'aurait jamais osé aller seule. Les petites rues, sordides à la nuit tombée, lui avaient paru fort paisibles à l'aube.

Elle ne regrettait ni cette marche forcée ni ce séjour en prison. Son subterfuge l'avait mise en contact avec bon nombre de gens. Des gens qui voyaient beaucoup de gens. Elle jugeait que les risques en avaient valu la peine. À partir de maintenant, ils seraient nombreux à travailler pour elle.

60
Virginie

Marseille, 6 juin

La devanture du café La folle époque, place Félix-Baret, était d'une beauté remarquable. Rien que le nom du restaurant, en lettrage noir sur des plaques de marbre, attirait l'attention des touristes. Il dominait un assemblage de panneaux de bois verni sculptés et percés de deux immenses vitrines qui laissaient voir, à l'intérieur, les multiples luminaires, les fauteuils de cuir, les boiseries murales et le carrelage coloré du plancher. Sur deux tableaux noirs, fixés à l'extérieur, quelqu'un avait inscrit le menu dans une belle écriture cursive.

Suprême de poulet et sa poêlée de pois gourmands, salade de camembert pané, filet de daurade, aubergines au gratin.

Virginie passa le seuil, l'eau à la bouche.

Ce restaurant faisait partie des endroits qu'avait fréquentés Emily Ann à Marseille. C'était un des décors à retenir pour la biographie.

Comme il l'avait devancée dans le restaurant, Norman se tourna vers elle pour lui montrer les miroirs, le bar, les banquettes.

— À mon avis, rien n'a changé depuis l'époque où ce restaurant s'appelait le Pélican. Il s'agissait d'un des endroits où Varian Fry rencontrait ses clients. Ils étaient souvent déjà sur place parce que le consulat américain se trouvait la porte à côté.

C'est ici qu'Emily Ann a fait sa connaissance. Elle le dit dans une de ses lettres.

Virginie se rappelait vaguement le nom du café, mais elle avait bien retenu celui de Varian Fry, parce que Varian, c'était assez unique comme prénom. Elle ignorait cependant de qui il s'agissait.

— Qui étaient les clients de monsieur Fry? demanda-t-elle en tentant de dissimuler son ignorance.

— Des artistes, des écrivains, des intellectuels. Pour la plupart, des gens célèbres dont il avait entendu parler en Amérique. Il est arrivé avec une liste, mais elle s'est allongée au fur et à mesure qu'il découvrait la situation des réfugiés.

La serveuse leur proposa une table tout au fond, ce qui plut particulièrement à Norman.

— À cette époque, les réfugiés s'assoyaient toujours à l'arrière.

— Pour mieux voir qui entrait?

— Oui, mais surtout pour pouvoir filer en douce par la porte de service.

Virginie tourna la tête en direction de la cuisine. Sans doute y avait-il une sortie de l'autre côté, mais elle-même n'y aurait jamais pensé.

— Pourquoi Varian Fry aidait-il spécifiquement les artistes et les intellectuels?

La serveuse vint prendre leur commande et leur offrir à boire. Norman lui demanda un pichet de rosé.

— C'est qu'il n'y avait pas que lui: d'autres organisations, mises sur pied dès la signature de l'armistice entre la France et l'Allemagne, aidaient les réfugiés. Les conditions de la reddition étaient terribles pour les étrangers en sol français. La clause 19 exigeait d'ailleurs que la police livre sur demande aux Allemands les personnes recherchées.

Norman poursuivit en expliquant que les syndicats américains avaient envoyé leurs équipes pour faire sortir du pays les syndicalistes qui fuyaient depuis un an devant l'armée d'Hitler. L'Église unitarienne avait ouvert un bureau pour aider les Juifs à quitter l'Europe. Personne cependant n'était là pour sauver les artistes, qui n'étaient pas toujours juifs et étaient rarement syndicalistes, mais dont les noms apparaissaient sur une liste noire appelée la « liste de Goebbels ». C'est là que Fry était entré en scène, dépêché à Marseille par le Centre américain de secours, le CAS.

Varian Fry était arrivé avec quelques milliers de dollars dissimulés dans ses chaussettes. Il s'était installé à l'hôtel Splendide et, en moins de deux jours, le bruit avait couru qu'il était là pour aider les gens qui voulaient fuir l'Europe. On avait commencé à frapper à sa porte de très tôt le matin jusqu'à très tard le soir. Ceux dont il ne pouvait s'occuper parce que leur situation ne correspondait pas à son mandat, il leur donnait un peu d'argent et les référait à un autre organisme qui, l'espérait-il, pouvait leur venir en aide.

— Il faut savoir que les réfugiés se trouvaient dans un état lamentable. Sans le sou, terrifiés à l'idée de tomber entre les mains de la Gestapo, traqués le plus souvent par la police française ou par la milice, conscients qu'on pouvait à tout moment les enfermer dans des camps de rassemblement, malades, affamés, à bout de nerfs…

— Et que faisait Varian Fry pour ses clients ?

— Tout. Ou à peu près. Il leur donnait de l'argent, certes, mais il les aidait à trouver un moyen de transport pour quitter la France. Il les aidait aussi à se procurer les papiers nécessaires et, quand ceux-ci devenaient impossibles à trouver, il en forgeait avec une équipe de faussaires talentueux.

Avec un sourire malicieux, Norman ajouta qu'il y avait dans cette équipe un caricaturiste qui imitait les sceaux et les signatures à la perfection.

— Le plus célèbre des clients de Varian Fry est sans contredit le peintre Marc Chagall. Mais il y avait également les écrivains André Breton et Victor Serge, le peintre Max Ernst… Ils sont carrément des milliers à lui devoir la vie. C'était, on peut sans doute le dire ainsi, le début de la Résistance, même s'il ne s'agissait pas de s'opposer aux Allemands, mais de permettre à des gens traqués de gagner une terre d'accueil, du moins un pays où les conditions leur seraient plus favorables. La majorité a trouvé refuge aux États-Unis. D'autres ont dû se contenter du Mexique ou d'un pays d'Amérique du Sud.

Pour les besoins de son roman, Virginie s'imagina ce que c'était de vivre ainsi, la peur au ventre, traqué par la Gestapo, par la police française, par la milice, incapable de trouver un endroit où dormir en sécurité, forcé de se réfugier dans un café et d'occuper une table au fond, près d'une porte dérobée, au cas où.

Elle sortit son carnet de notes pour y griffonner quelques mots et tomba sur cette phrase copiée du roman de Tudorel Tcherniak :

Il faut arriver à ce moment, aussi intense qu'étrange, où nous percevons enfin notre propre mortalité et celle des autres. Passé ce point, la peur n'a plus d'emprise, et nous embrassons une féroce envie de vivre et d'être heureux tout de suite, ainsi que l'urgence d'être humain, maintenant.

Tudorel Tcherniak était-il arrivé au bout de la peur ? S'il avait atteint ce niveau de confiance en lui, qu'en était-il d'Emily Ann ? Comment avait-elle vécu les années de tourmente qu'elle s'était imposées ? Pensive, Virginie mordilla le bout de son stylo avant de le déposer pour continuer à manger. Elle l'imaginait, rongeant son frein, sans rien pour s'occuper. Il lui semblait qu'attendre passivement, comme le faisaient les personnages du film *Casablanca*, ne correspondait pas au tempérament d'une femme qui avait eu le cran de quitter sa famille à 25 ans pour aller étudier à Paris. Ça ne ressemblait pas non plus au caractère de celle qui deviendrait quelques années plus tard une agente du SOE. Quelque chose clochait dans ce portrait que lui dressait Norman, mais Virginie n'arrivait pas à mettre le doigt dessus.

Après le repas, il l'entraîna vers le coin de la rue, où se trouvait une petite place meublée d'un banc. Sur une plaque, on pouvait lire : *Place Varian-Fry*.

— Malgré un travail remarquable, Fry a sombré dans l'oubli après la guerre. J'ai été heureux de découvrir il y a quelques années que la ville de Marseille avait finalement honoré sa mémoire.

Norman ajouta qu'il fallait absolument faire un détour pour voir l'endroit où Varian Fry avait établi les bureaux du CAS quand il avait dû quitter l'hôtel Splendide.

— À un moment donné, il y avait trop de va-et-vient, ça attirait l'attention. Et, on s'en doute, attirer l'attention n'est pas une bonne idée quand on travaille avec des gens recherchés par la police.

Ils empruntèrent l'avenue Grignan et passèrent devant le musée Cantini.

— C'est ici qu'on garde précieusement le Jeu de Marseille.

— Le quoi ?

— Le Jeu de Marseille. C'est une espèce de tarot dessiné par André Breton et ses amis artistes pendant qu'ils attendaient qu'on leur délivre les multiples visas nécessaires pour quitter la France.

— On l'a conçu ici ?

— Pas ici, mais à la villa Air-Bel.

« Villa Air-Bel... » Virginie avait vu ces mots quelque part.

— C'est dans une des dernières lettres d'Emily Ann. Elle et Tudorel Tcherniak y ont vécu quelques mois.

— Est-ce qu'on peut y aller ?

Virginie savait que sa voix trahissait son excitation, et elle l'assumait pleinement. Ce n'était pas tous les jours qu'on avait l'occasion de visiter une vraie villa.

— Elle n'existe plus.

— Oh.

Norman tenta d'atténuer sa déception :

— Elle a été démolie en 1970. À la place, on a construit un édifice à logements, en ruines aujourd'hui.

— Il doit bien en rester quelque chose !

Norman haussa les épaules.

— Un paysage, peut-être, mais il y a des maisons partout maintenant, alors qu'à l'époque, c'était la campagne.

Puis il prit conscience que voir le site lui ferait plaisir.

— On peut bien y aller, si vous le voulez, mais vous serez déçue.

Ils se rendirent d'abord devant l'édifice qui avait abrité les bureaux du CAS, où Virginie prit des photos. Puis ils revinrent sur leurs pas pour sauter dans un tramway.

Ils durent fendre la foule à la gare de Noailles, et Virginie se rappela sa conversation avec Menasseh Green. Le vieillard lui avait dit que les réfugiés préféraient l'anonymat des villes à l'exposition qu'entraînait la vie dans un village, où l'étranger était une cible facile. À voir tous ces gens se croiser sans se voir, se côtoyer sans se parler, exister en ignorant l'autre, Virginie comprit combien il avait raison.

61

ANDREW

Dinosaur Provincial Park, Alberta, 9 juin

Le sentier serpentait entre les colonnes de sédiments – les hoodoos –, et les couches successives de couleurs laissaient deviner les lignes d'horizon anciennes. Andrew était persuadé qu'il n'y avait pas meilleur endroit sur terre pour remettre les choses en perspective, pour relativiser les problèmes. Et des problèmes, il y en aurait, c'était assuré.

— As-tu connu Mrs. Crawford ? demanda-t-il au moment où ils venaient d'atteindre le sommet d'une colline.

Un sourire en permanence sur le visage, Amin jouissait de la promenade comme un enfant d'un tour de manège. Andrew s'était aperçu que les chiennes l'aimaient beaucoup. Elles trottinaient à côté de lui et, comme elles l'avaient fait avec Mrs. Crawford, elles ajustaient leur pas au sien.

— J'ai rencontré la très vieille dame quand je suis arrivé. Et puis elle est venue me voir quelques fois. Elle était très gentille.

Cette réponse surprit Andrew. Il n'avait pas imaginé que Mrs. Crawford avait fait partie de ce groupe de vieillards engagés. Et pourtant, il aurait dû s'en douter, puisque tous partageaient ce petit côté énergique, une propension à l'empathie hors de la moyenne, une soif de justice qu'il semblait impossible d'étancher.

— Mrs. Crawford venait souvent ici, reprit Andrew. Je pense que voir toutes ces marques du passage du temps lui permettait de retrouver son équilibre, sa place dans le monde.

Dès leur arrivée, il avait expliqué à Amin ce que représentaient ces strates qui s'étiraient à perte de vue. Amin avait été aussi impressionné que fasciné d'apprendre qu'on pouvait si facilement mesurer les millions d'années.

Andrew avait de bonnes raisons de l'entraîner dans le parc ce jour-là. D'abord, il jugeait que tant que les médias ne seraient pas au courant de sa présence à Denyse, Amin pouvait prendre l'air et même vivre sous leur toit. Frederick lui avait cédé sa chambre et s'était installé dans celle de Benjamin. Toutefois, il n'était pas question qu'il se promène au village. Ni qu'il fréquente d'autres personnes. Il ne fallait pas courir le risque qu'une indiscrétion mette la puce à l'oreille de la police. Un mandat d'arrêt circulait sans doute déjà à la grandeur du Canada. Aussi bien ne pas tenter le diable.

Plus important encore, en profitant de l'intimité que leur offrait le parc, Andrew avait voulu s'assurer qu'Amin comprenne qu'il pouvait lui faire confiance, que personne ne le surveillait ici, que personne ne pouvait le trahir. Tout ça parce qu'Andrew avait besoin de réponses.

— Asseyons-nous, dit-il en désignant un rocher surélevé et à l'ombre.

C'était l'endroit où il s'était assis avec Mrs. Crawford au début du mois de mai. Il lui sembla tout à coup que ça faisait une éternité.

— Tu as compris, je suppose, que la paroisse pense à t'offrir le sanctuaire.

Amin fit oui de la tête. Ses yeux balayaient le paysage, incapables de se poser nulle part.

— Est-ce qu'on t'a expliqué ce que ça signifie, vivre dans un sanctuaire ?

— Ça veut dire que je ne peux pas sortir.

— Oui. As-tu compris que ça pourrait durer longtemps ? Gerinne est à la recherche d'un avocat. Quand elle en aura trouvé un qui accepte de te représenter et de demander une révision de ton dossier, on aura une meilleure idée de ce qui t'attend. Mais je sais une chose, c'est qu'il faudra probablement alerter les médias pour mettre de la pression sur le ministre de l'Immigration.

— C'est quoi, les médias ?

— Des journalistes. Ils vont venir à la maison, ils vont avoir des caméras. Ils vont vouloir des entrevues. Ça risque d'être dérangeant. Épuisant, même. Et tu ne devras plus sortir de l'église, sous aucun prétexte. La police ne sera jamais loin. Tu seras surveillé jour et nuit.

Amin s'assombrit.

— Je ne pourrai plus dormir dans la maison ?

— Non. Mais on va t'aménager une chambre dans mon bureau. Et il y aura toujours quelqu'un avec toi. Moi, ou Patsy, ou un autre membre de la communauté. Je vais installer un lit dans un coin de l'église pour la personne qui va te tenir compagnie.

Amin regarda par terre. Andrew aurait juré qu'il serrait les dents. Il posa une main sur son bras.

— Je voudrais qu'il y ait une autre solution, mais à moins que tu acceptes de retourner en Turquie…

— Non. Je veux une vie.

— Je comprends. Et toi, il faut que tu comprennes que tu devras rester enfermé dans l'église pendant des semaines. Peut-être des mois. Certains réfugiés ont dû rester dans leur sanctuaire pendant des années.

Andrew le vit tressaillir, mais persista. Il devait s'assurer qu'Amin était conscient de ce qui l'attendait.

— Mais pour qu'on puisse prendre notre décision, on a besoin d'informations supplémentaires.

Il vit Amin se raidir, il savait qu'il redoutait ces questions.

— Peux-tu me dire comment tu es arrivé à Montréal ?

— En avion.

— Comment est-ce que tu as fait pour monter dans un avion ?

Il y eut un long silence pendant lequel Andrew se persuada que le garçon ne lui dirait rien de plus. Et soudain :

— Avec un faux passeport.

Même s'il aurait préféré arrêter là cet interrogatoire, Andrew se devait de poursuivre.

— Où est ce faux passeport ?

Le silence fut moins long, cette fois.

— Je l'ai détruit dans les toilettes de l'aéroport.

— Comment te l'es-tu procuré ?

Pas de réponse.

— Où as-tu trouvé l'argent pour payer ce faux passeport et le billet d'avion ?

Toujours muré dans le silence, Amin regardait au loin.

— Écoute. Si la police ou l'Immigration découvre que tu as un dossier criminel, tout va s'écrouler.

— Je n'ai pas de dossier.

— Bien. Comme ça, il y en a au moins un de nous deux qui fera un témoin crédible.

Cet aveu, Andrew y avait réfléchi pendant la nuit. Au matin, il avait conclu que s'il voulait convaincre Amin de tout lui dire, il devait lui confier l'élément qui pouvait faire achopper la démarche. De fait, Amin se tourna vers lui avec curiosité.

— Je n'ai tué personne, s'empressa d'ajouter Andrew. Ce n'est pas si grave que ça.

Amin haussa les sourcils. Andrew soupira. Il y avait des jours où, vraiment, Dieu le poussait dans le dos.

— Bon, d'accord. J'ai regardé brûler mon église sans rien faire.

En entendant rire Amin, il se dit qu'il avait bien fait de jouer la carte de l'honnêteté.

— J'espère que tu ne mettras pas le feu dans cette église pendant que je suis là.

— Non, tu n'as pas à t'inquiéter pour ça.

Amin redevint sérieux.

— Tu es allé en prison ?

Andrew hocha la tête.

Il avait eu une conversation similaire avec Patsy la veille. En s'embarquant dans l'aventure avec les Huit, elle imaginait bien qu'il y avait des risques, alors elle avait insisté pour qu'Andrew soit tenu à l'écart le plus possible. Elle se doutait que son dossier criminel risquait de causer des problèmes. Elle avait eu raison, mais elle ne savait pas à quel point. Elle ignorait qu'une personne qui offrait le sanctuaire à un réfugié refusé s'exposait à deux ans et plus d'emprisonnement, ou 50 000 $ d'amende. Ou les deux. C'est ce qu'Andrew avait découvert en lisant le *Guide à l'usage des paroisses qui servent de sanctuaire*. Au Canada, en effet, protéger ou aider une personne interdite de territoire, c'était enfreindre la loi. Et la Constitution canadienne ne protégeait pas une personne qui s'exposait de la sorte à des poursuites judiciaires.

Quand Patsy avait compris dans quelle situation elle avait placé son mari, la culpabilité l'avait submergée.

— Je ne peux pas accepter qu'on te remette en prison, avait-elle déclaré, doutant tout à coup du bien-fondé de leur combat.

Il l'avait prise dans ses bras et lui avait murmuré que tout irait bien. Il s'était abstenu de lui répéter les propos d'un de ses codétenus de l'époque : « La première fois, c'est toujours la pire parce qu'on a peur. Mais quand on sait à quoi s'attendre, c'est moins inquiétant. Et avec le dossier qui te suit partout, à la moindre infraction, on te retourne en dedans. »

Andrew se rappelait avoir frémi en entendant ces mots. Il s'était alors juré que jamais plus il ne ferait quoi que ce soit qui lui vaudrait des démêlés avec la justice.

Et le voilà qui, à peine sorti, récidivait.

— J'ai besoin de savoir, Amin, comment tu t'es procuré le passeport et l'argent pour venir au Canada.

Amin se referma sur lui-même, et Andrew comprit qu'il n'en tirerait plus rien. Il regarda le sol à ses pieds et fit crisser les pierres sous ses chaussures. Il y avait quelque chose d'enivrant à la liberté. S'il n'avait pas eu aussi honte de son propre passé, il lui aurait raconté ce que c'était que de vivre en prison. Comme il était sur le point de marcher sur son orgueil pour peindre un portrait honnête de la situation, il lui vint à l'esprit qu'Amin avait vécu onze ans dans un camp de réfugiés. Andrew savait, pour en avoir visité plusieurs, que les conditions de vie y étaient souvent bien pires que celles des prisons canadiennes.

Amin renifla. Andrew se tourna vers lui et comprit que lui aussi avait honte et que jamais il n'avouerait comment il s'était procuré l'argent et les faux papiers.

— D'accord, dit-il. On va faire le maximum avec les informations qu'on a.

Ils rentrèrent en silence.

Environ un kilomètre avant d'arriver à la maison, Andrew vit que quelqu'un s'était garé devant l'église.

— À partir de maintenant, Amin, tu es mon neveu du Québec.

Il avait reconnu la voiture du révérend Thompson.

62
Cécile

Montségur, France, 18 novembre 1943

Autant les heures lui avaient paru longues chez Charlotte, autant elles filaient à la vitesse de l'éclair au pied de Montségur. Il pleuvait pourtant, beaucoup et souvent – pas que Cécile aurait pu sortir, de toute façon, puisque Justine le lui avait interdit. Il n'était pas question de mettre l'organisation en danger en s'exposant à la vue des voisins. Cette contrainte, qui lui avait été pénible à Toulouse, semblait ici aller de soi. Cécile trouvait l'endroit agréable, et la compagnie de Justine l'enchantait.

Elle se demandait d'ailleurs pourquoi elle aimait autant cette maison. Ce n'était qu'une masure aux pièces aussi sombres qu'étroites. Le rez-de-chaussée était parcouru de solives noircies. Les deux chambres de l'étage se trouvaient sous un plafond bas. Tout cela aurait dû accentuer l'effet de claustrophobie, mais Cécile y était curieusement insensible. Elle se plaisait dans le salon où les fauteuils et le sofa avaient été disposés devant l'âtre. Une immense bibliothèque recouvrait tout un mur. En raison du manque de bois, Justine ne chauffait que cette pièce. Elle y allumait un feu tous les matins, et il faisait bon y lire.

Cécile dormait aussi bien que si elle avait dormi dans la maison de son père. Quand elle descendait chaque matin, elle s'asseyait à la table de la cuisine, un meuble de bois rustique et sans fini, où Justine avait déposé les légumes cueillis à l'aube. Car – ô miracle ! – juste à côté de la maison se trouvait un potager muré où poussaient des légumes-racines, des choux et, à voir le contenu des pots de verre de la cuisine, des haricots et des pois en saison. La viande continuait de manquer, mais Justine gardait trois poules qui fournissaient à peu près ce qu'il fallait d'œufs pour satisfaire l'appétit de deux femmes. Apprêter cette nourriture était long et laborieux, et Cécile devait mettre la main à la pâte.

Les deux femmes parlèrent peu pendant la première semaine, respectant l'une et l'autre les règles de sécurité habituelles. Elles s'appelaient par leur prénom, n'abordaient jamais de sujet personnel et ne donnaient aucun détail concernant leur passé.

Mais le soir, fidèle à elle-même, Cécile étudiait son hôtesse à la dérobée, détaillant son visage, analysant ses manières. Elle lui donnait dix ans de plus qu'elle-même, et elle avait remarqué que ses yeux pouvaient passer du bleu au gris selon son humeur ou l'heure du jour. Elle portait des lunettes aux verres épais qu'elle enfilait dès le matin. Elle avait le nez un peu long et les cheveux inégalement parsemés de fils gris – il y en avait davantage sur le devant. Elle ne les attachait jamais, et ils lui descendaient en frisottant jusqu'au milieu du dos.

Elle avait aménagé une table de travail dans un coin du salon et y passait des heures, penchée au-dessus de grands livres. Elle lisait, prenait des notes dans un cahier, revenait au livre, lisait encore, fouillait dans un autre livre et prenait encore des notes.

Avec Colin, qui venait une fois par semaine, elle parlait de temps en temps la langue de la région, ce qui ajoutait au mystère. Cécile pensa qu'il s'agissait de son fils, mais interrogée, Justine avait révélé qu'elle n'avait pas d'enfant.

— Mon mari est mort, avait-elle conclu avant de changer de sujet.

Preuve que Cécile n'était pas le premier « colis » à séjourner chez elle, Justine avait très tôt paré aux conséquences indésirables de l'attente en la gardant occupée le plus possible. L'oisiveté, c'était bien connu, devenait vite malsaine pour les gens d'action comme les pilotes et les agents. Surtout qu'il était toujours impossible de prédire combien de temps l'attente pouvait durer. Justine avait été catégorique.

— En septembre, un bataillon de SS a fouillé les grottes du massif de Tabe, avait-elle dit en désignant l'ensemble des montagnes qui bloquaient l'horizon. Ils ont mis la main sur plusieurs membres du maquis local. Depuis, les villages et les routes de la région grouillent de soldats allemands.

Colin le répétait à chaque visite, toujours avec une pointe d'appréhension dans la voix: les postes de contrôle avaient doublé en nombre et plusieurs cols étaient désormais interdits. Ne restaient d'accessibles que les sentiers les plus ardus, et les passeurs hésitaient à y entraîner une femme. Ils ne pouvaient savoir que Cécile était aussi capable qu'eux. Et si on le leur avait dit, ils ne l'auraient pas cru.

*

Un soir, un vent terrible souffla sur la région. On l'entendait venir de loin dans la vallée, et les arbres qui bordaient la maison s'agitaient en grinçant furieusement. N'en pouvant plus de voir Justine penchée jour après jour sur ses livres, mais surtout, lasse de la distance qu'elle maintenait entre elles, Cécile osa l'interroger.

— Si ça ne vous met pas en danger, expliquez-moi ce que vous cherchez.

Justine quitta son livre des yeux pour la jauger.

— Je suppose, dit-elle enfin, que ces informations ne permettront à personne de remonter jusqu'à moi.

Elle écarta son cahier de notes et désigna un ouvrage plus ancien que tout ce qui se trouvait sur la table. Cécile fut étonnée de ne pas l'avoir remarqué avant, mais elle réalisa que Justine l'avait caché exprès. Il s'agissait d'un livre relié en cuir, un peu plus grand qu'une feuille de papier à lettres ordinaire. Il contenait un texte écrit à la main sur un support beaucoup plus épais que du papier. Il devait valoir une fortune.

— J'ai découvert par accident un document d'archives relatant le procès d'une parfaite cathare inconnue.

— Une quoi ?

— Une parfaite cathare ou, si vous préférez, une femme qui pratiquait une religion interdite au XIIIe siècle. Les adeptes du catharisme, comme on l'appelle aujourd'hui, étaient pourchassés par l'Inquisition.

— Et qui était cette parfaite cathare ?

— Une femme dont l'histoire a oublié le nom, mais qui semble avoir été un personnage important.

— C'est anormal ?

— Oui et non. Ce qui m'intrigue, c'est qu'un membre du clergé avec son statut n'ait laissé de trace nulle part. Elle s'appelait Rixende de Foix, mais son nom n'apparaît sur aucune liste d'accusés. Pourtant, dans sa déposition, elle affirme avoir prêché dans tout le Languedoc de 1250 jusqu'à son arrestation en 1285. C'est vraiment bizarre. On dirait que personne, jamais, ne l'a dénoncée.

— Peut-être que les gens l'aimaient beaucoup, osa Cécile, trop heureuse de ce rapprochement.

Justine se tourna vers elle, comme stupéfaite de ne pas y avoir pensé elle-même. Elle se leva, songeuse, et alla se poster devant la fenêtre. Il faisait nuit noire dans la vallée, mais Cécile savait qu'elle cherchait dans l'obscurité les ruines du château.

— Oui, l'entendit-elle souffler comme pour elle-même, les gens devaient beaucoup l'aimer.

63
Émilienne

Marseille, 25 août 1940

Le tramway longeait la corniche en direction sud, bondé comme l'étaient désormais tous les trains. Émilienne s'était demandé, en montant à bord, où allaient tous ces gens. À gauche, les maisons se suivaient, certaines clôturées, d'autres exposées aux intempéries comme aux brigands. À droite, la mer s'étirait jusqu'à l'horizon, sa monotonie brisée seulement par les îles du Frioul que dominait le château d'If. La vue de l'austère forteresse rendue célèbre par Alexandre Dumas ne réussit pas à assombrir son humeur. Tcherniak était vivant. Il était en ville. Il l'attendait.

La nouvelle lui était parvenue par le biais d'une note anonyme, laissée ce matin-là à la réception de son hôtel par un enfant.

Le mistral souffle sur les cafés de Pointe-Rouge.

Émilienne avait reconnu l'écriture de Tcherniak, et son sang n'avait fait qu'un tour. Sans perdre de temps, elle s'était informée auprès de sa logeuse.

— Faut prendre le tram pour Montredon. Pointe-Rouge, c'est un peu avant le terminus.

Émilienne avait pris des notes. Elle ne savait pas ce que signifiait, dans le message, l'allusion au vent, mais elle ne doutait pas de le découvrir une fois sur place.

*

— C'est par ici.

L'adolescent voulait l'éloigner de la plage, c'était évident. Émilienne examina la ruelle étroite où il essayait de l'entraîner.

— Va le chercher! lui lança-t-elle sans faire un pas de plus.

Le garçon s'appelait Félicien – c'est du moins ce qu'il lui avait dit –, et c'était apparemment monsieur Tcherniak qui l'avait envoyé attendre une dame à l'arrêt du tram.

Félicien revint sur ses pas et lui souffla, d'une voix à peine audible:

— Il ne sort pas au grand jour, c'est trop dangereux. Allez! Venez! Il faut me faire confiance.

En entendant ces mots, Émilienne hésita plus encore.

— Dis-moi où tu m'emmènes.

Félicien grimaça, mais parut tout à coup aussi méfiant qu'elle.

— Décrivez-moi monsieur Tcherniak, ordonna-t-il.

Émilienne se plia à sa demande.

— D'accord, dit-il, satisfait de la description.

Il s'approcha, et sa voix ne fut plus qu'un murmure.

— Je dois vous conduire au bar Mistral. C'est là qu'on se cache tous, dans le grenier. Mais il ne faut surtout pas ébruiter la chose, vous comprenez.

Elle lui promit le silence et le suivit.

Ils étaient une vingtaine à vivre entassés dans le grenier du bar. Tcherniak, trop heureux de la revoir, l'embrassa à pleine bouche devant tout le monde, avant de se ressaisir et de lui présenter ses amis.

— Il y a là tout ce que l'Europe a pu produire de mieux. Deux médecins, quelques ingénieurs, un professeur, plusieurs artistes et quelques scientifiques. La plupart sont juifs. Les autres sont simplement des dissidents comme moi.

— Mais pourquoi restez-vous ici, aussi loin de Marseille?

Émilienne serrait les mains tendues.

— Parce que nous sommes recherchés.

— Vous pensez que la police vous reconnaîtrait?

— Peut-être pas les agents, mais les rafles sont devenues tellement fréquentes qu'on risque gros chaque fois qu'on met les pieds dehors.

Sur ce point, Émilienne devait leur donner raison.

— Vous ne pouvez pas rester cachés ici. Il vous faut prendre un bateau, partir pour n'importe où, et vite !

— Nous sommes tout à fait d'accord, concéda Tcherniak en l'entraînant vers le rez-de-chaussée. Mais vois-tu, le service des visas du consulat américain est situé à Montredon. D'ici, c'est à quelques minutes de tram. Nous nous y relayons… discrètement.

Il invita Émilienne à boire un verre. Quelques minutes plus tard, ils étaient attablés dans un coin du Mistral qui, comme tous les bars de Marseille, était plein à craquer.

— J'étais tellement inquiète, finit-elle par dire.

Les mots lui brûlaient les lèvres depuis qu'elle l'avait aperçu, penché sur son carnet, dans un coin du grenier. Elle tenait maintenant sa main serrée dans les siennes, aussi heureuse que soulagée, les larmes aux yeux.

— J'ai eu peur qu'on t'ait arrêté.

— Mais on m'a arrêté !

Il lui raconta comment, après s'être enfui du train pour échapper aux Allemands, il avait erré pendant plusieurs jours avant de tomber sur une patrouille de gardes mobiles.

— Ils m'ont conduit au camp des Milles, où je suis resté une semaine.

— Tu veux dire qu'on t'a libéré ?

Il serra sa main plus fort.

— Je me suis libéré moi-même.

Il lui offrit un de ses rares sourires et, comme il lui baisait les mains, elle vit que sa manche était tachée de sang.

— Des barbelés, dit-il. Ce n'est rien. Et puis ça date.

Émilienne examina les blessures, mais se retint de manifester son désarroi de peur d'attirer l'attention. Tcherniak lui avait expliqué qu'il fallait se méfier des oreilles indiscrètes, même ici.

— Et Félicien ?

— Félicien est le fils d'un professeur de l'Université de Montpellier. Il passe inaperçu parce qu'il a vécu toute sa vie dans le sud de la France.

Les informations s'emboîtaient les unes dans les autres, comme les pièces d'un puzzle.

— Il existe ce que nous appelons le télégraphe des réfugiés. L'information circule très vite entre nous, de bouche à oreille. C'est comme ça que j'ai appris que tu étais en ville.

Il plissa les yeux, l'air sévère.

— Soit dit en passant, c'était très dangereux de te laisser arrêter.

— Comment sais-tu que je me suis *laissé* arrêter ?

— Parce qu'on n'arrête pas les Américaines, Émilienne. Encore moins quand elles sont riches.

Elle rit.

— N'empêche, ma ruse a fonctionné.

Il approuva.

— Oui, elle a fonctionné. Et j'en suis bien content. Surtout que j'ai encore besoin de la riche Américaine.

— Je t'écoute.

Il lui expliqua que la rumeur voulait qu'un Américain se soit installé au Splendide avec un stock de visas qu'il distribuait aux réfugiés.

— Nous pensons qu'il s'agit d'un piège de la Gestapo. Il a une liste apparemment, et les noms qui y figurent sont les mêmes que sur la liste de Goebbels.

— Ton nom est là ?

— Je pense que oui. Mais ce n'est pas le plus inquiétant. Hier, la police a fait une descente au Splendide. On a embarqué tous les réfugiés qui se trouvaient sur place. Tu imagines que je ne vais pas aller vérifier par moi-même si ce monsieur a de bonnes nouvelles pour moi.

— Tu veux que j'y aille ?

Il acquiesça d'un geste de la tête. Ses yeux brillaient, et Émilienne sut qu'elle serait descendue en enfer pour cet homme.

64
ANDREW

Denyse, Alberta, 9 juin

En virant dans la cour, Andrew se demandait ce qui pouvait bien ramener le révérend Thompson chez lui. La dernière fois, ils ne s'étaient pas quittés dans les meilleurs termes. Il sortit de sa voiture. Puisqu'il était désormais impossible de cacher la présence d'Amin, il avait l'intention d'envoyer le garçon l'attendre dans le bureau. Comme il ouvrait la bouche, le révérend Thompson apparut sur le seuil, visiblement ébranlé. Derrière lui, Patsy vociférait :

— Pour qui vous prenez-vous ! ? Venir ici vous plaindre ! Quel culot !

Andrew réprima un sourire quand il vit qu'elle le poussait dans le dos.

— Merci, Patsy ! lui lança-t-il. Je vais m'en occuper.

— Mon amour, ne te mêle pas de ça. Ça se passe entre lui et moi.

Elle continuait de diriger Thompson vers sa voiture. On aurait pu croire qu'elle cherchait à l'éloigner d'Andrew, mais lui savait que c'était Amin qu'elle protégeait.

— Madame ! s'indignait Thompson. Lâchez-moi, s'il vous plaît.

Andrew décida de prendre les choses en main.

— Patsy ! répéta-t-il. Je suppose que c'est moi que le révérend Thompson vient voir.

Il se tourna vers Amin.

— Va avec ta tante dans la cuisine. Je vous rejoins bientôt.

Comprenant où Andrew voulait en venir, Patsy attrapa la main d'Amin.

— As-tu envie d'un café ? Parce que moi, je te jure, j'en prendrais bien un.

Thompson avait l'air soulagé. Andrew ne lui laissa pas le temps de réfléchir à ce qui venait de se produire et lui indiqua l'église.

— Si vous voulez me suivre dans mon bureau, nous pourrons y discuter tranquillement.

Quand ils furent à l'intérieur, il lui offrit le sofa et s'enquit de la raison de sa visite. Thompson ne se fit pas prier.

— Je suis venu vous demander d'arrêter d'inviter mes paroissiens à votre service du dimanche.

Andrew rit.

— Vous savez bien que je ne peux pas arrêter d'inviter les gens. Je suis un pasteur. Chacun est le bienvenu…

— Mon église se vide parce que *mes* gens viennent chez vous. Si votre enseignement était digne d'un pasteur, je ne vous en tiendrais pas rigueur, mais vous les entraînez dans l'erreur. Je ne peux tolérer que…

Andrew comprit pourquoi Patsy s'était emportée.

— Je ne vais tout de même pas les mettre à la porte.

Sans se rendre compte qu'il le poussait dans ses derniers retranchements, Thompson renchérit :

— Vous salissez la réputation de l'Église. C'est bien la dernière chose que j'imaginais de quelqu'un comme vous.

— Tout le monde est bienvenu ici, répéta Andrew, sans perdre patience.

Puis il ajouta, avec une malice qui ne lui ressemblait pas :

— Même vous.

Quelques minutes plus tard, la voiture du révérend Thompson sortait du stationnement.

Le même soir, Andrew reçut un coup de fil d'un représentant de l'Église progressiste du Canada. On lui expliqua qu'il ne pouvait offrir le sanctuaire à un réfugié parce que sa congrégation n'en était pas une.

— Vous êtes une simple mission. Votre paroisse n'a pas de structures décisionnelles, vous êtes trop peu nombreux. C'est d'ailleurs pour cette raison que vous n'avez pas été embauché par la paroisse, mais par la maison mère.

En gros, ça signifiait que même si les Huit s'entendaient pour accorder le sanctuaire à Amin, cette décision ne pourrait être approuvée pour des raisons, entre autres, financières.

— Vos gens n'ont pas de quoi payer en cas de poursuite judiciaire. Ils n'ont probablement même pas de quoi payer les frais de subsistance de votre réfugié !

Sur ce point, le responsable avait tort.

Dès qu'Andrew convoqua son assemblée, il constata que les Huit avaient plus d'argent qu'il ne l'avait imaginé. Ils avaient déjà ouvert un compte à la banque, où ils avaient chacun déposé non seulement de quoi subvenir aux besoins d'Amin, mais également les sommes requises pour payer les frais juridiques et assurer sa sécurité, si la chose devenait nécessaire.

— J'ai été cadre chez Garda, dit Mr. Gordon. Alors ne vous inquiétez pas. Nous aurons des hommes sur place dès qu'il le faudra.

Khalil, qui n'avait aucune ressource financière, se porta volontaire pour installer une douche dans la même pièce que la toilette. Gerinne résuma sa rencontre avec l'avocat qui avait accepté de représenter Amin devant la Commission de l'immigration.

— Il m'a dit qu'il n'était pas surpris d'apprendre que notre ami n'avait pu immigrer avec Khalil et sa famille. Et il n'était pas davantage étonné qu'Amin ait vu sa demande d'asile refusée à la première irrégularité. Selon lui, il existe un préjugé en Occident à l'encontre des jeunes hommes musulmans célibataires.

Gerinne n'eut pas besoin de donner d'explication. Presque tous les attentats terroristes des vingt dernières années avaient été commis par de jeunes hommes célibataires. Andrew savait cependant que, si les plus médiatisés d'entre eux avaient effectivement été musulmans, depuis quelque temps, les fusillades avaient plutôt tendance à être perpétrées par des chrétiens blancs. En Amérique, du moins.

— Si je vous comprends bien, dit-il en revenant au cas d'Amin, on continue ?

— Bien sûr qu'on continue ! s'exclama Mrs. Conley.

— Vous comprenez que ce sera épuisant ? Il faut qu'il y ait quelqu'un en permanence avec lui dans l'église, au cas où la police viendrait. Patsy et moi sommes d'accord pour partager cette tâche la nuit, mais il faudra que vous veniez prendre le relais de jour parce que nous devons aussi nous occuper de nos fils. Quelqu'un devra rédiger des communiqués de presse. Il faudra s'adresser aux médias dans l'espoir d'obtenir l'appui de la population, ce qui mettra la pression sur le bureau d'Immigration et Citoyenneté Canada. Il faudra faire les courses, préparer des repas, etc. Mais surtout, il faudra être là pour épauler Amin psychologiquement. Ce que nous nous apprêtons à vivre ressemble à un siège.

— Vous pouvez compter sur nous !

Les Huit avaient parlé d'une seule voix.

— C'est bon, déclara Andrew en croisant le regard de Patsy. Dans ce cas, on fonce.

— On fonce, répétèrent les autres avec une détermination telle qu'Andrew en eut les larmes aux yeux.

*

Le dimanche suivant, l'église reçut pas moins de cinquante personnes en ses murs. En adressant son mot de salutations et d'accueil, Andrew eut une pensée pour Thompson, qui devait se trouver devant une assistance clairsemée. Il présenta son sermon sur la présence du divin en chacun.

Il n'en était pas rendu à la moitié quand il aperçut, par la fenêtre, plusieurs voitures de police qui se garaient sur le grand chemin de manière à empêcher quiconque de quitter le stationnement. Au lieu de se demander qui avait bien pu dénoncer Amin – il y penserait plus tard –, Andrew s'interrompit.

— Mes amis, dit-il en changeant de ton. J'ai un aveu à vous faire.

Avec humilité, il expliqua qu'il cachait en ce moment un garçon qui avait passé onze ans de sa vie dans un camp de réfugiés et qui avait vu sa demande d'asile refusée.

— Il s'appelle Amin Ṣadiq et il a 24 ans. Les membres fondateurs de cette église et moi-même sommes convaincus qu'il a été victime de discrimination après être tombé dans un piège tendu par des bandits canadiens. Devant ce que nous considérons comme une grave injustice, nous lui offrons le sanctuaire, le temps d'obtenir une révision de son dossier.

Il utilisait ces mots exprès, parce qu'il savait que les Canadiens étaient fiers de leur tolérance et de leur ouverture.

— Dans quelques instants, des policiers vont frapper à cette porte et exiger qu'on leur livre ce garçon.

Il désigna Amin, qui se trouvait à l'arrière avec Philip. Les gens se retournèrent. Amin baissa la tête.

— Pour éviter que vous soyez mêlés à ça, poursuivit Andrew, je vous demande de venir par ici. Je vais sortir parler aux policiers, mais si jamais les choses s'envenimaient, vous serez moins exposés à l'avant.

— Et lui ? demanda une femme qu'Andrew avait vue à quelques reprises. Que va-t-il lui arriver si les policiers pénètrent dans l'église ?

— Ils vont l'arrêter et l'emmener.

— Où est-ce qu'ils vont l'emmener ? demanda une autre.

— Dans un poste de police, où il sera remis entre les mains des Services frontaliers.

— Et après ?

— Il sera probablement renvoyé dans un camp en Turquie.

Un brouhaha s'éleva de l'assistance. Andrew essaya de calmer le jeu.

— Je vous en prie. Venez à l'avant. Je m'occupe de la police.

Peine perdue, les gens avaient déjà ouvert la porte. Craignant qu'ils veuillent affronter les policiers, Andrew s'empressa de sortir. Il découvrit avec stupéfaction que ses paroissiens avaient rapidement formé des chaînes humaines pour bloquer l'accès à l'église.

— Personne ne violera le sanctuaire ! s'écria Gerinne.

— Personne ! répondit la foule.

Andrew se fraya un chemin pour rejoindre le policier à la tête du groupe.

— Nous avons l'ordre d'arrêter Amin Sadiq, déclara celui-ci.

— Il faudra nous passer sur le corps, lui répondirent les Huit, qui semblaient décidément n'avoir peur de rien.

S'ensuivit une discussion où Andrew expliqua aux agents que le sanctuaire était une tradition qui n'avait jamais été violée au Canada. Il pria pour qu'aucun des agents n'ait été au courant de l'affaire Mohamed Cherfi.

Son bluff réussit. Une quinzaine de minutes plus tard, les auto-patrouilles reprenaient la direction de Brooks, et la foule, en liesse, applaudissait devant cette victoire. Andrew souriait lui aussi, et s'il était content de voir qu'il avait réussi en quelques mois à éveiller la conscience de ces gens, il s'interrogeait sur les motivations des policiers. Pourquoi être venus jusqu'ici un dimanche matin, alors qu'ils auraient pu venir le lendemain avec l'assurance de ne trouver que lui sur place pour défendre le sanctuaire ?

65
Virginie

Montségur, France, 11 juin

— Malgré ce qu'on dit, le château de Montségur, dans lequel vous vous trouvez en ce moment, n'a pas été construit par les cathares. Il a été érigé après le célèbre bûcher, par Guy de Lévis, un des vainqueurs de la croisade. D'ailleurs, sachez qu'aucun des châteaux qu'on dit « cathares » n'existait à l'époque de cette croisade. Ils ont été construits par les conquérants pour constituer une ligne de défense contre un envahisseur venu du sud.

Sur le visage des touristes assemblés au milieu des ruines, on pouvait lire la déception. Plusieurs avaient été convaincus, comme Norman Saxby d'ailleurs, qu'ils se tenaient au cœur des ruines où avaient vécu les célèbres hérétiques. Mais voilà que le guide venait de leur annoncer qu'ils se trompaient, que pendant des années, on les avait induits en erreur, que le Montségur actuel n'avait de cathare que la légende.

Pour éviter de faire fuir les visiteurs, le guide se reprit :

— Rassurez-vous. Les ruines ne sont peut-être pas cathares, mais le site, lui, l'est parfaitement. Ce château a été construit à l'emplacement exact du castrum où vivaient les bons hommes et les bonnes dames. Car un castrum n'est pas un château. C'est un village fortifié. On peut aujourd'hui apercevoir, un peu plus bas, une partie des ruines du vrai mur d'enceinte. Malheureusement, il s'agit de vestiges beaucoup moins imposants que ceux-ci.

Ce disant, il ouvrit les bras et Virginie se dit que ce château, bien qu'étant une fausse représentation historique, avait de quoi faire naître les légendes.

— Pour savoir à quoi ressemblait un vrai castrum du Languedoc, rendez-vous à Cordes, près d'Albi. Vous verrez, ses murs sont peut-être moins spectaculaires, mais ils demeurent impressionnants, surtout quand on sait qu'ils sont typiques de l'architecture occitane de cette période. Mais revenons à cet emplacement…

Virginie ne perdit pas de temps à interroger Norman sur leur prochaine destination. Elle savait qu'ils n'iraient pas à Cordes parce qu'ils avaient un avion à prendre le lendemain matin. Elle nota quand même le nom, consciente qu'il s'agissait d'un élément de culture personnelle. À ce qu'on sache, Emily Ann n'avait pas mis les pieds dans les environs d'Albi. Elle avait toutefois séjourné à Carcassonne, alors Virginie avait insisté pour s'y arrêter la veille.

Elle venait de terminer le livre que Régis lui avait fait parvenir par courrier juste avant son départ. L'ouvrage avait jeté une lumière bien différente sur le passage d'Emily Ann dans la région.

Régis lui avait expliqué avoir effectué une recherche croisée, c'est-à-dire en jumelant les noms d'Emily Ann Saxby et de Tudorel Tcherniak.

— Ça aurait pu ne rien donner, lui avait-il dit au téléphone. Ces deux-là ne me semblent pas du genre à être passés à l'histoire. Figure-toi que je me suis retrouvé sur Google Books. Les deux noms apparaissaient sur la même page d'un ouvrage publié en 1967. Je n'en croyais pas mes yeux. Comme il était assez rare, j'ai dû faire appel à des collègues. Tu me diras s'il valait la peine qu'on s'est donnée pour le trouver.

Et la peine, avait conclu Virginie, il la valait amplement. Écrit par un dénommé Daniel Guérard, professeur d'histoire médiévale à la Sorbonne des années 1920 aux années 1950, le livre s'intitulait *Les oubliés*. L'auteur y dressait la liste des découvertes historiques passées sous silence soit à cause de l'Occupation, soit parce que le responsable de ces découvertes était mort pendant la guerre. Un chapitre entier était consacré à Emily Ann Saxby. Ou plutôt à Émilienne Saxby, comme l'appelait ce professeur à quelques reprises. On y apprenait qu'elle avait été son étudiante à Paris pendant six ans.

Une étudiante brillante et aussi cultivée que pouvait l'être une riche Américaine à cette époque.

En lisant, Virginic s'était demandé ce que ça voulait dire. L'avait-il trouvée cultivée, ou seulement cultivée « pour une Américaine » ?

Daniel Guérard entamait son récit en racontant comment sa famille et lui-même avaient fui Paris juste avant l'arrivée des Allemands grâce aux talents d'Émilienne et de son fiancé, Tudorel Tcherniak, un écrivain autrichien réfugié en France.

Un homme plein de ressources, qui se qualifiait lui-même d'expert en défaites. Il avait participé à la révolution russe ainsi qu'à la guerre d'Espagne. Nous nous sommes fiés à lui ; il avait l'expérience du désordre.

L'auteur prenait ensuite quelques lignes pour le remercier de son dévouement, avant de passer aux choses sérieuses. Il racontait avoir perdu de vue son ancienne étudiante pendant l'exode de 1940. Puis, par un matin de l'été 1943, alors que les Allemands régnaient en maîtres partout en France, Emily Ann Saxby était venue frapper à sa porte. À cette époque, Daniel Guérard était installé avec sa femme et sa fille dans une maison de campagne près de Carcassonne. Émilienne, qui se faisait appeler Justine Vialette, s'affairait à mettre sur pied une filière d'évasion et avait demandé son aide. Elle avait besoin d'une maison sûre dans la région et de provisions sèches.

On ne posait pas de questions à cette époque, alors je n'en ai pas posé. Je lui ai donné une de nos vieilles poules, car nous n'avions ni haricots, ni pois, ni noix.

Il expliquait ensuite comment il l'avait hébergée le temps qu'elle trouve à se loger. Ils avaient discuté de la situation qui allait en s'aggravant, et le professeur lui avait révélé avec tristesse que les Allemands occupaient la cité de Carcassonne. Heinrich Himmler, l'homme à la tête des SS, avait envoyé des équipes dans tout le Languedoc à la recherche de reliques mystiques.

Virginie avait cessé d'écouter le guide et s'approcha d'un mur en partie écroulé. De là, on pouvait voir tout en bas quelques maisons, comme perdues dans la campagne. L'une d'elles avait servi de refuge à Emily Ann. Impossible aujourd'hui de savoir laquelle, car l'établissement d'un réseau d'évasion se faisait dans le plus grand secret.

C'est en se cachant dans une église pour éviter une patrouille allemande qu'Emily Ann Saxby avait mis la main sur un document issu des précieuses archives de l'Inquisition. Elle s'était empressée de le subtiliser afin d'empêcher qu'il ne tombe entre les mains des pseudo-archéologues d'Himmler.

Dans les six mois qui ont suivi sa visite, ma femme et moi avons reçu une dizaine de « colis » ; c'est ainsi qu'on appelait les pilotes qu'il fallait héberger incognito.

Et puis un jour, Emily Ann lui avait fait parvenir une carte postale avec une vue de Carcassonne.

Cher professeur, je crois avoir mis la main sur le procès d'une bonne dame inconnue, avait-elle écrit au dos.

Et ici, le professeur Guérard expliquait que l'expression « bons hommes », « bonnes femmes » ou « bonnes dames » faisait référence aux cathares, qui se présentaient eux-mêmes de cette manière.

Emily Ann lui avait donné plus de détails dans une lettre qu'elle lui avait envoyée par messager. Il s'agissait de la déclaration d'une dénommée Rixende de Foix, une parfaite cathare qui aurait été condamnée au bûcher à Carcassonne en octobre 1285. Guérard n'avait jamais entendu parler de cette Rixende de Foix, mais il n'y avait rien de surprenant à cela puisqu'une grande partie des archives de l'Inquisition était aujourd'hui dispersée, avait disparu ou avait été détruite. Il avait donc attendu impatiemment la copie du texte qu'Emily Ann lui promettait à la fin de sa lettre, mais n'avait plus rien reçu.

Emily Ann avait été arrêtée par la Gestapo quelques semaines plus tard. L'original et la copie, si elle existait, étaient tombés aux mains des Allemands.

66
Cécile

Montségur, France, 27 novembre 1943

Après avoir frôlé le point de congélation, la température remonta soudain. La pluie cessa, le soleil brilla de nouveau. Pendant les trois jours que dura le beau temps, Cécile s'assit devant la fenêtre ouverte et respira l'air des montagnes en rêvant qu'elle empruntait un des sentiers qui en scarifiaient les versants.

— Ce sont des routes de bergers, lui avait dit Justine.

L'accalmie ne dura pas. Le froid et la pluie revinrent et, avec eux, Colin.

Il arriva comme d'habitude en fin d'après-midi, sous un orage d'une rare violence. Il recula son camion tout près de la porte, mais quand Justine ouvrit pour le laisser entrer, elle découvrit qu'il apportait de nouveaux « colis ». Il s'agissait de trois hommes grands et minces, vêtus n'importe comment et visiblement embêtés de se trouver là. Dès qu'ils dirent deux mots pour saluer leur hôtesse, Cécile comprit qu'il s'agissait d'aviateurs britanniques. Leur piètre connaissance du français excluait qu'ils soient agents du SOE. Mais comme Cécile, ils tentaient de rentrer en Angleterre.

Justine les invita à l'intérieur, mais attrapa Colin par un bras.

— Je ne comprends pas, lui souffla-t-elle. Tu devais les conduire à Tarascon…

— J'aurais bien voulu, mais… Je suis parti de Toulouse avec eux ce matin… tout se passait normalement. J'ai fait mes livraisons, mais juste avant d'arriver à Foix…

Il parlait vite et gesticulait. Cécile ne l'avait jamais vu dans cet état.

— Il y avait des soldats partout. Les signaux convenus avaient disparu, alors j'ai passé mon chemin. J'ai réussi à éviter les points de contrôle jusqu'ici, mais comme je ne savais pas quoi faire avec eux… Je n'ai pas osé les ramener à Toulouse.

Justine s'écarta pour le laisser entrer et, après avoir refermé la porte, elle s'y adossa, pensive. Cécile s'imaginait déjà faisant ses bagages. Elle jeta un œil en direction des montagnes qu'on devinait derrière le rideau de pluie. Une semaine plus tôt, elles étaient encore couvertes de neige. Il y aurait beaucoup de boue. S'y aventurer serait difficile.

— Messieurs, lança soudain Justine, soyez les bienvenus à Montségur. Les circonstances nous forcent à cohabiter. Du moins pour les prochains jours. N'imaginez surtout pas que votre présence m'indispose, mais soyez conscients que nous serons à l'étroit.

Les trois hommes paraissaient satisfaits d'avoir un toit pour les protéger des intempéries et un bon feu pour se réchauffer. On passa à table et après le repas, quand Colin eut repris la route, Justine expliqua aux nouveaux venus les règles de la maison. Ils devaient parler le moins possible, toujours très bas. Et surtout, ils ne devaient jamais sortir.

— Les premiers voisins sont à deux cents mètres, sur la colline. De là-haut, on voit tout.

Ils acceptèrent de bon gré, trop heureux d'avoir évité la Gestapo.

Cécile dut effectivement faire ses bagages, car on offrit sa chambre aux Anglais. Justine l'accueillit dans la sienne et lui offrit la moitié droite du lit collé contre le mur.

— Si jamais la police vient jusqu'ici, vous pourrez vous sauver par là.

Elle désigna la fenêtre, et Cécile se dit qu'elle blaguait.

— En sautant, vous arriverez sur le toit du poulailler. Il suffit ensuite de se laisser glisser. Les hautes herbes amortiront votre chute.

Elle ne blaguait pas.

La routine des repas et du travail fut quelque peu chamboulée. Il y avait certes encore des réserves de denrées sèches, mais les poules pondant moins à mesure que les jours raccourcissaient, il fallut partager les omelettes en portions de plus en plus petites.

Cécile ne mit pas longtemps à remarquer que les hommes avaient des tempéraments très différents. Le plus grand s'appelait Dany. C'était le plus tranquille. Il maîtrisait assez le français pour passer ses journées à lire dans un fauteuil. Le plus petit – mais c'était seulement par comparaison, car il était bien plus grand que Cécile – s'appelait Barnaby. Nerveux et bavard, il gardait tout le monde sur les nerfs parce qu'on ne savait jamais à quoi s'attendre avec lui. Justine dut dès le troisième jour aller le chercher dans le poulailler. Il parlait de tuer les poules pour les manger. Il souffrait grandement des privations imposées par sa condition de pilote en fuite. Si on avait pu lui procurer une carte de rationnement, il aurait au moins reçu le minimum, mais il était impensable de signaler sa présence. Barnaby dut se contenter du même régime que les autres, régime qu'il qualifiait d'ascèse monastique.

Le dernier aviateur s'appelait Mick. Il se montrait reconnaissant et se contentait de ce qu'on lui servait. Des trois, c'était celui qui s'adaptait le mieux à la situation. Il s'adonnait à longueur de journée à des exercices physiques.

— S'il faut partir d'ici en courant, j'aurai une longueur d'avance sur les Fridolins, disait-il, mi-sérieux.

Dany, Barnaby et Mick étaient les hommes les plus curieux que Cécile avait jamais rencontrés. À leur défense, ils n'avaient pas vu grand monde depuis que leurs avions respectifs avaient été abattus. On leur avait fait traverser la France de maison sûre en maison sûre. Aux dires de Barnaby, ils n'y avaient rencontré personne d'autre que les membres du réseau, et ces derniers ne disaient jamais rien. La présence de Cécile au pied des Pyrénées, alors que leur périple achevait, avait piqué leur curiosité. Qui était-elle ? Que faisait-elle ici ? D'où venait-elle ?

Cécile avait esquivé les questions en leur rappelant les règles de sécurité. Loin d'accepter cette réponse, les hommes insistaient, revenant à la charge dès que l'oisiveté devenait insupportable, c'est-à-dire à tout moment. D'une certaine manière, leur réaction était normale. Ils avaient vécu ces dernières semaines coupés du monde, dans un silence relatif, sans rien pour se désennuyer ni pour s'occuper l'esprit.

Cécile jugea qu'à trop insister sur la sécurité, elle risquait de laisser deviner sa situation illicite. C'est donc tant par intérêt personnel que par charité chrétienne qu'elle entreprit, le troisième soir, de leur raconter une histoire qui leur plairait.

— Je suis la nièce de Teilhard de Chardin, le paléontologue.

Encore une fois, ce qu'elle avait appris à l'université lui était utile.

— Le jésuite, vraiment ? s'enquit Dany, que le sujet semblait fasciner.

— Oui, j'ai étudié la géologie avec lui à Paris. Par la suite, il m'a emmenée dans plusieurs de ses voyages. J'ai un bon œil. C'est un talent utile sur un site de fouilles.

— Mais ne se trouve-t-il pas en Chine en ce moment ?

Cette question aurait compliqué les choses pour n'importe qui d'autre que Cécile.

— Absolument. Je suis partie avec lui en 1935. Nos travaux se déroulaient loin à l'intérieur des terres, dans la province du Chung-Kiang. Quand les troubles ont commencé – vous savez, l'insurrection –, le consul a fait évacuer tous les Occidentaux. C'est à ce moment que mon oncle et moi avons été séparés. Il a insisté pour me faire monter à bord du premier avion en me promettant qu'il prendrait le prochain. Il voulait éviter que je sois massacrée, vous comprenez. C'est d'ailleurs le sort que les rebelles ont réservé aux Blancs restés derrière… Toujours est-il que mon oncle devait prendre l'avion suivant, mais il n'est jamais arrivé à Shanghai. Il n'y était toujours pas quand je me suis embarquée pour Marseille.

Elle affichait une telle assurance que personne ne mit en doute l'authenticité de son récit.

— Avez-vous trouvé quelque chose en Chine ? demanda encore Dany.

Celui-là l'écoutait vraiment avec intérêt. Cécile sourit intérieurement.

— Bien sûr ! D'ailleurs, un de nos collaborateurs, Alexander P. Lovett, a rapporté une vertèbre du premier mégathérium découvert en Asie. On l'a anobli pour sa découverte. N'en avez-vous pas entendu parler, puisque vous êtes Anglais ?

Aucun des trois hommes ne connaissait Alexander P. Lovett. Cécile en conclut qu'ils n'allaient jamais au cinéma, car elle venait de broder son histoire sur le scénario du film *Lost Horizon*[7].

— Je suis rentrée à Paris en mai 1940. Comme des milliers d'autres, j'ai fui avant l'arrivée des Allemands pour venir m'installer chez une vieille amie de la famille.

Ce récit abracadabrant sembla satisfaire la curiosité de chacun. Mais pour s'assurer qu'on la croie, Cécile prit soin, le lendemain, de leur parler du travail des chasseurs de fossiles. Et pour leur prouver qu'elle avait l'œil, elle leur dessina un trilobite sur le coin de la table.

Justine ne la contredit en rien, mais n'ajouta aucun détail.

Le premier vrai problème survint le matin du sixième jour. Justine était partie au village pour essayer de trouver de la nourriture supplémentaire.

Les hommes dormaient encore. Cécile était descendue pour préparer cet horrible ersatz qui leur servait de café. Elle avait allumé le gaz et mis de l'eau à bouillir quand une main lui écrasa la bouche. Un bras la tira vers l'arrière et, l'instant d'après, Barnaby tentait de la renverser sur la table.

---

7. En français *Les Horizons perdus*, film réalisé par Frank Capra en 1937, basé sur le roman éponyme.

— Rien qu'une fois, murmura-t-il, haletant.

Il la quitta des yeux une fraction de seconde pour défaire sa braguette. C'était plus qu'il n'en fallait. Cécile le poussa d'un coup de genou, ce qui lui fit perdre l'équilibre. Dès qu'il se redressa, elle lui assena une solide droite à la mâchoire. Elle avait gagné en vitesse depuis le jour où elle avait frappé Wallace de la même manière. La surprise aidant, son poing avait heurté Barnaby avec une telle puissance qu'il s'affala de tout son long sur le plancher, entraînant avec lui dans sa chute une partie de la nappe et la vaisselle qui se trouvait dessus. Le fracas réveilla les deux autres qui accoururent sans prendre la peine de s'habiller.

C'est avec dégoût qu'ils relevèrent leur confrère étourdi pour l'asseoir sur une chaise. Ils allèrent ensuite à tour de rôle s'habiller et quand Barnaby eut retrouvé ses esprits, ils le traînèrent de force dans le salon, à défaut de pouvoir sortir. Et là, ils lui servirent la raclée de sa vie.

Quand Justine revint du village, les trois hommes buvaient leur « café » sans rien dire.

— Dieu du ciel, Barnaby ! s'exclama-t-elle en apercevant son visage tuméfié. Que vous est-il arrivé ?

— Il est tombé dans l'escalier, répondirent en chœur Dany et Mick.

Barnaby se garda bien de les contredire.

67
Émilienne

Marseille, 26 août 1940

Le Splendide était situé à deux pas de l'Hôtel Suisse. Quand Émilienne passa la porte, elle se sentit tout de suite en terrain connu. Faute de savoir le nom de celui qu'elle venait rencontrer, elle se présenta à la réception et demanda qu'on avertisse l'Américain nouvellement arrivé en ville.

— Rendez-vous à la chambre 307, dit le réceptionniste. Au troisième étage. Il vous attend.

Émilienne se dirigea vers l'ascenseur, perplexe. Comment pouvait-il savoir qu'elle viendrait ? Tcherniak avait du flair. S'il pensait qu'il s'agissait d'un piège, c'en était probablement un. Et dans ce cas, il était impératif d'éclaircir l'affaire si on voulait éviter que d'autres réfugiés se jettent dans la gueule du loup. Qui mieux qu'une véritable Américaine pour confronter un faux Américain ? En sortant de l'ascenseur, elle fonça vers la chambre 307.

— Entrez ! dit une voix d'homme, après qu'elle eut frappé quelques coups.

Elle ouvrit et se retrouva dans une chambre minuscule. Derrière une table qu'on avait placée au centre de la pièce, un homme écrivait. Il lui parut de petite stature, avait les cheveux bouclés et portait des lunettes à grosse monture. Il avait retiré sa veste et roulé ses manches de chemise. Sur le lit traînait tout un assortiment de papeterie.

— Je suis à vous dans un instant, souffla-t-il sans lever les yeux. Asseyez-vous.

Émilienne referma la porte et prit la seule chaise disponible, devant la table. L'homme poussa un profond soupir, attrapa une feuille vierge. Stylo à la main et sans même lever la tête, il lui dit :

— Nom, prénom, citoyenneté.

Émilienne émit un petit rire sarcastique.

— On dirait un interrogatoire de police.

Cette fois, il leva les yeux.

— Pardon ?

— Je suis ici pour obtenir de l'information sur votre organisation.

Il posa son stylo.

— Mon organisation n'est pas encore tout à fait établie, vous m'excuserez de ne pouvoir…

— *What are you doing in Marseille ?*

Il sembla surpris qu'elle s'adresse à lui en anglais. Il répondit dans la même langue.

— J'ai été mandaté par un groupe de citoyens américains inquiets du sort réservé aux artistes et aux intellectuels réfugiés en sol français. J'ai pour mission de les aider au mieux de mes capacités. Qui êtes-vous ?

Elle se présenta, mais demeura sur ses gardes.

— Et vous ?

— Varian Fry.

— Avez-vous des preuves de ce que vous avancez ?

— Je peux vous montrer mon passeport, si vous voulez.

— Je veux dire des preuves que votre présence ici n'est pas un piège pour les réfugiés.

Il recula sur sa chaise, abasourdi.

— Bien sûr, dit-il. Bien sûr. Je comprends votre méfiance, après tout ce que ces hommes et ces femmes ont enduré. Je n'ai malheureusement qu'une liste à vous montrer. Elle a été élaborée à New York par le Centre américain de secours.

Émilienne parcourut la liste qu'il venait de lui tendre. Les noms de Tcherniak et de Walter y figuraient, de même que plusieurs autres, dont Joseph Roth.

— Vous pouvez rayer Joseph Roth de votre liste. Il est mort à Paris au mois de mai.

Fry parut surpris d'apprendre la nouvelle, mais biffa le nom, sans cérémonie.

— Voilà, dit-il. Une place vient de se libérer.

Il posa son crayon et plongea son regard dans le sien. Émilienne comprit que c'était à son tour de donner des explications.

— Je suis ici de la part de Tudorel Tcherniak. Il ne peut venir en personne ; il craint une rafle de la police.

— À cause de celle d'il y a deux jours ? Je le comprends. Monsieur Tcherniak accepterait-il de me rencontrer dans un café ?

*

Le Pélican était situé à un jet de pierre du consulat des États-Unis, sur la place Félix-Baret, en plein centre de Marseille. Nombre de réfugiés y tuaient le temps avant ou après une visite dans les bureaux américains. Entre les boiseries, les vitraux et les jeux de miroirs, l'œil du nouveau venu était constamment sollicité. Ces quelques secondes de distraction donnaient l'occasion aux clients nerveux de prendre la fuite s'ils le jugeaient nécessaire.

Quand Émilienne et Tcherniak pénétrèrent dans le café, Varian Fry occupait déjà une table du fond. Il se leva d'un bond et vint leur serrer la main sans cacher son admiration.

— Vous ne savez pas à quel point je suis heureux de vous rencontrer. J'ai beaucoup aimé votre roman sur la révolution russe.

Le Tcherniak d'autrefois aurait peut-être rougi de plaisir. Celui d'aujourd'hui ne dit rien.

— Laissez-moi commencer par vous offrir mes plus sincères condoléances. J'ai appris hier la mort de votre ami Trotsky.

Tcherniak reçut la nouvelle avec stoïcisme, mais Émilienne, qui le connaissait bien, perçut son chagrin. Il hocha la tête en signe de remerciement et s'installa de manière à garder un œil sur la façade. D'abord perplexe, Fry reprit sa place en s'excusant.

— Je comprends votre méfiance, poursuivit-il. À votre place, j'agirais de même. Je sais pour quelle raison vous êtes recherché. Il paraît que votre séjour au camp des Milles a été trop bref au goût des autorités.

— Je ne m'y plaisais pas.

Fry rit, ce qui détendit l'atmosphère.

— Je vais être franc. Mademoiselle Saxby m'a décrit les conditions dans lesquelles vous vivez. Si vous le voulez, je peux vous donner de l'argent pour vous permettre de mieux vous loger.

— L'argent n'est pas un problème, intervint Émilienne.

Tcherniak posa une main sur son bras pour l'interrompre.

— Ce qu'Émilienne veut dire, c'est que je n'ai plus de passeport.

— Je suis au courant de ce détail, répondit Fry. Mais à mon avis, le passeport n'est pas vraiment un problème non plus. Je pourrais vous obtenir un affidavit tenant lieu de passeport de la part du consulat américain. Avec ce document, je peux vous obtenir un visa de transit portugais. Une fois celui-ci en règle, obtenir un visa de transit espagnol ne sera pas un problème non plus. Mais même avec tous ces documents, aucun commissariat ne vous octroiera un visa de sortie du territoire français. Jamais, en tout cas, sous votre vrai nom.

Tcherniak étant recherché, la chose, en effet, paraissait impossible.

— Ne pouvons-nous prendre un bateau pour New York ? demanda Émilienne.

Le regard ahuri que lui jeta Fry la fit douter de son bon jugement.

— Mademoiselle Saxby…

— Appelez-moi Émilienne.

— Émilienne, ne savez-vous pas qu'aucun bâtiment n'est autorisé à quitter Marseille ?

— Vous voulez dire qu'il n'y a plus de bateaux ?

Il parut étonné qu'elle ne soit pas au courant.

— Si vous comptiez partir vous-même de cette manière, vous avez été mal informée. Mais il y a un autre moyen…

Il jeta un regard suspicieux aux alentours et sortit de sa veste une carte dessinée à la main.

— Il existe une route. Officieuse, il va sans dire.

Il y désigna un chemin tracé en pointillé.

— Il faut se rendre en train jusqu'à Cerbère, au sud de Perpignan. De là, vous partez à pied, comme si vous faisiez du tourisme. Vous traversez les montagnes jusqu'à Port Bou, en Espagne. Mais attention, il est impératif de vous présenter à un poste frontalier pour faire estampiller votre visa espagnol.

— Cette route a été éprouvée ?

— Depuis deux semaines, j'y ai fait passer une vingtaine de personnes.

— Aucune n'a été arrêtée ?

Fry secoua la tête.

— De cette manière, le visa de sortie devient inutile. Les gardes frontaliers espagnols n'y prêtent pas attention. La seule difficulté avec ce plan, c'est que vous avez besoin d'un sauf-conduit pour voyager jusqu'à Perpignan. Les réfugiés, comme vous l'avez peut-être appris, n'ont plus le droit de quitter la commune où ils sont installés.

Il se redressa sur sa chaise avant d'ajouter :

— Ça, c'est pour faire les choses dans les règles.

Émilienne se retint de rire. Fry, qui venait de leur montrer comment quitter illégalement la France, considérait qu'il agissait quand même dans les règles.

— Et l'autre manière ? s'enquit Tcherniak.

Fry recula sur son siège.

— L'autre manière consiste à profiter de la pagaille administrative qui règne en France, et à jouer les imbéciles si on vous interroge.

Émilienne, qui ne craignait pas pour sa sécurité, ne voyait rien de mal à enfreindre les lois au nez et à la barbe des Français. Elle s'imaginait déjà à Lisbonne quand Tcherniak l'interrompit :

— Il y a un tout petit problème avec ce deuxième plan.

Elle se tourna vers lui. Fry était tout ouïe.

— J'ai passé quelque temps dans une prison espagnole… après mon engagement dans les Brigades internationales.

Fry s'excusa de ne pas y avoir pensé. Il était au fait de l'évasion qui avait valu à Tcherniak une balle dans le genou.

— Dans ce cas, je ne vois qu'une seule possibilité.

Tcherniak tira la conclusion qui s'imposait.

— Il me faut une nouvelle identité.

68
Virginie

Brookbury, Québec, 13 juin

Les oiseaux piaillaient, annonçant l'aurore. Dans son lit, Virginie souriait. Elle adorait dormir la fenêtre ouverte pour écouter les bruits de la nuit, mais plus encore ceux de l'aube. Heureuse d'enfin se réveiller chez elle, elle garda les yeux clos et respira la douceur de l'air. Il ferait chaud aujourd'hui, c'est ce qu'annonçait la météo. Ce matin, toutefois, la brise qui lui caressait les joues était encore piquante.

Les images affluaient dans sa tête comme sur un écran de cinéma. Un mélange de rêves et de souvenirs.

Elle se revoyait, quelques jours plus tôt, au restaurant du camp de Natzweiler-Struthof, à deux pas de la chambre à gaz. Devant un plat de fettucine carbonara, Norman répétait qu'il n'y avait pas eu d'exécutions de masse, comme ça s'était fait ailleurs. Ici, la chambre à gaz avait été aménagée afin qu'on puisse y mener des expériences médicales.

— Il y a bien un groupe de Juifs qu'on a gazés parce que le directeur de l'institut d'anatomie de l'Université du Reich de Strasbourg voulait monter une collection d'os. Mais dans l'ensemble, on voulait surtout faire des tests sur l'effet de certains gaz de combat. On trouvait tous les cobayes dont on avait besoin parmi les déportés du camp.

À ce moment de leur voyage, Virginie s'était dit qu'elle ne mangerait plus jamais de pâtes carbonara sans penser au sort de ces gens enfermés dans les quelque 40 000 camps érigés en Europe par Hitler. Elle avait conscience de ne pas avoir visité le pire. Qu'aurait-elle ressenti dans un des camps d'extermination ? Elle préférait ne pas y penser.

Elle savait que Tudorel Tcherniak avait survécu à son séjour à Natzweiler-Struthof. Il avait été évacué avec les autres prisonniers en septembre 1944 et entraîné dans ces interminables marches de la mort. La France avait peut-être été libérée, mais la guerre n'était pas encore finie, et Hitler tenait à conserver sa main-d'œuvre gratuite le plus longtemps possible. Ainsi, le 23 novembre 1944, le camp de Natzweiler-Struthof fut le premier camp découvert par les Américains. Il était désert, mais tout le monde comprit, à voir l'état des lieux, qu'il s'y était passé des choses terribles. Les journalistes qui suivaient l'armée s'étaient par la suite assurés que la planète entière soit au courant des horreurs commises par le Reich.

Après la visite du camp, Virginie avait mis la main, dans une librairie de Strasbourg, sur un livre dédié aux femmes du SOE. En couverture, une photo montrait la sculpture du mémorial de Valençay, une croix stylisée dont la branche verticale était séparée en deux sections. La première, sombre, symbolisait les vols de nuit pendant lesquels les agents étaient parachutés. La seconde, claire, représentait la Résistance. À la jonction des quatre branches de la croix, un disque blanc représentait la pleine lune en référence à la période pendant laquelle il était possible d'effectuer les vols au-dessus de la France.

Norman avait été ému de découvrir qu'un court chapitre était consacré à Emily Ann. On n'y racontait rien de nouveau, mais savoir que sa grand-tante était reconnue comme une héroïne en France lui avait fait chaud au cœur. Pendant le vol de retour, Virginie avait lu le livre avec une émotion bien différente. Elle ne pouvait compter les endroits où l'auteur signalait la négligence dont avait fait preuve le gouvernement britannique envers les agentes du SOE. Celles-ci n'avaient pas été enrôlées dans l'armée, comme ç'avait été le cas des hommes. Leurs grades, elles les tenaient des FANY, First Aid Nursing Yeomanry, une unité de femmes dépendante de l'armée britannique, mais qui n'en faisait pas partie. Cette distinction entre les grades attribués aux femmes et aux hommes expliquait pourquoi les agents masculins survivants avaient reçu très tôt des médailles d'honneur. Si certaines femmes avaient fini par en recevoir à leur tour, souvent vingt, trente ou quarante ans après la guerre, plusieurs n'avaient jamais été reconnues, donc jamais décorées.

L'existence de ces unités différentes expliquait aussi pourquoi les hommes avaient reçu une pension de l'armée quand la majorité des femmes en avaient été privées. Plusieurs de celles qui avaient reçu des médailles les avaient vendues pour obtenir de quoi vivre. Les autres avaient été forcées de se marier.

Ce sexisme administratif avait fait sortir Virginie de ses gonds. Deux heures après l'atterrissage, alors qu'elle était au volant de sa voiture, prise dans un bouchon de circulation qui s'étirait à l'infini, elle avait dû allumer la radio pour se calmer. Au bulletin d'informations, une journaliste présentait un reportage de l'Alberta.

— Je me trouve actuellement à Denyse, un village de trois cents habitants situé à 350 kilomètres à l'est de Calgary.

Elle avait expliqué qu'un réfugié sur le point d'être expulsé du Canada avait été accueilli dans une petite église.

— Rappelons que le sanctuaire est une pratique qui date du ve siècle. À cette époque, la loi romaine accordait aux églises le droit d'offrir l'asile à quiconque le demandait, même aux criminels.

Elle avait cédé la parole à différents citoyens de Denyse.

— Demander le sanctuaire dans une église est le dernier recours des gens désespérés, déclarait une dame âgée.

On entendait ensuite le révérend Andrew Yates, membre de l'Église progressiste du Canada et pasteur du village.

— C'est dans ces conditions que ma communauté et moi avons décidé d'offrir le sanctuaire à Amin Sadiq. Nous sommes conscients que, ce faisant, nous enfreignons la loi, mais nous faisons un geste humanitaire. Nous estimons qu'Amin a été victime d'une grave injustice. Nous demandons à la Commission de l'immigration et du statut de réfugié de réviser son dossier.

Virginie avait ressenti une grande sympathie pour ce pasteur albertain et pour la cause qu'il défendait. Et la première chose qu'elle avait faite en arrivant à la maison avait été de chercher l'adresse de son église sur Internet et de lui envoyer un chèque pour l'aider à financer le sanctuaire.

Sortant de sa rêverie, Virginie ouvrit enfin les yeux et trouva la maison bien vide. Elle s'habilla, fit un brin de toilette et se rendit en voiture à la pension où elle avait fait garder ses animaux toute la semaine. Sur la route, elle ouvrit la radio à temps pour entendre encore une fois le révérend Yates.

— Nous ne cessons de dénoncer les passeurs d'Afrique et du Proche-Orient qui vendent le rêve de l'Europe en canot pneumatique à travers la Méditerranée. Nous nous indignons de voir ces embarcations de fortune se renverser, chargées à l'excès de réfugiés. Nous trouvons inacceptables tous ces morts du bout du monde. Nous ferions mieux de dénoncer nos propres crapules et de les mettre en prison. Des Canadiens sans scrupule vendent de faux numéros d'assurance sociale à des réfugiés qui ne savent pas qu'ils y auront droit dans quelques semaines et que ce sera gratuit. Quand ces réfugiés sont dénoncés ou arrêtés, leur situation de travailleurs illicites affecte l'évaluation de leur candidature. Plusieurs, ignorant nos coutumes, disparaissent dans la nature par peur des représailles. Il faut tenir compte du fait que ceux qui arrivent de loin ne connaissent pas le fonctionnement de notre système. Ils sont habitués à des gouvernements corrompus et répressifs. Nous devons arrêter de les juger pour des crimes qu'ils ne comprennent pas.

— Que proposez-vous ? demanda la journaliste.

On entendit de nouveau le pasteur.

— Il faut donner dès l'accueil des permis de travail, ne serait-ce que temporaires, pour permettre aux nouveaux arrivants de survivre le temps de l'analyse de leur dossier.

À son retour à la maison, avec ses chiens et son chat, Virginie prit une bouchée, se fit du café et s'installa à son ordinateur. Avec l'indignation qui lui servait de carburant, elle avait désormais tout ce qu'il lui fallait pour écrire la vie d'Emily Ann Saxby.

69
Cécile

Montségur, France, 6 décembre 1943

Parce que les deux femmes partageaient désormais non seulement la même chambre, mais le même lit, il leur était difficile de faire des choses à l'insu l'une de l'autre. C'est la raison pour laquelle Cécile dut un soir avouer à son hôtesse qu'elle cachait un Browning et un couteau sous son oreiller.

— Ne vous en faites pas, chuchota Justine, j'étais au courant. Nous ne laissons personne pénétrer dans le réseau sans fouiller ses bagages à répétition.

Elle lui expliqua que la présence d'armes dans les bagages de Cécile cadrait avec sa situation d'agent infiltré. Et elle lui dit n'avoir rien trouvé de douteux dans les bagages des aviateurs, ce qui ne la rassurait qu'à demi.

— Les Allemands crient victoire chaque fois qu'ils abattent un avion anglais, et la Gestapo est prête à tout pour empêcher les pilotes survivants de retourner en Angleterre.

Là-dessus, elle s'endormit.

Comme il faisait de plus en plus froid, les journées se déroulaient en entier dans le salon, la seule pièce chauffée. La présence de tant de personnes dans un endroit aussi restreint rendait le quotidien difficile. Cécile gardait en permanence un œil sur Barnaby. Elle n'était pas la seule, puisque Dany se trouvait toujours à moins d'un mètre de lui, prêt à intervenir. Il se levait avant lui et se couchait après, si bien que Barnaby l'avait surnommé « son ombre ».

Incapable de lire au milieu des conversations, mais également incapable de rester à ne rien faire dans la chambre parce qu'on y gelait, Cécile tournait en rond le soir venu. Quand Justine lui proposa d'effectuer une copie de sa traduction, elle sauta sur l'occasion.

— Pour un ami, avait-elle dit afin de justifier sa demande.

Trop heureuse d'avoir quelque chose à faire, Cécile abandonna les fauteuils aux trois hommes ; ils prenaient de toute façon toute la place. La table de travail devint son refuge et personne n'osa venir l'importuner. Surtout pas Barnaby.

Colin continuait ses visites hebdomadaires. Cécile et les aviateurs étaient chaque fois surpris de le voir, car il ne venait jamais le même jour de la semaine. Justine, cependant, semblait toujours au courant du moment de son arrivée. Ces matins-là, quand elle préparait les repas, elle prévoyait une portion supplémentaire. Elle ne se trompait jamais. Cécile était persuadée qu'il existait entre eux un code, une manière de calculer la date de la visite sans attirer l'attention des villageois et, le cas échéant, de la police ou, pire, de la Gestapo.

Ce midi-là, Cécile s'apprêtait à servir la soupe quand Colin frappa à la porte. Justine l'accueillit et, comme elle l'entraînait vers la table pour qu'il se joigne à eux, il lui tendit une carte postale.

— Papa a reçu cette carte pour vous.

Cécile n'était pas dupe. « Papa » était certainement le nom de code d'un membre du réseau. Elle observa la carte à la dérobée. C'était une photo du Capitole de Toulouse, elle le reconnut à ses briques roses et à ses multiples fenêtres. Justine lut ce qui était écrit au dos, et Cécile la vit pâlir. Les hommes, eux, ne s'aperçurent de rien. Ils s'assirent tous autour de la table, et la conversation fut aussi animée qu'elle l'était à chaque visite de Colin. Seule Justine restait silencieuse.

Depuis que les Allemands occupaient la France, les cartes postales étaient devenues un moyen de correspondance privilégié.

Les comités de censure et de surveillance, qui sévissaient dans les bureaux de poste, ouvraient les lettres, considérées comme suspectes parce que cachetées. Si Cécile avait appris à transmettre des messages codés, elle se doutait bien que les réseaux d'évasion devaient en faire autant. Elle comprit qu'elle avait vu juste quand, avant de laisser Colin repartir, Justine le prit à part pour lui donner des instructions. Quand son camion eut disparu, elle s'adressa aux quatre autres.

— Préparez vos bagages.

— Qu'est-ce qui se passe ? s'enquirent en chœur les hommes.

— Une partie du réseau a été démantelée. Les coupe-circuit sont en place et je ne pense pas qu'on puisse remonter jusqu'à nous, mais on ne courra pas le risque d'être surpris. Vous devez être prêts à partir à cinq minutes d'avis.

— Et les passeurs ? demanda Mick. Vous savez comment les trouver ?

— Je vais vous conduire à une grotte.

Elle attrapa une carte sur son bureau et leur indiqua la position du massif de Tabe. Cécile avait étudié cette carte dès le premier jour, elle savait qu'ils se trouvaient en ce moment au pied du versant nord, entre le massif et ce qu'on appelait le pog de Montségur.

— Le sommet que vous voyez par la fenêtre se trouve ici, poursuivit Justine. Vous allez le contourner par l'est.

D'un doigt, elle fit un trait pour montrer le chemin et un X pour indiquer l'emplacement de la grotte.

— Des gens de Comus viendront vous y chercher dès que ce sera possible. Ensuite, des passeurs vous conduiront jusqu'en Andorre.

— Vous ne venez pas avec nous ?

— J'espère que oui, mais s'il m'arrivait quelque chose, il faut que vous puissiez rejoindre le point de rendez-vous sans moi.

— Combien de temps resterons-nous dans cette grotte ?

— Je ne sais pas. Quelques jours, sûrement.

— Mais de quoi allons-nous vivre ? s'inquiéta Barnaby. Qui viendra nous ravitailler ?

Justine avait pensé à tout.

— Avant de partir, nous allons vider le jardin. Et vous apporterez les poules. Ce sera à vous de décider si vous les mangez ou si vous les gardez pour les œufs.

Barnaby parut satisfait. Dany hésitait. Quant à Mick, il paraissait troublé, mais ne dit rien.

— Attendez-vous à ce que le parcours soit difficile, déclara enfin Justine avant de s'en aller, leur laissant la vaisselle.

Cette nuit-là, Cécile quitta sa chambre pour se rendre aux toilettes. Une fois à l'abri des regards indiscrets, elle sortit la carte postale qu'elle avait discrètement subtilisée. Elle était adressée à Justine Vialette. Il s'agissait d'un mot de sa sœur qui possédait une blanchisserie. Elle y parlait de ses affaires qui allaient mal, de sa plus jeune fille qui était malade et qui ne pouvait plus l'aider. Le texte se terminait avec la phrase suivante :

Enfin, je suis bien triste de t'annoncer que notre meilleure employée est partie travailler pour notre compétiteur.

Sous des apparences anodines, cette carte recelait un message « en clair », c'est-à-dire que le texte n'était pas encodé. Comme pour les messages personnels diffusés par la BBC, les mots n'avaient de sens que pour une personne avertie.

Cécile lut le texte plusieurs fois en cherchant les correspondances possibles. Elle arriva à la conclusion que Blanche avait été arrêtée.

Le lendemain matin, Justine l'entraîna dans le poulailler sous prétexte qu'elle avait besoin d'aide pour nettoyer. Une fois qu'elles furent seules, elle demanda à Cécile si elle avait toujours la capsule de cyanure qu'on lui avait remise avant de l'envoyer en mission. Cécile fut d'abord étonnée que Justine soit au courant de ce détail. Puis elle se rappela qu'elle faisait partie d'un réseau.

Elle avait sans doute eu affaire à bon nombre d'agents.

— Je l'ai toujours. Pourquoi ?

— Si vous pensez pouvoir vous en passer, j'aimerais que vous me la donniez.

Cécile ne comprenait pas où elle voulait en venir. Pourquoi aurait-elle besoin de se suicider ?

— Vous vous rappelez ce document d'archives qui contient la déposition de Rixende de Foix ?

— Celui dont j'ai copié la traduction ?

— Oui.

Elles en avaient très peu parlé, mais Cécile se rappelait que la femme avait été torturée par l'Inquisition.

— Rixende de Foix avait prêché partout dans le Languedoc. Elle avait été hébergée et cachée par de nombreuses personnes. En plus des croyants cathares, elle connaissait aussi les membres du clergé. Et pire que tout, elle savait où ils se cachaient. Selon la transcription de son procès, elle n'a rien dit le premier jour de son interrogatoire. Mais sous la torture, elle les a tous dénoncés.

Cécile avala de travers.

— Vous voulez dire que…

— Je veux dire que j'ai mis sur pied cette filière d'évasion et tous les coupe-circuit qu'elle contient. Je suis la seule personne à pouvoir identifier tout le monde.

— Mais vous vivez ici, au milieu de nulle part !

— Mes recherches m'ont permis de voyager, de rencontrer des gens, d'établir des contacts sûrs.

— Arrêtez ! Il ne faut pas me dire tout cela !

— Je vous le dis pour que vous compreniez pourquoi j'ai besoin de votre capsule de cyanure. J'espère ne pas avoir à m'en servir, mais si la Gestapo vient frapper à ma porte, je ne peux pas les laisser m'arrêter. Trop de gens m'ont fait confiance, ont pris des risques et se sont mis en danger. Il n'est pas question que je les dénonce. Mais si, comme Rixende de Foix, je suis torturée…

Cécile se rappela le cours de Milligan sur les interrogatoires. « Personne ne peut garantir qu'il ne parlera pas sous la torture. »

— D'accord, concéda-t-elle enfin. Je vais vous la donner. Je suppose que vous savez comment ça fonctionne.

— Il suffit de la croquer ?

— Oui, mais il faut agir vite. Les agents de la Gestapo ont appris à reconnaître l'odeur du cyanure. Ils vous feront vomir s'ils pensent que vous pouvez leur livrer vos complices.

Elles revinrent à la cuisine avec des légumes, mais seulement deux œufs.

— Soyez contents, lança Justine aux trois hommes qui manifestaient bruyamment leur déception. Hier, il n'y avait pas d'œuf du tout !

Pendant que tous discutaient des poules et des légumes, Cécile monta à sa chambre et ferma la porte. Elle fouilla dans son sac à main et en sortit son étui à cigarettes qu'elle vida sur la commode. Elle fit ensuite glisser le double fond de manière à libérer la cachette, entre les deux charnières qui retenaient le couvercle.

La surprise fut telle qu'elle dut s'asseoir sur le bord du lit. Dans la cachette, il n'y avait rien. La capsule, qu'elle y avait placée elle-même, avait disparu.

70
Émilienne

Marseille, septembre 1940

La propagande officielle répétait depuis des mois que la défaite de la France était la conséquence de ses idées libérales et du fait que ses villes cosmopolites étaient les creusets de tous les vices. Une telle déchéance, selon le gouvernement de Pétain, avait sonné le glas des valeurs traditionnelles et mené le pays à sa perte. Il importait de se reprendre en main. Un décret interdisait désormais le port du pantalon pour les femmes. Un autre rendait illégal le divorce. Un troisième condamnait à mort toute femme qui aurait recours à l'avortement, mais promettait de récompenser chaque naissance. Que le rationnement imposé à tous les citoyens puisse avoir un effet néfaste sur les femmes enceintes et les nouveau-nés ne semblait pas entrer en ligne de compte dans cette liste de promesses et d'interdits.

Depuis une semaine, la police multipliait les descentes. Il était maintenant confirmé que les réfugiés dont les papiers n'étaient pas en ordre étaient immédiatement envoyés dans des camps d'internement, sans possibilité de libération. En conséquence, il s'était développé à Marseille tout un trafic de faux papiers d'identité. Ce marché noir avait cours dans les commerces sordides de la Vieille Ville et, suivant la loi de l'offre et de la demande, les prix grimpaient au même rythme que la fréquence des rafles.

Varian Fry avait ajouté le nom de Tcherniak à la liste des personnes pour qui il demandait un affidavit tenant lieu de passeport. Comme il ne pouvait télégraphier sa liste à New York sans attirer l'attention de la police, il l'avait copiée sur un papier fin. Ce papier avait été roulé très serré et glissé dans un condom qu'on avait ensuite inséré dans un tube de dentifrice. Le tube avait été confié à un réfugié en partance pour les Pyrénées. Advenant une fouille minutieuse par la police ou par des gardes-frontières espagnols, l'information passerait inaperçue. Les noms devaient être télégraphiés depuis Lisbonne. À New York, un comité était chargé d'obtenir les autorisations gouvernementales.

— C'est une pure formalité, avait affirmé Fry, qui avait besoin de cette approbation pour entreprendre avec eux les démarches illicites.

Pour rassurer Tcherniak, que cette contrainte avait mis sur les dents, il avait ajouté, sur un ton de conspirateur qui aurait fait rire Émilienne dans d'autres circonstances :

— On va vous faire sortir, ne vous inquiétez pas. Il existe plusieurs moyens…

L'affidavit serait fait au nom de Théodore Lenoir, comme l'avait demandé Tcherniak, mais il était entendu qu'il s'agissait d'une ruse permettant de traverser le territoire espagnol sans être inquiété. Un autre document, officiel celui-là, et à son véritable nom, lui serait délivré dès son arrivée à Lisbonne.

— Au pire, si la procédure avec le faux nom échoue, on vous fera passer par Casablanca.

Il avait laissé cette dernière phrase en suspens. Ce plan B présentait quelques failles, dont la nécessité de se rendre à Casablanca. Le port de Marseille était devenu un stationnement : à part les barques des pêcheurs, plus aucun bâtiment ne prenait la mer.

— Une fois que nous aurons obtenu une promesse d'accueil aux États-Unis, je vous aiderai dans les démarches plus risquées.

Tcherniak rejoignait donc de nouveau la horde des réfugiés qui attendaient un document officiel. Pour tuer le temps, il travaillait à son manuscrit, reclus dans la chambre de l'Hôtel Suisse.

Un soir, ils prirent le risque de sortir dîner les trois chez Basso, sur le quai des Belges. Au milieu du repas, Varian Fry demanda à Émilienne comment elle avait réussi à entrer en contact avec Tcherniak.

— Dans une ville aussi densément peuplée que Marseille ces jours-ci, ça n'a pas dû être facile.

Émilienne lui raconta son arrestation, sa nuit à l'Évêché et son escapade à travers la Vieille Ville.

— Vous connaissez la Vieille Ville ?

Il la regardait comme s'il n'arrivait pas à y croire. Elle rit, avant de préciser :

— Pas à ce moment-là, mais depuis, j'y suis retournée quelques fois. La cuisinière que j'avais engagée à Paris avait des trucs que j'ai mis en pratique dans la Vieille Ville et qui m'ont permis de découvrir un boucher pas trop regardant. Il vend plus cher, certes, mais il prétend ne pas pouvoir lire ce qui est inscrit sur les coupons de rationnement. Un problème de lunettes, il paraît. Il va sans dire que je ne lui propose jamais mon aide.

— Vous n'avez pas peur ?

Il paraissait impressionné, et elle savait pourquoi, même si elle hésitait à le détromper. Depuis qu'ils avaient quitté Paris, il s'était passé tellement d'événements bouleversants qu'elle avait peu à peu perdu la faculté d'avoir peur. Elle trouvait d'ailleurs étonnant de voir à quel point ses priorités et sa vision du monde avaient changé avec la guerre. Pendant cette longue nuit à l'Évêché, incapable de se projeter dans l'avenir, donc d'imaginer tout ce qui risquait de lui arriver, elle n'avait pas craint pour elle-même. Ce n'était pas de l'insouciance, même si ça en avait l'air.

— J'ai eu peur au début, dit-elle enfin, mais ça n'a pas duré.

Cette réponse le fit rigoler. Tcherniak, lui, resta de marbre. Il ne pouvait bien sûr critiquer la démarche d'Émilienne puisque c'était grâce à ses ruses qu'il avait pu la retrouver, mais il lui avait fait comprendre, à mots couverts, qu'il n'approuvait pas ses méthodes.

Le lendemain de cette conversation, Fry embaucha Émilienne en tant que courrier au Centre américain de secours, mieux connu sous le nom de CAS. L'organisme était désormais installé dans un ancien commerce de maroquinerie, sur la rue Grignan. Le propriétaire, un Juif qui tenait boutique à cet endroit depuis des décennies, avait préféré fermer ses portes plutôt que de risquer de voir son inventaire vandalisé. Fry s'était vite rendu compte que le téléphone y était sous écoute. D'où ce besoin d'un courrier fiable.

La tâche d'Émilienne consistait à porter des messages à des partenaires disséminés un peu partout en ville, mais également à des réfugiés qui, comme Tcherniak, vivaient cachés parce qu'ils étaient recherchés. Il arrivait aussi qu'elle se charge de faire les commissions. Transporter de l'argent à un endroit, en rapporter des papiers. Utilisant son passeport américain comme une assurance contre la police, elle reprit ses pérégrinations, s'amusant du fait qu'on la payait pour se promener là où elle avait désespérément cherché Tcherniak pendant plus d'un mois. Elle se servait d'ailleurs du même plan de la ville. Elle apprenait vite, retenait le nom des rues, leur emplacement, ainsi que le danger auquel elle s'exposait dans les différents secteurs.

Loin des cafés fréquentés par les réfugiés, ce n'était pas le français que parlaient entre eux les gens de la place, mais l'occitan, cette langue qu'elle-même avait apprise à l'université pour lire des textes anciens, et dont elle avait perfectionné l'usage l'hiver précédent dans les rues d'Albi, de Cordes et de Carcassonne. Pour un courrier clandestin comme elle, maîtriser l'occitan – ou le provençal, comme on l'appelait ici –, c'était avoir dans son jeu un atout bien spécial. Afin de repérer une menace, Émilienne commença donc à écouter les conversations dans la rue. Ce qu'elle avait considéré à son arrivée à Marseille comme un bruit de fond se transforma en une rumeur intelligible. C'est ainsi qu'elle découvrit que les brigands de la Vieille Ville ne constituaient pas le plus grand danger.

Varian Fry était parti pour le Portugal avec un groupe de réfugiés trop inquiets pour faire le voyage sans escorte. Il avait confié à Émilienne la mission de récupérer, dans un restaurant près de la gare de Noailles, un lot de passeports parmi lesquels il avait fait insérer un faux visa chinois. Un visa chinois permettait à un réfugié d'obtenir un visa de transit portugais, car il garantissait aux autorités portugaises que ledit réfugié n'était que de passage, qu'il s'embarquerait pour la Chine à la première occasion. Certains prétendaient que le texte en chinois que l'on imprimait sur ces visas interdisait au porteur de mettre les pieds en Chine. Mais comme personne ne lisait le chinois et que le document paraissait authentique, les autorités espagnoles et portugaises l'acceptaient comme tel, même s'il n'y avait aucun moyen de gagner la Chine via le Portugal. Tout le monde, apparemment, jouait le jeu.

Émilienne était donc passée chercher l'argent au bureau de la rue Grignan et redescendait lentement vers le Vieux Port, toujours aussi achalandé, avec l'intention d'emprunter plus loin la tout aussi bruyante Canebière, sur laquelle se trouvait la gare de Noailles. La foule était sa meilleure couverture. C'est ce que lui avait dit Tcherniak, qui lui enviait sa liberté.

En atteignant le port, elle traversa le marché de poissons. Deux femmes de pêcheurs, qui vendaient à la criée, attirèrent son attention.

— Encore les Boches, dit la première.

Elle s'exprimait en provençal, mais le mot *Boches* était impossible à manquer.

— Ils viennent tous les matins, renchérit sa compagne, mais ils n'achètent jamais rien.

Émilienne se raidit ; la rumeur était donc fondée, la Gestapo opérait dans Marseille.

— Peut-être qu'ils nous prennent pour des imbéciles.

Une des femmes apostropha un client.

— Et toi, tu penses que je suis une imbécile ?

— Moi, répondit le client, si j'étais boche, je prendrais garde à me faire servir un soufflet de loup.

— Et tu ferais bien. S'il s'approche encore un peu, je ne jure plus de rien.

Elle fit semblant de monter sur sa table, perdit pied et s'affala sur les prises du jour de son mari. Les clients pouffèrent de rire.

Émilienne profita de cette agitation pour jeter un œil derrière. En voyant deux hommes détourner la tête simultanément, elle comprit qu'ils la suivaient. Au lieu de continuer dans la direction prévue, elle contourna la baie pour s'enfoncer dans la Vieille Ville qui, elle le savait, comptait un bon nombre de ruelles tout en angles, de tunnels et de passages secrets. Elle y marcha normalement pendant cinq minutes et soudain, après avoir tourné le coin d'une rue, elle se mit à courir. Elle zigzagua, empruntant tantôt une ruelle à droite, tantôt une autre à gauche, puis une troisième, à droite. Elle entra enfin dans une épicerie, ressortit de l'autre côté et fila vers le nord.

Elle procéda à l'échange plus tard cet après-midi-là, mais au lieu de retourner au bureau du CAS, elle rapporta les passeports à sa chambre d'hôtel. Le soir, dans son lit, elle réalisa ce qu'elle avait risqué. Les Allemands l'avaient sans doute prise en filature dès qu'elle avait quitté le 60, rue Grignan. À ce moment, Émilienne n'avait encore rien fait d'illégal. Se promener avec beaucoup d'argent sur soi pouvait certes mettre la puce à l'oreille de la police, mais on ne vous envoyait pas en prison pour autant. Surtout qu'on savait les Américains bien nantis. En fait, si Émilienne s'était empressée de faire faux bond à ses poursuivants, c'était qu'elle voulait éviter qu'on l'identifie. Le jour où elle serait fichée, son passeport ne vaudrait plus rien.

71
VIRGINIE

Brookbury, Québec, 18 août

Les mûriers formaient une haie de plusieurs mètres de largeur par deux bons mètres de hauteur. Pour en cueillir les fruits, Virginie avait mis une paire de gants de caoutchouc qui lui montaient jusqu'aux coudes et dont elle avait coupé le bout des doigts, pour davantage de dextérité. Ainsi protégée contre les épines acérées qui l'auraient autrement empêchée d'atteindre son butin, elle procédait à sa cueillette annuelle. Elle profitait des premiers rayons de soleil pour éviter les taons à cheval qui donneraient l'assaut dès qu'il ferait chaud.

De temps en temps, elle jetait un œil à ses chiens. Vaudreuil était couché, comme d'habitude. Il avait vieilli pendant l'été ; Virginie savait qu'elle le retrouverait sans vie un matin. Champlain courait dans tous les sens. Elle avait atteint sa taille adulte, mais était gauche au possible. Tant d'énergie et de maladresse avaient fait la vie dure à Virginie ces derniers mois. Elle avait dû l'emmener marcher une heure tous les jours pour écrire en paix au retour. À force de discipline, elle avait toutefois réussi à terminer la biographie d'Emily Ann dans les délais qu'elle s'était imposés. Elle avait même déjà procédé à une bonne révision. Elle se donnait maintenant une semaine pour tout relire et faire les dernières petites corrections. Ensuite, elle enverrait le fichier à Norman et attendrait son avis. Elle se doutait qu'il exigerait des modifications, car elle avait fait à sa tête.

Son texte était marqué par l'air du temps. Il lui aurait été impossible de faire autrement, tant le vent de folie qui soufflait en ce moment sur l'Amérique et sur l'Europe lui rappelait celui qui avait balayé la France avant la guerre et même pendant.

Il ne se passait pas une semaine sans que les médias ne rapportent qu'une manifestation pour ou contre les réfugiés avait tourné à l'affrontement avec les forces de l'ordre. Les groupes d'extrême droite, qui avaient bien provoqué quelques vaguelettes ces dernières années, n'hésitaient plus à sortir dans la rue et à s'afficher. De plus en plus nombreux, ils avaient paradé aux États-Unis, mais aussi dans les grandes villes canadiennes. Ces groupes avaient trouvé une proie facile en Amin Sadiq, le jeune réfugié à qui on avait offert le sanctuaire dans une église de l'Alberta. Ils exigeaient ni plus ni moins que son arrestation et son expulsion. « Protégeons notre pays. Dehors les illégaux », disait leur slogan.

Dans toutes les villes, on avait remarqué une augmentation des crimes haineux. Les étrangers étaient visés, qu'ils soient citoyens canadiens, immigrants reçus ou réfugiés en attente de statut. On ne s'arrêtait pas à ce genre de distinction quand il était question de « redonner au peuple sa terre ». Même Montréal, qu'on avait pourtant cru tolérante, était devenue le théâtre d'incidents disgracieux.

En région, c'était pire encore. On ne se gênait plus pour faire des commentaires racistes en public. Finies les critiques à mots couverts dans la file à l'épicerie. Désormais, on interpellait l'importun et on lui disait carrément de retourner chez lui.

Comme si ça ne suffisait pas, les groupes d'extrême gauche, qu'on appelait antifascistes, contre-manifestaient avec autant de violence que l'extrême droite, brisant des vitrines, mettant le feu aux voitures de police, vandalisant les façades des banques. Ils poussaient l'arrogance jusqu'à s'en prendre aux journaux quand ceux-ci les peignaient sous un mauvais jour. À écouter les comptes rendus de ces affrontements à la radio, Virginie avait pensé à cette phrase lue dans le roman de Tudorel Tcherniak: *Extrême gauche contre extrême droite. Deux discours déshumanisants qui nient les droits et les libertés de l'adversaire.*

À son époque, personne n'avait pu prédire de quel côté le vent allait tourner. Aujourd'hui non plus, même si certains politiciens profitaient de la situation pour se mettre en valeur. Plusieurs avaient pris la parole en public au début du mois d'août, comme s'ils se rappelaient tout à coup que le sanctuaire était illégal.

— Je peux vous dire une chose, avait déclaré l'un d'eux. Au Québec, on ne laisserait jamais un curé défier les lois comme le fait le révérend Yates en Alberta.

D'autres y étaient allés d'excès de langage, affirmant sans preuve que le révérend et sa communauté protégeaient un terroriste. Tout ça parce que le responsable de l'attentat de Lyon, survenu en mai dernier, portait le même nom de famille que le réfugié de Denyse. Il n'en fallait pas davantage pour qu'au Québec, on joue sur les mots et qu'on jette de l'huile sur le feu. « Dehors les terroristes ! Dehors les sadiques ! »

Si Virginie avait un moment carburé à la tourmente, trouvant dans son indignation l'énergie nécessaire pour décrire une période de l'histoire qui, autrement, lui aurait semblé théorique, elle avait fini par ne plus allumer la radio. Le matin, maintenant, elle déjeunait en silence. Un silence relatif si on tenait compte de la puissante voix de Champlain, mais c'était surtout un silence de l'esprit. Elle avait trouvé insupportable la visite du camp de Natzweiler-Struthof ; elle trouvait inacceptables les dérives identitaires auxquelles s'adonnait l'Occident d'aujourd'hui. On aurait dit que personne n'avait retenu les leçons du passé.

Elle avait transcrit sur un bout de papier une autre phrase de Tudorel Tcherniak, qu'elle avait ensuite collé sur le frigo :

L'histoire se répète parce que les souvenirs attachés aux pierres laissent indifférent celui que son confort immédiat préoccupe.

Elle pensait à ces mots justement, ce matin, en rentrant à la maison les bras chargés d'un bol rempli à ras bord de mûres sucrées et juteuses. L'idée des souvenirs attachés aux pierres lui rappelait le mémorial de Valençay. À côté du monument, on avait posé trois plaques sur lesquelles étaient gravés les noms des agents du SOE morts pendant leur mission en France.

Une fois dans la cuisine, comme elle versait les mûres dans un chaudron pour en faire de la confiture, elle se surprit à prier pour que ces vies auxquelles elle avait fini par s'attacher n'aient pas été perdues en vain.

72
Andrew

Denyse, Alberta, 18 août

C'en était fini des tournées paroissiales et des promenades dans les badlands. Confiné à l'église ou à la maison à cause du sanctuaire, Andrew avait retrouvé ses habitudes de la prison : la lecture, la réflexion, auxquelles s'ajoutait désormais la conversation avec Amin.

Les journalistes étaient venus, et les Huit avaient accompli leur tâche avec brio. Il y avait de quoi s'émouvoir quand on regardait ces gens âgés défendre leur idée de ce que devait être la justice. Ils étaient passés à la télé, à la radio, dans les journaux nationaux. On trouvait même des clips de leurs entrevues sur Internet. Grâce à eux, Denyse était désormais le village albertain le plus célèbre. Et Amin, dont la photo avait beaucoup circulé, était devenu un symbole. On racontait partout son histoire. Des groupes de citoyens insistaient pour qu'on retrouve ceux qui avaient abusé de sa naïveté, on voulait qu'ils soient jugés. Il y avait eu des arrestations, à Montréal et dans les environs. Et on avait découvert plusieurs autres réfugiés forcés de travailler dans la clandestinité pour un salaire de misère. La pression s'intensifiait sur le gouvernement.

De partout au pays, des gens envoyaient de l'argent à la paroisse pour aider à défendre la cause d'Amin devant les tribunaux. Andrew n'avait rien demandé, les Huit non plus, mais les chèques affluaient. Souvent, une note les accompagnait. On exigeait pour lui non seulement un statut de réfugié, mais aussi celui de résident permanent, histoire d'atténuer un peu le sentiment de honte ressenti d'un océan à l'autre.

Tout cela réjouissait les paroissiens de l'Église progressiste de Denyse. On en comptait désormais officiellement soixante-deux, et Andrew répétait chaque dimanche à quel point leur participation à la bonne marche du sanctuaire était appréciée.

Il y avait bien sûr des gens qui avaient encore peur des étrangers. Certains d'entre eux envoyaient des messages… pas toujours gentils. D'autres venaient manifester avec des pancartes, exprimant haut et fort leur indignation et exigeant le départ de ce « terroriste potentiel » et l'emprisonnement immédiat de ceux qui le protégeaient illégalement. Afin d'éviter qu'ils s'infiltrent dans l'église à l'insu d'Andrew, Mr. Gordon avait fourni, comme convenu, des agents qui surveillaient les lieux toute la journée. Personne ne pouvait franchir le cordon de sécurité sans la permission d'Andrew ou de Patsy.

Amin n'était pas sorti depuis trois mois et il avait refusé de rencontrer les journalistes. Constatant qu'il n'osait même pas se montrer à la fenêtre, Andrew l'avait interrogé. Le garçon lui avait raconté qu'autrefois, quand il avait huit ou neuf ans, en Syrie, il avait été obligé de se cacher sous terre pendant des mois afin de rester hors de portée des snipers de toute allégeance. Avec de tels souvenirs, il n'était pas étonnant de le voir se recroqueviller dès que ça chahutait un peu sur la grand-route.

Malgré tout, Andrew gardait espoir. Il avait craint depuis le début de voir la police débarquer en pleine nuit. Il avait craint de voir les agents défoncer la porte de l'église et s'emparer d'Amin comme d'autres s'étaient emparés de Mohamed Cherfi, des années plus tôt à Québec. Mais rien de tout cela ne se produisait. Le sanctuaire était respecté, malgré les manifestants qui continuaient à défiler dans les grandes villes du pays. Andrew se prit à espérer un dénouement heureux. Il ne retournerait peut-être pas en prison. Les Huit auraient peut-être gain de cause.

Le sanctuaire prendrait fin, et Amin retrouverait sa place dans la famille de Khalil. Il suivrait des cours, choisirait un métier, rencontrerait une personne avec qui il fonderait peut-être une famille. Il mènerait enfin une vie normale.

73
Cécile

Montségur, France, 7 décembre 1943

Les bagages avaient été faits et chacun avait le sien à portée de la main. On avait préparé les légumes pour le transport et fabriqué une cage pour les poules. Tout était prêt, on n'attendait plus que le signal de Justine.

Le jour pointait comme d'habitude, maussade et froid. Justine préparait le déjeuner. Cécile, ce qu'on appelait affectueusement «le café». Barnaby les rejoignit le premier, mais il resta sur le seuil de la cuisine.

— Où est Mick? demanda-t-il, perplexe.

— Il doit dormir, lui répondit Cécile en remplissant les tasses.

— Il n'est pas dans la chambre.

— Il est peut-être aux toilettes.

— J'en reviens.

Cette dernière phrase saisit Justine, qui s'élança aussitôt dans l'escalier.

Dans la chambre, Dany finissait de s'habiller. Cécile l'entendit demander ce qui se passait. L'instant d'après, Justine redescendait. Elle traversa le salon et sortit à la recherche de Mick. Comme personne n'avait le droit de la suivre dehors, les trois autres se postèrent devant une fenêtre pour la regarder aller et venir autour de la maison. Elle avait l'air paniquée.

Quand elle revint, elle leur ordonna à tous de s'asseoir, et Cécile s'aperçut qu'elle tremblait.

— Que savez-vous de Mick? demanda-t-elle aux deux aviateurs.

— Rien, dit Dany, à part que son appareil a été abattu dans les Ardennes.

— Et vous?

Elle s'adressait à Barnaby.

— Rien de plus, je ne le connaissais pas. On s'est rencontrés dans une maison sûre à Paris.

— Vous avez fait tout le trajet ensemble depuis Paris et vous ne savez rien de lui!?

Justine avait l'air bouleversée. Cécile lui resservit du « café ».

— Partout où on est passés, expliqua Dany, les gens du réseau nous disaient de parler le moins possible, alors...

Justine ferma les yeux et poussa un long soupir.

— D'accord, dit-elle. Vous a-t-il annoncé qu'il partait?

— Quoi? fit Barnaby, incrédule. Il est parti? Pour de bon?

Cécile comprit tout à coup ce que ça voulait dire. Mick, au fond, s'était comporté exactement comme elle à Albi. Il n'attirait jamais l'attention, avait l'air de faire partie du groupe...

— Vous pensez que c'était un agent infiltré? demanda-t-elle à Justine.

Justine hocha la tête. On aurait dit un animal qu'on s'apprêtait à emmener à l'abattoir.

— Préparez vos affaires, lança Dany en bondissant de sa chaise. On part tout de suite.

*

Il n'était plus question de se rendre à la grotte, ni d'atteindre Comus. Justine estimait que si Mick avait rapporté ses paroles aux autorités, celles-ci comprendraient très vite qu'elle avait eu l'intention de contourner le massif par le sud-est. Ou bien on lancerait les chiens à leurs trousses, ou bien on les attendrait de l'autre côté. Elle décida de passer par l'ouest et d'y aller immédiatement, même s'il faisait jour.

— Écoutez-moi bien, leur dit-elle quand ils eurent traversé à pied la rivière qui longeait la base de la montagne.

Elle désigna le monstre de roche qui formait un mur au fond de la vallée.

— Là-bas, c'est le pic de Soularac. Nous allons l'escalader pour emprunter le col que vous voyez là, à droite, et redescendre de l'autre côté jusqu'au village de Lordat, où vous vous cacherez dans l'église. Le prêtre…

— Je ne suis pas chaussé pour ce genre d'expédition, l'interrompit Barnaby.

C'était vrai, aucun d'eux d'ailleurs n'avait les bottes qu'il aurait fallu.

— Si vous n'êtes pas capables de suivre cette route, n'espérez pas affronter les Pyrénées. Ce sera pire.

— C'est loin, Lordat ? s'enquit Dany.

— Une dizaine de kilomètres.

On se serait attendu à ce que les hommes rechignent. Ce ne fut pas le cas. Justine prit les devants, suivie de Barnaby. Cécile aurait préféré se poster à l'arrière, mais Dany insista. Comme elle ne lui avait pas dévoilé sa véritable identité, elle n'avait aucun argument pour le convaincre qu'elle était la plus apte à fermer le rang. Elle lui céda la position, mais fut rassurée quand elle constata qu'il était vigilant, s'arrêtant souvent pour écouter. Et quand elle tournait la tête vers lui, elle le voyait qui scrutait la forêt. Tout n'était peut-être pas perdu.

Ils firent une pause au bout de deux heures. Ils suivaient maintenant la ligne de végétation et se trouvaient exposés au vent, bien que toujours hors de vue. Malgré le froid mordant, il n'était pas question d'allumer un feu, la fumée aurait attiré l'attention. Ils prirent une bouchée et se remirent en route. Cette fois, Justine envoya les hommes à l'avant. Elle fit même exprès de prendre du retard, retenant Cécile avec elle. Quand il fut évident qu'on ne pouvait les entendre, elle lui demanda si elle avait son pistolet à portée de la main. Cécile hésita à répondre de peur qu'elle lui demande d'abattre les pilotes. Elle céda quand Justine répéta sa question.

— Je l'ai à la ceinture, sous ma veste.

— Est-il chargé ?

Cécile lui récita les paroles de Keath :

— Un pistolet n'est utile que s'il est chargé.

Justine parut satisfaite de cette réponse et marcha en silence pendant plusieurs minutes. Mais soudain, elle lui saisit le bras en chuchotant :

— Je ne dois pas tomber entre leurs mains.

Cécile lui avait dit que sa capsule L avait disparu. Tant de gens avaient fouillé ses bagages ! Elle n'avait pas non plus compté le nombre de fois où elle avait offert des cigarettes, ne serait-ce qu'à ses hommes, durant la préparation des diverses opérations de sabotage. Quelqu'un s'était servi, et elle n'avait aucun moyen de savoir qui. De toute façon, cela importait peu à présent. Elle avait perdu sa garantie contre la torture.

Elle leva la tête vers le sommet dont la roche dénudée se fondait presque dans le gris du ciel. Pendant une fraction de seconde, elle se revit dans les badlands, dans une de ses aventures en solo à la recherche de fossiles. Comme la vie avait été facile à cette époque ! Et pourtant, si tout avait été à refaire, si elle avait pu retourner à ce jour fatidique où Thomas Clark lui avait rendu visite dans la maison de son père, Cécile savait qu'elle aurait pris la même décision. Toutes les mêmes décisions. Jusqu'ici.

La voix de Justine brisa de nouveau le silence.

— Promettez-moi que vous ferez ce qu'il faut.

Cécile tressaillit.

— Je…

Elle n'avait pas hésité à tuer les sentinelles. Elle aurait été capable de tuer Mick si elle avait su à temps qu'il travaillait pour l'ennemi. Et si Barnaby était encore en vie, c'était parce qu'il se tenait loin d'elle désormais et que les deux autres lui avaient servi une bonne correction. Mais Justine… ? Jamais elle ne pourrait tuer Justine. Pas de sang-froid. Pas même pour lui épargner la torture. Elle le lui dit, mais l'autre insista :

— Accordez-moi cette faveur. Vous avez été entraînée à tuer. Vous savez où viser pour que je n'en réchappe pas. Si vous ne le faites pas pour moi, faites-le pour les alliés. Pour que les Allemands ne gagnent pas la guerre.

Ces mots lui étaient tellement insupportables que Cécile sentit ses yeux se mouiller de larmes. Pouvait-elle lui expliquer qu'elle mourrait cent fois plutôt que de lui faire du mal ? Il y avait d'ailleurs tant d'autres choses qu'elle aurait aimé lui dire ! Tant de gestes qu'elle avait retenus et qu'elle retenait encore. Elle n'osait pas, car une faiblesse de cet ordre la rendrait vulnérable devant l'ennemi.

Justine lui prit la main et déclara, presque solennelle :

— Il arrive un moment où on réalise que notre vie a moins d'importance que la cause pour laquelle on se bat.

Cécile inspira profondément. Elle se remémora les paroles de Milligan, sa confiance dans la cause, et elle se rappela qu'elle n'était qu'une machine au service des alliés. Elle sécha ses larmes et serra cette main dans la sienne aussi fort qu'elle le put. Elles marchèrent quelques minutes en silence, blotties l'une contre l'autre. Puis Cécile se dégagea, incapable de supporter plus longtemps le corps de Justine collé contre le sien.

— D'accord, dit-elle en reniflant.

Elle ferait ce qu'il fallait.

74
Émilienne

Marseille, automne 1940

Plus personne ne lisait les journaux, devenus des outils de propagande. Les kiosques débordaient d'exemplaires, dont plusieurs étaient en allemand. Tcherniak disait que c'était la preuve que la Gestapo opérait en ville. Qui d'autre aurait eu envie de les lire ? Les vitrines des boutiques regorgeaient de produits, de vêtements, de chaussures, mais, tout étant rationné, personne n'avait suffisamment de coupons pour les acheter.

La propriétaire de l'Hôtel Suisse avait informé Émilienne qu'elle avait la police sur le dos et qu'ils devaient partir. Un nouveau règlement interdisait de louer une chambre à un réfugié plus de cinq jours consécutifs. Émilienne avait eu beau souligner que c'était elle et non Tcherniak qui louait la chambre, rien n'y fit, et ils se retrouvèrent à la rue. Les autres hôtels ayant eux aussi reçu la visite de la police, on se mit à respecter la consigne des cinq jours consécutifs partout en ville. Émilienne entrevoyait, découragée, la multitude des déménagements à venir.

Au même moment, quelques employés du CAS trouvèrent une grande maison à louer pour eux-mêmes, mais aussi pour une dizaine de réfugiés sans logis. On l'appelait la villa Air-Bel et, l'endroit étant inhabité depuis longtemps, le prix était dérisoire. Pour convaincre le propriétaire qui hésitait à la louer à des étrangers, on avait utilisé les mots magiques :

— Nous sommes américains.

À la fin d'octobre, Émilienne et Tcherniak se retrouvèrent à la villa Air-Bel avec les auteurs André Breton et Victor Serge ainsi que leurs familles, Consuelo de Saint-Exupéry, l'épouse du célèbre aviateur, et plusieurs autres intellectuels et artistes que le Reich avait condamnés à l'exil. Varian Fry, qui voyait là une occasion de fuir la foule de Marseille, s'y installa également.

On se rendait à la villa Air-Bel en prenant le tramway à la gare de Noailles, sur la Canebière. On en descendait une demi-heure plus tard, au beau milieu de la campagne. On longeait alors un sentier bordé de platanes au bout duquel se dressaient deux colonnes. De l'autre côté, la villa, une bastide du XIXe siècle, s'élevait sur trois étages. Une terrasse de pierre longeait la façade et dominait un jardin au centre duquel se trouvaient un étang et une fontaine.

L'intérieur offrait une large cheminée, un plancher de marbre noir et blanc, de grands salons où se retrouver le soir. Les murs étaient couverts de papier peint à l'ancienne, coloré et texturé, et chacune des dix-huit pièces était munie d'un foyer et avait conservé son mobilier d'origine. Émilienne et Tcherniak n'eurent qu'à emporter leurs valises quand ils s'installèrent dans la chambre qu'on leur avait réservée.

Avant de partir faire les courses, la cuisinière embauchée par le groupe venait voir chacun des pensionnaires pour recueillir les coupons de rationnement sans lesquels on ne pouvait se nourrir. Elle faisait ensuite de son mieux pour leur fournir deux repas chaque jour.

Émilienne se rendait en ville quelques fois par semaine pour effectuer les livraisons du CAS. Le reste du temps, elle faisait de longues promenades et explorait les environs. La campagne provençale l'avait séduite comme elle avait séduit tous les habitants de la villa.

Tcherniak profitait du calme des lieux pour travailler à son roman. Il trouvait insupportable l'atmosphère de Marseille.

Surtout depuis que le gouvernement de Vichy avait promulgué le « statut des Juifs », qui interdisait à ces derniers d'occuper un poste d'influence, c'est-à-dire d'enseigner, de travailler pour la presse, pour les radios, pour les théâtres. Une telle loi cautionnait presque les manifestations antisémites. On ne comptait plus les locaux incendiés, les propriétaires malmenés, quand ils n'étaient pas tout bonnement arrêtés. Du jour au lendemain, des enseignes étaient apparues sur les rues commerciales : « Entreprise française », affichait-on, pour se distinguer des autres. La population, elle, restait silencieuse, trop préoccupée par le rationnement et par le sort réservé à ses propres soldats envoyés en Allemagne tout de suite après la reddition.

Cette soumission à la tyrannie ne surprenait pas Tcherniak.

— Marseille ressemble à Vienne et à Berlin, avait-il déclaré pour justifier sa préférence pour la maison de campagne.

Il s'installait la plupart du temps dans sa chambre, mais quand il descendait au salon, il entamait inévitablement avec Victor Serge une conversation animée. Tous deux Russes et apatrides, ils avaient un passé similaire et des intérêts en commun. Leurs discussions – qui portaient principalement sur la politique – se poursuivaient souvent jusque tard dans la nuit. Qui écoutait le récit de leurs aventures pensait inévitablement à un roman russe, avec ses multiples rebondissements.

C'est Victor Serge qui rebaptisa les lieux « Château Espervisa », car comme tous les réfugiés coincés en ville, il attendait lui aussi qu'un pays veuille bien l'accueillir.

L'automne avançait, mais le vent qui soufflait sur la Méditerranée avait encore la douceur des brises d'été. Malgré les repas de plus en plus maigres, un esprit de fraternité s'était installé à la villa. Émilienne et Tcherniak n'étaient plus seuls à vivre leur désespoir, d'autres subissaient la même épreuve et ici, on s'entraidait, on s'épaulait. Le quotidien – et l'avenir ! – paraissaient moins sombres. Ça changeait des petites et grandes trahisons qui avaient jalonné leur route depuis Paris.

À la fin de novembre, Fry annonça à Tcherniak qu'il avait eu des nouvelles de New York. Sa demande d'affidavit servant de passeport avait été refusée. Il ne pourrait même pas poser le pied en sol américain. Ni lui ni Victor Serge d'ailleurs.

— On m'a expliqué, dit-il, embarrassé, que les États-Unis n'accueilleraient aucun réfugié avec un passé de communiste.

Dès le lendemain, Tcherniak demandait un visa mexicain.

*

L'hiver s'installa au début de décembre, avec cette humidité froide propre à la Provence, mais aussi avec le mistral qui sifflait entre les platanes et gelait la tuyauterie. Le bois se faisant rare, il fallait brûler ce qu'on pouvait trouver sur le terrain.

Un épais brouillard couvrait la côte ce matin-là. Varian Fry avait décidé de travailler de la maison. Il avait envoyé au bureau seulement deux de ses employés et avait demandé à sa secrétaire de venir le rejoindre à la villa. Émilienne, qui l'avait entendu donner ses instructions, sentait qu'il était nerveux. Les autres, toutefois, vaquaient à leurs activités habituelles. Tcherniak s'affairait à transcrire son roman avec sa nouvelle dactylo. On entendait partout dans la maison le bruit saccadé des touches, rythmé comme les secondes sur une horloge et ponctué par le tintement de la clochette de retour du chariot.

Quand la secrétaire franchit la porte, il était dix heures passées. Elle était paniquée.

— Mille pardons ! lança-t-elle si fort que tous furent attirés au rez-de-chaussée. J'ai été arrêtée ce matin, c'est pourquoi je suis tellement en retard.

Interrogée, elle expliqua qu'il y avait des rafles partout en ville. La police s'était présentée à son hôtel de bonne heure et avait fait descendre les clients sans leur laisser le temps de s'habiller. Retenue des heures à l'Évêché, elle avait finalement été relâchée et avait pris le tramway pour la villa.

À la fin de son récit, le calme revint chez les pensionnaires, mais on sentait tout de même la tension. Chacun appréhendait la suite.

Il était presque midi quand un bruit de moteur tira Émilienne de sa lecture et Tcherniak de son écriture. Ils se ruèrent à la fenêtre, juste à temps pour voir une voiture de police, suivie de deux fourgons, se garer devant les colonnes qui marquaient l'entrée de la villa. Aussitôt, Tcherniak jeta au feu son manuscrit et les pages qu'il avait mis des jours à transcrire.

Devant l'air effaré d'Émilienne, il haussa les épaules :

— Je le réécrirai.

Et d'un geste du menton, il l'envoya donner l'alerte.

Quand Émilienne arriva dans la chambre de Fry, il était lui aussi en train de brûler des papiers. Elle reconnut dans le foyer un coin de la couverture de son précieux carnet d'adresses. L'air dépité, il souffla sur les flammes.

— Descendez, dit-il en s'adressant tant à sa secrétaire qu'à Émilienne, je vous rejoins dans une minute.

Les deux femmes arrivaient au bas de l'escalier quand les agents pénétrèrent dans la maison.

— Police ! s'écria l'un d'eux.

Aussitôt, un autre agent ordonna aux occupants de se rassembler dans le salon. Fry rejoignit les femmes en même temps que Victor Serge, André Breton et Tcherniak. Tous, Émilienne le savait, avaient eu un certain ménage à faire pour s'assurer qu'advenant l'inspection de la maison, on ne trouverait rien de suspect.

Fry demanda ce qui se passait, et l'agent, qui se présentait comme un commissaire, lui brandit sous le nez une feuille de papier.

— Cet ordre du préfet, protesta Fry, autorise la fouille de lieux soupçonnés de menées communistes et ne nous concerne pas. Vous n'avez pas le droit de fouiller ici !

Et, en bon Américain, il déclara qu'il voulait voir un avocat.

— Vous le direz au juge, répliqua le commissaire avant d'ordonner qu'on passe la maison au peigne fin.

Chacun fut emmené à sa chambre, escorté par un policier qui retourna le moindre bout de papier, le moindre vêtement. Quand ce fut le tour de la chambre qu'occupaient Émilienne et Tcherniak, on ne trouva rien, mais on leur permit de préparer un modeste bagage. C'était l'idée de Tcherniak, ce bagage ; il avait compris qu'on les emmènerait dans les paniers à salade.

— Quand on te met en prison, dit-il en récupérant quelques articles de toilette, c'est rarement pour une heure.

Il avait pris un ton léger, comme s'il s'agissait d'une formalité, mais Émilienne tremblait pour lui. Il lui faudrait fournir des papiers d'identité, on le reconnaîtrait et il serait renvoyé au camp des Milles.

Ils redescendirent en silence, mais on entendait jusque dans l'escalier les cris d'André Breton, demeuré au salon.

— Invraisemblable ! Grotesque ! Extravagant !

Il s'indigna haut et fort, mais sa chambre fut fouillée comme celle des autres. Assis dans un fauteuil, Victor Serge feuilletait un livre, comme pour dire à tous de rester calmes. Lui aussi avait l'habitude d'être arrêté.

On les conduisit finalement à l'Évêché où ils furent interrogés à tour de rôle, et pendant des heures. Émilienne et Varian Fry agitèrent leurs passeports américains ; on n'en tint pas compte. La seule chose rassurante, c'était qu'on ne semblait pas faire de cas de Tcherniak.

Un peu avant minuit, on les fit monter de nouveau dans des fourgons, mais cette fois, avec une centaine d'autres personnes. Émilienne sentit la peur la gagner – on ne leur avait toujours pas dit pourquoi on les avait arrêtés. Ce pouvait être pour n'importe quoi. Où les emmenait-on ? Dans un camp de concentration ? Elle en avait entendu parler comme tout le monde, de ces camps d'où personne n'était jamais revenu…

Ils furent conduits dans le port et, escortés par des gardes armés, ils durent monter sur un navire. Émilienne eut tout juste le temps d'apercevoir le nom du vaisseau : *SS Sinaïa*. Ils allaient prendre la mer de force ! Pour où ? Elle paniquait, et Tcherniak s'en aperçut.

— Surtout, quand on nous servira à manger, avale tout. On ne sait jamais quand aura lieu le prochain repas.

Elle le lui promit.

L'instant d'après, on séparait les hommes des femmes. Les premiers furent conduits dans la cale, les secondes, dans des cabines de troisième classe.

Le premier jour, une rumeur circula, selon laquelle on s'apprêtait à les déporter dans des camps de travail en Afrique. Mais le deuxième jour, ils étaient encore à quai.

Émilienne suivait le conseil de Tcherniak et avalait ce qu'on lui servait, même si, pour ce faire, elle devait se convaincre que les petites choses blanches qui flottaient à la surface de la soupe n'étaient pas des vers, mais le germe des lentilles. Le soir, des réfugiés espagnols chantaient du flamenco en s'accompagnant d'une guitare désaccordée.

Varian Fry réussit à lancer sur le quai une pièce de dix francs, enveloppée dans un message. Émilienne vit un gamin la ramasser. Elle craignit un moment qu'il ne garde la pièce pour jeter le bout de papier à la mer. Il le fourra plutôt dans une poche avant de s'enfuir en courant. C'est grâce à ce message que le troisième soir, on leur servit des sandwiches au jambon, gracieuseté du vice-consul des États-Unis.

On leur fit quitter le navire au bout de quatre jours de captivité. Ils découvrirent avec stupéfaction les rues couvertes de confettis, de déchets et de banderoles. Fry, qui avait réussi à s'entretenir avec le vice-consul des États-Unis, leur apprit qu'on les avait enfermés, avec plusieurs milliers d'autres, pour s'assurer que la visite du maréchal Pétain ne serait pas perturbée. Rassemblés sur le quai, sans gardiens ni policiers, ils réalisèrent que si la majorité d'entre eux avait été relâchée, Tcherniak, lui, manquait toujours à l'appel.

Pour essayer de le faire libérer, Varian Fry fit appel à un contact dans la police. Peine perdue : Tcherniak avait déjà été livré aux Allemands.

75
Andrew

Denyse, Alberta, 1er septembre

Il faisait nuit, et les oiseaux n'avaient pas encore commencé à chanter, mais Andrew aurait juré qu'il sentait l'aube. Il ouvrit les yeux, l'esprit aux aguets. Comme la fenêtre était grande ouverte, il écouta, à la recherche des signes habituels. N'entendant rien du tout, il regarda l'heure. Presque 5 heures. C'était bien trop tôt !

Il eut beau se retourner, fermer les yeux, s'efforcer de faire taire les idées qui montaient dans sa tête, en vain. Il n'arrivait plus à dormir. Il faut dire qu'il avait passé une mauvaise journée.

Elle n'avait pourtant pas si mal commencé. Les garçons avaient repris l'école. Amin avait reçu la visite des Huit, qui avaient de bonnes nouvelles. Le ministre n'avait pas dit oui, mais il n'avait pas dit non. C'était la réponse la plus encourageante qu'ils avaient obtenue à ce jour.

Plus tard dans l'avant-midi, les journalistes étaient revenus. Ils sentaient eux aussi que le vent avait tourné et qu'il soufflait tout à coup en faveur d'Amin et de sa résidence permanente. Andrew avait accordé deux entrevues, où il avait exprimé son optimisme face à la fin éventuelle du sanctuaire.

— On pourra inscrire Amin à des cours d'anglais. On pourra aussi commencer le processus d'intégration.

— Avez-vous l'intention de l'héberger chez vous, avec votre famille ? avait demandé un journaliste.

Andrew n'avait même pas hésité.

— Mais il fait partie de notre famille !

Et c'était vrai. Depuis son arrivée, Amin avait tissé des liens avec tout le monde. Patsy l'adorait. Frederick et Benjamin le considéraient comme un grand frère. Quant à Philip…

Philip avait développé une amitié exceptionnelle avec lui. Même que depuis deux semaines, il avait pris la relève du quart de nuit. Il insistait pour lui apporter ses repas, rapportait la vaisselle qu'il lavait et rangeait sans rouspéter. Il faisait sa lessive, lui rapportait des vêtements propres et lui tenait compagnie plus que quiconque.

La tension baissait, et la perspective de mettre un terme au sanctuaire réjouissait tout le monde, dans la maison autant que dans le village. On avait pu renvoyer les gardiens, car personne ne venait plus manifester. Bref, il y avait de la lumière au bout du tunnel.

C'est peut-être parce qu'il avait flotté trop vite sur un nuage qu'Andrew avait été atterré à ce point quand, en début d'après-midi, le directeur de l'école avait téléphoné. Ses fils s'étaient battus. Ils étaient tous les trois suspendus pour deux jours. Andrew devant rester sur place au cas où d'autres journalistes viendraient le voir, Patsy s'était rendue à Brooks et en avait ramené des garçons amochés. Aussitôt descendu de voiture, Philip s'était rué vers l'église sans dire un mot. Les deux autres étaient allés s'asseoir dans la cuisine où Andrew leur avait demandé des explications.

— Ils ont dit qu'on cachait un terroriste, fut la seule explication de Benjamin.

Et ça suffisait, même si la violence n'était pas excusable.

À l'heure du souper, quand Andrew était entré dans le bureau avec deux assiettes, il y avait trouvé Philip penaud ; Amin l'avait vertement sermonné.

Au fond, la journée ne s'était pas si mal terminée, et Andrew ne voyait vraiment pas ce qui le préoccupait au point de l'avoir réveillé au milieu de la nuit. Il s'efforça encore une fois de faire le vide dans son esprit. Il se serait peut-être finalement rendormi s'il n'avait entendu un bruit de moteur. Puis un second. En fait, il aurait juré qu'il y avait plusieurs véhicules sur la route. Où allaient-ils ? Ce n'était même pas l'aube ! Quand les bruits se turent tous en même temps, Andrew comprit qu'ils venaient de s'arrêter devant chez lui.

Il fut debout en quelques secondes. D'une main, il réveilla Patsy.

— Reste ici avec les garçons. Si ça dégénère, appelle la police.

Patsy enfila un peignoir descendit avec lui dans la cuisine. Ils aperçurent, par la fenêtre, cinq auto-patrouilles. Inutile d'appeler la police, elle était déjà là. Et ça n'augurait rien de bon.

Andrew ordonna à Patsy de garder les chiennes à l'intérieur. Puis il poussa la porte et s'élança vers l'église. Les cris de panique d'Amin et de Philip fendaient la nuit. Andrew courut de toutes ses forces.

— Arrêtez ! hurla-t-il en se frayant un chemin au milieu des policiers.

Ils portaient des casques rigides et des vestes pare-balles, comme s'ils craignaient qu'on les attaque. Pourtant, c'était eux qui chargeaient ! Andrew fonça dans l'église, où deux policiers tenaient Philip par les bras. Le garçon se débattait, criait, pleurait. Sur le plancher, devant l'autel, Amin était couché sur le sol. Un agent le frappait à coups de matraque.

— Arrêtez ! hurla encore Andrew avant de tomber à genoux, le corps secoué de spasmes comme d'autant de décharges électriques.

Tout bougeait autour de lui tandis que la douleur grandissait dans sa poitrine et qu'il tombait à plat ventre. Les cris d'Amin remplissaient la nef. Andrew tenta de se relever pour aller à son secours, mais en fut incapable.

Face contre terre, il vit du coin de l'œil son fils accourir. Amin avait disparu.

— Maman ! hurlait Philip.

Sa voix était si lointaine qu'Andrew pensa qu'il l'imaginait.

— Appelle une ambulance ! cria encore le garçon.

Andrew aurait aimé lui dire qu'il l'aimait. Il aurait aimé lui demander de dire aux autres qu'il les aimait aussi, et de transmettre à Amin ses regrets de ne pas avoir réussi à le défendre adéquatement.

Il entendit les oiseaux qui annonçaient l'aube prochaine et chercha des yeux la fenêtre, mais ne vit que la nuit.

Il était 5 h 35 du matin, le 1er septembre. Et c'était déjà la fin.

76
Cécile

Prison de Fresnes, au sud de Paris, 12 mai 1944

Le vent s'était intensifié à l'approche du sommet. Dany et Barnaby, qui avaient atteint l'autre versant, étaient hors de vue, mais Cécile avait entendu des aboiements et des cris, suivis d'un bruit de mitraillette et de cailloux qui dégringolent. Depuis, elle courait derrière Justine. Leurs pieds heurtaient les saillies, s'enfonçaient dans les crevasses. Elles avaient perdu leurs bagages, avalés par le ravin, mais ainsi allégées, elles couraient plus vite.

Cécile insistait, il fallait retourner dans la forêt. Il serait plus facile de s'y cacher, peut-être même de s'échapper. Justine refusait, répétant que les bois grouillaient de soldats. Cécile la suivait donc, parce qu'elle ne connaissait pas la région et parce que Justine devait bien savoir où elle allait. Soudain, elle la vit trébucher et s'effondrer sur les rochers. Elle l'attrapa par la main.

— Debout, vite ! Ils arrivent !

On entendit de nouveaux cris. En allemand. Des ordres qui s'élevaient de partout.

— Je ne peux pas, murmura Justine. Je me suis foulé une cheville.

— Alors, viens, je vais vous porter.

Elle s'apprêtait à la soulever quand Justine poussa un cri de douleur. Un cri trop aigu. Un cri trop fort. Elle n'avait pu s'en empêcher.

— Ton pistolet. Tu me l'as promis.

Cécile secoua la tête.

— Pas encore. Allez, viens !

Elle réussit à la remettre sur pied, passa un bras sous son aisselle pour l'aider à marcher. C'est à ce moment qu'elle aperçut, une vingtaine de mètres plus loin, Dany et Barnaby qui gisaient sur les rochers, criblés de balles. Justine les vit aussi.

— Je ne peux pas, protesta-t-elle, à bout de souffle. Allez, fais ce que tu as à faire !

Les soldats étaient maintenant bien visibles, ils arrivaient de tous les côtés, leurs fusils braqués sur elles. Le cercle qu'ils formaient rétrécissait de seconde en seconde. Ils ne tiraient pas, cependant. Cécile comprit que, contrairement aux pilotes qui ne savaient rien, les deux femmes devaient être capturées vivantes.

— Halte ! cria un officier.

Cécile tourna la tête vers lui et repéra tout de suite l'insigne des SS.

— Vas-y, Judith !

Cécile en resta figée. Justine connaissait son nom de code. Elle savait donc qui elle était.

— Si tu m'abandonnes ici, tu as des chances de réussir.

Elle mentait, mais l'heure n'était plus à l'hésitation. Cécile bloqua l'émotion qui lui montait dans la gorge, sortit son pistolet et abattit Justine d'une balle dans la nuque.

Un coup de feu suivit le sien. On avait tiré au-dessus de sa tête pour l'effrayer. Elle pivota et reconnut Mick parmi les soldats. Sans prendre le temps de réfléchir, elle leva son arme et fit feu. Mick s'écroula, un trou sanguinolent au milieu du visage. L'instant d'après, elle s'enfonçait le canon du Browning dans la bouche.

— La ferme !

Elle ouvrit les yeux, haletante et en sueur. Dans le couloir, la gardienne frappait à grands coups sur la porte.

Cécile se ressaisit; elle avait dû crier dans son sommeil. Comme chaque fois. Elle inspira, essaya de reprendre son souffle, de calmer les battements de son cœur.

Il s'était écoulé cinq mois depuis son arrestation, et il ne s'était pas passé une nuit sans qu'elle ne revoie le regard suppliant de Justine, sans qu'elle ne l'entende de nouveau l'appeler par son nom de code, sans qu'elle ne sente la pression de sa main dans la sienne, sans qu'elle ne se voie appuyer le canon sur sa nuque, faire feu, abattre Mick et retourner son Browning contre elle-même. Elle n'avait pas eu le temps de presser la détente qu'un chien l'attrapait par le bras et lui faisait lâcher son arme. Les crocs s'étaient enfoncés dans sa chair, et elle s'était écroulée en hurlant. De sa main libre, elle avait toutefois réussi à sortir son couteau et avait taillé une balafre de plusieurs centimètres sur le visage du premier soldat qui s'était approché. On l'avait ensuite assommée. Elle s'était réveillée en prison à Toulouse. Puis on l'avait mise sur un train pour Paris. Le reste…

Le reste n'existait pas. Elle l'avait bloqué dans un coin de sa conscience, refusant de laisser l'horreur prendre toute la place. Un jour, une occasion se présenterait, et à ce moment-là, elle devrait passer à l'action coûte que coûte, comme le lui avaient enseigné Milligan, Wallace et Keath. Il ne fallait surtout pas que la peur de la torture l'empêche d'agir. Ce serait trop bête de rester enfermée de crainte que ses geôliers ne renouvellent leurs sévices.

Elle abandonna sa couchette pour s'approcher de la fenêtre. De sa main droite, elle attrapa un barreau qu'elle s'efforça de serrer le plus fort possible. Si elle avait retenu une chose de sa rencontre avec Mick, c'était bien l'importance de garder la forme en toutes circonstances, malgré les contraintes et malgré cette blessure au bras qui guérissait mal. Alors elle bougeait la nuit, s'étirait, soulevait tout ce qui se trouvait dans sa cellule. Elle s'était juré que la douleur ne l'empêcherait pas d'agir le temps venu. Et puis elle savait désormais comment faire taire cette douleur. Les multiples séances de torture l'avaient trop souvent contrainte à en couper le circuit dans sa tête.

Au-delà des murs de la prison, l'aube pointait, blafarde. Ce serait une autre journée grise. Un autre jour comme les autres. Elle se mit à tousser. Une toux sèche, quelque chose qui donnait la chair de poule. Quelque chose qui faisait peur, aussi, et qui justifiait qu'on l'ait isolée parce qu'on ne savait pas de quel mal elle souffrait.

C'est dans la prison de la Gestapo que son « mal » avait commencé, après un interrogatoire qui avait été plus difficile que les précédents. Son corps n'était plus que souffrance, et les sanglots s'étaient brutalement transformés en toux. Remarquant la soudaine inquiétude de ceux qui devaient panser ses plaies, elle avait compris qu'il fallait poursuivre dans cette direction. Depuis, elle avait la gorge tellement irritée que tousser était devenu un réflexe aussi naturel que respirer.

En entendant un bruit de clés, Cécile se tourna vers la porte. Quelqu'un l'ouvrait, ce n'était pas normal, ce n'était pas l'heure. Un inconnu fit un pas dans sa cellule. Il ne portait pas d'uniforme, ce qui signifiait qu'il était plus dangereux que les autres.

— Justine Vialette ? s'enquit-il d'une voix rude.

Cécile fit un pas vers lui.

— Habillez-vous. Vous partez aujourd'hui.

La porte se referma, Cécile se retint de sourire. Elle avait mis tellement d'effort à les convaincre qu'elle était Justine qu'il lui était difficile de ne pas manifester sa joie en constatant qu'elle avait réussi. L'idée de changer d'identité lui était venue quand elle s'était réveillée à la prison de Toulouse. Si on découvrait qui elle était, on l'associerait vite aux actes de sabotage et aux meurtres des sentinelles. Et on s'acharnerait sur elle pour lui arracher les noms de ses complices. Mais si elle était Justine, on lui poserait des questions en rapport avec la filière d'évasion. Et dans ce cas, elle ne pourrait rien dire parce qu'elle ne savait rien.

Au bout de deux semaines d'interrogatoire musclé, elle avait réussi à semer le doute dans l'esprit de ses tortionnaires. Était-elle une simple historienne ou une espionne britannique ? Les coupe-circuit mis en place dans le réseau lui avaient servi de police d'assurance. Si Justine connaissait tous les membres, personne ne savait exactement qui elle était, ni quel rôle elle avait joué. Tous ceux qui auraient pu témoigner contre elle étaient morts, à part peut-être Colin, mais Cécile se disait que s'il avait été vivant, on n'aurait pas perdu autant de temps avec elle.

Endosser l'identité de Justine ne garantissait pas qu'elle s'en sortirait, elle le savait. Mais elle était toujours en vie. Prisonnière, mais en vie. Et elle n'avait plus rien à perdre.

À onze heures, une gardienne vint la chercher pour la conduire à la grande porte où un fourgon l'attendait. Cécile y monta, découvrit qu'il y avait déjà plusieurs femmes à bord, mais ne put voir leur visage dans la pénombre. Elle prit place au bout du banc, et la porte se referma.

Le voyage dura une heure sans que personne parle. Le véhicule s'arrêta enfin et, quand on la fit descendre avec les autres, Cécile s'aperçut qu'il faisait beau, finalement, et qu'elle se trouvait sur une large avenue bordée d'arbres. Elles étaient neuf en tout. On les fit entrer dans un grand édifice, puis un officier les conduisit dans une petite pièce où il les enferma. Cécile remarqua que les autres se dévisageaient. Toutes étaient aussi mal en point qu'elle-même, mais comme on leur avait remis leurs sacs à main, quelques-unes entreprirent de se poudrer et de se maquiller. Se rappelant les mots de Milligan concernant la surveillance des prisonniers, Cécile resta en retrait, persuadée qu'il s'agissait d'un piège, qu'on les écoutait depuis une autre pièce ou que l'une d'elles était un pion au service de la Gestapo.

Tout à coup, une des femmes se présenta. Une autre l'imita, puis une autre. Bientôt, toutes se mirent à discuter en anglais, révélant leurs vrais noms et leurs noms de code. Cécile réalisa qu'elle se trouvait en compagnie d'autres agentes du SOE. Elle fut saisie d'effroi à l'idée que ses compagnes soient tombées dans le panneau ; si on les avait mises ensemble dans cette pièce après des mois de solitude et de torture, c'était justement pour leur offrir une occasion de se trahir et de se dévoiler. Mais où diable les avait-on formées ?! Elle-même demeura silencieuse, seule dans son coin, feignant de ne pas parler anglais. À celle qui l'interrogea, elle répondit ce qu'elle avait répondu à tous les interrogatoires : elle s'appelait Justine Vialette, était historienne et travaillait à la traduction d'un texte ancien.

— Mais qu'est-ce que tu fais ici, dans ce cas ?

— Je ne sais pas.

Elle se replia sur elle-même, consciente que sa seule chance de survie était de passer jusqu'au bout pour celle qu'elle prétendait être. Une heure après leur arrivée, un officier SS vint les informer qu'elles allaient être envoyées en Allemagne pour être exécutées.

— Avez-vous une requête à formuler ?

Une des femmes, qui se prénommait Odette, demanda du thé.

— Mais pas comme on le sert en France. Non, nous voulons du thé à l'anglaise : une cuillerée à thé par personne et une pour la théière.

— Avec du sucre et du lait, précisa une autre.

L'homme les regarda, surpris de leur aplomb, mais s'en alla sans rien dire. Quelques minutes plus tard, les femmes voyaient leur souhait exaucé. Une gardienne leur apporta une théière et des tasses. Elles burent le tout en bavardant, et ce fut le seul moment où Cécile s'approcha. Dès que sa tasse fut remplie, elle s'écarta et s'enferma de nouveau dans son mutisme, sans perdre un mot, cependant, de ce que les autres racontaient.

En fin d'après-midi, l'officier SS revint, accompagné d'une douzaine d'hommes en uniforme.

— Vous allez être conduites à la gare dans un car ordinaire, dit-il avec humeur. Il vous est interdit de faire des signes aux passants ou de leur faire comprendre que vous n'êtes pas des voyageuses comme les autres.

Et il ajouta qu'en cas d'esclandre, les gardes les abattraient sur-le-champ.

77
Émilienne

Marseille, janvier 1941

Ce fut un hiver de famine et de larmes. La cuisinière ne rapportait de la ville que topinambours et rutabagas, qu'elle faisait cuire sur le poêle qui servait également pour le chauffage. Les meilleurs jours, on se partageait un quignon de pain noir, mais la plupart du temps, on s'en passait.

Ils n'étaient pas les seuls à souffrir de famine. André Breton, qui se rendait plusieurs fois par semaine au consulat américain pour vérifier l'état de sa demande de visa, affirmait avoir vu une foule s'amasser devant la vitrine d'une rôtisserie où ne cuisait qu'un seul poulet. La viande avait disparu du menu des Français, tout comme les produits laitiers et même le vin. Incapable de trouver du beurre ou de l'huile à cuisson, on faisait bouillir tout ce qui tombait sous la main.

À la villa Air-Bel, on ne riait plus, on ne s'amusait plus. On avait compris que c'étaient des voisins qui, inquiets de voir tant d'étrangers si près de chez eux, les avaient dénoncés la veille de la visite du maréchal Pétain.

Depuis l'arrestation de Tcherniak, Émilienne était inconsolable et ne sortait plus de la maison. Du toit qui coulait, du mistral qui s'infiltrait entre les boiseries, les montants des fenêtres et sous les portes, elle ne percevait rien. Elle passait des heures dans son lit, blottie sous les couvertures. Les enquêtes de Varian

Fry n'avaient mené nulle part; on ne savait pas où les Allemands avaient conduit Tcherniak.

— Chose certaine, ils ne l'ont pas ramené au camp des Milles. J'ai vérifié. Depuis son évasion de l'automne, on y est sans nouvelles de lui.

Fry penchait pour une hypothèse plus malheureuse.

— Puisqu'il est célèbre pour ses évasions, et puisque les Allemands ne font pas confiance aux Français – surtout pas en zone libre –, ils l'auront enfermé là d'où il ne pourra s'évader : dans un camp de concentration gardé par leurs compatriotes.

L'espoir s'évanouissait.

La veille du jour de l'An, il neigea au point que le paysage se couvrit de blanc. Le spectacle laissa indifférents les résidents de la villa. La neige, après tout, ne se mangeait pas.

Il n'y eut qu'un seul point positif à cette misère et aux abus de pouvoir de la police, qui avait arrêté vingt mille hommes et femmes en prévision de la visite du Maréchal. Des milliers d'entre eux n'étaient ni des réfugiés ni des étrangers. C'étaient de bons petits Français qu'on avait ramassés « par accident ». En ville, les gens commencèrent à se méfier des hommes de Vichy, de la police, de la Gestapo qui œuvrait en coulisse. On commença à prendre parti. Quand il rentrait de ses virées, André Breton décrivait les différentes manifestations qu'il trouvait réjouissantes.

— Il était temps ! répétait-il à chacun de ses récits.

Le matin, sur les murs des édifices, les Marseillais découvraient, tracés à la peinture, de grands V, symbole de victoire attribué à Winston Churchill. La police avait beau les effacer au fur et à mesure, les graffitis revenaient matin après matin.

Plus encourageants encore, selon Breton, étaient ces gens qui crachaient par terre derrière les soldats allemands dans les rues. Finie l'euphorie qui avait gagné les femmes à la reddition. Lasses des privations et inquiètes de ce qu'il était advenu de leurs maris, elles avaient commencé à porter des épingles de sûreté sur le revers de leur manteau. Il s'agissait d'un code connu des seuls

Français, car ce type d'épingles, dont on se servait pour fermer les couches des bébés, s'appelait « épingles anglaises ».

Nombre de jeunes gens disparaissaient du jour au lendemain. Ils partaient rejoindre le général de Gaulle en Angleterre via la route préparée par l'équipe de Varian Fry à travers les Pyrénées. Émilienne pensait souvent à cette route et, par un matin de janvier, elle en parla ouvertement avec Fry.

— Plus rien ne me retient ici.

Fry lui posa la main sur l'épaule. Il aurait voulu la contredire, c'était évident, mais il savait qu'elle avait raison. Il revint à la villa le lendemain avec une carte.

— Apprends-la par cœur parce que tu ne peux pas en faire de copie. Non seulement les gardes frontaliers espagnols fouillent les bagages, mais la police a pris l'habitude de faire des descentes dans les trains. Si tu es arrêtée en possession d'une carte comme celle-là, américaine ou pas, tu finiras en prison.

Émilienne apprit donc le trajet par cœur.

Elle savait comment se préparer à affronter l'hiver dans les montagnes, car sa famille possédait une maison dans le nord de l'État de New York. Elle fit ses bagages en conséquence et trouva dans les vêtements de Tcherniak ce qui lui manquait. À la mi-février, elle était fin prête à partir, mais Varian Fry revint à la villa avec une meilleure nouvelle : la France avait recommencé à donner des visas de sortie. Pour la première fois depuis longtemps, l'espoir renaissait.

— On a aussi autorisé le départ des navires à destination de pays neutres. J'ai pris la liberté de réserver plusieurs places sur le *Capitaine Paul-Lemerle*.

L'euphorie gagna tous les pensionnaires de la maison. Tous, sauf Émilienne. Demeurée silencieuse au milieu des éclats de joie, elle soupira, indifférente à l'idée de remplacer son projet par un autre.

— Pourvu que je parte, répondit-elle à Fry quand il lui demanda si ce plan lui convenait.

Il n'insista pas, mais lui remit le visa de sortie dont elle aurait besoin pour quitter la France.

*

L'aube éclaircissait à peine le ciel quand le *Capitaine Paul-Lemerle* se rapprocha enfin des côtes de l'Afrique. On voyait se dessiner à droite, sur un ciel encore piqueté d'étoiles, la silhouette ténébreuse du rocher de Gibraltar. À gauche, une ombre similaire, mais plus basse, lui répondait comme un écho.

« Les colonnes d'Hercule », pensa Émilienne, sortie sur le pont pour l'occasion.

Le bâtiment longeait la côte espagnole depuis deux jours, et à tout moment, Émilienne s'était attendue à le voir accoster. Elle craignait qu'il prenne l'eau tant il était pourri de partout. Sa vitesse, d'ailleurs, tenait du miracle, car il n'avait pas été conçu pour recevoir les trois cent cinquante passagers montés à bord à Marseille. Et c'était sans compter l'espace occupé par les animaux de boucherie. Personne ne se plaignait cependant. La veille, le commandant avait fait abattre le premier bœuf. Pour des gens qui n'avaient pas vu de viande depuis des mois, ce repas avait été un festin.

Les marins avaient érigé à la hâte deux cabanes de bois, une à chaque extrémité du navire. La première abritait les douches. La seconde, les toilettes. Dans un cas comme dans l'autre, tout se déversait dans l'océan.

Seules deux cabines avaient pu être louées. L'une hébergeait quatre femmes, dont Émilienne. La deuxième, quatre hommes, dont le célèbre anthropologue Claude Lévi-Strauss. Le reste des passagers s'entassait dans la cale et dormait sur des lits de bois construits à la hâte, couverts de paille et infestés de punaises. Tous se consolaient de cette promiscuité, car bientôt, on le leur avait promis, ils seraient en Martinique. De là, chacun gagnerait sa destination finale. André Breton et sa famille avaient obtenu un visa pour les États-Unis. Victor Serge était attendu au Mexique.

Le prix du passage pour cette traversée qui s'annonçait rude et longue avait été exorbitant. Pressés de partir, les réfugiés n'avaient pas pris le temps de réfléchir à ce qu'un voyage en mer sur une coquille de noix pouvait offrir d'inconvénients, Émilienne pas davantage que les autres. Il fallait quitter cette France devenue invivable. N'importe quel moyen était bon, tant qu'on ne se retrouvait pas en prison.

Le ciel avait pâli, et le passage s'était rétréci. Et soudain, la mer changea de texture et s'élargit de nouveau. On voyait encore ici et là des navires à l'ancre, des bateaux de pêche aussi, amarrés ou renversés sur le rivage. Devant, cependant, c'était le gris sombre de l'océan Atlantique.

Émilienne se retourna juste à temps pour voir le soleil franchir la ligne d'horizon. La boule de feu rougeoyante lui rappela qu'elle laissait derrière elle un continent en guerre. L'avenir, lui, se trouvait encore dans l'ombre.

78
Virginie

Oka, Québec, 1er septembre

La nouvelle librairie avait été reconstruite au même endroit que la précédente, à deux pas de l'église, derrière le bar. Un panneau annonçait fièrement *Régis Obomsawin, bouquiniste expert en livres rares et anciens*. L'édifice de deux étages abritait au rez-de-chaussée la librairie proprement dite, où l'on n'était reçu que sur rendez-vous. Régis vivait au-dessus, dans un appartement beaucoup plus moderne que l'ancien.

Il accueillit Virginie avec un verre de champagne.

— Tant qu'à célébrer, on célèbre en grand !

De fait, Virginie avait plusieurs choses à célébrer. Non seulement Norman Saxby avait accepté son texte, mais il n'avait demandé aucune modification. Elle avait pourtant pris ses distances vis-à-vis du plan qu'il lui avait proposé au début.

Les divergences, avait-elle écrit dans le courriel contenant le manuscrit, *m'apparaissent essentielles compte tenu des informations recueillies pendant le voyage.*

Norman lui avait donné raison et transféré aussitôt dans son compte en banque le montant du cachet promis. Virginie s'était rendue à Sherbrooke rencontrer « un expert en puits », pour paraphraser l'expression de Tudorel Tcherniak « expert en défaites ». Elle en était revenue enchantée, avec une estimation qui respectait tout à fait ses moyens. Dans une semaine, elle pourrait de nouveau s'abreuver directement au robinet. Finies les bouteilles de plastique !

Régis, pour sa part, tenait à célébrer autre chose. Il était venu trois fois chez Virginie depuis son retour de France. Elle l'avait accueilli à sa table et dans son lit. Pour lui, leur relation avait pris un tournant décisif. Les choses étaient claires. Ils formaient de nouveau un couple. Un couple à distance peut-être, mais un couple quand même. Si Virginie avait encore quelques réserves, elle était capable de passer outre. La peur, cette ennemie sournoise qui l'empêchait depuis longtemps de croire à une histoire sérieuse entre elle et lui, s'était tue.

Il faut arriver à ce moment, disait Tudorel Tcherniak, *aussi intense qu'étrange, où nous percevons enfin notre propre mortalité et celle des autres. Passé ce point, la peur n'a plus d'emprise, et nous embrassons une féroce envie de vivre et d'être heureux tout de suite, ainsi que l'urgence d'être humain, maintenant.*

Voilà. Faire cette recherche sur Emily Ann Saxby, dans les livres et sur le terrain, avait permis à Virginie de franchir une étape. Elle ne s'en était pas rendu compte sur le coup, mais l'écriture de cette biographie avait changé sa vision du monde. Sa manière d'être au monde, surtout.

Elle avait écrit la fin comme elle l'avait imaginée quand elle marchait dans le camp de Natzweiler-Struthof. Elle voulait qu'Emily Ann revoie son amant avant de mourir. Il lui semblait que la vie aurait été trop cruelle autrement, pour elle, mais aussi pour lui, qui venait de passer trois ans en enfer. Cette fin adoucissait le destin de l'un comme de l'autre. Ça lui paraissait nécessaire, ne serait-ce que pour l'aider elle-même à garder espoir en l'humanité.

Elle avait rejeté la thèse de Norman voulant que Tudorel Tcherniak soit responsable de l'engagement d'Emily Ann au SOE. À son avis, trop de temps s'était écoulé entre leur séparation en 1941 et sa visite à Daniel Guérard à Carcassonne en 1943. Quelque chose avait dû se passer en Amérique, entre son arrivée en bateau à New York et son départ discret pour le STS 103, le fameux Camp X.

Mis à part ces deux éléments, elle avait suivi la pensée de Norman, approfondi les situations, les lieux, les relations. Bref, elle avait écrit le livre qu'il n'était pas capable d'écrire. Et pour cela, il l'avait chaleureusement remerciée et grassement payée.

— Installe-toi au salon, lança Régis. J'allume la télé pour savoir où ça en est.

— Où en est quoi ?

— Où en est quoi ? Mais voyons, Virginie ! Tu n'as pas entendu parler du pasteur albertain qui protégeait un réfugié ?

— Évidemment ! Je ne vis pas sur Mars, quand même !

— Il est mort cette nuit. C'est sur toutes les chaînes depuis ce matin.

Virginie reçut la nouvelle comme un coup de poing.

— Je n'écoute plus la radio, balbutia-t-elle. Ça me déprimait trop. Il est mort comment, le révérend Yates ? La police l'a descendu ?

Après des mois de recherche sur la montée du fascisme, elle imaginait le pire. Elle ne pensait pas être si près de la vérité.

— Elle ne l'a pas descendu, mais il avait le cœur fragile, il paraît. Quand un des policiers a utilisé son pistolet Taser, le cœur du pasteur a flanché.

— Quelle horreur !

Régis alluma la télé. Sur l'écran, on voyait une vieille église de bois devant laquelle se tenait un journaliste. Ce dernier interrogeait un homme qu'il présenta comme le révérend Thompson, l'autre pasteur de Denyse. Une voix hors-champ traduisait ses paroles en français au fur et à mesure.

— « Je ne sais qu'une chose, récitait le révérend. J'étais aveugle et maintenant je vois[8]. » Je n'étais pas d'accord avec la position de mon confrère, mais aujourd'hui, je comprends qu'il avait raison. Je vais prendre le relais et exiger la révision du dossier d'Amin Sadiq.

Le journaliste parut surpris.

8. Jean 9,25.

— Vous voulez dire que vous ne vous opposez plus à ce que le Canada le reçoive comme réfugié ?

— Non. Et je vais même pousser pour qu'il obtienne le statut de résident permanent. Nous l'accueillerons dans notre village, où il a beaucoup d'amis maintenant.

On vit ensuite des images filmées à Montréal, Toronto, Calgary et Vancouver. Partout, on exigeait la naturalisation d'Amin Sadiq. Il y avait certes encore quelques groupes d'opposants, des gens qui demandaient son expulsion, mais ils étaient beaucoup moins nombreux, et Virginie leur trouvait moins de vigueur qu'en juillet.

Un autre journaliste apparut soudain aux côtés d'un politicien québécois. Virginie se rappela que c'était celui qui avait dénoncé le sanctuaire au début du mois d'août.

— Religieux ou pas, déclara-t-il, c'était un grand homme. Il est mort en défendant une cause en laquelle il croyait. Je ne peux que l'admirer.

— Pensez-vous que l'usage de la force était justifié dans cette situation ? Après tout, le révérend Yates n'était pas armé.

Le politicien écarquilla les yeux, surpris par la question. Le journaliste en rajouta :

— Pensez-vous que la police serait intervenue avec moins d'agressivité si Andrew Yates avait été Blanc ?

Cette fois, le politicien bredouilla une réponse incompréhensible et disparut de l'écran. Virginie se tourna vers Régis.

— Le révérend Yates était Noir ?

— Quoi ? Tu vas me dire que tu ne le savais pas ?

Elle secoua la tête.

— Je l'ai seulement entendu à la radio.

— C'est vrai que la couleur de la peau, ça paraît rarement à la radio.

Comme on était passé à une autre nouvelle, Régis éteignit le téléviseur et invita Virginie à le suivre à la cuisine. La table avait été mise avec soin.

— Comme je te l'ai dit quand tu es arrivée, ce soir, on célèbre.

— Je vois ça ! Merci !

Régis était fier de lui. Elle se tourna pour l'embrasser.

— Je n'en demandais pas tant, souffla-t-il, rayonnant. Maintenant, si madame veut bien prendre place et m'attendre deux minutes. Je prépare les pâtes carbonara à l'instant.

— Les pâtes carbo…

À mi-chemin entre le malaise et l'incrédulité, elle le regarda plonger les pâtes dans l'eau bouillante. Sur le comptoir, tout y était, les lardons, les œufs, le parmesan.

— C'est une recette que j'ai apprise spécialement pour l'occasion. J'ai même fait les pâtes moi-même cet après-midi. J'ai acheté une machine dans le quartier italien il y a deux ans, mais c'est la première fois que je m'en sers. Je pense que c'est assez réussi.

Elle n'eut pas le cœur de le décevoir et se résigna. Peu importe les émotions qui monteraient, elle s'efforcerait de manger ce souper avec plaisir. Après tout, si Régis était capable de faire des compromis, elle en ferait aussi.

— À nous deux, dit-elle en levant son verre.

— *I'll drink to that !*

79
Émilienne

New York, 10 janvier 1943

Le restaurant Child's offrait un décor chaleureux où tout n'était que miroirs, vitraux et boiseries. Quand Émilienne en franchit le seuil, elle eut sur le coup un sentiment de déjà-vu. Il régnait ici la même atmosphère qu'au Pélican, ce café adjacent au consulat des États-Unis à Marseille. À la différence qu'en Amérique, Émilienne était certaine de pouvoir manger à sa faim.

Elle repéra tout de suite Varian Fry, assis à une table du fond, et songea que c'était peut-être par nostalgie qu'il avait pris place à côté des cuisines. Quand il l'aperçut, il bondit de sa chaise, se dirigea vers elle et l'embrassa comme on le faisait en France. Bouleversée, Émilienne sentit revenir cette douleur dans la poitrine et comprit qu'elle avait attendu ce moment depuis deux ans.

La traversée de l'Atlantique ne s'était pas bien déroulée pour les passagers du *Capitaine Paul-Lemerle*. Il leur avait fallu trente jours pour atteindre la Martinique. Trente jours de mal de mer et de malnutrition, car le bétail n'avait pas suffi pour nourrir autant de gens pendant aussi longtemps. Grâce à son passeport américain, Émilienne avait pu prendre tout de suite un navire à destination de New York. Les autorités martiniquaises avaient réservé un sort bien différent aux quelque trois cents autres passagers. Arrêtés sitôt qu'ils avaient mis pied à terre, ils avaient dû patienter un mois dans un lazaret de Pointe-du-Bout. Une telle quarantaine avait eu raison de la santé de plusieurs d'entre eux, déjà fragilisée par les difficultés du voyage en mer et par l'interminable séjour à Marseille.

Depuis, Émilienne avait appris que Victor Serge avait atteint le Mexique. André Breton et sa famille s'étaient installés à New York. Elle les avait revus et avait constaté qu'ils ne s'y plaisaient pas du tout. Il faut dire que la vie aux États-Unis ne ressemblait pas à la vie en France, même avant la guerre. C'était une question de climat, mais aussi de culture. Or, les Breton étaient coincés en Amérique. Depuis l'attaque de Pearl Harbor, en décembre 1941, les États-Unis avaient rejoint les alliés. La France et l'Amérique se trouvaient désormais dans des camps opposés. De toute façon, André Breton ne se serait plus senti chez lui à Marseille. En novembre, les Allemands, craignant une attaque sur la côte méditerranéenne, avaient descendu leurs chars d'assaut pour occuper la France au complet. La zone libre avait été rebaptisée zone sud, et la Gestapo avait juridiction partout.

N'empêche, Émilienne avait ressenti beaucoup de sympathie devant la situation d'André Breton. Et elle devait admettre qu'elle-même ne se plaisait plus en Amérique. La cause chez elle était tout autre. Et à voir la mine triste, la maigreur et les cernes sous les yeux de Varian Fry, elle comprit qu'il avait peut-être lui aussi rencontré le vide en rentrant chez lui.

Fry lui offrit un siège et lui versa du vin, avant de remplir son propre verre. Le malaise était là, palpable à travers la banalité de leur conversation. La météo, la circulation, la guerre. À force de propos insignifiants, ils évitaient de parler de l'essentiel : leur difficile retour aux États-Unis.

Les raisons étaient multiples pour expliquer l'impossibilité pour Émilienne de réintégrer la vie américaine. Il y avait tout d'abord le fait qu'elle avait été partie pendant presque dix ans. De plus, elle avait immédiatement perçu la totale incompréhension de ses proches. Elle leur avait pourtant décrit en long et en large la cruauté, les injustices, les arrestations, les disparitions, les camps d'internement. Personne ne l'avait crue. Pire encore : personne ne s'y intéressait.

— Les Allemands sont des hommes comme les autres, lui avait-on répété pendant des mois. Ce sont des rumeurs.

Il y avait également la vacuité de sa vie dans la maison paternelle. Elle n'avait absolument rien à faire et s'était sentie incapable de travailler à la biographie de Bernard Délicieux. Et comme elle n'avait personne avec qui discuter de ce qui importait désormais pour elle, elle avait commencé à s'ennuyer ferme, jusqu'à sombrer dans la déprime.

Elle avait vécu le retour à l'abondance et au confort comme un affront fait à Tcherniak et à ses amis de Marseille. Le soir, attablée devant tant de nourriture, elle était prise de nausées et courait se réfugier dans sa chambre, où elle était libre de se laisser aller à son chagrin. Sa mère l'avait d'abord crue enceinte, ce qui n'avait pas tardé à scandaliser le reste de la famille. On imaginait le pire de ce Russo-Autrichien communiste dont on n'avait qu'entendu parler, mais qui n'était pas le bienvenu dans leur pays. Cette idée attristait doublement Émilienne. Non seulement cette attitude traduisait un mépris pour l'homme qu'elle aimait, mais en plus, elle mettait en évidence le vide qu'il avait laissé dans sa vie à elle. Elle aurait tout donné à ce moment-là pour porter un enfant de lui.

L'automne venu, elle avait pris conscience qu'elle ne pouvait en supporter davantage. Elle était partie avec une bonne et une cuisinière s'installer dans la maison de campagne, au nord de l'État de New York. Là, au cœur de la forêt, elle avait tenté de se refaire une vie. À Halloween, elle avait déjà congédié les deux domestiques et s'était installée dans la cabane qui avait autrefois hébergé le jardinier. C'est seule qu'elle était passée au travers de l'hiver, fendant son bois, chauffant son poêle, cuisinant ses propres repas comme elle avait souvent dû le faire en France. Par nostalgie, elle mangeait peu et simplement. Sa famille craignait qu'elle tombe malade – on ne comprenait pas qu'elle l'était déjà.

— Il faut que tu te reprennes en main, ma chérie, lui répétait sa mère à chaque visite.

Se reprendre en main pour faire quoi ? Émilienne trouvait sa vie insipide. Ridicule. Inutile. Le soir, au moment de s'endormir, il lui arrivait de penser à reprendre un bateau pour l'Europe, malgré la guerre. Ce désir inavouable trouvait sa source là où on ne l'aurait jamais imaginé. En effet, elle n'avait jamais vécu aussi intensément que durant cette année passée sur les routes de France, puis dans les rues de Marseille.

Au début de décembre, elle s'était enfin remise à l'écriture, et la biographie de Bernard Délicieux s'était écrite d'elle-même. Émilienne n'avait qu'à fermer les yeux pour revoir, avec une acuité surprenante, même les incidents les plus insignifiants de ses pérégrinations en France. Elle se souvenait de toutes les villes et de tous les villages français, de leurs rues et de leurs ruelles, de la texture des murs, de la couleur de la lumière. Elle se rappelait les visages des gens qui attendaient partout, tout le temps, mais surtout ceux des réfugiés dans les cafés. La nuit, seule dans son lit froid, elle revoyait le corps de Tcherniak et ressentait de nouveau, par le truchement de son imagination, ce qu'elle avait ressenti en sa présence. Du désir, certes, mais aussi de l'admiration, et un amour si fort qu'elle savait aujourd'hui qu'elle aurait donné sa vie pour lui. Chaque fois qu'elle laissait les souvenirs remonter de cette manière, une pression naissait dans sa poitrine et des larmes lui montaient aux yeux. Tcherniak était-il encore vivant ?

C'est en partie parce qu'elle avait espoir de recevoir des nouvelles qu'elle avait accepté le rendez-vous proposé par Varian Fry.

— J'ai appris que ton retour ne s'était pas très bien passé, lâcha-t-elle finalement, plutôt que de lui poser la question.

Elle savait en effet qu'il avait été expulsé de France en septembre 1941. Il était rentré furieux à New York, les journaux en avaient parlé. Il parut amusé par le sujet, ce qui détendit l'atmosphère. Il poursuivit d'ailleurs sur le même ton familier. Après tout, n'avaient-ils pas autrefois été des amis ?

— Disons que des gens bien placés n'ont pas aimé que je critique le peu de soutien qu'a offert notre gouvernement aux hommes et aux femmes coincés à Marseille. Comme tu as dû le constater, personne ici ne comprenait ce qui se passait là-bas. Et je ne suis pas certain que nos dirigeants le comprennent même aujourd'hui.

Elle approuva en se demandant si elle devait lui dire à quel point elle avait plaisir à le revoir. Il la devança.

— Ça me fait du bien de parler de tout ça avec quelqu'un qui sait.

Elle sourit, émue, puis elle passa à ce qui la troublait.

— As-tu des nouvelles de Tudorel ?

Il secoua la tête, l'air désolé.

— Avant de prendre le maquis, un de mes amis m'a envoyé un dernier télégramme. Il disait que les Allemands avaient transféré tous les prisonniers en Allemagne. Il paraît qu'ils ont besoin de main-d'œuvre.

— Pourquoi est-ce que tu voulais me voir si ce n'était pas pour me parler de Tudorel ?

Il jeta un coup d'œil autour de lui, avant de se pencher vers elle. Elle reconnut aussitôt ce ton de conspirateur qu'il prenait autrefois avec les réfugiés à qui il proposait de faux documents.

— Depuis mon retour, j'ai été actif.

— Actif comment ?

— Disons que mon expérience avec le Centre américain de secours a intéressé certaines personnes haut placées... Pas les mêmes que j'ai agacées avec mes critiques, manifestement. Je parle ici de militaires...

Il se pencha plus avant.

— J'ai reçu la visite d'un haut gradé de l'armée britannique. Il avait des questions à me poser concernant l'occupation allemande. Il est à la recherche de gens qui... En fait, il a spécifiquement parlé de femmes qui auraient une connaissance particulière de la France. J'ai pensé à toi.

Le cœur d'Émilienne se mit à battre plus vite.

— Tu veux dire que l'armée britannique veut m'engager ?

Elle avait posé cette question avec une certaine tension dans la voix, comme si elle avait peur d'être déçue par la réponse.

— Je ne sais pas si on veut t'engager, mais cet officier dont je tairai le nom aimerait te rencontrer. Je lui ai dit que tu parlais le français sans accent, et que tu te débrouillais très bien pour faire des « courses » seule dans Marseille.

Il avait accentué le mot *courses*, ce qui les fit rire tous les deux.

— Disons qu'il a été très impressionné par ce que je lui ai raconté à ton sujet.

— Et toi ? Tu ne les intéresses pas ?

Cette fois, il recula sur sa chaise et se remit à manger.

— J'aurais bien aimé. Il paraît que je suis trop connu là-bas. Vichy a fourni sur moi un dossier épais comme ça aux Allemands.

Du pouce et de l'index, il mima une épaisseur de plusieurs centimètres.

— Dans ces conditions, il me serait impossible de passer inaperçu. Alors que toi…

Les mots s'imprégnaient dans l'esprit d'Émilienne. Elle recula à son tour sur sa chaise. Il existait peut-être un moyen, après tout, de retourner en France.

Fry lut dans ses pensées et lui versa encore à boire.

— À la villa Air-Bel ! dit-il en levant son verre.

— Au château Espervisa !

80
Cécile

Quelque part entre Karlsruhe et Ravensbrück, Allemagne, 6 juillet 1944

Le vrombissement du train sur les rails créait une sensation de roulis qui berçait les passagers. Seule dans son compartiment, un gardien devant la porte, un autre à l'extérieur, Cécile somnolait. Tant que le train serait en mouvement, il ne pouvait rien lui arriver.

Elle avait passé huit semaines à la prison de Karlsruhe et pendant tout ce temps, elle n'avait eu de contact avec personne. Quand, une fois par semaine, on la faisait sortir dans la cour pour lui permettre de bouger et de prendre l'air, elle était toujours seule, comme l'étaient d'ailleurs les autres agentes du SOE. Elle les avait souvent vues, depuis la fenêtre de sa cellule, chacune à son tour, qui marchaient, s'étiraient puis marchaient encore.

On l'avait fait travailler à la cuisine, à peler des pommes de terre. Cécile avait trouvé le temps long, mais pas autant qu'à la prison de Fresnes. À Karlsruhe, au moins, il n'y avait eu ni torture ni interrogatoires.

La nuit – parfois le jour aussi – lui parvenait le bruit des explosions. Les alliés bombardaient la région. La guerre achevait, tous le sentaient, les gardiennes aussi. Ces dernières s'étaient d'ailleurs montrées moins brutales depuis quelque temps, comme si elles espéraient qu'une soudaine clémence serait récompensée quand arriveraient les alliés.

Tôt ce matin-là, la routine carcérale s'était brutalement interrompue. Cécile avait été convoquée avec quatre de ses consœurs, et on les avait escortées jusqu'à un fourgon militaire, stationné dans la rue. On les avait menottées par deux et par trois. Où les conduisait-on ? Personne ne le savait.

Le camion avait quitté la prison et, plusieurs minutes plus tard, il s'était arrêté à la gare. La porte s'était ouverte.

— Descendez ! avait lancé un soldat avant de détacher Cécile, pour aussitôt la menotter seule.

Poignets liés, debout entre deux gardiens, elle avait regardé ses compagnes qu'on entraînait à l'autre bout du quai.

— Où les emmène-t-on ? avait-elle osé.

— Au camp de Natzweiler, avait répondu un des deux hommes dans un mauvais français.

Puis il avait ajouté, sans la moindre émotion :

— Elles vont être exécutées.

Ce n'est pas sans appréhension qu'elle avait demandé quel sort l'attendait.

— Nous avons l'ordre de vous conduire à Ravensbrück, au camp de travail des femmes.

— Pour me tuer, moi aussi ?

Il avait fait signe que non.

— Seuls les espions sont exécutés.

Ils étaient montés dans le dernier wagon d'un train militaire. Comme Cécile toussait toujours beaucoup – une toux réelle et douloureuse, cette fois –, on l'avait installée dans un compartiment à part.

— Une infirmière s'occupera de vous là-bas, avait dit celui qui s'était posté à l'autre bout du wagon.

Depuis, le train avait contourné des montagnes, enjambé des rivières, traversé des forêts et des villages. Il fonçait maintenant dans la nuit, et tous à bord somnolaient, engourdis par la vibration continue des wagons sur les rails.

Comme ses gardiens, Cécile rêvait. Elle revoyait la maison de Montségur, son jardin, les collines et le pic de Soularac, découpant son massif rocheux sous le soleil. Des images remontaient, saccadées. Justine endormie à côté d'elle, si près et si loin à la fois. Justine dans sa cuisine, qui préparait une omelette. Justine dans le salon, penchée sur sa table de travail. Cécile sentit sur sa paume la pression désormais familière. Elle serra les doigts, sa main attrapa son Browning. Elle vit son index presser la détente et Justine qui s'affalait, son sang maculant la pierre. Elle s'attendait au bruit de la détonation, mais pas au grondement d'un avion. Ni à la déflagration qui suivit.

Elle s'éveilla comme le train était entraîné sur le côté. Il faisait nuit, dedans comme dehors, et le wagon était secoué dans tous les sens. Cécile fut projetée sur un mur, le gardien aussi. Il venait de s'éveiller et paniquait. Cécile n'avait que quelques secondes d'avance sur lui. Alerte, elle sentit ses muscles se tendre, absorbant choc après choc. Le wagon cessa soudain de bouger. Il y eut des cris dans la nuit. Et d'autres explosions. Cécile ne broncha pas. Cette occasion, elle l'avait attendue depuis huit mois. Elle n'eut besoin que d'un moment. Quelques secondes pour reprendre son équilibre. Le meilleur moyen de fouiller un prisonnier, avait dit Wallace, est de le tuer d'abord et de le fouiller ensuite. Cécile sauta sur le gardien et lui brisa la nuque d'un coup de pied. Elle trouva la clé sur lui, exactement là où elle l'avait vu la ranger à la gare.

Les poignets libres, elle attrapa la mitraillette et se mit en retrait le long du mur. Il ne s'était pas écoulé deux minutes depuis que le wagon s'était immobilisé, mais Cécile savait que l'autre gardien ne tarderait pas. De fait, une silhouette apparut dans l'embrasure, pour s'effondrer aussitôt, trouée par une rafale de mitraillette. D'une seconde rafale, Cécile fit exploser la vitre. Elle se hissa aussitôt par le trou béant. Le bombardement se poursuivait. La terre tremblait. Au milieu du bruit des explosions, Cécile entendit des ordres qu'on criait en allemand. Cela ne la concernait plus.

Elle disparut dans la nuit, sans même prendre le temps de jeter un regard au train démembré. Il y avait plus urgent à faire que d'admirer les prouesses de la RAF.

FIN

Mot de l'auteure

Il y a quelques années, j'ai acheté dans une librairie d'occasion les mémoires de Noreen Riols, *Ma vie dans les services secrets*. Mme Riols travaillait dans les bureaux du Special Operations Executive, et ses souvenirs ont piqué ma curiosité. De livre en livre, j'ai découvert les écoles spéciales du SOE, dont le STS 103, mieux connu aujourd'hui sous le nom de Camp X.

On sait que Ian Fleming (le père de James Bond) travaillait pour les services secrets britanniques. Sa présence au Camp X, de même que son échec à l'examen final, font partie de la légende entourant cette mystérieuse école. Même si je n'ai trouvé aucun document confirmant ou infirmant la chose, je l'ai incorporée au roman parce que ça me faisait plaisir. D'ailleurs, si on pense à 007, on ne peut que remarquer sa ressemblance avec des agents comme Cécile. De plus, on trouve à Toronto, sur l'Avenue Road, une ancienne église justement baptisée St. James-Bond United Church. Comme je l'ai fait dire à Norman Saxby dans le roman, il n'existe pas de saint James Bond. L'église est plutôt née de la fusion des églises St. James Square Presbyterian Church et de Bond Street Congregational Church. Il ne me semble pas exagéré de croire que si Ian Fleming est bel et bien passé à Toronto et au STS 103 en 1943, ça lui aura donné des idées. Chez moi, en tout cas, ça n'a pas manqué !

À ceux que la participation du Canada au sein du SOE intéresse, je recommande l'ouvrage de Roy MacLaren, *Derrière les lignes ennemies. Les agents secrets canadiens durant la Seconde Guerre mondiale*. Il existe aussi plusieurs reproductions des manuels d'instruction dont on se servait dans les écoles du SOE. Pour décrire l'entraînement de Cécile, j'ai utilisé surtout *How to Be a Spy: The World War II SOE Training Manual*, publié chez Dundurn.

Émilienne (Emily Ann) Saxby et Cécile Maltais sont des personnages de fiction, mais pour davantage de réalisme, j'ai modelé leurs aventures sur celles de véritables agentes du SOE. Il est d'ailleurs aisé de se documenter sur la vie et la mort de plusieurs d'entre elles. Le rapport d'Odette Samson, seule survivante du groupe d'agentes qui ont pris le thé sous haute surveillance le 12 mai 1944 dans les bureaux du service de la sécurité des SS à Paris, est disponible en ligne. Il en va de même pour de grands pans du rapport de Vera Atkins sur les « agents manquants ». De plus, Wikipédia possède une page intitulée *Liste des agents du SOE*, et des hyperliens permettent de remonter à la biographie de plusieurs d'entre eux.

J'ai découvert le travail de Varian Fry par le livre de la Canadienne Rosemary Sullivan, *Villa Air-Bel: World War II, Escape and a House in Marseille.* Il n'est malheureusement pas encore traduit en français, mais c'est un petit bijou que je vous recommande si vous lisez l'anglais. Grâce à lui, j'ai pu marcher dans les pas de Varian Fry pendant mon dernier séjour en Provence et recréer pour les besoins du roman le Marseille de 1940, avec sa villa Air-Bel intacte. Concernant cette maison qu'ont habitée André Breton, Victor Serge, Varian Fry et plusieurs autres, et où a été inventé le célèbre Jeu de Marseille, il existe sur YouTube une superbe animation 3D de huit minutes intitulée *Villa Air-Bel années 40 – Varian Fry et les Surréalistes.*

Lire des livres n'étant pas suffisant pour me permettre de me forger une image vivante de l'époque, j'ai visionné une série de films tournés dans les années qui ont précédé ou suivi la Deuxième Guerre mondiale. J'y ai tellement pris plaisir que je me permets de vous en proposer quelques-uns :

Lost Horizon (*Les horizons perdus*) de Frank Capra (1937), dont il est beaucoup question dans le roman.

Casablanca, de Michael Curtiz (1942), qui se déroule au Maroc, mais qu'on comprend beaucoup mieux quand on connaît la situation des réfugiés à Marseille.

Sur le fonctionnement des équipes au sein du SOE, le documentaire *Now It Can Be Told*, de Teddy Baird (1946), disponible sur YouTube.

Le film biographique de Lewis Gilbert sur la vie de l'agente Violette Szabo, *Carve Her Name With Pride* (1958), aussi disponible sur YouTube.

Il est bon de noter que l'instructeur en chef du Camp X en 1943 s'appelait Paul Dehn. C'est ce même Paul Dehn qui, installé à Hollywood quelques années plus tard, écrira entre autres le scénario des films *Orders to Kill* (sur le recrutement et la mission d'un agent du SOE), *Goldfinger* (tiré du roman de Ian Fleming – encore lui !), et *The Spy Who Came in from the Cold* (l'adaptation d'un roman de John le Carré). Voilà pourquoi vous avez sans doute trouvé familiers l'entraînement de Cécile et le déroulement de sa mission. Hollywood s'est chargé de semer ces graines dans l'imaginaire collectif.

Au cours de mes recherches, j'ai également mis la main sur un film biographique de Lionel Chetwynd consacré à Varian Fry. Intitulé *Varian's War* (2002), il met en vedette William Hurt et Julia Ormond. Parce que le film a été tourné à Montréal et dans les environs, les décors n'ont rien de marseillais. L'histoire est toutefois basée sur le récit *Livrer sur demande*, écrit par Varian Fry lui-même et tiré de son expérience au sein du CAS.

Pour les besoins du roman, j'ai dû imaginer quelques livres, ce qui me permettait de donner l'information nécessaire pour faire avancer l'enquête de Virginie. J'ai puisé le contenu de la biographie de Bernard Délicieux, attribuée à Émilienne, dans *Vie hérétique de Bernard Délicieux*, de Marguerite Jouve, paru en 1931. Je tiens à souligner qu'une partie des extraits du roman fictif de Tudorel Tcherniak, *La fin d'un monde*, sont tirés d'un roman de Victor Serge, *Les derniers temps* (1951). L'auteur y raconte l'exode d'un groupe de réfugiés, artistes et intellectuels, ainsi que leur longue attente à Marseille en 1940. Victor Serge a été un des clients de Varian Fry. Son roman, inspiré de ce qu'il a vécu, constitue un témoignage précieux.

Enfin, Rixende de Foix est un personnage de fiction, mais sa vie et sa mort sont typiques du destin des bonnes dames du Languedoc au XIIIe siècle. Si l'histoire de ces femmes vous intéresse, je vous recommande *Les Femmes cathares*, d'Anne Brenon et *Histoire des cathares*, de Michel Roquebert. Ces deux ouvrages se lisent comme des romans.

Enfin, j'ai puisé la matière du sermon pascal d'Andrew dans le livre *Resurrecting Easter*, de Sarah et John Dominic Crossan, publié en 2018 chez HarperOne.

*

Je tiens à remercier mes deux fidèles lecteurs, Ghislain Lavoie et Pierre Weber, pour leur dévouement et leur perspicacité. Merci également aux trois perles de ma vie d'écrivaine : Mélikah Abdelmoumen (ma directrice littéraire), Élyse-Andrée Héroux (ma réviseure) et Pascale Matuszek (ma correctrice).